Das Buch

Inzwischen ist die Hobbydetektivin Leslie Wetzon in einer Headhunter-Firma beschäftigt, kehrt aber für zwei Benefizvorstellungen in ihren alten Beruf als Tänzerin zurück. Ein Musical soll wiederaufgeführt werden, das vor 18 Jahren ein Riesenerfolg war – und zwar in der alten Besetzung. Alle sind wieder beisammen, nur eine Tänzerin, Terri, ist nirgends auffindbar.

Da bringt während der Probenzeit Leslies Freund, der Kripomann Silvestri, eine Pathologin zu ihr. Man hat in Greenwich Village ein Skelett gefunden; und die Gerichtsmedizinerin schließt aus gewissen Knochenveränderungen, daß die Tote Tänzerin war. Da die meisten Tänzer einander kennen, hofft Silvestri, daß Leslie ihm weiterhelfen kann. Und da Leslie sowieso gern in ungelösten Mordfällen herumstöbert und ihre Headhunter-Partnerin Xenia Smith eine noch viel leidenschaftlichere Detektivin ist, beginnen die beiden zu ermitteln.

Der letzte Vorhang ist bereits der sechste erfolgreiche Roman mit den Heldinnen Leslie Wetzon und Xenia Smith.

»Annette Meyers hat eine der faszinierendsten und unterhaltendsten Reihen um eine Amateurdetektivin geschaffen, die man heute finden kann.« *Alfred Hitchcock's Mystery Magazine*

Die Autorin

Annette Meyers kennt den Broadway aus langjähriger eigener Erfahrung; sie war Assistentin des bekannten Produzenten und Regisseurs Hal Prince. Sie arbeitete bei Produktionen wie *Cabaret* und *Fiddler on the Roof* mit. Heute ist sie – genau wie ihre Heldin – in einer Headhunter-Firma tätig. Gemeinsam mit ihrem Mann Martin hat sie noch eine Reihe anderer Krimis veröffentlicht.

Annette Meyers lebt in New York.

ANNETTE MEYERS

DER LETZTE VORHANG

Ein Smith & Wetzon-Krimi

Aus dem Amerikanischen
von Wolfdietrich Müller

Deutsche Erstausgabe

WILHELM HEYNE VERLAG
MÜNCHEN

HEYNE ALLGEMEINE REIHE
Nr. 01/9890

Titel der Originalausgabe
THESE BONES WERE MADE FOR DANCIN'

Umwelthinweis:
Dieses Buch wurde auf
chlor- und säurefreiem Papier gedruckt.

Redaktion: Werner Heilmann

Printed in Germany 1996
Umschlagillustration: Silvia Cristoph, Berlin
Umschlaggestaltung: Atelier Ingrid Schütz, München
Satz: Franzis-Druck GmbH, München
Druck und Bindung: Pressedruck, Augsburg

ISBN 3-453-09981-8

Für
Russell Perreault,
meinen Fürsprecher, meinen Freund

Danksagung

Mein Dank geht an Larry Katen, Sharon Villines und Leah Ruth Robinson für strategische Auskünfte; an Howard Weiss, der mich einen Blick in seine Brieftasche werfen ließ; an Dolores Bullard, Cathi Rosso, Linda Ray, Ann Ledley von der Schauspielergewerkschaft, Paul Moore und Sally Gifft vom Verband der Bühnenkünstler, Deene Rudofker, Kathy Schrier und Philip Rinaldi. An Helen Lahey, leitende Direktorin des Theaterverbands, und ihre Assistentin Anna Louise Soetje. An Joan Fisher. An Wally Monroe vom Hilfsfonds für Schauspieler und Harvey Sabinson und Irving Cheskin vom Bund amerikanischer Theater und Produzenten. An Detective Ray Pierce, New Yorker Polizei. An Detective Tom Natale, Schußwaffenexperte, New Yorker Polizei. An Dr. Marina Stajic, Leiterin der Gerichtstoxikologie, und Dr. Robert C. Shaler, Direktor der Gerichtsbiologie, beide vom Büro des ärztlichen Leichenbeschauers der Stadt New York. An Dr. Michael Levy, Assistenzprofessor, Herz-Thorax-Chirurgie, State University of New York in Stony Brook.

An die erstaunliche Peg Caldwell-Ott, Gerichtsanthropologin, Beraterin des leitenden ärztlichen Leichenbeschauers von New York, die mich zu diesem Buch anregte, indem sie mir sagte, daß Knochen von Tänzern anders sind, und die mir auch großzügig technische Ratschläge gab. An Dr. William H. McDonald, beigeordneter Direktor des Zentrums für Strafrechtspflege am John Jay College.

Technische Irrtümer sind ausschließlich meine Schuld.

Mein Dank geht auch an Chris Tomasino, meine Agentin und Freundin. An Judy Kern bei Doubleday. An Kate Miciak, eine Lektorin, von der man nur träumen kann. Und besonders an Marty, der all meine Arbeit im Rohzustand sieht und mir stets die Wahrheit sagt, erbarmungslos.

»Die Show ist noch immer groß; klein geworden ist nur der Broadway.«

DONALD G. MCNEIL, JR.
»AUF UND HINTER
DER BÜHNE«
New York Times

»Swimmingpools auf der Bühne, Verkäufer, die im Foyer T-Shirts und Baseballkappen anbieten, soweit ist es mit meinem Leben im Theater gekommen.«

CARLOS PRINCE
CHOREOGRAPH: *Hotshot: The Musical*

MEMORANDUM

An: Carlos Prince und Leslie Wetzon
Von: Nancy Stein, Assistentin von Mort Hornberg
Datum: 14. November 1994
Betr.: Combinations in concert

Glückwunsch! Phyllis Reynard (Partitur) und Medora Battle (Buch) haben auf der Basis von zwei Aufführungen auf die Tantiemen verzichtet.
Falls mehr Aufführungen ins Auge gefaßt werden, müssen wir uns irgendwie mit dem Verband der Bühnenautoren einigen. Ich warte noch auf Antwort von Davey Lewins Bruder, glaube aber nicht, daß es da ein Problem gibt.
Es geht also los. Mort bittet darum, daß wir es nach Möglichkeit für uns behalten, damit er mit der Ankündigung Furore machen kann.
Ich möchte nur noch hinzufügen, wie begeistert ich bin, daß ich mit Euch an diesem Projekt arbeiten soll.

1. Kapitel

Die Schießerei begann, als Wetzon den Schlüssel im Schloß umdrehte. Zwei Schüsse, einer, dann noch einer. Sie stieß die Tür mit dem Knie auf.

»Major Strasser ist tot.«

Die zwei wichtigsten Menschen in Wetzons Leben lagen im Halbdunkel auf dem Boden ihres Wohnzimmers. Sogar der Hund Izz, wie ein kleiner weißer Vorleger auf Silvestris Brust drapiert, wirkte wie hypnotisiert, während der Film sich dem Ende näherte.

Dann sagten Silvestri, Carlos und Rick, der Mann im Film, einstimmig: »Louis, ich glaube, dies ist der Beginn einer wunderbaren Freundschaft.«

Während Bogart und Claude Raines auf dem Bildschirm in die Nacht hinausgingen, langte Wetzon hinter sich um den

Türrahmen, legte den Finger auf die Türklingel und drückte fest.

»Hu!« hörte sie Carlos sagen, und Izz begann zu bellen. Silvestri setzte sich auf und starrte sie an.

»Ich bin's bloß, Gentlemen, von einem langen, grausamen Tag auf dem Markt zurück. Bleibt doch sitzen.« Wetzon stellte die Aktentasche auf den Boden und hängte den Mantel auf. Es war ein einigermaßen erfolgreicher, aber scheußlich langer Tag gewesen. Sie war rechtzeitig zu einem Frühstück um halb acht im Warwick in Philadelphia angekommen, hatte den Broker abgefertigt und um halb neun mit einem anderen Broker gefrühstückt. Dann um zehn in einer Schlichtungsverhandlung ausgesagt. Lunch um zwölf, ein weiteres Essen um eins, ein drittes um zwei, Drinks um vier und fünf, dann schnell zum Zug nach New York gerannt, während das ganze Sprudelzeug in ihr hin und her schwappte.

Also war es nicht der Hunger, was sie in die Küche führte, sondern eher der flüchtige Anblick einer Zabar's-Tasche auf der Theke, aus deren Inhalt das Abendessen für Carlos und sie bestehen würde. Sie arbeiteten an den Arrangements für *Combinations in concert*, eine nur für zwei Aufführungen geplante Wiederaufnahme des legendären Musicals, deren Erlös der Aidsgruppe Show Biz Shares zugute kommen sollte. Schnuppernd packte sie schottischen Lachs, geräucherten Weißfisch und Karpfen, schwarze Oliven, Crème fraîche, Bagels und ein kleines Rad Ziegenkäse aus. Den großen Behälter mit Garnelencremesuppe entleerte sie in einen Kochtopf. Der Duft war himmlisch.

Als sie aus der Küche kam, war das Licht an, der Fernseher ausgeschaltet, und Carlos und Silvestri saßen einfältig grinsend da.

»Häschen, Liebes.« Carlos krempelte die Ärmel seines schwarzen Seidenhemdes hoch. »Du hast mir nie verraten, daß Silvestri ein Filmfan ist.«

»Wirklich? Es wird mir wohl entfallen sein, da ich jeden Tag mit meiner verrückten Partnerin schufte, die entschlossen ist, lieber Broadway-Shows zu produzieren, als Headhunterin auf der Wall Street zu spielen.«

»Bestimmt nicht lange.« Silvestri hatte seine Fassung wiedergewonnen. Er ließ selten seine empfindsame Seite sehen, nicht einmal bei ihr.

Carlos stimmte zu. »Wenn diese Barrakuda-Dame merkt, daß es weder glanzvoll noch lukrativ ist, wird sie sich sofort wieder um die Wall Street kümmern, wo sie hingehört.«

Silvestri kam langsam auf sie zu, und nun schob er seine Hände unter ihre blaue Nadelstreifenjacke und zog sie an sich. »Mmmm, du riechst gut.«

»Vitriolextrakt«, bemerkte Carlos. Seine Stimme verlor sich in der Küche.

»Moi?« kicherte Wetzon. *»Non-non-non.«* Ihr Versuch im Französischen ging in Silvestris Lambswoolpullover, türkis wie seine Augen, unter.

Er küßte sie auf die Wangen und jedes Augenlid. »Ich bin schon unterwegs«, sagte er, während er seine dicke Marinejacke um die Schultern legte. »Und ich nehme Izz mit.« Er hob den zappelnden Malteser hoch, dessen rosa Zunge über die Kerbe in Silvestris Kinn sabberte.

»Sie wird allmählich zum Stammgast. Du müßtest ihr eigentlich einen Anteil vom Gewinn abtreten.«

Silvestri hatte sich angewöhnt, Izz zu seinem wöchentlichen Pokerspiel – freier Abend für die Jungs – mitzunehmen, das immer in seiner Wohnung in Chelsea stattfand. Die Tradition hatte ihren Anfang genommen, als er merkte, daß der kleine Hund die anderen Spieler gerade genügend ablenkte, um ihm einen Vorteil zu verschaffen.

Obwohl er den größten Teil seiner Zeit bei Wetzon wohnte, hielt Silvestri an seiner Wohnung in Chelsea fest, als wäre sie ein Beutestück. Sie würde der Mietpreisbindung unterliegen, erklärte er. Wo könnte er heutzutage in der Stadt etwas Vergleichbares finden?

Wer sagt denn, daß du etwas finden mußt, lag Wetzon immer auf der Zunge, doch sie sagte nichts, weil sie immer noch sehr behutsam miteinander umgingen. Keiner von beiden wollte noch einmal verletzt werden.

»Ciao, Carlos!« rief Silvestri; Carlos antwortete genauso.

»Ciao!« Ciao? Was war bloß in ihn gefahren, dachte Wetzon, während sie Izz' Leine am Halsband des kleinen Hundes festhakte. »Sei jetzt ganz lieb, Isabella«, befahl sie, indem sie das rosa Schnäuzchen küßte. Dann ging sie mit ihnen zum Aufzug.

»Ach«, sagte Silvestri beiläufig, »hast du morgen oder am Mittwoch zum Mittagessen Zeit?«

»Morgen geht's nicht. Smith hat mir gesagt, ich soll morgen den ganzen Tag für eine Überraschung freihalten.« Wetzon stöhnte. Sie hätte es fast vergessen. Bei Smith konnte man nie wissen, was sie sich ausgedacht hatte.

»Dann bleibt es bei Mittwoch?«

»Abgemacht. Worum geht es?« Sie sah ihn neugierig an, doch sein Gesicht verriet nichts. Er spielte den Lieutenant von der New Yorker Polizei. »Du ißt doch mittags nie.«

Der Aufzug kam, und die Türen gingen auf. Drei Personen blickten ihnen erwartungsvoll entgegen.

»Ich möchte, daß du jemand kennenlernst.« Er hob Izz auf, ging hinein und sagte, während sich die Türen schlossen: »Ich rufe dich an. Halt dir den Mittwoch frei.«

Ihr Herz machte eine Pirouette, dann einen Salto rückwärts. Seine Mutter! Endlich würde sie die sagenhafte Rita kennenlernen, die in Forest Hill wohnt. Sie hatte ein Jurastudium absolviert, nachdem Silvestris Vater, ein Polizist, getötet worden war, als er versuchte, einen 10-64, einen häuslichen Streit, zu beenden. Rita Silvestri hatte daraufhin ihre Berufung in Rechtsfragen gefunden, die Frauen, und zwar besonders mißhandelte Frauen betrafen.

Wetzon ging in die Wohnung zurück und schloß die Tür. »Ich ziehe nur diese Lumpen aus!« rief sie Carlos zu, warf ihre Wall-Street-Haut ab und schlüpfte in Leggins, Sweatshirt und Socken, die sich dick um die Knöchel ringelten. Dann ging sie auf die Barre in ihrem kombinierten Eß- und Wohnzimmer zu.

Bei der Renovierung ihrer Wohnung nach dem Wassereinbruch vor zwei Jahren hatte sie die Zwischenwand herausnehmen, die Balken in der vier Meter hohen Decke freilegen und die in Vorkriegshäusern in Manhatten üblichen Bögen entfernen lassen. Ihre Freundin, die Bauunternehmerin Loui (Louise) Armstrong, hatte Wetzons Barre fast an der gleichen Stelle installiert, an der sie sich früher im nun aufgelösten Eßzimmer befunden hatte, und dahinter eine Spiegelwand angebracht.

Sie stellte sich vor die Barre und begann mit einem Plié. Die Frau im Spiegel sah noch immer wie ein Mädchen aus, mit grauen Augen, schmalem Gesicht und spitzem Kinn. Als Wetzon den Hals reckte, sah sie keine Falten. Ihr aschblondes Haar hatte noch die gleiche Farbe, wenn sie auch hier und da einen weißen Faden entdeckte. Es war wieder lang, berührte gerade eben die Schultern, aber sie hatte es nicht wieder zum Ballerinenknoten oben auf dem Kopf zusammengesteckt. Sie würde es aber tun, sagte sie sich. Irgendwann.

Die prickelnde Erregung, in die sie die Verabredung mit Silvestri versetzt hatte, wurde jäh durch Vorsicht gedämpft. Sie war nicht bereit – richtig. Sie war zu jung – falsch. In wenigen Monaten würde sie vierzig. *Plié, relevé.* Auf ihrer Oberlippe erschienen Schweißtröpfchen.

»Häschen! Wir haben einen Berg Arbeit vor uns.« Sie hatte Carlos nicht einmal gehört, aber er war da, saß an ihrem Eßtisch, umgeben von Eßtellern und Stenoblöcken.

Sie feixte ihn im Spiegel an und steppte lautlos zum Tisch hinüber, wo sie sich anmutig auf einen Stuhl fallen ließ.

Vor achtzehn Jahren hatten Wetzon und Carlos in einem zeichensetzenden Musical mitgewirkt, über das die *New York Times* schrieb: »Ein kühles, doch bewundernswertes Musical über Beziehungen, das für den Broadway sein wird, was *Karussell* seinerzeit bedeutete; ein Ereignis, das die Hör- und Sehgewohnheiten des Musicalpublikums für immer verändern kann.« Solches Lob konnte vernichten, und genau das tat es diesmal. Wie es häufig geht, werden sogenannte »zeichensetzende« Musicals wie *West Side Story* oder *Company*, um nur zwei zu nennen, nie so gut besucht wie den Publikumsgeschmack bedienende Musicals der Art von *Cats* und *Grease*. *Combinations* war kaum ein Jahr lang gelaufen und nie vor ausverkauftem Haus. Es war die erste große Show gewesen, in der Wetzon und Carlos zusammen aufgetreten waren.

Über die Jahre waren die mit der ursprünglichen Truppe von *Combinations* verbundenen Personen von Schicksalsschlägen getroffen worden, die über das übliche Maß hinausgingen: Roger Battle, der Mitautor des Librettos, hatte kurz nach der letzten Vorstellung einen Herzinfarkt nicht überstanden. Davey Lewin, der Regisseur und Choreograph, war vor vier

Jahren an Aids gestorben; Larry Saunders, einer der Tänzer, war der Krankheit vor einem Jahr erlegen. Nach Larrys Tod hatte Carlos den Einfall gehabt, alle übrigen Mitglieder der Truppe für zwei konzertante Aufführungen während der Weihnachtswoche zugunsten von Aidskranken zusammenzuführen. Er wollte sie mit Mort Hornberg inszenieren, der achtzehn Jahre zuvor Daveys Assistent bei *Combinations* gewesen war, und Mort, Carlos und Wetzon würden sie produzieren, wobei der gesamte Reingewinn an Show Biz Shares fließen sollte, eine gemeinnützige Organisation, die Aidskranken aus allen Bereichen der Theatergemeinde half.

»Wir machen es zusammen, Häschen«, hatte Carlos vorgeschlagen. »Denk nur, du und ich, wir tanzen wieder.« Seine Begeisterung steckte an. Wetzon war dabei.

Einen nach dem anderen spürte sie beinahe alle noch Lebenden auf, die in der ursprünglichen Truppe mitgearbeitet hatten. Sogar Bonnie McHugh, die jetzt eine eigene Fernsehserie moderierte, stimmte zu, ihre alte Rolle zu übernehmen.

Die einzige, die Wetzon nicht gefunden hatte, war Terri Matthews.

»Das begreife ich nicht«, sagte Carlos jetzt, während er Crème fraîche auf eine getoastete Bagelhälfte strich und eine Scheibe Lachs darauflegte.

»Ich habe es bei der Schauspielergewerkschaft probiert, dann bei der Gewerkschaft der Fernseh- und Rundfunkkünstler, sogar bei der Gewerkschaft der Film- und Fernsehdarsteller. Kein Eintrag. Auch nicht im New Yorker Telefonbuch. Sogar beim Hilfsfonds für Schauspieler habe ich mich erkundigt. Komisch, was? Erinnerst du dich nicht, sie bei Anhörproben gesehen zu haben?«

»Eigentlich nicht, aber das hat nichts zu sagen.«

»Moment mal.« Wetzon hatte eine Eingebung. Sie zupfte mit den Fingern am Weißfisch. »Wollte Terri nicht aussteigen? Hatte sie nicht Geld geerbt oder in der Lotterie gewonnen oder so was? Ich bilde mir ein, mich zu erinnern, daß sie immer davon redete, eine Tanzschule in Cincinnati aufzumachen.«

»Du meine Güte, doch nicht dort, wo's die vielen Maisfelder gibt?«

»Das ist Iowa, du Dussel«, sagte Wetzon. Sie wischte sich die Finger an der Serviette ab und ging zum Telefon. »Ein Anschluß in Cincinnati, Terri oder Theresa Matthews.« Sie buchstabierte den Namen. »Es ist eine private Adresse oder möglicherweise eine Tanzschule … Haben Sie andere Einträge unter Tanzschulen? Nein … Nein … Das ist nicht richtig … Trotzdem vielen Dank. Warten Sie – geben Sie mir diese Nummer.«

»Was hast du gekriegt?« wollte Carlos wissen, noch ehe sie den Hörer aufgelegt hatte.

»Nichts, nur die Nummer einer Schule mit dem Namen Ballet Broadway …«

Carlos verschluckte sich. »Das glaubst du doch selbst nicht, Häschen. Terri würde das niemals machen.«

Wetzon drohte ihm mit dem Finger. »Benimm dich, Snob.« Sie kam zum Tisch zurück und setzte sich. »Irgend jemand dort muß sie kennen. Terri ist in der Stadt zu Hause, und sie ist Tänzerin. Sie kann nicht einfach vom Erdboden verschwunden sein.«

Ich habe eine Exklusivmeldung! Die reizende Bonnie McHugh kehrt an den Broadway zurück, um ihre Hauptrolle in dem Musical Combinations, *wo sie vor fast achtzehn Jahren von Aaron Spelling entdeckt wurde, noch einmal zu gestalten.*

Unsere kluge kleine Bonnie gab sich zwar bedeckt, doch gelang es mir herauszubekommen, daß in der Weihnachtswoche eine konzertante Version dieser wunderbaren Show als Benefizveranstaltung zugunsten von Aidskranken stattfindet.

Ist das ein Versuchsballon unserer Bonnie für etwas Größeres?

– *Cindy Adams,* Live um Fünf, NBC-TV
Dienstag, 15. November 1994

2. Kapitel

»Häschen, gerade habe ich gehört, wie Cindy Adams unsere Show in Live um Fünf *Millionen von Zuschauern ankündigt!«*

»Woher hat sie das? Ich dachte, wir sollten alle den Mund halten, damit Mort sie groß rausbringen kann.«

»Hast du gewußt, Schatz, daß Bonnie der Star von Combinations *war? Kapiert?«*

»Kapiert.«

»Lieber Himmel, Wetzon, warum haben Sie so lange gebraucht?«

Madison Fiskes satte Südstaatenlaute flossen in Wetzons Ohr. Er hatte vor kurzem in Palm Beach ein kleines Büro für Hayden Ross eröffnet und war restlos überlastet. Und dafür gab es Gründe, denn das große, landesweit vertretene Haus hatte bis dahin noch nie ein kleines Büro eingerichtet, sondern es vorgezogen, seine zahlreichen Zweigstellen sämtlich mit sechzig und siebzig Brokern zu besetzen. Die Größe bedeutete Einsparung. Daß sie sich für »Mad« Fiske als Büroleiter entschieden hatten, war dennoch keine Fehlkalkulation gewaltigen Ausmaßes, die einzig und allein der Tatsache, daß er in einem Anzug gut aussah, zugeschrieben werden mußte. *Plus ça change, plus c'est la même chose.* In Wall Street wog die Wahrnehmung noch immer schwerer als die Wirklichkeit.

»Wie ich höre, darf man gratulieren, Madison«, sagte Wetzon. Seinen Namen abzukürzen, war tabu.

»Darauf habe ich lange gewartet, Verehrteste. Sie sind die größten Fleischlieferanten dieser Firma. Jetzt möchte ich, daß Sie sich an die Arbeit machen und meinen Brokertyp für mich finden.«

»Ihren Typ?«

»Ja. Ihre Partnerin kennt den Typ, den ich mag. Fragen Sie sie. Wir haben darüber geredet, als ich letzte Woche in New York war und Sie keine Zeit hatten.«

Das war ein Vorwurf. Wetzon verdrehte die Augen. Mit Versprechungen war Smith ganz groß, doch die Einlösung halste sie dann Wetzon auf. Sie seufzte und zog einen leeren Stenoblock vor. »Smith ist im Moment nicht hier, Madison, warum schildern Sie nicht mir genau, wonach Sie suchen?«

»Angelsächsisch-protestantische Typen wie ich, Wetzon, sind die einzigen, die ich für mein Büro in Betracht ziehe. Ich weigere mich einfach, andere Typen einzustellen.«

Sag nichts mehr, dachte sie. In bewußt neutralem Ton fragte sie: »Was für andere Typen?«

»Sie wissen schon, diese Typen, die hier um Palm Beach herum Geschäfte machen, diese jüdischen und italienischen Ganoven aus New York und Brooklyn. Und diese Neurotiker von Long Island.«

»Alles klar, Madison.« Sie wußte, daß seine Liste der Unerwünschten drei Viertel der Leute in der Maklerbranche und, was das anging, in Amerika ausschloß. Es erstaunte sie immer wieder von neuem, daß die Madison Fiskes der Finanzgemeinde, die schon fast auf der Liste der bedrohten Arten standen, sich immer noch aufführten, als gehörte ihnen die Wall Street.

»Und, Wetzon, hören Sie genau zu. Ich will keine dicken, häßlichen Leute, die nicht wissen, wie man sich anzieht oder anständig ißt.«

Wetzon hielt den Telefonhörer vom Ohr weg und starrte ihn an. »Also gut, Madison, was halten Sie davon, wenn ich runterfahre und mit den Leuten persönlich bei einem Essen spreche, damit ich nachprüfen kann, wie sie aussehen und wie sie essen?« Sie hatte nichts dergleichen vor und konnte sich genau das Geschrei des altmodischen, konservativen Hayden Ross vorstellen, sollte sie ihm eine Rechnung über ihre Auslagen zusenden. Selbst ein Hohlkopf wie Madison Fiske mußte einsehen, daß dies nicht die richtige Methode war, Geschäfte zu machen.

Doch Madison antwortete: »Das ist ein sehr guter Gedanke.«

Sie legte auf, bevor sie etwas zu ihm sagen konnte, das sie hinterher vielleicht bedauern würde, und blätterte den Stapel von Nachrichtenzetteln auf ihrem Schreibtisch durch. »Darauf kannst du warten, bis du schwarz wirst.«

Ach du meine Güte! Die stellvertretende Staatsanwältin Marissa Peiser hatte spät noch angerufen. Wetzons Puls beschleunigte sich. Anfang des Jahres hatte sie Peiser Beweismaterial ausgehändigt, aus dem hervorging, daß Richard Hartmann, der berühmte Strafverteidiger – und nebenbei der aktuelle Liebhaber von Smith – Geld wusch.

Peiser hatte versprochen, Wetzon nach Möglichkeit herauszuhalten, weil ihr die Beweise nach einem Einbruch in die Hände gefallen waren; was die Verwendung vor Gericht kaum möglich machte.

Wetzon seufzte. Was sie brauchte, war eine Tasse Kaffee. Sie ging in den Empfangsbereich, kam mit der Kanne zurück und füllte sie aus der Dusche im Bad, die sie vorsichtig zur Seite hielt, um sich nicht naß zu spritzen; dann goß sie das Wasser in die Kaffeemaschine. Es war halb neun. Sie war früh gekommen, da sie sich weder mit dem Hund noch mit Silvestri abgeben mußte. In der kostbaren Stunde zwischen acht und neun war es im Büro meist ruhig. Die Büroleiter kamen zeitig und waren dann auch leichter zu erreichen, bevor der Markt um neun Uhr dreißig eröffnete. Ältere Börsenmakler waren immer noch früh zur Stelle, um ihren Tag zu planen und mit Kunden zu reden, wie sie es seit Jahren gehalten hatten – in der Zeit, als der Markt noch um zehn öffnete.

Die neue Generation von Brokern dagegen kam unmittelbar vor der Öffnung angeschlendert und verließ das Büro um vier bei Börsenschluß. An der Wall Street überwog jetzt ein anderes Berufsethos – viel weniger am Kunden orientiert, typisch für die neunziger Jahre.

Sie maß Kaffee ab, gab ihn in den Filter und schaltete die Maschine ein, dann setzte sie sich an Max' Schreibtisch mit seinen heilsamen Stapeln »Fahndungsbogen« – den biographischen Angaben der Kandidaten – und öffnete den Packen Post, den sie beim Hereinkommen vom Boden aufgehoben hatte.

Ein paar Rechnungen, ein paar Schecks und sogar einige Lebensläufe von Leuten, die keine Broker waren. *Crain's, Baron's*, das *Journal. Registered Rep,* die Fachzeitschrift für Börsenmakler, die in den frühen Achtzigern von ihren Firmen Registered Representatives, »zugelassene Vertreter«, getauft worden waren. Eine nette Veränderung gegenüber dem alten Begriff »Kundenmann«. Und doch, war in dem Wort nicht der Dienst am Kunden mitenthalten gewesen? Neuerdings wurden sie Finanzberater genannt, was auch immer das bedeuten mochte.

Sie sah die Fahndungsbogen in dem Korb durch, den Max mit WETZON – HEISS beschriftet hatte.

Seit zwei Jahren war Max Orchard jetzt bei ihnen. Er war ein sechsundsechzigjähriger ehemaliger Buchhalter, der Schuhe mit Gummisohlen trug. Max' kurzer Hals, die flache Brust und der Kugelbauch ließen ihn wie eine Karikatur aussehen, was noch durch die Hosenträger verstärkt wurde, die seine Hose fast bis in die Achselhöhlen hochzogen.

Madison Fiske würde Max niemals einstellen, soviel stand fest, und Smith hatte ihn auch nicht gewollt. Aber B.B., ihr früherer Assistent, hatte die Arbeit des hinterhältigen Harold Alpert übernehmen müssen, der sie verlassen hatte, um bei ihrem größten Konkurrenten, Tom Keegen, einzutreten. Sie waren verzweifelt gewesen. Also hatte sich Wetzon über Smith' Proteste hinweggesetzt, und Max war angeheuert worden.

Die Kaffeemaschine begann zu keuchen und zu gurgeln, während die letzten Tropfen durchliefen. Draußen quietschten Reifen, und jemand lehnte sich auf eine Hupe.

Wetzon setzte sich auf. Was war das? Ein seltsames Klirren, wie splitterndes Glas, dann ein dumpfer Schlag. Die Haustür. Sie stand auf. Smith? Zu früh für Max, der vier Tage in der Woche von elf bis vier arbeitete. Sie ging zur Tür und öffnete sie, bevor ihr einfiel, daß sie allein war. Zu spät.

Eine riesige Pelzkugel fiel auf sie und riß sie zu Boden.

»Oje, tut mir leid!« keuchte die Kugel, die Arme und Beine bekam, aber fest auf Wetzon liegenblieb. »Schnell, schließen Sie die Tür. Sie werden es nicht glauben, aber gerade hat jemand versucht, mich zu erschießen.«

»Würde es Ihnen etwas ausmachen, von mir herunterzusteigen und mir zu sagen, wer Sie sind?«

»Oh, selbstverständlich.« Der Eindringling schaffte sich mühsam hoch – es war eine energische Blondine vom Typ Kathleen Turner, nicht viel größer als Wetzon, aber mindestens fünfzehn Pfund schwerer. Sie gab Wetzon die Hand und zog sie auf die Beine, dann warf sie ihren Waschbärmantel ab, der genau wie Wetzons eigener aussah. »Sie müssen Wetzon sein.« Hastig griff sie auf ihren Kopf. »O Gott, wo ist mein Hut? Er muß da draußen sein.« Sie zeigte auf die Straße. »Glauben Sie, er hat ihn gestohlen?«

»Ihren Hut?«

»Ja. Die stehlen heutzutage auch Pelzhüte.«

»Wirklich?« Eine Maklerin, dachte Wetzon. Eine Maklerin und total verrückt. »Hängen Sie doch ihren Mantel auf und kommen Sie in mein Büro. Bei welcher Firma sind Sie?«

Die Frau begann zu lachen. Ihr Mascara lag in Perlen auf ihren Wimpern, und sie trug zuviel Rouge. Das schwarze Jerseykleid hatte einen tiefen V-Ausschnitt, der einen fleischigen Brustansatz enthüllte. »Bei welcher Firma?« wiederholte sie lachend. »Bei Ihrer. Ich bin Darlene Ford, Ihre neue Mitarbeiterin.«

MEMORANDUM

An: Carlos Prince und Leslie Wetzon
Von: Nancy Stein, Assistentin von Mort Hornberg
Datum: 14. November 1994
Betr.: Combinations in concert

Show Biz Shares sorgt beim Theaterverband für schriftliche Vereinbarungen mit den Darstellern. Jedem wird ein Honorar von 200 Dollar gezahlt.
Die Darsteller stehen eine Woche vor der Aufführung, also ab 16. Dezember, für Proben zur Verfügung.
Obwohl die Gewerkschaft dem Theaterverband erlaubt hat, Benefizveranstaltungen durchzuführen, halten wir sie höflicherweise über weitere Vereinbarungen auf dem laufenden.
Das einzige Haar in der Suppe ist Bonnie McHugh. Sie besteht auf ihrem eigenen Friseur zu einem Honorar von 2500 Dollar. Wenn dem so ist, kann der Friseur, Brian Fahey (er frisiert sie in ihren TV-Serien), vielleicht dazu bewegt werden, seine Talente unentgeltlich dem Rest der Truppe zukommen zu lassen.
Das andere unmittelbare Problem: Habt Ihr Terri Matthews ausfindig gemacht? Wenn nicht, ist es wohl an der Zeit, einen Ersatz zu finden. Hat nicht Vicki Howard die Rolle für die Tournee übernommen?

3. Kapitel

»Carlos, traust du dieser Bonnie?«

»Sie hat ihre Wurzeln vergessen, Häschen. Ts … Ts … So geht's, wenn Zigeuner nach Hollywood gehen.«

»Tja, Shirley MacLaine erinnert sich an ihre Wurzeln.«

»Ihre und all die andern, mit denen sie in einem früheren Leben zusammen war.«

»Verdammt, Smith! Wie konntest du eine Mitarbeiterin einstellen, ohne mich nach meiner Meinung zu fragen?«

»Pst, sie kann dich hören.« Smith ließ einen Schimmer von Betroffenheit erkennen. Sie hängte einen gewaltigen Waschbärhut an den Türgriff und starrte ihn an.

»Es ist mir egal, ob sie es hört. Sie ist meschugge. Behauptet, jemand habe versucht, sie umzubringen.«

Smith überlegte es sich anders, nahm den Hut vom Türgriff und probierte ihn an. Er saß wie angegossen. »Es stimmt aber, und ich weiß bloß nicht, wer.«

»Oh, bitte! Ist das ein neuer Hut?«

»Ich teste ihn.«

»Wo hast du sie überhaupt gefunden? Und was zum Kuckuck versteht sie von Headhunting? Ich nehme an, ich muß sie erst anlernen.«

»Nimm nichts an, Zuckerstück.« Smith hatte ihr breitestes Grinsen aufgesetzt. »Warte ab, bis du alles gehört hast. Es wird dir gefallen.«

»Ich kann es kaum noch erwarten zu hören, wie es mir gefallen wird.« Wetzon setzte sich an ihren Schreibtisch. Verdammt, Smith hatte sie wieder einmal überfahren.

Smith leckte sich die Lippen und sprach langsam, um es spannend zu machen. »Darlene ist – ich korrigiere, war – Tom Keegens neueste Starkundenwerberin. Geschult von unserem höchstpersönlichen Benedict Alpert, dem einen und einzigen Harold, und sie hat ihn in weniger als einem Jahr in den Schatten gestellt.«

Benedict Alpert. Smith hatte tatsächlich einen Scherz gemacht. »Sehr lustig, Smith.«

»Schlau würde ich es nennen. Was sagst du zu meinem Star?«

Trotz ihrer Wut war Wetzon beeindruckt. »Was, Harold in den Schatten gestellt? Auf wieviel bringt sie es?«

»Vierhunderttausend in neun Monaten.«

»Mein Gott! Okay, du hast gewonnen. Ich bin beeindruckt.«

»Ich wußte, es würde dir gefallen. Es ist ein Coup.«

»Sie sieht allerdings billig aus, Smith.«

»Ist das alles, was du zu sagen hast? Kein ›Danke, liebe Smith‹?« Smith zog einen Schmollmund. »Du bist mir nie dankbar.«

Wetzon seufzte. »Doch, das bin ich. Du bist wunderbar. Es ist ein Coup.«

Jetzt strahlte Smith unter dem dicken Pelz. »Wir kriegen sie hin. Sie ist eine Tafelrose.«

»Eine Tafelrose? Was zum Kuckuck soll das sein?«

»Du weißt schon, eine leere Tafel.«

Wetzon mußte lachen. »Du meinst *tabula rasa.*«

»Oder so ähnlich.«

»Also, wer versucht, Darlene umzubringen?«

»Tom Keegen natürlich.« Smith setzte sich auf ihren Schreibtisch und ließ ein langes, schlankes Bein baumeln. Sie nahm ein Fläschchen farblosen Lack, natürlich Chanel, aus ihrer Handtasche und trug eine zweite Schicht auf ihre Fingernägel auf.

»Ich könnte mir denken, daß Keegen eher versuchen würde, dich zu töten oder auch mich, wenn überhaupt.«

»Oh.« Das Bein von Smith hörte auf zu schaukeln, während sie darüber nachdachte. »Du hast recht. Ich habe es eingefädelt. Also versucht er, mich zu töten.« Doch anstatt erschrocken auszusehen, schien sie sich zu freuen. Und ihr Bein pendelte weiter. Sie schob den Lack beiseite und pustete auf ihre Nägel.

»Nein, bestimmt nicht«, sagte Wetzon. »So verrückt ist Keegen nicht. Wie wir aus Erfahrung wissen, sind Headhunter austauschbar. Aber wie um alle Welt hast du es fertiggebracht, Darlene von ihm wegzulocken?«

»Tjaaa, ich habe durch einige unserer Kunden von ihr gehört – du weißt ja, wie gern sie uns damit quälen, daß unsere Konkurrenz so gut ist ...«

»Wie sie bestimmt unsere Konkurrenz damit quälen, wie gut wir sind.«

»Wie dem auch sei, hättest du gedacht, daß wir zum selben Friseur gehen – zu Ishi?« Selbstgefällig war das einzige Wort, das in diesem Augenblick auf Smith paßte.

»Seit wann gehst du zu Ishi?«

Lächelnd tätschelte Smith den Waschbärhut.

Wetzon rieb sich die Stirn. »Vergiß es, sag nichts. Es ist erstaunlich, wie doof ich bin.«

»Manche von uns haben es, Zuckerstück, und manche haben es nicht.« Die Beine übergeschlagen, setzte sich Smith in

Positur. »Übrigens, muß ich dir sagen, daß es Liebe auf den ersten Blick war?«

»Tatsächlich?«

Smith runzelte die Stirn. »Nicht was du denkst.«

»Oh, entschuldige, ich habe den Kopf verloren.«

»Ich mußte einen raschen Entschluß fassen, weil Keegen sie drängte, sofort einen lukrativen, aber einschränkenden Vertrag zu unterschreiben.«

»Und was haben wir ihr gegeben, wenn ich fragen darf?«

»Einen lukrativen und einschränkenden Vertrag. Und uns beide, zwei reizende Personen als Mitarbeiter.«

»Zur Sache, Smith.«

»Wir haben ihr den Titel einer Direktorin gegeben und fünfzig Prozent auf jede Vermittlung, die sie tätigt.«

»Ist das alles? Bist du sicher, daß sie so gut ist? Fünfzig Prozent von nichts ist …«

»Vertrau mir, Schatz. Würde ich ein schlechtes Geschäft für uns abschließen?«

Wetzon sann darüber nach, während sie Marissa Peisers telefonische Nachricht zwischen den Fingern in Ziehharmonikafalten preßte. Im Geschäftemachen war Smith gerissen. Sie witterte Profite, wie die Hunde der New Yorker Polizei Sprengstoff erschnupperten. Und doch, *vertrau mir* löste bei Wetzon stets die Erinnerung an ein Gespräch mit einem Börsenmakler in ihrem ersten Jahr als Headhunterin aus. Er hatte ihr gesagt, daß *vertrau mir* im Geschäftsleben in Wirklichkeit *leck mich am Arsch* bedeutet.

»Machen wir doch gleich jetzt eine klitzekleine Konferenz«, fuhr Smith fort, »und bringen alles in Gang. Wenn es funktioniert, und davon bin ich überzeugt, sind wir in der Lage, den Durchbruch nach oben zu schaffen und ein zweistöckiges Büro zu bekommen.« Smith ging zur Tür, stieß sie auf und warf ihre Schlußbemerkung über die Schulter. »Und, Schatz, sei nett zu Darlene. Sie ist sehr nervös, weil sie nicht weiß, ob du sie magst.«

»Meinetwegen nervös? Menschenskind, Smith. Ich würde sagen, die Frau ist generell ein wenig überspannt. Weiß sie, daß unsere Krankenversicherung erlaubt, bei Psychiaterrechnungen bis zu zehntausend abzusetzen?«

»Ach, du.« Smith tat Wetzons Worte mit einer nachsichtigen Handbewegung ab, steckte den Kopf durch die Tür und rief: »Herzchen, kommen Sie herein.«

Darlenes kurzer Rock, vorne gerafft wie ein Sarong, enthüllte dickliche Knie in hauchdünnen Strümpfen. Die Absätze ihrer Sandaletten waren sogar noch höher als die der Pumps von Smith. »Oh«, rief sie und starrte den Kopf von Smith an. »Sie haben meinen Hut gefunden!«

»Er lag vor unserer Tür«, sagte Smith streng, setzte ihn ab und untersuchte ihn. »Er ist sehr schön.« Sie gab ihn Darlene, wenn auch widerstrebend. »Aber Sie sollten diesen häßlichen Fleck entfernen lassen.«

»Was für einen Fleck?« Darlene hielt den Hut an die Nase, dann betrachtete sie ihn und begann zu zittern. »Sehen Sie, ich habe es Ihnen gesagt.« Sie hielt Smith den Hut hin, die zu Wetzons Verwunderung mit einem eigenartigen Gesichtsausdruck zurückwich.

Bedauerte Smith bereits, daß sie Darlene eingestellt hatte? fragte sich Wetzon. Falls ja, dann machte das schon zwei. Smith bekam glasige Augen. Verdammt, dachte Wetzon.

Darlenes Stimme überschlug sich. »Sie verstehen das nicht! Er bringt mich um. Schauen Sie, Wetzon – schauen Sie sich das an. Ich bin nicht verrückt. Ich weiß, daß Sie mich für verrückt halten. Aber Sie müssen mir glauben!«

Sie tat Wetzon leid. Also nahm sie den Pelzhut aus Darlenes zitternder Hand und betrachtete ihn; dann sah sie genauer hin.

Wie ein dunkler Fleck lief eine Kerbe über die Oberseite.

MEMORANDUM

An: Carlos Prince und Leslie Wetzon
Von: Nancy Stein, Assistentin von Mort Hornberg
Datum: 15. November 1994
Betr.: Combinations in concert

Auf Morts Wunsch habe ich einen vorläufigen Budgetentwurf für zwei Vorstellungen von Combinations in concert *beigelegt, die zur Zeit für Donnerstag, 22. Dezember, und Freitag, 23. Dezember, jeweils abends, im Richard Rodgers Theatre angesetzt sind. Es handelt sich um vorläufige Zahlen, die sich nach unserem nächsten Treffen ändern könnten. Zur Erinnerung: Morgen in Morts Büro, 16.00 Uhr.*
Ruft mich bitte an, wenn Ihr Fragen habt.

4. Kapitel

»Häschen!«

»Was?«

»Ich stehe diese vielen Zahlen einfach nicht durch. Du schaust sie dir an und läßt mich wissen, was du davon hältst.«

»Carlos, stell dich nicht so an. Es ist ganz einfach.«

»Liebes, wenn man's kann, ist's einfach. Außerdem dachte ich, von jedem an der Wall Street wird verlangt, daß er kreative Buchhaltung beherrscht.«

Silvestri hatte gesagt, Walker's an der Ecke North Moore und Varick, und sie hatte Ahmed die Adresse genannt, der ein wenig zu schnell »Ja, Lady« erwidert hatte, was ihre Antennen vibrieren ließ.

»Wissen Sie, wo das ist? Es ist Richtung Süden.«

Auf der East 49. Street bildete sich hinter ihnen ein Stau, und Hupen stimmten eine mißtönende Melodie an.

»Ja, Lady«, wiederholte Ahmed. »Steigen Sie ein, schnell, sonst verschaffen Sie mir noch einen Strafzettel.«

Wetzon stieg ein, und Ahmed fuhr mit einem Blitzstart los.

Tempo für ein Peitschenschlagsyndrom. Klar, probiere es und kassiere. Außer seiner *vorläufigen* Taxifahrerzulassung, die dreist so angebracht war, daß ein Fahrgast sie erst sehen konnte, wenn er bereits im Taxi saß, verriet ihr noch etwas anderes, daß Ahmed keine Ahnung hatte, wohin er fuhr. Spätestens wußte sie es an dem Punkt, als er Richtung Norden abbog.

»Nach Süden«, sagte sie durch zusammengebissene Zähne.

»Ich weiß, Lady, ich weiß. Ich will bloß eine Baustelle umgehen.«

Vielleicht gab es eine Baustelle, vielleicht nicht. Schließlich befand man sich in New York. Mach es dir bequem und entspanne dich, sagte sie sich. Sie tat es widerwillig und schloß die Augen. Ahmed konnte recht haben.

Es lag einfach daran, daß sie wegen dieser Begegnung nervös war. Sie wollte auf Rita Silvestri, seine Mutter, einen guten Eindruck machen. Mann, sie wollte einen *sensationellen* Eindruck auf sie machen.

Denk an was anderes. Ja, aber woran? An Tom Keegen, der auf ihre neue Mitarbeiterin schoß? Sie konnte es nicht einmal in Erwägung ziehen, ohne zu grinsen. Es war ein Witz. Würde er wirklich so dumm reagieren? Tatsächlich sah es so aus, als wäre der Pelzhut von einem Streifschuß beschädigt worden – aber wer konnte sagen, daß es wirklich so war?

Und wie stand es um Darlene Ford? Falls sie wirklich eine phantastische Headhunterin war, spielte es dann eine Rolle, ob sie wie ein Flüchtling aus einer Kleinstadt aussah, wo man bei der Kleidung immer ein wenig zuviel des Guten tat und die Frauen Sweatshirts mit Pailletten trugen? Und Wetzon hatte Carlos einen Snob genannt!

Überlege dir folgendes: Darlene war eine Goldgrube, wenn man Smith glauben konnte. Sie hatten jahrelang davon gesprochen, ihren Büroraum zu erweitern. Dann, während des Einbruchs der Immobilienpreise, hatte man ihnen das Sandsteinhaus in der 49. Street nahe der Second Avenue, wo sie ihr Büro hatten, für ein Butterbrot angeboten. Und obwohl alle Wohnungen auf den vier Etagen über ihnen vermietet waren, spielten sie immer wieder mit dem Gedanken, eines Tages ihr Erdgeschoß mit dem ersten Stock zu verbinden und es zu einem Büro auf zwei Etagen zu bringen.

Ihr Mieter im ersten Stock, ein Antiquar, hatte ihnen gerade gekündigt, um in eine größere Wohnung in der Second Avenue umzuziehen. Wenn Darlene wirklich so gut war, wie es Smith anscheinend glaubte, konnte ein erstklassiges Jahr vor Smith und Wetzon liegen. Und falls es so käme, würden sie vielleicht in Zukunft ein doppelstöckiges Büro besitzen.

Das Taxi kam mit quietschenden Reifen zum Stehen. Sie schlug die Augen auf und hatte keinen Schimmer, wo sie waren. Ihr Fahrer ... wo war der? Ahmed stand mitten auf der Straße und winkte ein anderes Taxi zu sich. Sie sah auf die Uhr – halb eins. Sofort kurbelte sie das Fenster herunter und schrie: »Verdammt, Ahmed, was bilden Sie sich eigentlich ein?« Wütend stieg sie aus.

»Bleiben Sie, Lady. In zwei Minuten setze ich Sie dort ab.«

»Vergessen Sie's.« Sie steckte einen Fünf-Dollar-Schein unter seinen Koran auf dem Vordersitz und marschierte los. Glücklicherweise hatte sie einen Orientierungspunkt erkannt: Direkt hinter ihr lag der Friedhof der Trinity Church.

Den Rest des Wegs zum Restaurant legte sie zu Fuß zurück, wobei sie sich nur einmal zwischendurch nach der Richtung erkundigen mußte – bei einer Frau mit breitem Hinterteil in der grauen Hose des US-Postdienstes, die einen großen Postsack auf einem dreirädrigen Karren schob.

Als sie die Tür zum Walker's aufstieß, hatte sie nur zehn Minuten Verspätung. Sie befand sich in einem Salon des späten 19. Jahrhunderts – Bar aus Holz, geätztes Glas undsoweiter. Perfekt. Aber es war voll. Kein Platz an der wunderschön auf alt getrimmten Bar – soweit sie das durch die vielen Leute, die davorstanden, erkennen konnte. Alle Tische waren mit Speisenden voll besetzt, eine Mischung aus Bankern und Leuten aus dem Viertel. Der Lärm stieg zur verzinkten Decke auf und fiel auf die Gäste zurück. Niemand schien sich daran zu stören.

»Miss Wetzon? Miss Leslie Wetzon?«

Sie drehte sich nach der Stimme um. Der Mann hatte einen dicken roten Schopf, einen großzügigen Schnurrbart und Koteletten bis fast zur Kinnlinie. »Der Lieutenant und seine Begleitung warten im Hinterzimmer. Ich bin Casey. Möchten

Sie Ihren Mantel abgeben?« Als sie den Kopf schüttelte, sagte Casey: »Dann kommen Sie bitte mit.«

Das Hinterzimmer war ebenfalls proppenvoll, doch standen die Tische hier nicht so dicht beieinander. Wetzon fuhr sich mit den Fingern durchs Haar, als sie ihr Spiegelbild flüchtig inmitten des in die Glasfelder der Tür geätzten Art-Nouveau-Musters erblickte, während sie Casey folgte.

Ob Rita etwa …

Sie blieb abrupt stehen. Silvestri saß an einem Ecktisch, aber die Frau, mit der er redete und die Wetzon den Rücken zuwandte, war zu jung, um Rita Silvestri zu sein. Wieder einmal geirrt, Wetzon, sagte sie zu sich, während sie spürte, wie Verlegenheit ihre Wangen rötete. Wenn das nicht Rita war, wer war es dann? Ein Hauch, nicht mehr als ein Hauch von Ungewißheit traf sie.

»Tag«, sagte sie und dachte sofort, daß ihre Stimme zu laut und voll falscher Begeisterung klang. »Tut mir leid, daß ich zu spät komme.« Sie ließ sich auf den Stuhl fallen, den Casey für sie zurechtschob, und wand sich aus ihrem Mantel. Dann warf sie einen prüfenden Blick auf ihre Konkurrentin, während Silvestri sie angrinste. Wenigstens meinte sie, daß er grinste.

»Les, das ist Nina Wayne. Nina, Leslie Wetzon.«

Wetzon verließ der Mut. Nina Wayne war sehr schön. Hohe Backenknochen, strahlender Teint, grüne Augen. Sie trug kein Make-up, und ihr sandfarbenes Haar war zu einer eleganten Rolle frisiert, bei der kein Härchen aus der Reihe tanzte. Wetzon haßte sie. Als sie sich die Hand gaben, sah sie, daß Ninas Fingernägel stumpf, kurz und unlackiert waren und daß sie keine Ringe trug.

Nina begrüßte Wetzon mit einem festen Händedruck und sagte: »Ich habe viel von Ihnen gehört.«

»Ach wirklich?« Sie warf Silvestri einen mißtrauischen Blick zu.

»Bestellen wir doch«, bemerkte Silvestri, hinter seiner Speisekarte versteckt.

Sie bestellten Hamburger mit Speck und Pommes frites, dazu Bier vom Faß. Um sie herum wogte das stetige Gesumme zwangloser Gespräche.

Wetzon breitete umständlich ihre Serviette auf dem Schoß aus, dann begann sie, an einer Salzstange zu knabbern.

Während er die beiden Frauen betrachtete, räusperte sich Silvestri. Er wirkte erleichtert, als das Bier, schäumend in großen Glashumpen, gebracht wurde.

»Wie ich gehört habe, sind Sie Tänzerin«, begann Nina Wayne. Sie lächelte Wetzon herzlich an.

»Ich war es. Das ist lange her.«

»Und Sie waren am Broadway?«

»Ja. Und auf Sommerfestivals und Tourneen.«

»Sie tanzen nicht mehr? Wie geht es Ihren Gelenken?«

»Sehr gut, danke – wie geht es Ihren?«

»Les ...«, begann Silvestri.

Nina Wayne lächelte.

Wetzon sagte: »Ich belege Kurse und halte mich an meiner Barre zu Hause beweglich. Sind Sie Physiotherapeutin?«

»Ich bin Gerichtsanthropologin«, antwortete Nina Wayne.

Die Hamburger wurden aufgetischt, saftig auf ovalen Platten, der Speck braun, die Pommes frites dick und knusprig. Nach einem kurzen Augenblick der Würdigung wurde eine inoffizielle Auszeit angenommen, während der sich das Interesse auf das Essen verlagerte.

»Les plant ein Comeback«, sagte Silvestri schließlich. Er hatte seine Platte leergegessen und angelte jetzt nach Wetzons Pommes frites. Hatte Wetzon etwa Stolz in seinem Ton gehört? Nein. Nicht möglich. Nicht bei Silvestri.

»Wirklich?« fragte Nina.

»Nein, nicht richtig. Ich trete in zwei Vorstellungen eines konzertanten Revivals von *Combinations* auf, einem Musical, bei dem ich vor einigen Jahren mitgewirkt habe. Es ist eine Benefizveranstaltung zugunsten von Aidskranken, um drei Personen aus der Originalbesetzung, die gestorben sind, zu ehren.«

»*Combinations*«, entsann sich Nina. »Das habe ich gesehen, als ich auf der High-School war.«

Silvestri hustete hinter vorgehaltener Hand und ignorierte Wetzons funkelnden Blick.

»Dann haben Sie auch mich gesehen. Ich war bis zur letzten Vorstellung dabei. Leute, warum verratet ihr mir nicht, aus welchem Grund ich hier bin? Was ist ein Gerichtsanthropologe?«

»Wenn es kein Gesicht und keine Fingerabdrücke gibt, kommt man zu mir«, erklärte Nina. »Meine Aufgabe ist es, nicht erkennbare – also nicht mit den üblichen Methoden zu bestimmende – menschliche Überreste zu identifizieren.«

»Nina ist Beraterin des Leichenbeschauers der Stadt New York«, ergänzte Silvestri.

»Das hört sich ja sehr interessant an.« Und es war interessant. Vielleicht sah Nina Wayne für sie schon ein wenig anders aus. Vielleicht deshalb, weil auch sie eine Frau in einer Männerwelt war?

Der Tisch wurde abgeräumt, und sie bestellten Kaffee: zwei normale und einen koffeinfreien für die Ex-Tänzerin, die auch ohne Koffein reichlich nervös war.

»Les, ich habe dich gebeten, mit uns zu Mittag zu essen, weil ich mit Nina an einem Fall arbeite und dachte, es gäbe eine kleine Chance, daß du uns helfen könntest.«

»*Du* wünschst meine Hilfe?« Mehr brauchte sie nicht zu sagen. Dies war immer ein Zankapfel zwischen ihnen gewesen; Silvestri warf ihr ständig vor, sich in Polizeiangelegenheiten einzumischen, und nun bat er sie um Hilfe. Wirklich ein Tag, den sie im Kalender rot anstreichen mußte.

Nina Wayne meinte: »Natürlich ist es ziemlich unwahrscheinlich, aber ich schließe Zufälle nie aus, schon gar nicht in dieser Stadt.« Sie hielt inne, während der Kellner die Kaffeetassen hinstellte und ihre Wassergläser aufdeckte.

Wetzon fühlte sich plötzlich verwirrt. »Wovon um Himmels willen sprecht ihr beide?«

Mit einem Griff unter den Tisch holte Nina eine hellbraune Lederaktentasche vor und nahm einen braunen A4-Umschlag heraus. Dann stellte sie die Aktentasche wieder auf den Boden.

»Les, ich habe dir doch von dem Skelett im Schrankkoffer erzählt, weißt du noch?« fragte Silvestri.

»In dem Keller des Wohnhauses im Village?«

»Genau. In der Eleventh Street.«

»Aha, die Eleventh. Du hast mir nie gesagt, wo.«

»Es stand in den Zeitungen«, bemerkte Nina.

Wetzon lächelte. »Die *Times* und das *Journal* brachten es nicht als Aufmacher.«

»Wir können sie nicht identifizieren«, fuhr Nina fort.

»Sie?« Sie beobachtete Ninas Finger an der Lasche des Umschlags und verspürte eine seltsame, unbestimmbare Beklommenheit.

»Ja. Eine Frau. Tot seit ungefähr fünfzehn bis achtzehn Jahren.« Nina zog ein paar Schwarzweißfotos aus dem Umschlag. »Rücken Sie Ihren Stuhl herüber, Leslie, und ich zeige Ihnen, warum wir Sie hergebeten haben.«

Knochen, dachte Wetzon, während sie ihren Stuhl näherschob. Es waren Fotografien von Knochen.

Mit ihren stumpfen Fingern deutete Nina auf mehrere Bereiche an dem Skelett. »Abnutzungsfacetten an den Zehen«, sagte sie.

»Abnutzungsfacetten«, wiederholte Wetzon. Richtig.

»Eine große subchondrale Zyste an der oberen Partie des Acetabulums.«

Wetzon nickte, während sie auf die Fotografien starrte. Klar.

»Das Becken – die Hüftknochen«, fuhr Nina fort, ganz auf die Fotografien konzentriert. »Nekrose im Acetabulum.«

Wetzon warf Silvestri einen flehenden Blick zu. »Bitte sag es mir in Worten, die ein Laie versteht.«

Doch es war Nina, die antwortete. »Die Abnutzungsfacetten an den Zehen rühren von Überdehnung her, die wir auch an den Knochen mittelalterlicher Mönche finden. Diese Frau war jedoch offensichtlich kein mittelalterlicher Mönch, der seine Zehen beim ständigen Niederknien strapazierte. Die Verbindung dieser besonderen Beckenzyste und die Abnutzungsfacetten an den Zehen weisen darauf hin, daß es sich hier um die Knochen einer Tänzerin handelt.«

MEMORANDUM

An: Joey Greenway
Von: Nancy Stein, Assistentin von Mort Hornberg
Datum: 15. November 1994
Betr.: Requisiten, Combinations in concert
Kopien: Carlos Prince und Leslie Wetzon

Unten aufgelistet sind die Requisiten, an die sich Mort von der Originaltruppe her erinnert. Ich habe das Regiebuch durchgesehen und nichts entdeckt, was er vergessen hätte.

10 Paar Pompons
10 Zylinder
10 rote Fliegen
10 rosa Neonstöcke
1 kleine Trommel an einem rot-weiß-blauen Band
2 Trommelstöcke
2 Paar Handbecken
3 Pfeifen an Schnüren
3 Rasseln
1 kleines Akkordeon
1 Musikzugtaktstock
10 kleine amerikanische Flaggen an Stöckchen
1 Baßgeige auf fahrbarem Untersatz
1 Hochzeitskuchen

5. Kapitel

»Nancy, ich glaube, die ursprünglichen Spazierstöcke waren aus schwarzem Bambus.«

»Ich weiß, Leslie, aber Mort meint, sie sollten etwas mehr Schmiß haben, deshalb ersetzt er Bambus durch Neonstäbe.«

»Hat er sich mit Carlos abgesprochen? Ich hoffe doch. Carlos ist der Co-Regisseur.«

Es herrschte Totenstille. »Ich richte es Mort aus, Leslie.«

Wetzon hielt einen Augenblick lang die Luft an. Der Raum begann sich zu drehen.

»Les?« Silvestri langte über den wirbelnden Tisch, während besorgte Falten auf seinem Gesicht erschienen. »Das war ein dummer Einfall, Nina. Stecken Sie die Fotos weg, und vergessen wir das Ganze.«

Wetzon blinzelte, um ihn deutlich sehen zu können. Er verkündete: »Ich bin gleich zurück«, dann stand er auf und ging in den vorderen Raum.

Nina griff nach den Fotografien. Mit einem Ruck hörte der Raum auf, sich zu drehen, und Wetzon legte die flache Hand auf die Bilder. »Nein, warten Sie.«

»Geht es wieder?« fragte Nina. »Sie sind so bleich wie das Tischtuch hier geworden.«

Wetzon nickte. »Ich weiß nicht, was passiert ist. Es war, als wäre jemand über mein Grab gegangen ...«

»Ich dachte, vielleicht hätten Sie ...«

»... sie gekannt?«

Nina nickte.

»Nach ihren Knochen? Ist das nicht ein wenig weit hergeholt?«

»Mag sein.«

Silvestri stellte ein Gläschen Hochprozentigen vor sie. »Trink einen Schluck«, befahl er.

Wetzon schielte zu ihm hoch. Er leckte unbewußt einen Tropfen von dem Glas an seinem Finger ab. »Es geht mir gut.«

»Trink«, sagte er. »Keine Debatten.«

Sie sah Nina vielsagend an und nahm einen Schluck. Purer Malzwhisky. Sie behielt die Flüssigkeit im Mund, kostete sie, ließ dann ihre Wärme durch die Kehle gleiten.

Zufrieden setzte sich Silvestri. »He ...« Er hatte bemerkt, daß die Fotos noch auf dem Tisch lagen.

»Sie möchte sie betrachten«, erklärte Nina.

»Ich möchte sie betrachten«, bestätigte Wetzon. Sie vertauschte den Scotch mit Kaffee und bedachte Silvestri mit einem scharfen Blick, der besagte: Schreibe mir nicht vor, was ich zu tun habe. Aber sie schaute nicht auf die Fotos unter ihrer Hand. Sie konnte nicht. Noch nicht. »Erzählen Sie, was Sie von ihr wissen. Woher wissen Sie, daß es eine Frau ist?«

»Na ja ...« Nina sah Silvestri an, der die Schultern zuckte. »Frauen haben glattere Brauenbögen, und das Becken ist breiter als bei einem Mann. Wir bestimmen als erstes das Geschlecht, dann die Rasse – sie ist weiß –, dann die Statur. Die Weisheitszähne waren vorhanden und kaum abgenutzt. Danach war sie zwischen vier- und siebenundzwanzig, als sie starb, aber die Verwesung war sehr stark, so daß wir kein weiches Gewebe untersuchen konnten. Zum Glück war der Keller trocken; es gab keinen Hinweis auf Feuchtigkeitsschäden, und der Schrankkoffer, in dem sie gefunden wurde, war nicht porös.«

»Du lieber Himmel«, murmelte Wetzon.

Silvestri schob ihr den Scotch hin, und sie leerte das Glas ohne Widerrede.

»Habe ich richtig gehört, Nina, ein *Schrankkoffer?*«

Nina sah Silvestri an.

Er langte über den Tisch und zog die Fotos unter Wetzons Hand hervor, dann blätterte er sie durch, bis er die gesuchten gefunden hatte. Er hielt sie nebeneinander: »Vor sechs Monaten wurde dieses Wohnhaus an der Ecke Eleventh und Hudson von einem Architekten und seiner Frau gekauft. Es gab einen Mieter in einer Maisonettewohnung in den zwei oberen Stockwerken. Sie begannen, die drei unteren für eine Dreietagenwohnung zu renovieren. Der Schrankkoffer befand sich im Keller mit einer Menge sonstigem Gerümpel, das frühere Mieter zurückgelassen hatten.« Er hielt die Fotografie eines großen schwarzen Metallkoffers mit Messingecken hoch, so ähnlich wie der, mit dem Wetzon das College bezogen hatte, nur kam dieser ihr sogar noch bekannter vor; es waren Aufkleber von einer Tourneetruppe darauf. Sie erkannte *Cabaret, West Side Story* und andere Musicals.

Silvestri schob ein anderes Foto über das mit dem Schrankkoffer. Die gleiche Ansicht, nur daß der Koffer jetzt geöffnet war.

Sie starrte auf einen Schädel über einem Durcheinander von Knochen. An einigen hafteten Stoffetzen, die aussahen, als wären es vielleicht einmal Jeans gewesen. Der Schädel war mit stumpfem goldenem Haar bedeckt.

»Sie hatte blondes Haar?« Für die eigenen Ohren klang Wetzon gelassen und professionell, aber im Innern spürte sie Angst und eine sonderbare Verwandtschaft mit der Frau, vielleicht weil auch Wetzons Becken und Zehen wahrscheinlich irgendwelche Streßsymptome aufwiesen.

Nina sagte: »Ja, aber nicht diese Farbe.«

»Kaum zu glauben, daß so ein kleiner Haufen Knochen eine erwachsene Person ausmachte.«

»Und gar keine so kleine. Ich denke, sie war beinah einssiebzig groß und wog um die fünfundfünfzig Kilo.«

»Das können Sie alles feststellen?« Hatte die Tote diese Jeans geliebt? fragte sich Wetzon. Hatte sie sie steif und neu gekauft und unter der Dusche an ihren Körper angepaßt?

Nina nickte. »Mit Hilfe der Länge des Oberschenkelknochens und einer mathematischen Gleichung: ein wenig Multiplizieren und Addieren, und Sie haben es. Das Gewicht können wir auch aufgrund der Größe des Gürtels, den wir im Koffer gefunden haben, schätzen.«

»Der Gürtel ist nicht zerfallen?«

»Er war aus Plastik.«

»Sie hatte keinen Ausweis?«

»Nein.«

»Ich dachte, heute könnte man Personen anhand der Zähne identifizieren.«

»Das Dentoskopieprogramm in Colorado hat nichts ergeben.«

Silvestri reichte die Fotos Nina Wayne, die sie alle in den braunen Laschenumschlag schob und Silvestri zurückgab. »Das ist Ihr Satz. Ich habe noch einen dabei.«

Wetzon starrte in ihre fast leere Kaffeetasse. Keiner sprach, obwohl Nina sich vorbeugte, als wollte sie etwas sagen.

Plötzlich meldete sich Silvestris Piepser. »Bin gleich wieder da«, sagte er, während er an ihrem Kellner vorbeiging, der mit zwei Kaffeekannen zum Nachschenken auf sie zukam.

»Noch was zum Aufwärmen?« fragte der Kellner.

»Das wird Ihnen nicht gelingen«, entgegnete Wetzon. Er lächelte höflich und räusperte sich, weil sich ihre Stimme rauh anhörte.

»Also?« sagte Nina, als der Kellner fort war.

»Warum liegen die Knochen so auf einem Haufen? Hat man sie zerstückelt?«

»Nein. Die Verwesung war so stark, daß das Skelett sich auflöste. Dadurch fielen die Knochen aufeinander.«

»Sie meinen, ich könnte sie gekannt haben.« Es war eine Feststellung, keine Frage.

»Es besteht eine vage Möglichkeit. Die Welt des Tanzes ist wohl eine kleine, geschlossene Gesellschaft.«

»Stimmt, aber sie könnte Ballettänzerin gewesen sein. Dann habe ich sie vielleicht nicht gekannt, es sei denn, sie wäre ein Star oder ich hätte mit ihr den gleichen Kurs absolviert.«

»Probieren Sie es so: Haben Sie jemand gekannt – eine Tänzerin –, die vor ungefähr fünfzehn Jahren in der Eleventh Street gewohnt haben könnte? Eine, die sie seit langem nicht mehr gesehen haben?«

»Eine Menge Tänzer haben im Village gewohnt – wohnen immer noch dort. Es ist so lange her. Darüber muß ich nachdenken. Ich kann mich umhören. Können Sie mir Vergrößerungen von den Aufklebern auf dem Koffer besorgen?«

»Ja.«

Silvestri kam zurück. »Ich habe die Rechnung bezahlt«, sagte er, setzte sich aber nicht mehr. »Ich muß zurück.«

Wetzon schaute auf die Uhr. Halb drei. »Ich auch.« Sie stand auf und zog den Mantel an.

»Les? Sehen wir uns noch?«

Sie nickte. Neben ihm stehend war Nina Wayne größer als Silvestri. Wetzon war nahe daran zu lächeln, als sich ein anderer Gedanke vordrängte. »Moment«, sagte sie, während sie die beiden abwechselnd ansah, »ihr habt mir noch gar nicht gesagt, wie sie gestorben ist.«

»Oh.« Nina seufzte.

Silvestri legte den Arm um Wetzon, schob sie durch das Restaurant und winkte Casey. Auf der Straße kroch der mittägliche Verkehr vorbei, und die Leute eilten zur Arbeit zurück, die Kragen hochgeschlagen. Es war beißend kalt an diesem Novembertag. Eingerahmt von den Türmen der Wall Street schwebte ein Goodyear-Zeppelin lautlos über dem Finanzdistrikt.

Ein Lastwagen hatte eine Fehlzündung, und für einen Moment erstarrte Silvestri. Er hatte den Arm nicht von Wetzons Schulter genommen. Nina, die einen langen weinroten Wollmantel trug, der ihre Größe noch unterstrich, schloß sich ihnen an.

»Kann ich jemand unterwegs absetzen?« fragte Wetzon. »Ich fahre die East 49. entlang.«

Silvestri schüttelte den Kopf.

»Ich unterrichte am John Jay«, sagte Nina, »aber für mich ist es bequemer, wenn ich einfach in die U-Bahn steige.«

»Wie ist sie gestorben, Leute?«

Silvestri winkte einem Taxi und hielt ihr die Tür auf. »Sie wurde erschossen, Les. Irgend jemand jagte ihr eine Kugel in den Kopf.«

MEMORANDUM

An: Nancy Stein, Assistentin von Mort Hornberg
Von: Lou Zucker, geschäftsführende Leiterin, Richard Rogers Theatre
Datum: 15. November 1994
Betr.: Combinations in concert
Kopien: Carlos Prince und Leslie Wetzon

Als Sie uns das Budget gaben, vergaßen Sie, die Pförtner aufzuführen. Die Dachorganisation verlangt organisiertes Wachpersonal. Dadurch erhöht sich das Budget um 1501 Dollar. Allgemeine Haftpflicht und Pauschalpolice auf das Inventar belaufen sich, wie geschätzt, auf 250 Dollar.

6. Kapitel

»Siehst du, was ich meine, Häschen? Würde ich merken, daß sie vergessen haben, Pförtner aufzuführen?«

»Carlos, mein Lieber, ich hätte es auch nicht gemerkt. Wir werden manches auf Treu und Glauben akzeptieren müssen.«

»Treu und Glauben, pah. Seit du mir erzählt hast, wie man in der Wall Street vertrau mir *übersetzt, erschauert mein kleines Herz, wenn ich solche Worte höre.«*

Als Wetzon wieder ins Büro kam, wurde sie von einem Chaos empfangen. Max, der ihr Erscheinen mit sichtlicher Erleichterung begrüßte, beantwortete Anrufe mit einem völlig fremden Unterton in der Stimme: mit latenter Hysterie.

Ihre neue Mitarbeiterin Darlene schluchzte laut in einen Klumpen aufgeweichter Papiertücher.

»Was ist denn hier los?« wollte Wetzon wissen.

Smith stürmte aus ihrem Büro wie von einer Kanone abgeschossen, mit Pulverdampf und allem. »Ein Unterlassungsurteil«, sprudelte sie heraus. »Dieser – dieser Haufen Scheiße!« Wäre es möglich gewesen, hätte sie Feuer durch Ohren, Mund und Nase gespien.

Darlenes Schluchzen wurde lauter.

»Jetzt beruhigt euch erst mal alle«, sagte Wetzon und nahm die Sache in die Hand. »Verlieren wir nicht den Kopf. Niemand«, fügte sie hinzu, »ist gestorben.« Niemand hier, dachte sie, ist in den Kopf geschossen und in einen Schrankkoffer gesteckt worden, um fünfzehn Jahre vor sich hinzumodern. »Hat jemand Shirley angerufen?« Shirley Boley war ihre Anwältin, eine energische, sachliche Frau, die auf Aktienrecht spezialisiert war und als äußerst erfolgreiche selbständige Rechtsanwältin galt.

Das Telefon läutete.

»Smith und Wetzon, guten Tag«, sagte Max. Er sah Wetzon an, die den Kopf schüttelte.

Mach dir eine Notiz, formte sie mit den Lippen.

»Shirley kümmert sich bereits darum«, teilte Smith ihr mit. »Darlene, Mädchen, bitte ...« Smith' Nerven waren zweifellos verschlissen.

»Was genau wird uns untersagt?« Wetzon hängte ihren Mantel in den Schrank und ging in das Büro, das sie mit Smith teilte, seit sie vor beinahe zehn Jahren diese Firma gegründet hatten. »Darlene, bitte, kommen Sie herein, damit wir das besprechen können.«

»Shirley hat behauptet, daß Darlene niemand anwerben oder anzuwerben versuchen darf, mit dem sie schon bei Tom Keegen gesprochen hat. Sie darf sie nicht einmal anrufen und ihnen mitteilen, daß sie jetzt hier ist.«

»Ach, hör auf, wir reden alle mit denselben Leuten. In dieser Branche gibt es keine Geheimnisse, wenn es um die Namen von Brokern geht. Wie man verkauft, das zählt.«

»Selbstverständlich«, sagte Smith langsam.

Oh, oh, dachte Wetzon, da sie ihre Partnerin gut genug kannte. Zweifellos bildete sich ein moralisch fragwürdiger Gedanke in Smith' verschlagenem Köpfchen. »Ich schlage vor, Darlene, bis dies klargestellt ist – und Shirley ist darin prima, also dürfte es nicht allzu lang dauern – sehen Sie B.B.s Fahndungsbogen durch und ziehen die Leute heraus, mit denen Sie noch nie gesprochen haben. Kopf hoch und an die Arbeit.«

Darlene trocknete die Augen und schneuzte die Nase.

Das Telefon läutete.

»Smith und Wetzon, guten Tag«, sagte Max. »Sie ist in einer Besprechung. Kann ich etwas ausrichten?« Er legte auf und notierte eine Nachricht, dann gab der Wetzon diese und die vorige.

Wetzon sagte zu Darlene: »Seine Bogen liegen in alphabetischer Reihenfolge in der untersten Schublade Ihres Schreibtischs. Sehen Sie sie durch. Wenn Sie Fragen haben, kommen Sie zu uns.«

Smith warf ein: »Und wenn Ihnen eine ganz tolle Person einfällt, mit der Sie gesprochen haben und die wir nicht kennen, geben Sie einfach Wetzon den Namen, und sie ruft dann an.«

»Du meine Güte«, stöhnte Wetzon. Smith war schon eine Marke, dachte sie, während sie Darlene, die immer noch krampfhaft durchnäßte Papiertücher festhielt, aus dem Zimmer schob, die Tür schloß und sich dagegen lehnte. »Schämst du dich nicht?«

Smith lächelte und untersuchte ihre Fingernägel. »Jedenfalls hoffe ich, daß wir keinen Fehler gemacht haben. Das Tarot sagte ...«

»Was meinst du mit *wir?*« Wetzon blätterte ihre rosa Nachrichtenzettel durch.

»Sehr komisch.«

»Ich lache nicht. Schließlich habe ich ein furchtbares Mittagessen hinter mir.«

»Oh.« Smith gab sich plötzlich allerliebst. »Hast du nicht mit Dick Tracey und seiner Mutter gegessen?« Sie nannte Silvestri immer Dick Tracey, weil sie wußte, daß Wetzon das ärgerte.

»Sie war nicht dabei. Er brachte eine Gerichtsanthropologin und Bilder von einem Skelett mit, das sie in einem Theaterkoffer gefunden haben. Sie glauben, daß sie vor ungefähr fünfzehn Jahren Tänzerin war und daß deshalb eine Chance bestünde, daß ich sie gekannt haben könnte.«

»Ha!« schrie Smith auf. »Gekannt haben könnte – nach ihren Knochen? Daß ich nicht lache.«

»Es war deprimierend.«

»Das kann ich mir denken.« Mit einem übertriebenen Seufzer sagte Smith: »Die Karten haben mich gewarnt, und ich habe nicht hingehört. Erst habe ich den Tod aufgedeckt, dann den Turm. Heute abend lege ich für dich die Karten.«

»Tu mir den Gefallen, Smith, was auch immer dabei herauskommt – behalte es für dich.«

»Wenn du dich bloß den heilsamen Weisungen des Tarots öffnen würdest, könntest du mit allem, was dir über den Weg läuft, geistig und seelisch fertig werden.«

»Wie du, nehme ich an?«

Smith hob die Schultern. »Ich hoffe, du hast für das Frühstück morgen nichts geplant?«

»Nein. Was liegt an?« Sie griff zum Rest der Nachrichten, die auf ihrem Schreibtisch unter einem Briefbeschwerer lagen, einem Dankesgeschenk von Laura Lee Day, nachdem Wetzon sie zu Oppenheimer vermittelt hatte. Verdammt, zwei Anrufe von Marissa Peiser und ein weiterer von Arthur Margolies, Wetzons Anwalt, der zufällig auch Carlos' Lebensgefährte war.

»Wir sind um sieben Uhr dreißig zu einem Arbeitsfrühstück bei Rosenkind Luwisher bestellt«, verkündete Smith. »Wir beide.«

»Klingt bedenklich, aber wahrscheinlich ist es wieder das gleiche wie immer. Da machen sie eine große Sache daraus, daß wir runterkommen, und dann ziehen sie eine gekonnte Show vor uns ab, wie man die Firma verkaufen könnte, also nicht viel Neues.«

»Ich weiß, aber wenn man bedenkt, was jetzt an der Wall Street los ist, wo Pru immer noch unter schlechter Publicity leidet und möglicherweise alles loswerden will oder mit einer anderen Firma fusioniert und Paine Webber zu einem Schleuderpreis Kidder kauft – keine Barzahlung –, werden wir unsere Kunden hätscheln müssen. Sonst könnten wir eines Morgens aufwachen und nichts mehr haben. Weder Geld noch Kunden.« Sie sah zufrieden die Knöpfe am Telefon aufleuchten. »Zuckerstück, nimm doch ein Taxi und hole mich morgen um sieben ab.«

»Ein Taxi an der West Side um sieben Uhr morgens? Du machst wohl Witze. Ich nehme öffentliche Verkehrsmittel, besten Dank.«

»Öffentliche Verkehrsmittel?« Smith war entsetzt.

Wetzon grinste sie an. »Lies es von meinen Lippen ab, Smith. Die U-Bahn. Ein Ort, wo du noch nie gewesen bist.«

»Wir lassen einen Mietwagen mit Fahrer kommen.«

»Schön.« Die Vorstellung einer Smith, die in der U-Bahn in der Rush-hour – ach was, zu jeder Zeit – von Fabrikarbeitern aus der dritten Welt angerempelt wurde, war so komisch, daß Wetzon mit einem Hustenanfall ihren Lachdrang verbergen mußte. Dann, als Smith sie argwöhnisch betrachtete, wurde Wetzon durch Max' Klopfen gerettet.

»Herein, Max, Schatzi!« rief Smith.

Max öffnete die Tür. Er strahlte. »Dan Buski wieder für Wetzon. Er hat schon zweimal angerufen.«

»Nun schau dir diesen entzückenden Mann an, Wetzon«, sagte Smith, die Hand auf die Hüfte gestützt. »Sieht er heute nicht einfach toll aus?«

Wetzon nickte. Smith war unmöglich. Sie machte immer viel Wesens darum, wie schick Max sei, wo sie doch beide wußten, daß Max in dem braunen Anzug und den Schuhen mit Gummisohlen kein Modegeck war. Heute trug er mit den Wappentieren der Spekulanten verzierte Hosenträger, die seine Hose bis über seine mickrige Brust hochzogen. Nachdem Max die Tür geschlossen hatte, schüttelte Wetzon den Kopf. »Du bist unverbesserlich.«

Smith überhörte sie. »Dan Buski, so? Er sitzt im Vorstand von Smith Barney. Das bedeutet, daß seine Bruttoproduktion auf über siebenhundertsiebzigtausend kommt.«

»Ja, ich habe ihn unter ›unwahrscheinlich‹ abgelegt; ein Makler für Privatkunden, und dort ist er praktisch eine Institution.« Wetzon lächelte über ihren Scherz.

Smith sah sie verständnislos an, ohne eine Spur von Belustigung.

»Hallo, Erde an Smith, es gibt zwei Arten von Brokern an der Wall Street, für private und institutionelle Anleger. Wir befassen uns mit institutionellen. Dan ist Broker für private Anleger. Verstanden?«

»Ja, aber ich finde es nicht komisch.« Sie deutete auf Wetzons Schreibtisch. »Warum nimmst du nicht einfach dein Telefon und machst uns reich, Schatz?«

Wetzon warf die Hände hoch, dann griff sie zum Hörer

und tippte Dans Nummer ein. »Dan, wie geht es Ihnen?« begann sie, indem sie ihrer Stimme einen heiteren Ton unterlegte. Sie setzte sich an den Schreibtisch und zog einen leeren Bogen vor, auf dessen oberste Linie sie seinen Namen schrieb.

»Bestens, Wetzon.« Dan Buski hatte eine Stimme, die waschechtes Brooklyn atmete, aber trotzdem hatte er ein Philosophiestudium in Harvard abgeschlossen. »Schon ein Weilchen her, seit wir uns unterhalten haben.«

»Erzählen Sie mir nicht, daß Sie darauf brennen, zu erfahren, was hier draußen läuft. Tatsächlich ist es aber eine gute Zeit, die Fühler auszustrecken. Die Transaktionen sind außergewöhnlich.«

»Ich weiß, was draußen los ist, Wetzon, und es ist weder besser noch schlechter als bei mir. Glauben Sie mir, hier wird auch nur mit Wasser gekocht, aber nirgendwo ist alles vollkommen, und immerhin habe ich einen Berg aufgeschobener Abschlüsse vor mir liegen. Ich wäre verrückt, jetzt zu wechseln und das auf dem Tisch zu lassen. Nein. Ich enttäusche Sie ungern, aber ich rufe nicht meinetwegen an. Ich rufe wegen Barbie Sloane an. Erinnern Sie sich an sie?«

Der Name Barbie Sloane weckte Mordgelüste in Wetzon. Vor vier Jahren hatte sie Barbies Hand gehalten und sich ihre Probleme mit den alkoholsüchtigen Eltern, einem gewalttätigen Ehemann, ihrem Filialleiter, ihrem Sportlehrer und ihrem Therapeuten angehört. Sie hatte Barbie dann Jerry Elias vorgestellt, einem Geschäftsführer bei Loeb Dawkins, der sie unbedingt einstellen wollte. Er hatte sie zum Essen ausgeführt und ihr ermöglicht, alle wichtigen Abteilungsleiter bei Loeb Dawkins kennenzulernen. Barbie hatte ihm fest zugesagt, vier Wochen später bei ihm anzufangen.

Eine Woche später hatte Jerry Elias jedoch Wetzon angerufen und sie fertiggemacht. Barbie war zwar zu Loeb Dawkins gegangen, aber anscheinend in eine andere Filiale mit einem anderen Filialleiter.

»Aber das ist doch nicht meine Schuld, Jerry«, hatte Wetzon protestiert. »Ich bin genauso schockiert wie Sie. Achtzehntausend Dollar sind mir soeben aus der Hand gerissen worden.«

Als sie Barbie angerufen hatte, um eine Erklärung zu verlangen, hatte Barbie nur gemeint: »Hören Sie, Wetzon, wir sprechen hier vom Geschäft. Und ich habe eine geschäftliche Entscheidung getroffen.« Sie war als Kopplungsgeschäft mit einem anderen Makler für mehr Geld weggegangen, als Jerry ihr bieten konnte, und der Headhunter, der das Paket geschnürt hatte, war kein anderer als Tom Keegen gewesen.

»Allerdings, Dan«, bemerkte Wetzon. »Ich erinnere mich sehr gut an Barbie Sloane.«

»Sie würde sich freuen, wenn Sie sie anriefen.«

»Da bin ich anderer Ansicht, Dan.«

»Tun Sie mir den Gefallen, Wetzon. Sie hat sich sehr verändert. Meine Frau und ich sind gute Freunde von ihr. Wir haben sie durch das Delphi kennengelernt.« Das Delphi war eine der vielen esoterischen Organisationen, die in letzter Zeit überall im Land aus dem Boden schossen und die geistigen Werte betonten.

Klar, dachte Wetzon. Geistige Werte an der Wall Street. Ausgezeichnet. »Warum greift sie nicht zum Hörer und ruft mich selbst an?«

»Es geht ihr um Vertraulichkeit. Sie glaubt, daß ihre Telefonate nach draußen kontrolliert werden. Für die letzten zwölf Monate kommt sie auf sechshundertfünfzigtausend. Sie möchte mit Ihnen sprechen und wartet auf Ihren Anruf.«

Wetzon unterdrückte einen Unmutslaut. »Okay, Dan.« Sie notierte Barbies Durchwahlnummer und legte auf. Smith blickte sie erwartungsvoll an. »Barbie Sloane«, erklärte Wetzon angewidert.

»Dieses Miststück. Dieses Obermiststück. In der Hölle soll sie schmoren.«

»Ich weiß. Ich glaube, ich passe, wenn du nichts dagegen hast. Soll sie mit jemand anderem zusammenarbeiten.«

»Was macht sie brutto?«

»Sechshundertfünfzigtausend.« Es folgte eine lange, bedeutungsschwere Pause, während sie einander anstarrten. Dann griff Wetzon zum Telefon und tippte Barbies Nummer. »Wir sind Huren«, sagte sie zu Smith. »Neununddreißigtausend-Dollar-Huren.«

»Ziemlich reiche«, ergänzte Smith.

»Barbie Sloane«, sagte die Stimme am Telefon.

»Hallo, Barbie, Leslie Wetzon.« Diesmal verzierte sie ihre Worte nicht mit einem Lächeln. Das wäre denn doch zuviel gewesen.

»Oh, im Moment kann ich nicht mit Ihnen sprechen, Wetzon. Ich habe keine Verkaufsassistentin und mache alles allein. Meine alte ist für einen Haufen mehr Geld zu Oppie gegangen. Vermutlich hätte ich sie halten können, wenn ich ein bißchen nachgelegt hätte, aber sollte ich? Sie haben eine neue für mich eingestellt, die aber erst nächste Woche anfängt. Rufen Sie bitte in fünfzehn Minuten wieder an. Melden Sie sich als Mrs. Weinberg; sonst wissen die hier, wer Sie sind.«

»Dann muß ich bis morgen warten, weil ich jetzt zu einer Besprechung weggehe.«

»Heute abend bin ich bis neun Uhr hier. Ich treffe mich zum Essen mit einem Kunden und komme dann wieder ins Büro, weil ich ein Seminar vorbereiten muß und alles allein mache. Rufen Sie nach Ihrer Besprechung an. So um halb neun.«

»Vielleicht schaffe ich es nicht, Barbie. Verschieben wir es auf morgen.« Miststück.

»Hören Sie, Wetzon, ich weiß, daß wir mal ein Problem hatten, aber es war eine geschäftliche Entscheidung, die Sie an meiner Stelle auch getroffen hätten ...«

Wetzon hielt den Hörer vom Ohr weg und starrte ihn an. Alle in dieser Branche standen auf Rechtfertigung.

»... und ich habe mich geändert. Ich trinke und rauche nicht mehr, nehme auch keine Drogen mehr. Jetzt bin ich zugelassene Finanzplanerin und arbeite mit Erfolgshonoraren und sehr finanzstarken Privatpersonen. Anwälte und Wirtschaftsprüfer schicken mir ihre Kunden.«

»Dan spricht sehr lobend von Ihnen.«

»Dan ist ein guter Freund. Mein bester Freund. Ich bete für ihn.« Barbie machte eine Pause, dann fuhr sie hastig fort: »Ich will nicht unbedingt wechseln. Sie behandeln mich hier sehr gut. Sie schicken mich im Land herum, um mit Brokern zu reden. Nur sehr viel Geld könnte mich zu einem Wechsel bewegen, aber ich muß wissen, wie es draußen aussieht, was ich wert bin.«

Wetzon hätte am liebsten gesagt: *Scheiße bist du wert, Barbie,* aber sie ließ es bleiben. Statt dessen entgegnete sie: »Schön, Barbie. Ich rufe Sie später an.« Sie unterbrach die Verbindung. »Mit dieser Frau zu reden kommt mir vor, als redete man mit einer Faust. Und die landet in meinem Gesicht.«

Smith grinste. »Wie ich mich erinnere, ist das der Name, den du ihr vor vier Jahren gegeben hast.«

»Die Faust. Stimmt. Das paßt.« Sie sah auf die Uhr. »Oje, vier Uhr. Ich muß los.«

»Wo gehst du hin? Ich dachte, wir könnten heute nach der Arbeit ein Gläschen trinken. Wir haben überhaupt keine Zeit mehr füreinander, und ich vermisse dich.«

»Heute abend kann ich nicht. Besprechung zur Benefizvorstellung von *Combinations in concert* in Mort Hornbergs Büro, dann Abendessen mit Silvestri.«

Smith verzog das Gesicht. »Er kann Alton Pinkus nicht das Wasser reichen.«

»Das wünsche ich mir auch nicht von ihm.« Sie holte ihren Mantel aus dem Schrank, nahm den Hörer ab und rief Marissa Peiser an. Der Anrufbeantworter war dran – gut –, sie sprach eine Nachricht darauf.

»Ich fürchte«, fuhr Smith hartnäckig fort, »daß du deinen Entschluß bald bedauern wirst, Schatz. Noch immer begreife ich nicht, wie du einen erfolgreichen, wohlhabenden, mächtigen Mann wie Alton Pinkus ausgerechnet wegen eines italienischen Bullen abweisen konntest.«

»Hör auf, Smith. Ich werde meinen Entschluß nie bedauern. Und an deiner Stelle würde ich mich so schnell wie möglich von Richard Hartmann distanzieren, bevor sein Prozeß beginnt.« Zwei genügten für das Spiel *Ich verstehe nicht, was dir an deinem Liebhaber gefällt.*

»Pah, es kommt nicht zum Prozeß. Dickie hat zu viele Beziehungen. Das ist alles Politik. Man hat ihm das angehängt.«

»Angehängt, klar.«

»Aber ich wollte mit dir über etwas Persönliches sprechen. Ich brauche einen Rat.«

»Auf die Schnelle?« Der Tag müßte erst noch kommen, an dem Smith von Wetzon einen Rat annähme.

»Es kann warten. Wollen wir morgen abend zusammen essen?«

»Prima. Also dann.« Wetzon knöpfte den Mantel zu und verließ den Raum. Max führte ein hinhaltendes Gespräch am Telefon. Auch Darlene telefonierte, offensichtlich mit einem Makler. Wetzon blieb stehen, um zuzuhören.

»Natürlich«, sagte Darlene, »wenn Sie unbedingt wechseln wollten, würden wir glauben, Sie hätten ein Problem. Wir möchten nur mit *zufriedenen* Maklern reden.«

Lächelnd dachte Wetzon: Hätte es selbst nicht besser formulieren können. Harold Alpert hatte Darlene gut dressiert. Wetzon winkte und verließ das Büro. Ein Schwall kalter Luft traf ihr Gesicht; jeder Nerv prickelte. Sie liebte den Winter in New York.

Die Fußmatte lag schräg, und sie blieb stehen, um sie mit der Schuhspitze geradezurücken, wobei etwas Glänzendes, das sich in den Borsten der Matte verfangen hatte, herausfiel. Sie bückte sich, um es aufzuheben, und rollte es auf der Handfläche hin und her.

Es war ein eigenartig geformter Bleiklumpen, durchsetzt mit Kupferstreifen.

MEMORANDUM

An: Carlos Prince und Leslie Wetzon
Von: Nancy Stein, Assistentin von Mort Hornberg
Datum: 15. November 1994
Betr.: Combinations in concert

Die Formate, die JoJo für die Orchesterpodien wünscht, entsprechen nicht den Standardgrößen, läßt Paradiso Music *verlauten. Ich habe ihm gesagt, er soll mit Euch sprechen, aber sowohl Mort als auch ich selbst meinen, JoJo sollte in Anbetracht der Tatsache, daß Paradiso uns nur 400 Dollar in Rechnung stellt, was ein Nachlaß von 50 % ist, mit unseren Vorgaben arbeiten.*

7. Kapitel

»Leslie? Hier ist Nancy Stein. Zu der Notiz, die ich dir und Carlos …«

»Ich wollte dich auch schon anrufen. Wir stimmen völlig mit Mort überein, daß wir die Kosten möglichst niedrig halten wollen. Was spricht gegen Standardgrößen?«

»JoJo sagt, die würden besser wirken.«

»Ich schätze, JoJo glaubt, es dreht sich alles um das Orchester. Persönlich glaube ich, es geht nur ums Tanzen. Medora denkt ganz sicher, das Buch wäre das wichtigste … Ach, vergiß es. Wir sind für Standardgrößen.«

New York war eine Stadt der Fußgänger. Unter den strammen Schritten der Einwohner und den schlendernden Füßen der Touristen, die in hellen Scharen aus der ganzen Welt herbeiströmten, um die Sehenswürdigkeiten zu sehen und sich auf die New Yorker einzulassen, schien mitunter die ganze Insel Manhattan zu erbeben. Jeder ging zu Fuß, besonders Frauen. Geschäftsfrauen und Sekretärinnen, Ärztinnen, Empfangsdamen, alle trugen sie die unvermeidlichen weißen Laufschuhe und weiße Socken über Strumpfhosen. Die Beine waren schlank und straff. Untere Schreibtischschubladen in der ganzen Stadt dienten als Behälter für elegantere Schuhe, in die man bei der Ankunft im Büro schlüpfte.

Um diese Jahreszeit genoß Wetzon normalerweise einen strammen Marsch quer durch die Stadt zum Broadway, aber der Fund des Gegenstands, der angesichts der Furche in Darlenes Pelzhut vielleicht der Rest einer echten Kugel war, brachte sie durcheinander.

Die plötzliche Flut der Anrufe von Marissa Peiser, die an der Anklage gegen Richard Hartmann wegen Geldwäsche arbeitete, und von Arthur Margolies, Wetzons eigenem Anwalt, von denen sie keinen einzigen beantwortet hatte, beunruhigte sie. Peiser hatte versprochen, sie herauszuhalten – aber ... es gab zu viele Aber.

Und dann war da auch noch das unheimliche Skelett im Schrankkoffer. Und das Unterlassungsurteil. Aufgewühlt – so fühlte sie sich.

Der Spaziergang machte ihr keinen Spaß.

Als sie eine Straße von ihrem Büro entfernt an Steve Sondheims Haus vorbeiging, tippte sie automatisch an ihre Baskenmütze und verbeugte sich schwungvoll, um ihm ihre Hochachtung zu bezeigen, bevor sie weiterging.

Vor jedem Bürogebäude an der Madison Avenue stand ein versprengtes Häuflein von Rauchern, die zitternd an ihren Zigaretten zogen. Die Nichtrauchergesetze hatten sie hinaus auf die Bürgersteige getrieben, damit sie zur allgemeinen Luftverschmutzung beitragen konnten.

Paul Stuart, wo die Creme der Wall Street ihre Nadelstreifenanzüge und weißen Hemden kaufte, vom Rest der Garderobe ganz zu schweigen, hatte hölzerne Truthähne, die Cashmereschals präsentierten, ins Schaufenster gestellt. Wollte er alle behutsam daran erinnern, daß Weihnachten nicht mehr fern sein konnte, wenn Thanksgiving vor der Tür stand? Ein Obdachloser benutzte das Seitenfenster mit seiner reichen Auswahl an Cashmerepullovern als Spiegel, zog sein mottenzerfressenes Tweedsportsakko gerade, strich glättend über die Khakihose, drehte sich zur Seite, wieder nach vorn, und ging wie ein Model auf dem Laufsteg auf sein Abbild zu.

Kein Mensch achtete auf ihn oder machte auch nur einen großen Bogen um ihn. Was Wetzons Aufmerksamkeit erregte, war das Theaterhafte an der ganzen Vorstellung – eben das, was Laura Lee Day, vom Mississippi nach New York verpflanzt, einen New Yorker Moment genannt hätte.

Mort Hornberg unterhielt ein kleines Büro im siebten Stock des Sardi-Gebäudes in der West 44. Street, im Herzen des Theaterdistrikts.

Sie freute sich nicht auf diese Sitzung. Carlos hatte ihr versprochen, daß sie sehr wenig mit Mort zu tun haben würde, aber Versprechungen, Versprechungen ...

Von der Stelle aus, wo Wetzon stand und wartete, daß die Ampel umschaltete, konnte sie die Anzeigentafel des Palace Theatre sehen, nur wenige Straßen nach Norden, wo Disneys Musical *Die Schöne und das Biest* zum Kummer der durchaus nicht schweigenden Theatergemeinde immer noch lief. Als eine keine Kosten scheuende Runderneuerung des Films betrachtet, der mit Eimern von Disneygeld aus den Kinos getrickst worden war, wurde es 1994, dem Jahr seiner Nominierung, von den Juroren des Tony-Preises verschmäht. Die Show mißfiel anscheinend allen außer einem Publikum, das normalerweise nicht ins Theater ging – also heutzutage den meisten Leuten. Selbst die wenigen, für die Theaterbesuche eine Familientradition bedeuteten, waren von unverschämten Eintrittspreisen vertrieben worden. Und wer die Zeche zahlte, wollte für sein Geld von der großen Show geblendet werden. *Die Schöne und das Biest* lief jeden Abend vor restlos ausverkauftem Haus.

Auf der anderen Seite des Broadways in der 45. Straße, im Minskoff, gab man *Sunset Boulevard,* ein weiteres Ausstattungsstück von Andrew Lloyd Webber, diesmal nach einem amerikanischen Filmklassiker. Es war ein rauschender Erfolg, doch Wetzons Theaterfreunde nahmen gegenüber Webber und seinem Pomp eine sehr zwiespältige Haltung ein. Er hatte sich dem Broadway an den kollektiven Hals geworfen, und sie mußten ihn widerwillig akzeptieren, weil er viele Zuschauer und deshalb das große Geld hereinbrachte.

Bei Disney allerdings hatten viele eine Grenze gezogen. Die

Zirkusatmosphäre bei *Die Schöne und das Biest* wurde zu offensichtlich von den großen Mickymausvermarktern geschaffen. Vom Eingang bis zum Sitzplatz wurden einem bis zum Überdruß Kleidung, Platten, Bücher angeboten.

Im Shubert schleppte sich immer noch *Verrückt nach dir* hin und zog das Publikum an, und gegenüber vom Sardi-Gebäude lief weiterhin *Der Kuß der Spinnenfrau*, wobei die Titelrolle von Chita über Vanessa an Maria Conchita übergegangen war. Weiter im Westen fühlte sich im schönen alten St. James noch immer *Tommy* sehr wohl, wenn er auch nicht mehr vor vollem Haus spielte.

Der Wandel der Zeit am Broadway war einer der Gründe, warum soviel Interesse an *Combinations in concert* bestand, das Teil des alten Broadways war – Erinnerung an eine Zeit bot, als man sich die Eintrittspreise noch leisten konnte und neue Stücke selten überinszeniert wurden, um einem Publikum zu gefallen, das zwischen fünfundsiebzig und fünfundachtzig Dollar für die Karte zahlte und vor allem nur sich selbst präsentieren wollte. Ein Preis, den die Theaterleute – Darsteller, Regiemannschaft und Theaterbesitzer – im Hinblick auf die eigene Tasche viel zu hoch fanden.

Die Wände von Mort Hornbergs Empfangsbereich waren mit Plakaten jeder Show, an der er mitgewirkt hatte, bedeckt; ob Renner oder Flop, jede hatte ihren Platz ohne Entschuldigung. In der Wand gegenüber gab es zwei grifflose Türen, die beide fest verschlossen waren. Tatsächlich wirkte der Raum wie luftdicht versiegelt, vermutlich weil es Mort zuwider war, wenn sich jemand in seine Höhle wagte. Einmal, so erzählte man sich, mußte er beschwatzt und bedroht werden, ehe er aus seinem Büro kam und einem Investor, der gerade einen Scheck über hunderttausend Dollar auf ihn ausgestellt hatte, die Hand schüttelte.

An einem kleinen Tisch saß eine junge Frau, den Hals in einem eigenartigen Winkel unter einem Vorhang aus langem blondem Haar nach vorn gebeugt, und redete mit sich selbst. Sie hob den Kopf, um Wetzon anzuschauen, ihr Haar teilte sich, und ein winziger Telefonhörer erschien zwischen Schulter und Hals geklemmt. »Ja, tut mir leid«, sprach sie ins Telefon, während sie unaufhörlich Sonnenblumenkerne aus einem Tütchen mampfte. Ein blau eingebundenes Manuskript, das auf dem Schreibtisch lag, war mit Teilen der Hülsen übersät. »Ah, klar.« Die junge Frau redete mit einem gekünstelten britischen Oberschichtakzent. »Wenn Sie bitte eine Nachricht hinterlassen möchten? Er ist im Moment nicht im Büro.« Sie hob eine Ecke des Manuskripts hoch, wobei sie den Abfall verstreute, und zerrte einen Block Notizzettel darunter vor. Nachdem sie die Nachricht notiert hatte, zog sie den Hörer durch den Haarvorhang und legte auf.

Es war eine Vorstellung, die es durchaus mit der des Obdachlosen vor Paul Stuarts Schaufenster aufnehmen konnte.

»Ich bin Leslie Wetzon«, sagte Wetzon.

»Ja?« In den Augen der Frau zeigte sich kein Schimmer des Erkennens.

»Die Besprechung um vier Uhr wegen *Combinations in concert*. Würden Sie Nancy ausrichten, daß ich hier bin?«

»Wie, sagten Sie, war Ihr Name?«

»Leslie Wetzon.«

Die junge Frau nahm den Hörer ab und drückte auf einen Knopf. »Eine Leslie Watson ist hier wegen einer Besprechung um vier Uhr.« Ihr britischer Akzent hatte stark nachgelassen. Jetzt gelang es ihr nur noch, wie eine schlechte Imitation von Billie Dawn zu klingen.

Die eine der beiden luftdicht versiegelten Türen tat sich auf, und Nancy eilte so schnell heraus, daß ihre schulterlangen Ohrringe bebten. »Oh, Leslie, du kommst zu früh! Mort hat eine wichtige Besprechung, und Carlos ist noch nicht hier.«

Alles an Nancy bebte, bis auf ihr Haar, das wegen des Bürstenschnitts nicht konnte. Sie trug einen langen schwarzen Rock, der bis zur halben Wade bebte, schwarze hochhackige Stiefel und einen schwarzen Bustier, in dem ihre Brüste unter einer schwarzen Strickjacke mit Gürtel bebten. In der Hand – mit fünf Zentimeter langen roten Nägeln – bebte ein großer schwarzer Schnellhefter.

In jeder Hinsicht glich sie einem Ausrufezeichen.

»Gibt es einen Platz, wo ich ein paar Anrufe erledigen kann?« fragte Wetzon.

»Natürlich.« Nancy lächelte Wetzon mit bebenden Lippen an. »Du kannst meinen Schreibtisch benutzen.« Sie schob Wetzon durch die Tür und zog sie hinter sich zu – innen, bemerkte Wetzon, gab es einen Griff –, bis sie mit einem dumpfen Klicken ins Schloß fiel. »Möchtest du Kaffee oder was anderes? Ein Diätcola? Der Kühlschrank steht da drinnen. Bediene dich. Du findest mich im hinteren Zimmer. Ich muß ein paar Zahlen für Mort überprüfen.«

»Ich komme schon zurecht«, sagte Wetzon und empfand durchaus Mitgefühl für Nancy. Sie hatte die besonnene Sunny Browning, die jetzt ihre eigenen Shows produzierte, als Morts Assistentin ersetzt. Für Mort zu arbeiten, mit seinen Ansprüchen, seinen Stimmungen, seinen Beschimpfungen zu jonglieren, mußte gewiß die normalste Person zum Beben bringen.

Sich hinter Nancys Schreibtisch setzend griff sie zum Telefon und rief Silvestri an. Sie mußte lange warten, bis er an den Apparat kam. Während sie ihm von Darlene und dem Klümpchen Blei berichtete, konnte sie ihn buchstäblich knurren hören. Als sie fertig war, sagte er: »Du lieber Himmel, Les, warum hast du das nicht sofort gemeldet, als es passiert ist?« Er hörte sich ärgerlich und ungeduldig an.

»Weil ich das verdammte Ding erst vor fünfzehn Minuten gefunden habe ... zufällig. Es fiel aus der Fußmatte, als ich sie verschob.« Warum gab er ihr immer das Gefühl, etwas falsch gemacht zu haben?

»Aber der Hut ...«

»Vielleicht war es keine Kugel, und Darlene ist ein bißchen verrückt.«

»Ich bitte Metzger bei dir anzurufen, wenn ich ihn erreichen kann.« Artie Metzger war Silvestris alter Partner vom Siebzehnten, dem Bezirk, in dessen Zuständigkeit Wetzons Büro fiel.

»Ich bin nicht im Büro. Ich bin bei Mort Hornberg.«

»Dann rufst du Metzger an. Muß los, Les ...«

»Silvestri, Moment noch. Wann bist du heute abend zu Hause?«

»Spät.« Es krachte in ihrem Ohr, als er den Hörer auf die Gabel schmiß.

»Klar, auf Wiedersehen, Liebster, Herzblatt, Schatz«, sagte

sie, während sie ebenfalls auflegte. Soviel zum Abendessen. Bei der nächsten Inkarnation bitte keine Polizisten. Aber Silvestris Überstunden bedeuteten, daß sie den Abend für sich haben würde, was auch nicht schlecht war. Sie freute sich darauf, *Das Wasserwerk* zu lesen, das Buch von Doctorow, das sie gestern als Taschenbuch erstanden hatte.

Auf Nancys Schreibtisch herrschte zwanghafte Ordnung. Projekte waren in einzelnen Drahtkörben aufgereiht, jedes in einem schwarzen Hefter mit Etikett. Die Pappschachtel vor ihr war mit *Combinations, Fotos* beschriftet. Ein Computer, CD-ROM kompatibel samt Lautsprechern, stand auf einem rechtwinklig zum Schreibtisch stehenden Beistelltisch. Er hatte einen blauen Schirm und summte. Das perfekte Zubehör für das Büro eines Musicalregisseurs.

Wetzon erhob sich und sah auf die Uhr. Carlos müßte jede Minute hier sein. Durch die geschlossene Tür, die, wie sie annahm, in Morts Büro führte, drang kein Laut. Neugierig legte sie die Hand auf den Griff – sie konnte sich jederzeit entschuldigen – und öffnete die Tür einen Spalt, gerade weit genug, um Mort auf dem Rücken auf einem roten Ledersofa liegen zu sehen, mit offenem Mund in tiefem Schlaf.

Die Wände um Nancys Schreibtisch waren mit gerahmten Fotografien bedeckt, die während der vielen verschiedenen Shows aufgenommen worden waren. Sie sah Bilder von Mort ohne Bart, als er noch Haare auf dem Kopf hatte, bevor er anfing, die Mütze zu tragen, die sein Markenzeichen geworden war. Es gab mehrere Schnappschüsse von Proben für *Combinations*. Eine sehr junge Leslie Wetzon in Trikot und Beinwärmern, mit Rog Battles Arm um die Schultern. Die Party des Ensembles in Boston, alle mit müden, aber glücklichen Mienen, weil die Kritiken wunderbar gewesen waren. Terri und Mort, die für die Kamera die Lippen spitzten. Rog und Medora, Medora mit gestikulierenden Händen, so daß ihr Armband aus getriebenem Gold das Licht reflektiert. Foxy am Klavier mit Rog, Davey und einigen aus der Truppe. Andere im Hintergrund. Carlos bei der Trommelnummer. Ein Ensemblefoto, gestellt, jeder mit einer Requisite. Rog und Medora, die mit Davey über eine Änderung der Handlung berieten, Medora mit abgespanntem Gesicht.

Wetzon setzte sich wieder an den Schreibtisch und rief Arthur an. Im Rückblick waren es aufregende Zeiten gewesen, aber nach ihrer Erfahrung gab es solche erregenden Momente nie umsonst.

»Arthur Margolies.« Arthurs gelassene, beruhigende Stimme floß durch die Telefonleitung.

»Arthur, ich bin froh, daß ich dich erwischt habe.«

»Erwischt ... nein, Leslie. Ich werde mindestens den halben Abend hier sein.«

»Gut. Ich bin heute abend ebenfalls verwitwet, also könnten dein junger Assistent und ich uns an irgendeinem netten Ort gegenseitig trösten.«

Arthur lachte, dann machte er eine Pause und räusperte sich. O weh, dachte sie, jetzt kommt's.

»Leslie, in dem Fall Hartmann hat sich etwas ergeben.«

»Das dachte ich mir, Arthur. Die Peiser hat versucht, mich zu erreichen. Worum geht es?« Was sollte die Frage? Wußte sie es nicht? Spürte sie es nicht in den Knochen? Knochen ... Nein, an Knochen wollte sie jetzt nicht denken. Hartmann hatte sie bedroht. Das genügte als Ursache für den Schauder, der sie durchlief.

»Ja, also«, sagte Arthur, »ich fürchte, du wirst vor einer Anklagejury aussagen müssen.«

MEMORANDUM

An: Carlos Prince und Leslie Wetzon
Von: Nancy Stein, Assistentin von Mort Hornberg
Datum: 15. November 1994.
Betr.: Combinations in concert

Beigefügt ist eine Kopie der Übereinkunft mit Boomer, Inc., derzufolge sie für eine Woche die Tontechnik zur Verfügung stellen. Die Mietkosten betragen 8000 Dollar, plus Arbeit 850 Dollar für jeweils vier Zweimanngruppen, wobei zusätzliche Arbeit mit 10 % netto berechnet wird.

8. Kapitel

»Boomer, Inc.? Was ist das?« grübelte Carlos über dem letzten Kurzbrief.

»Eine Akustikfirma, nehme ich an. Darüber müßtest du eigentlich besser als ich Bescheid wissen. Ist es eine neue Firma?«

»Sehr neu, scheint mir. Ich frage mich, ob es eine von den Firmen ist, die manche Produzenten mit Inventar gründen, damit sie ihren eigenen Produktionen die Tontechnik und Beleuchtung vermieten können – um so an beiden Enden zu verdienen.«

Mort Hornberg setzte sich auf und rieb sich die Augen. »Leslie, Schatz, wo ist Carlos?« Er griff in die Tasche, zog eine kleine Spraydose heraus und sprühte sich in den Mund, er stand dann auf und gab ihr einen Kuß.

»Wichtige Besprechung, Mort? Darf nicht gestört werden? Und das Fußvolk kann sich ruhig die Beine in den Bauch stehen.«

»Ich brauche meinen Schönheitsschlaf«, erklärte Mort klagend, während er seine Jeans glattstrich und den Inhalt seiner Unterhose ordnete.

»Sag bloß nicht, daß die Erbin deines Vermögens dich so lange wach hält«, sagte Carlos. Mit einem Diätcola in der Hand lehnte er elegant am Türrahmen, ein Bein über das andere geschlagen. »Hallo, großartig.« Er zwinkerte Wetzon anzüglich zu.

»Nein, nicht die kleine Maudie.« Mort schüttelte den Kopf. Maudie war seine zwei Monate alte Tochter. »Maudie ist wundervoll. Es ist Poppy. Sie macht mich noch wahnsinnig. Ich dachte, wenn sie ein Kind hätte, würde sie aufhören, auf mir herumzuhacken, daß ich zu Hause bleiben und mich mit ihr unterhalten soll.« Er steigerte sich in seine postnatale Depression hinein, blickte von Wetzon zu Carlos und sagte in vollem Ernst: »Heiratet bloß nie, meine Freunde.«

Carlos sah Wetzon an und verdrehte die Augen.

»Wo ist Nancy?« polterte Mort, um das Thema zu wechseln. Er setzte sich an seinen Schreibtisch und legte die Beine darauf. Nancy tauchte hinter Carlos auf; sie drückte immer noch den schwarzen Hefter an sich. »Oh, da bist du ja«, grunzte Mort. »Bring mir was von meinem Stoff, sei so gut.«

Wetzon wandte sich an Nancy: »Kümmere dich nur um Mort, ich sorge schon für mich.«

Sie folgte Nancy in die winzige Kompaktküche mit Wandschränken, Theken, Mikrowelle, zwei Elektroplatten, einem kleinen Spülbecken und einem großen Kühlschrank mit Eisbereiter.

»Das Mineralwasser?«

»Im Kühlschrank.« Nancy goß eine dunkle, zähe Flüssigkeit in ein Glas.

»Sag bloß, er trinkt immer noch diesen Dreck – wie heißt das Zeug noch?«

Nancy grinste Wetzon an, ohne zu beben. »Fernet Branca.«

»Richtig. Er hat das immer seinen Judenjungen-Stoff genannt.«

Verschwörerisch lächelnd kehrten sie in Morts Büro zurück. Mort hatte die Füße immer noch auf seinem Louis-soundsoviel-Schreibtisch in Blattgold liegen. Carlos lümmelte ausgestreckt auf dem Sofa.

Die Frauen nahmen die roten Ledersessel. Nancy schlug den schwarzen Hefter auf und begann zu schreiben.

Du lieber Himmel, dachte Wetzon, noch hatte keiner überhaupt angefangen zu sprechen.

»Okay, Leute.« Mort nahm einen Schluck von seinem Fernet Branca, zog eine Grimasse und betastete seine Lippen. »Gehen wir alles durch. Steht die Truppe?«

»Alle bis auf Terri Matthews. Keiner weiß, wo sie steckt«, sagte Wetzon. »Sogar ein paar Tanzschulen in Cincinnati habe ich angerufen. Keiner kennt sie dort.«

»Sie wird schon noch auftauchen.« Mort tat es mit einer Handbewegung ab. »Die Zeitschrift New York bringt eine große Geschichte über uns. Wollen wir wetten, daß sie dann auftaucht?«

»Ja, aber jetzt ist es zu spät. Ich habe heute morgen mit Vicki Howard gesprochen«, sagte Carlos. »Vicki hat die Rolle auf der Tournee gespielt. Sie war begeistert, wie es jeder wäre, der mit einem Buchhalter verheiratet ist und mit vier Kindern unter zehn in New Jersey lebt.«

Mort lachte. »Gut. Die Besetzung ist also komplett. Nancy wird einen Zeitplan für die Woche, die wir zur Verfügung haben, ausarbeiten. Ich mache meinen Kalender für sieben Tage frei.«

»Das will ich hoffen, Mort«, sagte Wetzon. Mort war bekannt dafür, daß er sagte, er würde etwas tun, sich dann aber doch drückte. Während der letzten Jahre hatte er die Gewohnheit entwickelt, sich von der Arbeit an einer Show früh zu verabschieden und seinem Assistenten – wer immer das gerade sein mochte – den Rest zu überlassen.

»Sei nicht so ein Klugscheißer, Leslie. Ich halte immer, was ich verspreche«, verteidigte er sich, während er die Schuppen von den Schultern seines hellblauen Cashmerepullovers streifte. »Du bleibst an der Spitze der Truppe, und ich ziehe die richtige Show ab.«

Wetzon sträubten sich die Haare. Er glaubte wirklich daran, daß alles, was er tat, wichtiger wäre als alles, was irgendein anderer tat. Sie bemerkte, daß Nancys Nase praktisch die Seiten des schwarzen Hefters berührte. Die Zeigefinger der Frau waren ein wenig gelblich. Wahrscheinlich rauchte sie heimlich.

»Vielleicht kann Nancy ein herzliches Dankeschön an jedes Ensemblemitglied schicken und Daten und Probenpläne bestätigen«, schlug Wetzon vor.

Nancy nickte. »Das habe ich schon vorbereitet. Ich dachte, ich schicke alle Briefe gleichzeitig ab.«

»Nächster Punkt: Joel Baby glaubt, daß bei Gary Kaminsky ein gewisses Interesse an einer TV-Dokumentation besteht. Was halten wir davon? Es könnte sehr reizvoll sein.«

Joel Baby war Joel Kidde, Morts Agent und Carlos Ex-Agent; er vertrat wahrscheinlich die meisten Gorillas, deren Dschungel der Broadway war. Carlos hatte Joel nach der Premiere von *Hotshot: The Musical* im letzten Jahr gefeuert.

Es war das einzige Mal gewesen, daß Carlos und Smith übereingestimmt hatten: daß nämlich ein Interessenkonflikt vorlag, wenn ein Agent mehrere oder sogar alle miteinander streitenden schöpferischen Talente und sogar Produzenten einer Broadway-Show vertrat. Dennoch kam es immer wieder vor.

»Meinst du, reizvoll für uns oder für Show Biz Shares?« fragte Wetzon.

Mort antwortete nicht. Er lehnte sich in seinem Sessel zurück, betrachtete seine Tonys, die auf einem Regal zu seiner Rechten standen, und sah aus, als zählte er sie. Genau das tat er vermutlich.

»Ich dachte ...«, Carlos setzte sich auf, »ich dachte, wir machen das nicht für Geld.«

Mort lächelte einfältig. »Die Fernsehleute werden Show Biz Shares für alle Kosten entschädigen.«

»Okay«, sagte Carlos.

»Hört her, Freunde.« Um zu unterstreichen, wie ernst er es meinte, hob Mort seine Gucci-Slipper vom Schreibtisch und setzte sich auf. »Sie hätten gern zwei Sendungen gratis. Danach zahlen sie einen Prozentsatz aller Einnahmen an Show Biz Shares.«

»Einen Prozentsatz? Und wie soll der aussehen?« fragte Wetzon. Sie wartete auf das dicke Ende. Bei Mort kam immer ein dickes Ende nach.

»Fifty-fifty. Wir – wir drei hier – bekommen zusammen zehn Prozent von ihren fünfzig.«

Peng. Da war das dicke Ende. »Das ist ekelhaft, Mort. Sie sollten zehn oder fünfzehn Prozent nehmen, und der Rest muß an Show Biz Shares gehen. Wir sollten überhaupt nichts für uns abzweigen. Es geht hier nicht um Profit.«

»Ich stimme Häschen zu«, sagte Carlos mit einer Stimme wie Stahl.

Zum Abendessen gingen sie zu Picholine nahe dem Lincoln Center – wo die Speisekarte mediterran war und die Aufmachung ländlich französisch mit einem Spritzer Eleganz –, nachdem sie übereingekommen waren, nicht über Morts empörendes Verhalten zu sprechen, bis der kalifornische Cabernet Sauvignon genügend geatmet hatte, um gekostet zu werden.

Nach einem langen Schluck schließlich sagte Carlos gedehnt: »Ich glaube wirklich, Herzallerliebste, daß Mort und deine Partnerin etwas miteinander gemein haben.«

»Miteinander gemein? Machst du Witze? Mort gleicht Smith aufs Haar! Wir werden ihn und das Ausrufezeichen – Nancy – sorgfältig beobachten müssen.« Sie spießte Oliven auf, dann brach sie ein großes Stück Focaccia ab, tunkte es in die Olivenölmarinade und verdrückte es. Zum Kellner sagte sie: »Ich nehme sechs Austern, den Heilbutt und einen grünen Salat.«

»Darauf hätte ich auch Lust«, schloß sich Carlos an.

Als der Kellner gegangen war, fragte Wetzon: »Was meinst du, was in dem schwarzen Hefter drin ist?«

»Vielleicht hat sie einen Auftrag vom *Observer*, eine aufregende Enthüllung über das alles zu schreiben.«

»Jedenfalls schreibt sie gute Memoranden; aber muß sie uns immerzu mitteilen, daß sie Morts Assistentin ist? Was könnte in dem schwarzen Hefter sein?«

»Klauen wir ihn doch, dann kriegen wir's heraus.« Carlos lieferte eine gute Imitation vom Lachen einer Comicfigur, und zwei Stunden später im Taxi lachten sie immer noch. Als sie die 86. Straße erreichten, bezahlte Carlos die Fahrt, und beide stiegen aus. »Den restlichen Weg laufe ich«, erklärte er. »Ich brauche frische Luft.« Er küßte sie auf die Wange und drückte sie an sich. »Schlaf gut, Häschen.«

»Moment, Carlos.« Sie blieben vor ihrem Haus stehen, wo der Nachtportier Mario mit der halbwüchsigen Tochter aus dem Apartment 2A flirtete. »Hat Terri Matthews nicht im Village gewohnt?«

»Ich weiß nicht.« Er runzelte die Stirn. »Jetzt, wenn ich nachdenke, fällt mir ein, daß ich Terri häufig bei Balducci's getroffen habe.« Obwohl er seit Jahren bei Arthur in der West End Avenue wohnte, besaß Carlos noch immer seine Dachwohnung in der West 10. Street, die er vermietete. »Ich erinnere mich, daß ich sie einmal nach Hause begleitet habe, weil sie zwei riesige Taschen mit Lebensmitteln dabei hatte. Sie wohnte gerade um die Ecke von mir, irgendwo in der elften Straße.«

MEMORANDUM

An: Carlos Prince und Leslie Wetzon
Von: Nancy Stein, Assistentin von Mort Hornberg
Datum: 16. November 1994
Betr.: Combinations in concert

Ein Coup: Marty Richard überläßt uns die Kulissen aus der Wiederaufführung von It's a Bird ... It's a Plane ... It's Superman.

9. Kapitel

»Was hältst du davon, Häschen? Das sind wirklich phantastische Kulissen.«

»Ich verrate es dir äußerst ungern, Carlos, aber ich habe die Show nie gesehen. Das war lange vor meiner Zeit. Tatsächlich war ich noch ein Kind, als sie zum erstenmal am Broadway lief.«

»Ha! Du warst nie ein Kind. Aber laß dir von mir sagen, daß sie wunderbare Kulissen mit der Skyline der City hatten.«

Sie wußte nicht, was sie geweckt hatte. Der Aufzug vielleicht oder eine Autoalarmanlage. Eine Sirene. Was auch immer, sie war hellwach. Sich streckend sah sie auf die Uhr. Halb drei. Silvestri lag auf der Seite, von ihr abgewandt, Izz zusammengerollt in seinem Kreuz wie eine Wärmflasche aus Fell.

Die ganze Wohnung roch wie eine italienische Küche nach Knoblauch und Wurst. Silvestri war spät und viel besser gelaunt mit einer fettigen Tüte Calzoni von John's nach Hause gekommen.

Er brummte im Schlaf. Unglaublich. Zwei Calzoni – er hatte die zweite für sie mitgebracht, und sie hatte klugerweise abgelehnt – und zwei Bier, und er tat nichts, als im Schlaf zu brummen. Sie hätte die schlimmsten Alpträume bekommen und wäre um halb drei hellwach gewesen. Was blieb ihr jetzt als Ausrede?

Sie beugte sich hinüber, küßte seinen Nacken und atmete

die sexy Mischung aus Schweiß und Knoblauch ein. Als er sich nicht rührte, stand sie vorsichtig auf.

Durch das eine Handbreit geöffnete Fenster drang der Winter mit kleinen kräftigen Nordwindböen ein, die an den hölzernen Läden rüttelten. Izz hob den Kopf, sah Wetzon an, überlegte, ob es sich lohnte, ihre bequeme Lage aufzugeben, und kuschelte sich dann fester an Silvestri.

Mit dem Doctorow ging Wetzon ins Wohnzimmer und schlüpfte unter die Wolldecke, die sie und Carlos während der Spielzeit von *Chicago* hinter der Bühne gehäkelt hatten und jetzt abwechselnd aufbewahrten. Die Worte tanzten auf der Seite, brachen ab, kamen wieder. Aber sowie sie die Augen schloß, erschien der Schrankkoffer vor ihr, und sie war wieder hellwach.

Das war es also. Sie hatte den ganzen Nachmittag, den ganzen Abend versucht, es aus ihren Gedanken zu verbannen, aber es funktionierte nicht. Es hatte sie wachgestupst und ließ sie jetzt nicht mehr einschlafen.

Sie stand auf, wickelte die Wolldecke um sich und holte ein Glas Wasser, das sie langsam trank, während sie in dem offenen Durchgang zu ihrem Wohn-Eßzimmer stand. Sie liebte diesen Raum mit seinen erdigen Farben, den Stickley-Möbeln und dem alten Wandbehang mit dem Sonnenaufgang über dem Sofa.

Silvestris Aktentasche stand auf dem Boden neben dem Tisch mit der Marmorplatte. Sie setzte sich auf den Teppich und legte die Tasche flach hin. Als sie sie öffnete, lag der braune Umschlag mit den Fotos vom Tatort gleich oben auf seinen sauberen Hemden in ihrer Wäschereiverpackung.

Vorsichtig öffnete sie die Lasche und zog die Fotos heraus. Grauenhaft. Sie kam sich wie ein Voyeur vor, konnte sie aber dennoch nicht weglegen. Langsam blätterte sie die Fotos durch, als ob sie etwas suchte. Sie wußte nicht, was.

Jedes Foto trug das Etikett »Beweisstück, Mordkommission«, dazu eine Fallnummer; unten ein M (wofür? Mord? Motiv? Nein, eher für Manhattan), das Datum und ein Zentimetermaßstab.

Der Schrankkoffer wieder, geschlossen. Offen. Ein weiteres Foto des offenen Koffers, diesmal ohne die Knochen. Kleidung, vermodert. Ein Foto von Gegenständen aus dem Koffer, jeder ausgebreitet und numeriert. Sie betrachtete sie genau. Was war das? Es sah aus wie das gezackte Stück einer Keramikkachel. An der Bruchkante und darüber handgeschrieben das Wort ›Für‹. Es dauerte lange, bis sie sich regen konnte.

Schließlich stemmte Wetzon sich hoch und tappte hinüber zu den wandhohen Bücherregalen. Irgendwo auf einem der Bretter mußte ein altes, nie benutztes Vergrößerungsglas vom Flohmarkt liegen. Ah, da. Sie holte es herunter und trug das Foto zum Eßtisch; dort legte sie es flach unter die Lampe und hielt das Vergrößerungsglas darüber. Ihre Hand zitterte. Jemand, der das Ding nicht kannte, würde es in diesem Zustand nicht wiedererkennen … Sie hatte es erkannt, weil sie genauso eine Kachel besaß.

Als sie das Vergrößerungsglas wieder auf das Bücherregal legte, zitterte sie. Dann begann sie zu suchen. Sie fand, wonach sie suchte – ein Regal weiter und zwei Bretter tiefer –, nahm die Kachel von dem Ständer und trug sie zum Tisch.

Es war eine Keramikkachel mit dem leuchtend magentaroten Logo von *Combinations.* Davey Lewin, der Regisseur, hatte jedem Mitglied des Ensembles eine davon mit einer persönlichen Widmung geschenkt.

Auf Wetzons Kachel stand: *Für Leslie, ihre wundervollen Kombinationen, mit herzlichen Grüßen von Davey.*

MEMORANDUM

An: Carlos Prince und Leslie Wetzon
Von: Nancy Stein, Assistentin von Mort Hornberg
Datum: 16. November 1994
Betr.: Combinations in concert

Beigefügt eine Kopie des revidierten Budgets, das eine Alternativrechnung für schlechten Kartenverkauf einschließt. Für Ton- und Beleuchtungsmiete wurde nichts eingesetzt.

10. Kapitel

»Siehst du«, sagte Carlos, »ich habe recht. Mort vermietet uns seine eigene Ausstattung.«

»Also ich weiß nicht, Schatz. Das wäre wirklich hinterhältig, wenn es stimmt. Wenn er den Kram besitzt, soll er ihn für diese Produktion stiften. Das ist doch das mindeste, was man erwarten kann.«

»Rechne nicht damit, Häschen.«

»Nein? Na ja, glaub nicht, daß ich es bei der nächsten Sitzung nicht zur Sprache bringe.«

»Los, komm«, sagte Terri.

»Wir haben nicht mal eine Stunde.« Leslie Wetzon, die junge Tänzerin, zog die Füße aus den Stepschuhen und bewegte sie, dann zog sie ihre Turnschuhe an.

»Es ist doch ganz in der Nähe.« Terri nahm ihre Hand, und sie rannten die drei Treppen zum Bühnenausgang hinunter.

Regenwände, vom Wind wie Laken an einer Wäscheleine gebläht, fegten über die Tremont Street. So stark regnete es nur in Boston, viel häufiger als überall sonst, wenigstens erschien es Leslie so, die Boston von zwei Premieren kannte, beide mit Tourneetheatern. *Combinations* würde ihre dritte sein und die erste, die danach an den Broadway gehen sollte.

Sie hatten zehn Stunden hintereinander geprobt und nur

zu den von der Gewerkschaft geforderten Pausen unterbrochen. Die Technikprobe hatte sich endlos hingezogen, bis alle – Darsteller, Autoren, Produktionsmannschaft, selbst die Bühnenarbeiter – vor Müdigkeit doppelt sahen. Die Stimmung war gefährlich gereizt. JoJo und Rog Battle wären sich beinahe in die Haare geraten, weil JoJo den Einsatz zum Singen immer wieder im falschen Moment gab und dadurch eine komische Stelle verdarb. Es war JoJos erste Show als Dirigent und musikalischer Direktor; als seine Mentorin fungierte Foxy Reynard, die Komponistin und Songdichterin. Keine schlechte Mentorin für einen Korrepetitor. Foxy hatte JoJo bei ihrer letzten Show auf seinem Motorrad entdeckt – er sah aus wie einer von den Hell's Angels, mit Tätowierungen und allem – und ihn der Vergessenheit entrissen. Die beiden hätten was miteinander, sagte Carlos.

Überraschung, Überraschung: Foxy stellte sich bei der Kabbelei zwischen JoJo und Rog auf JoJos Seite. Davey, dieser einmalige Regisseur, der nie müde oder nervös zu werden schien, war herbeigeeilt und hatte eine Pause angesagt. Deshalb standen Leslie und Terri an der Bühnentür, am hinteren Ende der wilden Jagd der Darsteller vom Theater in die umliegenden Speiselokale. Die langen Stunden und die Anspannung regte den Appetit der Akteure stets an.

In Ohio geboren und aufgewachsen, umgab Terri Matthews jenes goldene Leuchten, mit dem manche glücklichen Blondinen geboren werden und von dem sie, was ein noch größeres Glück war, auch als Erwachsene umgeben sind. Es schien, als leuchte ein helles Licht unter ihrer porenlosen Haut. Ihre Stupsnase war mit winzigen Sommersprossen gesprenkelt; sie wirkte frisch und hübsch und auf eigenartige Weise sexy. Leslie hatte JoJos Blicke des öfteren zu Terri schweifen sehen, aber es war nichts passiert, wenigstens soweit Leslie das wußte.

Sie rannten durch überflutete Straßen und sprangen wie Gazellen über Pfützen, freigelassene Tänzerinnen eben. Bis auf die Haut durchnäßt und lachend kamen sie zu Filene's und drängten sich an den Kunden vorbei, die sich unter der Markise an der Washington Street gestellt hatten, um trocken zu bleiben. Ohne Aufenthalt steuerten sie das Untergeschoß an.

Nach einer schnellen Tour durch die Garage begannen sie, die Kleiderständer zu durchkämmen, hielten sich Kleider an Bügeln vor die Körper und warteten auf den Kommentar der anderen. Terri fand ein Kostüm aus elfenbeinfarbener Seide, sehr körpernah geschnitten, und probierte die Jacke über dem Trikot an.

»Was meinst du?« wollte sie wissen.

Leslie hielt den Kopf schräg. »Sehr schön. Aber elfenbeinfarben? Ich hätte nie den Mumm, so etwas zu tragen.«

Terri lächelte sie wehmütig an. »Ich sage nie mehr nie. Außerdem habe ich vielleicht einen besonderen Anlaß, es anzuziehen.«

»Was, du und Peter, habt ihr beschlossen ...?« Peter Koenig war Schauspieler und Terris beständigster Freund.

Terri sagte nicht mehr, machte aber eine geheimnisvolle Miene.

Mit nur einem Abstecher, um sich Hamburger und Cola zu kaufen, rannten sie zur Probe zurück, Terri mit ihrem elfenbeinfarbenen Kostüm, Leslie mit einem budgetsprengenden Chanelkostüm – das einen kleinen Riß im Futter hatte – im gleichen Magentarot wie das Logo von *Combinations.*

An der Bühnentür des Shubert schaute Terri sie strahlend an und sagte: »Gott, war das lustig, was?«

Tränen strömten über Wetzons Wangen. »Ja, es war lustig, Terri«, murmelte sie. »Verdammt lustig.« *Combinations* war von den Kritikern bejubelt worden; sie waren zusammen durch dick und dünn gegangen, die ganze Truppe. Dann wurden sie alle vom Beruf und anderen Shows in Anspruch genommen und verloren sich aus den Augen. Wetzon nahm die Kachel und die Fotos und rollte sich auf dem Sofa zusammen.

Sie starrte auf die Fotografien des Schädels und der Knochen im Schrankkoffer. Wie konnte dies passiert sein? Aber Moment mal, vielleicht war es gar nicht Terri, und sie zog voreilig falsche Schlüsse. Dann klang ihr Terris heisere Stimme im Ohr. *Hat mich denn keiner vermißt?*

In einem Beruf, wo die Karriere vor Lebensgefährten, Freunden und Kindern kam? Das war nicht sehr wahrscheinlich.

Terri hatte allen aus heiterem Himmel mitgeteilt, daß sie nach Cincinnati zurückkehren wollte, um eine Tanzschule zu eröffnen. Und dort war sie vermutlich in ebendiesem Augenblick. Wetzon wischte sich die Tränen vom Gesicht, doch die Angst und das Schuldgefühl konnte sie nicht auslöschen.

So tief in sich gekehrt war sie, daß sie das *klick, klick, klick* auf dem Holzboden nicht hörte und erschrak, als plötzlich Izz, die weiße Pelzkugel, auf ihrem Schoß saß und freudig ihr Gesicht leckte. Die Kachel flog ihr aus der Hand und schlug mit einem Knall, der wie ein Gewehrschuß klang, auf dem Boden auf. Im Zeitlupentempo, sich wie eine Blume öffnend, begann die Kachel zu splittern, von der Mitte nach außen, bis die Oberfläche ein dichtes Netz aus spinnwebartigen Linien war.

»Was zum Kuckuck war das?« fragte Silvestri. Er stand dort, wo der Flur ins Wohnzimmer mündete. »Es ist drei Uhr, und du bist …«

Sie sah ihn an in seinen Boxershorts, barfuß, mit zu Berge stehenden Haaren, und ein Lachanfall schnürte ihr die Kehle zu. Dann, ohne Vorwarnung, kamen wieder die Tränen.

»Les?« Er saß neben ihr, hielt sie fest. »Willst du mir nicht sagen, was los ist?«

Sie lehnte sich an ihn; der Drang zu lachen war ihr vergangen, und sie konnte sich nicht erinnern, sich jemals so trostlos gefühlt zu haben. Izz sprang vom Sofa und schnupperte an der zersprungenen Kachel auf dem Boden, während sie sie umkreiste.

»Das hat dich aufgeweckt«, sagte sie. »Izz hat sie mir aus der Hand gestoßen.«

»Hattest du wieder diesen Traum?« fragte Silvestri, ohne auf die Kachel einzugehen.

»Nein.« Zwei Jahre waren vergangen, seitdem sie angeschossen worden war und danach an einem posttraumatischen Streßsyndrom gelitten hatte. Mit Hilfe einer Therapie durchlebte sie den Moment kaum noch in ihren Träumen. »Ich konnte nicht schlafen. Ich dachte an das Mädchen im Koffer.«

Silvestris Blick fiel auf die offene Aktentasche auf dem Boden. »Es ist meine Schuld. Ich hätte dich da nie hineinziehen sollen. Komm mit ins Bett.« Er zog sie hoch, aber sie schüttelte ihn ab und bückte sich, um die Kachel zu betrachten.

Die ganze Oberfläche war von Sprüngen durchzogen, aber als sie mit einem Finger daranstieß, fiel sie nicht auseinander.

»Sieh dir das an, Silvestri, und dann das Tatortfoto mit den aufgereihten Gegenständen aus dem Koffer.« Sie seufzte und ging in die Küche, nahm einen Metallspatel aus einer Schublade und kam zurück. Silvestri kauerte auf dem Boden und betrachtete die Kachel. Sie sagte: »Du hattest recht, mich in die Sache hineinzuziehen.« Vorsichtig schob sie den Spatel unter die Kachel und hob sie an, wobei sie den überstehenden Teil mit der Handfläche stützte.

Silvestri kramte in seiner Aktentasche und zog eines der frisch gewaschenen Hemden heraus. Dann entfernte er die Papphülle und ließ das Hemd wieder in die Tasche fallen. »Leg sie darauf, Les.«

Wetzon schob die Kachel auf die Pappe und legte sie auf den Eßzimmertisch, dann holte sie ihr Vergrößerungsglas und das Foto.

»Laß sehen«, sagte Silvestri.

»Das ist der Grund, warum du recht hattest, mich in das hier hineinzuziehen. Davey Lewin hat jedem von uns eine Kachel mit dem Logo der Show und einer Widmung geschenkt. Ich bezweifle, daß irgend jemand das entdeckt hätte, Silvestri, außer einem aus der ursprünglichen Truppe von *Combinations*.«

»Was hat das mit *Combinations* zu tun?« Er betrachtete die Fotografie durch das Vergrößerungsglas. Gleich würde er entdecken, was sie gesehen hatte.

»Sieh dir das an und jetzt meine Kachel.« Sie beobachtete ihn; er bemerkte sofort, was sie meinte.

Das Vergrößerungsglas blieb auf der Fotografie liegen. Er legte seine Hände auf ihre Schultern, ihren Rücken und streichelte sie. Sie ließ sich von ihm zum Bett führen.

Nach einer Weile sagte sie: »Wir haben sie für die konzertante Aufführung gesucht. Keiner hat sie seit Jahren gesehen oder von ihr gehört. Es ist entsetzlich, daß dies geschehen konnte.« Plötzlich war sie furchtbar müde, als hätte jemand

Hafergrütze in ihre Adern gepumpt. Sie drückte ihre Wange an seine Brust. »Uns alle trifft die Schuld daran.«

»Okay, du glaubst, du kennst sie, aber wollen wir nicht lieber warten, bis Nina es nachgeprüft hat?«

»Vielleicht ist alles ein gewaltiger Irrtum. Sie könnte die Kachel weiterverschenkt haben.« Aber noch während sie diese Möglichkeit andeutete, war ihr klar, daß es höchst unwahrscheinlich war. Schauspieler, besonders Tänzer, klammerten sich an Erinnerungen. Manchmal waren Erinnerungen alles, was sie besaßen.

»Wer war sie, Les?«

Sie biß sich auf die Lippen. Den Knochen einen Namen zu geben, würde es zur Tatsache machen. »Sie war eine der Tänzerinnen in der Show. Auf der Tournee waren wir Zimmergenossinnen, saßen in der Garderobe nebeneinander. Ihr Name war Terri Matthews.«

MEMORANDUM

An: Carlos Prince und Leslie Wetzon
Von: Nancy Stein, Assistentin von Mort Hornberg
Datum: 16. November 1994
Betr.: Combinations in concert

Die Miete der Tontechnik beträgt 8750 Dollar, plus geschätzte 925 Dollar Arbeitslohn, zusammen also 9675 Dollar. Sie berechnen uns nichts für den Transport, der auf 3500 Dollar geschätzt wird.
Wenn Ihr damit einverstanden seid, zeichnet es bitte ab und schickt es zurück.

11. Kapitel

»Ich zeichne das nicht ab, Carlos, tu du's bloß auch nicht. Nichts unterschreiben, bis ich mit Mort gesprochen habe.«

»Dein Wunsch ist mir Befehl, Herzallerliebste.«

In der Morgendämmerung überzog ein eisiger Sprühregen die Stadt mit strahlendem Glanz.

Sie hatte Silvestri die Namen der Originalbesetzung und des Regieteams gegeben – von allen, die ihr einfielen –, sowie die Telefonnummer ihrer Freundin Ann Ledley von der Schauspielergewerkschaft. Silvestri saß am Telefon und redete mit Nina Wayne, als Wetzon ging.

Wie viele Menschen, fragte sich Wetzon, als sie in den wartenden Wagen stieg, entschwanden mit den Jahren einfach so dem Gesichtskreis? Menschen, die man mochte – oder auch nicht mochte –, die man aber nie wieder sehen würde. Man war für kurze Zeit sehr vertraut miteinander, dann trennten sich die Wege. Man dachte nur noch ab und zu an sie, wenn überhaupt. Wann hatte sie zum letztenmal an Terri gedacht?

Der Familienkreis – denn um einen solchen handelte es sich – eines Musicals ergab sich aus Notwendigkeit. Normalerweise gab es eine Mutterfigur und eine Vaterfigur. Intimität entstand beinahe spontan, besonders wenn das Musical auf Tournee ging. Später löste sich der Kreis auf, wenn die Show abgesetzt wurde oder man zu einer anderen Show wechselte. Und das wurde verstanden und akzeptiert.

An diesem Morgen war sie froh für die Anonymität des Mietwagendienstes. Der Chauffeur, jung und bärtig, trug ein kleines goldenes Kruzifix als Ohrring, das von dem einen Ohrläppchen baumelte. Er hatte es darauf angelegt, das Rotlicht zu überfahren, während er durch den Central Park raste. Er brummte und stöhnte über den städtischen Bus, über einen Bauwagen der Stadtwerke – der natürlich genau in der Mitte der Columbus Avenue geparkt war, wo sie einen größeren Krater aushoben – und über den allgemeinen Verkehr, der sich für ihn nicht schnell genug voranbewegte.

Sie hätte ihm gern gesagt, daß einem, wenn man so durchs Leben hetzte, Augenblicke heiterer Gelassenheit entgingen – Menschen, die man mochte, die eben noch hier waren und im nächsten Augenblick für immer fort. Aber sie sagte nichts. Er hätte es nicht verstanden. Sie blickte durch das vom Regen gestreifte Fenster des Autos und versuchte sich an die Feier nach der Schlußvorstellung von *Combinations* vor siebzehn Jahren zu erinnern, als sie sich zum letztenmal als Familie in der Tavern on the Green eingefunden hatten.

Der Chauffeur parkte in der zweiten Reihe vor Smith' Gebäude in der East 77. Street, stieg aus und sprach mit dem Portier. Natürlich hatte Smith Verspätung. Es war schon halb acht, was bedeutete, daß die Chancen schlecht standen, rechtzeitig zum Frühstück zu kommen. Smith bevorzugte den eindrucksvollen, wenn auch verspäteten Auftritt, weil sie die Ansicht vertrat, die wichtigsten Personen tauchten nirgendwo pünktlich auf.

»Ich könnte anrufen und ihnen sagen, sie sollen ohne uns anfangen«, sagte Wetzon halblaut, als Smith zehn Minuten später angeschlendert kam.

Ihre Partnerin warf ihr einen bösen Blick unter kakaofarbenen Lidern zu und wedelte mit einem Fünfzig-Dollar-Schein, der aussah, als wäre er gerade gedruckt worden, in Richtung des Chauffeurs. »Der gehört Ihnen, wenn Sie uns in fünfzehn Minuten zum Rosenkind Luwisher Tower gegenüber dem World Trade Center bringen.«

»Um Himmels willen, Smith, in welchem Jahr leben wir? Niemand tut das mehr. Du beleidigst den Mann. Er könnte seine Zulassung verlieren.«

»Ah, Lady«, schnurrte der Chauffeur, der Smith im Rückspiegel beobachtete, »Sie sprechen meine Sprache.«

Unter halbgeschlossenen Lidern glänzten Smith' Augen. Ihr selbstgefälliges Lächeln sagte alles.

»Bitte ohne uns umzubringen«, fügte Wetzon hinzu, während das Auto nach Osten zum East River Drive raste. Sie spürte, wie ihre Stimmung sank.

Schon ein leichter Sprühregen sorgte in New York für Staus. Der Verkehr geriet ins Stocken, sobald die Straßen naß wurden. Keiner wußte, warum. Niemand fuhr jemals langsamer, doch bei regnerischem Wetter gingen nicht so viele zu Fuß. Vielleicht benutzten mehr Leute Taxis und Mietwagendienste, wodurch eine größere Anzahl Autos als sonst die Straßen verstopften. Was auch immer der Grund sein mochte, der Chauffeur bekam sein Fünfzig-Dollar-Trinkgeld nicht, und Smith und Wetzon kamen zu spät.

Der Rosenkind Luwisher Tower erhob sich achtundsechzig Stockwerke hoch, von denen die Maklerfirma jetzt die oberen zwölf einnahm. Einst hatte die Firma den Luwisher Brothers allein gehört, aber Luwisher Brothers hatten die Flut der Fusionen und Aufkäufe nach dem Crash von 1987 nicht überlebt und einen schnellen Kapitalzufluß benötigt. Rosenkind Partners, eine Gruppe von risikofreudigen Aufkäufern, hatten das Kapital beschafft und die Firma übernommen.

»Du trödelst!« rief Smith. »Da kommt der Aufzug – schnell.«

»Trödeln? Verdammt. Smith. Warum sind wir so spät dran? Das nächstemal nehme ich die U-Bahn, und dann werden wir sehen, wer schneller ist.«

Der Aufzug war mit gestepptem braunem Leder verkleidet und programmiert, direkt zum sechsundfünfzigsten Stock zu fahren. Als sie einstiegen, kam die Ansage: »Guten Morgen. Dieser Aufzug fährt nur zu Rosenkind Luwisher Brothers. Bitte wählen Sie die Etage.«

»Wie üblich?« fragte Wetzon.

Smith legte ihren behandschuhten Finger auf das glänzende Messingquadrat mit der 67. »Der Speiseraum der Leitenden«, sagte sie, als antwortete sie der Computerstimme. Der Aufzug stieg weich wie ein Heliumballon in die Höhe.

Als sie ausstiegen, fielen Wetzon kaum Veränderungen auf. Doch, ja, vielleicht die Farbe des Teppichs, der jetzt blaß olivgrün war, und die Wände in gebrochenem Weiß mit olivfarbenem Schimmer. Die mehrdeutigen Gemälde von Georgia O'Keeffe waren verschwunden. An ihrer Stelle hingen die verzerrten Visionen Francis Bacons, eines Künstlers, den Mike Rosenkind sammelte. Rosenkind liebte die Hinweise auf seine Tätigkeit als Kunstsammler und hatte es gern, wenn in *Forbes* und *Fortune* Artikel über die Firma erschienen.

Der siebenundsechzigste Stock war integriert mit dem achtundsechzigsten, über dem ein Oberlicht ein Gefühl von Ewigkeit projizierte, genau das Richtige für eine Maklerfirma. Vielleicht war Calvin Klein vorbeigekommen, um ein Geschäft abzuschließen, und hatte sich inspirieren lassen.

Wo einmal ein richtiger, in Hydrokultur gezogener Baum durch die zwei Stockwerke bis zum Oberlicht gereicht hatte, stand jetzt die gigantische Boteroskulptur eines dicklichen Mannes, in Rückansicht nackt auf einer Leiter, von dem berühmten Kunstsammler Mike Rosenkind in Auftrag gegeben. Die geschwungene Marmortreppe, auf der Wetzon vier Jahre zuvor Carlton Ashs Leiche gefunden hatte, war unverändert.

Unter dem Oberlicht im achtundsechzigsten Stock verfügte der Speiseraum der Leitenden auf drei Seiten über Fenster, von denen aus man das untere Manhattan und den Finanzdistrikt überblickte. Trotz des starken Nieselregens ragte die Freiheitsstatue mit ihrer leuchtenden Fackel über dem Nebel.

Die Tische waren mit weißem Leinen gedeckt, und die gedämpfte und gediegene Atmosphäre erinnerte angenehm an den alten Süden; die Kellner rekrutierten sich aus älteren Schwarzen in dunklen Anzügen und weißen Hemden, was jeden in der realen Welt daran erinnerte, daß die Wall Street dank ihres habsüchtigen Herzens durchweg in einer Zeitnische verharrte.

»Hier lang, bitte.« Die Assistentin des leitenden Direktors Neil Munchen führte sie zu einem abgetrennten Bereich. Sie sahen sofort, daß es sich nicht um ein Frühstück in kleinem Kreis handelte.

In dem Durcheinander der Gesichter erkannte Wetzon schnell ihren früheren Mitarbeiter Harold Alpert, und der rundliche kleine Mann neben ihm mußte ...

»Tom Keegen«, murmelte Smith in Wetzons Ohr. »Verschwinden wir.« Sie klopfte Wetzon auf die Schulter.

Neils Assistentin riß die Augen auf.

»Erst mal abwarten, Smith. Hören wir uns an, was sie zu sagen haben. Es muß wichtig sein, wenn sie uns alle hergeholt haben.«

»Nur hereinspaziert, Mädchen. Ihr bekommt alle euren Kaffee«, sagte Doug Culver, einer der Direktoren. »Wir fangen in Kürze an.«

»Mädchen?« Smith sah aus, als wolle sie gleich explodieren. Wetzon nahm ihren Arm und steuerte sie zu einem leeren Tisch, auf dem schon ein Krug mit Orangensaft, eine Kanne voll duftenden Kaffees und ein Korb mit Muffins und Croissants standen. »Warum nimmst du es nicht gelassen?« zischte Wetzon mit einem gequälten Lächeln.

Ein Kellner brachte ihnen eine Frühstückskarte – Pfannkuchen, Waffeln, Eier, Omeletts, Obst und Hafergrütze.

»Ich könnte keinen Bissen essen«, sagte Smith. »Ich würde daran ersticken.«

»Versuch's.« Wetzon überflog die Karte.

»Also gut. Ich nehme die Grapefruitschnitze, das Bauernomelett mit Wurst extra, gut durchgebraten, und vier Stück Siebenkornbrot, kräftig getoastet.«

Wetzon schaute ihre Partnerin belustigt an. Smith konnte essen wie ein Scheunendrescher, brauchte sich nicht zu bewegen und nahm dennoch kein Gramm zu. »Ich dachte, du würdest daran ersticken«, stichelte sie. Smith blickte finster drein. Wetzon bestellte einen getoasteten Bagel, dazu Rahmkäse.

Wenig später erhob sich Doug Culver. »Ich möchte Ihnen allen danken, daß Sie dieser so kurzfristigen Einladung folgen konnten.« Er sprach langsam und gedehnt, was bedeutete, daß er einem, wenn man keinen klaren Kopf behielt, einen

Dolchstoß versetzte, während er Südstaatencharme verbreitete, verführerisch wie Rote Grütze. Ein rundlicher, gemütlicher Vertreter des alten Georgia, zeigte Doug ein friedliches Äußeres und ein breites Lächeln, die sein scharfer Verstand mit dem unheimlichen Instinkt für Eigennutz um jeden Preis Lügen strafte. Nur er und Neil Munchen hatten von der Mannschaft, die Luwisher Brothers vor der Übernahme leitete, überlebt. »Ich bin sicher, daß sich alle untereinander kennen, so daß Vorstellungen überflüssig sind.«

Wetzon sah sich um, als ihr plötzlich auffiel, daß sie und Smith die einzigen Frauen im Zimmer waren. Im selben Augenblick kam ihr Frühstück.

»Wir hier bei Rosenkind Luwisher Brothers«, fuhr Doug Culver fort, »glauben, während wir auf das Jahr Zweitausend zugehen, daß wir uns in die Lage versetzen müssen, die Veränderungen, die sich an der Wall Street anbahnen, auszunutzen. Wir schätzen, daß vielleicht nicht mehr als zehn Firmen bis zum Ende des Zwanzigsten Jahrhunderts durchhalten und wir rechnen damit, eine davon zu sein.« Er legte eine Pause ein, um diese ganze wunderbare Information wirken zu lassen. »In diesem Sinne werden wir einiges umstrukturieren.«

Wetzon stieß Smith mit der Schuhspitze an. »Jetzt kommt's«, flüsterte sie.

»Wir meinen, daß wir eine großartige Geschichte zu erzählen haben, und wenn Sie sie richtig weitererzählen und diese Burschen – von den Topfirmen, versteht sich – herbringen, damit sie mit uns reden, können wir mit Ihnen ins Geschäft kommen.«

Richtig, dachte Wetzon. Das sagten sie alle. Jede Firma glaubte ernsthaft, sie sei absolut singulär. (Sie hatte einmal gegenüber einem Direktor bei Loeb Dawkins geäußert, daß sich im Grunde alle großen Firmen in dem, was sie einem Broker boten, glichen. Der Unterschied lag im Direktor. Unausgesprochen blieb die Tatsache, daß Direktoren umfielen wie Kegel durch eine Bowlingkugel, wie jeder in der Branche wußte. Doch dieser Direktor hatte protestiert. »Es gibt keine Firma an der Wall Street mit der Qualität von Loeb Dawkins«, hatte er erklärt. Wetzon hatte zugestimmt: »Sie haben absolut recht.«)

»Also«, sagte Doug Culver, »stellen wir unsere eigenen Anwerber ein.«

Es wurde so still im Raum, daß man hören konnte, wie jemand ein Tütchen Süßstoff in seinen Kaffee schüttete.

»Was bedeutet das für uns?« Der Mann, der die Frage stellte, hatte ein junges Gesicht unter krausem weißem Haar.

»Wer ist das?« fragte Wetzon durch eine Mundvoll Bagel.

Smith blickte von ihrem Omelett auf. »Howard Rivkin.«

»Ah, das ist Howard Rivkin. Die Broker mögen ihn.«

»Ein Schleimscheißer«, fauchte Smith. »Wie alle.«

Vermutlich wir auch, dachte Wetzon.

»Das bedeutet«, fuhr Doug Culver fort, »daß Sie dann alle nicht mehr so angestrengt arbeiten müssen ...«

»Etwas ist hier faul«, murmelte Smith. »Seit wann machen sie sich Sorgen darüber, wie angestrengt wir arbeiten müssen? Ich denke, sie haben uns eingeladen, um ...«

»Blasen Sie schon zur Jagd, Dougie!« rief Wetzon. Als er in ihre Richtung blickte, zeigte sie ihm ihr charmantestes Lächeln.

»Ah, Wetzon, ich wußte doch, daß ich mich auf sie verlassen kann – gut, daß Sie mich davon abhalten, vom Thema abzuschweifen. Kurz und gut, wir ändern unsere Taktik mit den Anwerbern.«

Wetzon schaute sich im Raum um. Jeder versuchte, niemanden anzusehen. Es war wie das letzte Abendmahl, nur daß es ein Frühstück war. Ein Scheißfrühstück. Eine Henkersmahlzeit.

»Wir haben das sehr gründlich überlegt, wie Sie sich vorstellen können ...«

»Natürlich haben Sie das«, sagte Smith in einem Ton, der vor Sarkasmus triefte.

»... und finden in diesem Zusammenhang, daß die sechs Prozent, die Sie bekommen, zu hoch sind in diesen schwierigen Zeiten, weshalb wir Ihre Honorare kürzen werden.«

Smith erhob sich wie eine Walküre. »Davon träumen Sie wohl, Doug Culver.«

Culver ließ ein gütiges Lächeln wie einen leisen Rülpser vom Stapel. »Auf vier Prozent.«

Smith wandte sich an Wetzon. »Schulden die uns noch was?«

Wetzon schüttelte den Kopf und stand ebenfalls auf. »Was hast du vor?«

Smith setzte sich in Bewegung, und Wetzon mußte sich beeilen, um hinterherzukommen. Erst als sie im Aufzug standen, beantwortete Smith die Frage Wetzons. Sie sagte: »Vergewaltigen, plündern und brandschatzen!«

MEMORANDUM

An: Carlos Prince und Leslie Wetzon
Von: Nancy Stein, Assistentin von Mort Hornberg
Datum: 16. November 1994
Betr.: Combinations in concert

JoJo glaubt nicht, daß wir den Musikern für Combinations *eine Ferien- oder Feiertagszulage zahlen müssen, aber er wollte sich das anscheinend nicht von der Gewerkschaft bestätigen lassen. Mort meint, Ihr solltet das tun. Ich wäre dankbar, wenn Ihr mich über das Ergebnis informieren würdet.*

12. Kapitel

»Prima. Natürlich machst du das, Carlos.«

»Du schlägst mich vor? Ich fürchte mich vor der Ortsgruppe. Sie sagen immer nein, und sie sind ziemlich unfreundlich. Ich denke, du solltest es übernehmen.«

»Ich könnte wirklich wütend werden und sagen, was ich denke.«

»Also gut, ich mach's.«

Smith stürzte auf die Straße und winkte hektisch, während ein Taxi nach dem andern vorbeikroch, alle besetzt. Natürlich war kein Taxi zu bekommen, was Smith nur noch wütender machte. Wetzon nahm es gelassener. Die U-Bahn war eben doch das leistungsfähigste Verkehrsmittel in New York, und wenn Smith endlich aufhören würde, sich dagegen zu wehren, wäre das ein großer Fortschritt.

Was die Vorgehensweise von Rosenkind Luwisher betraf, so bewies das nur, daß Anstand an der Wall Street eine seltene und wenig geschätzte Ware war. Die Tatsache, daß Smith und Wetzon der Firma durch all die schlechten Jahre die Treue gehalten hatte, zählte nichts. Headhunter, hatte ein Geschäftsführer Wetzon vor kurzem informiert, gab es wie Sand am Meer, und die Firmen machten mit jedem Geschäfte; selbst mit – wie Smith es kurz und bündig ausgedrückt hatte – Schleimscheißern, wenn Schleimscheißer ihnen Broker anschleppen konnten.

Keine Firma hatte jemals die Geschäftsverbindung zu einem Headhunter abgebrochen, der dabei ertappt wurde, daß er mit der einen Hand Broker vermittelte und mit der anderen wieder weiterreichte, was Wetzon niemals tun würde.

Aufrichtigkeit und Verläßlichkeit zahlten sich an der Wall Street heutzutage eben nicht aus.

»Du könntest mir wirklich helfen«, fauchte Smith. Sie trat wütend auf den Bürgersteig zurück. »Das können sie mir nicht antun!«

»Sie, wer auch immer sie sein mögen, haben nichts damit zu tun, daß wir kein Taxi kriegen.« Wetzon langte in die Handtasche und zog eine Börse heraus, die ihre U-Bahn-Marken enthielt. Sie entnahm ihr zwei und hielt sie hoch. »Wenn wir die benutzen, sind wir in fünfzehn Minuten am Grand Central. Und dazu trocken.«

»Lieber sterbe ich.«

»Schön. Ich stifte dir eine prachtvolle Beerdigung.« Wetzon stellte den Kragen hoch, spannte den Schirm auf und marschierte auf die Ecke Broadway und Wall zu, der nächsten Haltestelle des Lexington IRT und der Züge Nummer 4 und 5.

»Du wirst mich doch hier nicht allein stehen lassen!« rief Smith, während sie zwei gaffende Frauen, die Taschen von Odd-Job – Ausverkauf mit Klasse – schleppten, mit ihrem feindseligsten Blick fixierte.

»Und ob.« Wetzon ging weiter.

Sie war schon halb an der nächsten Ecke, als sie den Ruf hörte: »Warte!«

Wetzon drehte sich um und sah ihre Partnerin rasch näherkommen. »Ich möchte dich davon in Kenntnis setzen, daß ich es stets für meine Lebensaufgabe gehalten habe, nie einen Fuß in dieses schwarze Loch zu setzen«, jammerte Smith.

»Es ist wirklich nicht so schlimm, wie du denkst, Smith. Zumindest gibt es dort weniger Bettler.« Wetzon empfand ein gewisses Maß an Mitleid. Vielleicht war sie die einzige, die verstand, daß ihre bezaubernde Partnerin eine empfindsame Seele hatte, was selbst Smith nicht bewußt war. Und wie oft

Smith sie auch mit ihrem unverschämten Benehmen wütend machte, Wetzon wußte immer, daß sich dahinter eine sonderbare Unsicherheit verbarg.

Sie stiegen eine neu gekachelte und einigermaßen saubere Treppe hinunter, gingen durch die neuen Drehkreuze, welche die Fahrgäste von den Marken zu den Magnetkarten umgewöhnen sollten, die von den meisten New Yorkern mit ihrer chronischen Abneigung gegen Veränderungen sofort zugunsten der verläßlichen Marken abgelehnt worden waren.

Während ein Zug einfuhr, erreichten sie den Bahnsteig, und als sich die Türen öffneten, drängte ein Menschenschwarm heraus. »Komm!« schrie Wetzon durch den Lärm. Zwei Männer und eine Frau mit einem Kinderwagen, in dem ein schreiendes, mit Schokolade verschmiertes Kind saß, versperrten die Tür. Wetzon gab Smith einen Schubs und stieß sie in den Wagen.

»Warum steht ihr in der Tür und laßt die Leute nicht einsteigen?« beklagte sich Smith.

»Sie spinnen wohl, blöde Ziege«, fauchte die Frau mit dem Kinderwagen.

»Um Himmels willen«, murmelte Smith.

Wie es der Zufall wollte, war der Zug überfüllt. Keine Sitzplätze und kaum Platz an den Stangen und Griffen zum Festhalten. Als der Zug anruckte, fiel eine dicke Frau gegen Smith, wobei das Stück Pizza, das sie aß, haarscharf an Smith' Ärmel vorbeiflog.

»Alles in Ordnung?« fragte Wetzon. Smith wimmerte tatsächlich; sie sah wie betäubt aus. Ein Kulturschock.

»Ich habe die Hölle gesehen«, keuchte sie. Und das war alles, was sie bis zur 14. Straße sagte, als sich der Wagen leerte und eine neue, noch aggressivere Gruppe hereindrängte. Die ganze Zeit hielt Smith die Augen geschlossen und versuchte, sich so dünn wie möglich zu machen, um nicht berührt, gestreift oder angerempelt zu werden. Es war aussichtslos.

»Verehrte Damen und Herren«, sagte eine Stimme. »Ich bitte Sie, barmherzig zu sein. Helfen Sie mir. Sehen Sie mein Kind. Wir sind hungrig.« Der Mann war ausgemergelt und hatte einen gehetzten Gesichtsausdruck. Er schob das Kind – ein erschreckend mageres kleines Mädchen mit ängstlichen

Augen – nach vorn. Das Kind hatte eine Schiene an einem Bein und hielt einen Metallbecher für Münzen, der klapperte, als sie ihn schüttelte. »Meine Frau ist im Krankenhaus, und ich habe meine Arbeit verloren. Ich will nicht rauben und stehlen, aber ich werde es tun, wenn man mich dazu zwingt. Ich bitte Sie, helfen Sie mir ...«

»O Gott«, sagte Smith. »Ich dachte, du hättest gesagt ...«

Wetzon zuckte mit den Schultern und klammerte sich an die Stange über ihr. Sie hätte ein Taschenbuch herausholen können – sie hatte einen von Patricia Highsmith' Ripley-Romanen in der Aktentasche –, glaubte aber, als Smith' Massenverkehrsmittel-Mentor sollte sie lieber ihre Freundin im Auge behalten. »Stell keinen Blickkontakt her«, murmelte. »Lies die Anzeigen.« Ein Fehler. Die Anzeigen waren meist auf Spanisch und warben für Kondome, Hämorrhoidenbehandlung und Drogenentzug.

Das Kind wählte plötzlich Smith aus dem ganzen Publikum aus und hielt ihr den Becher vor die Nase. Smith' Miene wechselte in Sekundenbruchteilen von Entsetzen zu Wut. »Mich legst du nicht rein«, sagte Smith mit einem bösen Blick auf den Becher. »Das ist alles Theater.«

Als das Kind in Tränen ausbrach, begannen sämtliche Leute im Wagen zu zischen. Einen Augenblick später fuhr der Zug in den Grand Central ein und beendete die Reise durch die Hölle.

»Und Smith fühlte sich von dem hautnahen Kontakt mit dem Pöbel so besudelt, daß sie nach Hause gehen mußte, um zu duschen und sich umzuziehen.« Als Wetzon mit ihrem Bericht fertig war, lachte Laura Lee so heftig, daß Tränen an ihren künstlichen Wimpern hingen.

»Xenia Smith in der U-Bahn. Was an diesem Bild stimmt nicht?«

Sie saßen im Starbucks an der Ecke 87. und Broadway, Laura Lee bei einer Milch und Wetzon bei einem koffeinfreien doppelten Espresso. Ihre hohen Hocker standen direkt vor dem großen Fenster, so daß sie die Passanten im Blick hatten. Es war erst halb sieben, hätte jedoch genauso gut bereits Mitternacht sein können, so dunkel war es. Die Scheinwerfer der vorbeifahrenden Autos und die Schaufenster am Broadway beleuchteten die Bürgersteige und Straßen. Am Broadway, der Hauptstraße der Upper West Side, herrschte am Abend genausoviel Betrieb wie tagsüber.

Zwei Aktentaschen und Laura Lees Geigenkasten standen zu ihren Füßen. Laura Lees Musiklehrer wohnte an der Ecke 87. und Westend, und so hatte es sich ergeben, daß sie und Wetzon sich jeden Mittwoch, wenn Laura Lee zum Unterricht ging, hier trafen.

»Was deinen ehemaligen Kunden Rosenkind Luwisher betrifft«, sagte Laura Lee, während sie mit den Händen durch ihr kurzes braunes, mit goldenen Strähnchen durchsetztes Haar fuhr, »so geht es um Derivate. Sie sind damit eingebrochen – mußten einen schweren Schlag einstecken.«

»Derivate? Was ist damit? Ich komme nicht ganz mit.«

»Na ja, Schatz«, sagte Laura Lee, während sie sich die Lippen mit einer Serviette abtupfte, »soviel ich gehört habe, bringt das *Journal* morgen eine groß aufgemachte Geschichte darüber. Rosenkind Luwisher muß einen Fonds in einer Größenordnung von dreihundert Millionen abdecken ...«

»Du lieber Gott.« Wetzon stellte ihre Tasse ab.

»Sie müssen auch Kunden entschädigen, die auf die Investition hereingefallen sind, die sie als sicher angepriesen haben. Kannst du dir vorstellen, daß man Leuten Derivate als sichere Investition andreht?«

»Hm, nein, weil ich nie verstanden habe, was das ist.«

Laura Lee grinste sie an. »Hör zu, Schatz, einer hat einfach damit angefangen. Alles an der Wall Street fängt einfach an. Derivate sind nichts anderes als Wertpapiere, die mit anderen Investitionen gekoppelt werden, als würde man Pfandbriefe zusammenwerfen und im Paket verkaufen. Dann werden die Leute, wie es so oft geschieht, kreativ. Sie mischen, heben ab und teilen auf, werfen wieder zusammen – und verlieren dabei Unsummen. Dann wird die Börsenaufsicht störrisch. Wie immer, wenn etwas als sicher Angepriesenes schiefgeht.«

»Derivate werde ich nie begreifen, aber der Rest ist völlig klar. Demnach geht es nicht um eine Umstrukturierung für das nächste Jahrzehnt, vielmehr müssen sie einfach den Gürtel enger schnallen.«

»Irgendwo müssen sie die Kosten zurückfahren, und so trifft es euch.«

»Klar. Wir stehen nur eine Sprosse über den Filialleitern.« Wetzon trank ihren Espresso aus und schaute aus dem Fenster. Ein kleines Mädchen strampelte auf einem kleinen Fahrrad mit Stützrädchen vorbei. Sein Vater ging neben ihm mit einer großen Tasche von Citarella, einem gehobenen Fisch- und Fleischmarkt am Broadway im Bereich der siebziger Straßen. »Jetzt sieh dir das an. Nicht zu glauben.«

»Was?« Laura Lees Blick folgte Wetzons Finger, der nach draußen zeigte.

»Das kleine Mädchen und sein Vater. Das waren die zwei, die heute in der U-Bahn gebettelt haben – das arme Ding mit der Beinschiene. Ich kann's einfach nicht glauben ... Und ich kann es nicht ausstehen, wenn Smith das Schlimmste annimmt und hinterher recht hat. Und sie waren wirklich gut, Laura Lee. Mich haben sie reingelegt.«

Laura Lee lachte. »Der Vater dieses Kindes ist einfach ein Unternehmer mehr, Schatz. Die Welt ist voll von ihnen. An der Wall Street haben wir doch auch gar nicht so wenige davon.« Sie trank ihre Milch aus, hob die Aktentasche und den Geigenkasten auf und wartete auf Wetzon, die Gebäck kaufte und sich ein halbes Pfund koffeinfreie Espressobohnen mahlen ließ.

»Ein paar von der Sorte gibt es sogar am Theater«, sagte Wetzon.

Als sie fünf Minuten später ihre Tür aufschloß, saß Silvestri in T-Shirt und Jeans am Telefon und schrieb Notizen auf einen Block, als wäre er schon den ganzen Tag dagewesen. Er winkte ihr mit einer Flasche Beck's zu, während sie ihren Mantel aufhängte. Izz hüpfte und tanzte, als hätte sie Wetzon seit Jahren nicht gesehen.

In der Küche brodelte Wasser im Suppentopf. Auf der Theke lagen Fettuccini, und in einer Pfanne köchelte eine interessant aussehende Sauce *ohne* Tomaten. Eine große Schüssel mit Salatkräutern und Tomaten stand auf der Theke, daneben ein knuspriges, mit Sesam bestreutes Semolinabrot von Carmine's. In einem Schälchen schwamm ein Eigelb.

Als Silvestri sein Gespräch beendet hatte, überraschte er

Wetzon, wie sie an der Sauce schnupperte. »Was hast du mit dem Ei vor?« fragte sie.

»Wird über die heiße Pasta gekippt.«

»Mmmm. Du bist eingestellt.«

»Oh, aber ich meine, du solltest mich erst ausprobieren«, schlug er vor.

Sie ließ ihren Finger ganz langsam von seiner Kehle bis zum Hosenbund wandern. »Was für eine verlockende Idee.«

Er packte ihre Hand und zog sie an sich. Das Telefon läutete.

»Mist«, sagte sie. Er schob ihr Haar zur Seite und küßte sie auf den Nacken.

»Wird schon eine Nachricht hinterlassen«, murmelte Silvestri, während er ihre Bluse aufknöpfte.

Im Hintergrund schaltete sich der Anrufbeantworter ein. Eine Männerstimme voll aufgesetzter Fröhlichkeit sagte: »Hallo, Leslie, hier ist Peter Koenig. Ich bin wieder in der Stadt, mit *Tacoma Triptych* ... Für den Fall, daß du dich nicht mehr an mich erinnerst: Früher bin ich mal mit Terri Matthews gegangen.«

MEMORANDUM
An: Carlos Prince und Leslie Wetzon
Von: Nancy Stein, Assistentin von Mort Hornberg
Datum: 16. November 1994
Betr.: Combinations in concert

Tolle Neuigkeit! Wir haben gerade gehört, daß etwas über die Show im morgigen »Wochenend«-Teil der Times in der Kolumne »Auf und hinter der Bühne« gebracht wird. Der Redakteur hat letzte Woche eine Stunde mit Mort verbracht, drücken wir also die Daumen.

13. Kapitel

»Hast du das gesehen, Häschen? Er hat letzte Woche eine Stunde mit Mort verbracht. Meinst du, Mort hat ihm gegenüber erwähnt, daß er zwei Partner hat, daß es uns gibt?«

»Im Leben nicht, Schatz. Glaub mir, er wird den ganzen Ruhm für sich in Anspruch nehmen. Aber falls etwas schiefgeht, wird es natürlich heißen: ›Übrigens habe ich zwei Partner bei diesem Fiasko.‹«

»Also was meinst du? Soll ich ihn anrufen?« Wetzon brach ein Stück Brot ab und wischte die wenigen Tropfen Sauce auf, die auf ihrem Teller übrig waren.

»Warum nicht?«

»Wir wissen doch noch nicht, ob es wirklich Terri ist.« Sie räumte die leeren Teller auf dem Tisch ab, ging in die Küche, stellte sie in die Spüle und kam dann mit einem Tablett zurück, auf dem ihre Melittakaffeekanne, zwei Tassen und ein Teller mit Mandelplätzchen standen. »Oder?«

»Demnach heißt es jetzt wir?« Silvestri mußte lachen, als sie ein Gesicht zog, dann sagte er: »Nein, wir wissen nicht, ob es Terri Matthews ist.«

»Wann werden wir es wissen?«

»Vielleicht bald. Vielleicht nie. Wir brauchen ärztliche Unterlagen, zahnärztliche Unterlagen. Die Polizei in Cincinnati ist bereit, mit Nina zusammenzuarbeiten.« Er kostete den Kaffee. »Der ist gut.«

»Starbucks. Hast du mit Ann von der Gewerkschaft gesprochen?«

»Ja. Sie war hilfsbereit. Das letzte Jahr, in dem Terri ihre Beiträge gezahlt hat, war 1977. Sie hinterließ keine Nachsendeadresse, und nach *Combinations* hatte sie, soweit bekannt, keinen weiteren Kontakt mehr mit der Gewerkschaft.«

»Keine Arztrechnungen?« Wetzon tunkte ein Plätzchen in den Kaffee, dann ließ sie es im Mund zergehen.

»Nein.«

Sie blickte auf ihren Teller und seufzte.

»Les?«

Als sie aufschaute, sah sie sein so vertrautes Gesicht, so vertraut, als wäre es ihr eigenes. Sein dunkles Haar lichtete sich über der Stirn. Der Schatten des einen Tag alten Bartes milderte die scharfe Backenlinie; die kleine Kerbe im Kinn schimmerte dunkler. Sie fragte: »Hast du jemals Angst, Silvestri?«

Wenn er sie liebte, waren seine Augen türkis; wenn er wütend war, wurden sie grau. Jetzt, während er sie prüfend betrachtete, schienen sie türkis. Er hatte ihre Frage nicht beantwortet.

»Selbstverständlich«, sagte er schließlich. »Nur ein Dummkopf hat niemals Angst, Les. Eine kleine Dosis altmodischer Furcht ist eine gute Sache. Sie veranlaßt einen, es sich zweimal zu überlegen, ehe man sich in etwas stürzt.«

»Früher hatte ich nie Angst. Ich kämpfte mich durch und vertraute darauf, daß alles am Ende gut würde.«

»Als ob ich das nicht wüßte.« Er strahlte sie an.

»Silvestri, ich bin sicher, daß das im Koffer Terri war. Jemand brachte sie um und kam einfach davon, weil wir alle so mit uns selbst beschäftigt waren. Sie wurde zweimal getötet. Einmal mit einer Pistole. Und noch einmal von jedem, der sie kannte.«

»Les, warum warten wir nicht, bis wir eine positive Identifizierung haben?«

»Dann rufe ich Peter morgen an. Heute abend habe ich sowieso keine Lust, mit ihm zu reden.«

»Hast du mit Metzger gesprochen?«

Sie hatte den Mann, der auf Darlene geschossen hatte, beinahe vergessen. »Nein. Ich mache es morgen. Versprochen.«

Beide räumten das Geschirr in die Spülmaschine und brachten die Küche in Ordnung. Silvestri goß den Rest Kaffee in seine Tasse und setzte sich aufs Sofa, um *Double Indemnity* zu sehen. Wetzon ging zu Bett. So erschöpft sie vom Tag war, schlief sie dennoch schlecht, wachte ständig auf und döste wieder ein. Muskelkrämpfe attackierten ihre Waden, die Fußsohlen; ihre Zehen spürten den Druck der Decke. Sie schlief verkrampft. Es war noch dunkel, als sie aufstand, Leggins, ein Sweatshirt und Beinwärmer anzog und langsam, aber gründlich an der Barre trainierte; unaufhörlich hatte sie dabei den Refrain von Terris heiserer Stimme im Ohr: »Hat mich niemand vermißt?« Während sie den Nacken frottierte, wies Wetzon die Frage von sich, ob der Schweiß von ihrer Niedergeschlagenheit oder dem Training herrührte; sie hörte auf, setzte sich im Schneidersitz mit dem Rücken zur Wand unter die Barre und meditierte, bis Izz auf ihren Schoß kletterte.

Erst dann kochte sie Kaffee, gab Izz frisches Wasser und Trockenfutter und ging unter die Dusche.

Die Liste der Dinge, die zu tun waren, wurde länger: Peter Koenigs Anruf beantworten, Marissa Peisers Anrufe beantworten, Metzger anrufen, mit Carlos sprechen und sich erkundigen, ob er Nancys Bitte entsprochen und mit der Gewerkschaft geredet hatte, sowie, auf der weniger wichtigen Seite, Rosenkind Luwisher vergewaltigen, plündern und brandschatzen. Es würde ein langer Tag werden, gekrönt von einem Abendessen mit Smith, was immer eine doppelte Strapaze war.

Halb angezogen saß sie auf dem Badewannenrand und trocknete sich das Haar, das sie anschließend zu einem Scheitelknoten aufsteckte. Es war gerade lang genug. Früher einmal war sie nie ohne die Ballerinenfrisur ausgegangen, aber das war, bevor der Schuß ihre Kopfhaut gestreift hatte. Die Kugel hatte eine Furche durch ihr Haar gezogen, so daß es fast bis auf die Haut abgeschnitten werden mußte.

Mitten im Tuschen der Wimpern hielt sie inne. Das war der Grund, warum ihr die Spur am Pelzhut aufgefallen war und sie immer noch beschäftigte. Es war auch der Grund, warum sie Metzger nicht anrief.

Auf der Fußmatte stapelten sich die Zeitungen. Sie überflog die Schlagzeilen. Voilà, der Artikel über Rosenkind Luwisher, genauso wie Laura Lee es vorausgesagt hatte. Es war der Aufmacher im *Journal*, auf der rechten Seite des Titelblatts. Große Neuigkeit. Sie las sie, während sie ihre Vitamine schluckte, dann Orangensaft mit einem Schluck Kaffee zum Nachspülen.

Auch die Times brachte es, unten auf der Titelseite mit einer Fortsetzung im Wirtschaftsteil. Sie fragte sich, ob Börsenmakler in der Ankündigung einen Vorwand sehen würden, Rosenkind Luwisher fallenzulassen. Vielleicht nicht. Sämtliche Firmen entführten einander ständig die Broker, indem sie Spitzenleute mit Geld überschütteten, wenn sie an Bord kamen. Geld und Vergünstigungen: schöne Büroräume, Verkaufsassistentinnen, ausgeklügelte Computersysteme, Spesenkonten. Einzig entscheidend war das Geschäft – wieviel kann ich verdienen.

Der Lokalteil der Times brachte nichts über das Skelett, aber warum hatte sie überhaupt damit gerechnet? Ihr war, als hielte sie den Atem an, als wartete sie auf etwas.

Als sie gehen wollte, erschien Silvestri, duschte und rasierte sich, zog sich an.

»Ich lasse dir die *Times* da«, sagte sie zu ihm.

»Frühe Verabredung?« Er berührte flüchtig ihren Knoten, sagte zwar nichts dazu, hatte ihn aber immerhin bemerkt.

»Konnte nicht schlafen.« Sie wich seinem Blick aus. »Ruf mich an, wenn du etwas hörst.«

»Okay. Heute abend wird es spät bei mir.«

»Ich gehe mit Smith essen.« Sie setzte vorsichtig die Baskenmütze über den Knoten und kraulte Izz an der Kehle. Das Telefon läutete, was lange Verabschiedungen unmöglich machte, doch Wetzon wartete, die Hand an der Wohnungstür, um zu hören, wer es war.

»Nina, hallo.« Silvestri hörte schweigend zu. Dann sagte er: »Nein, geht in Ordnung.« Wieder Zuhören. »Ja? Gut, gib mir Bescheid. Ich bin den ganzen Tag in der Stadt.« Er legte auf und sah Wetzon an.

»Und?«

»Nina fliegt nach Cincinnati.«

MEMORANDUM

An: Sammy Weiss
Von: Nancy Stein, Assistentin von Mort Hornberg
Datum: 17. November 1994
Betr.: Combinations in concert
Kopien: Carlos Prince und Leslie Wetzon

Bestätige Vereinbarung für Geschäftshaftung zu 0,099 pro Förderer. Müssen wir nicht auch Folgendes abdecken?

1.) Pauschalpolice für Beleuchtung und Tontechnik
2.) Unfallentschädigung
3.) Allgemeine Haftpflicht

Ist dieser Versicherungsschutz durch die Nederlanders erhältlich?

14. Kapitel

»Schatz, bedeutet Koproduzent zu sein, daß mein Briefkasten mit Policen und Haftungen überschwemmt werden muß?«

»Policen sagst du, Carlos? Setzen wir Silvestri darauf an. Klingt wie eine Aufgabe für die New Yorker Polizei.«

»Ach, Wetzon, wohin soll ich gehen, um soviel Geld zu verdienen?« jammerte Charley Whiting.

»Beinahe überallhin. Charley, vielleicht ist dies genau der richtige Zeitpunkt für einen Wechsel«, sagte Wetzon. »Mit Ihrer halben Million für das laufende Jahr könnten Sie sich eine wirklich hübsche Pauschale besorgen ... sagen wir, in der Gegend um die zweihundertfünfzigtausend.« Sie konnte Charleys asthmatische Atemgeräusche hören.

»Hören Sie, Wetzon, ich mache gerade eine häßliche Scheidung durch. Und begreife es noch immer nicht. Meine Frau wußte, daß ich ein Ekel bin, als sie mich vor dreiundzwanzig Jahren heiratete. Warum stört es sie jetzt auf einmal?«

»Das tut mir leid, Charley.« Der Teufel soll ihn holen, dachte Wetzon.

»Was würde es mir nützen, zu wechseln und einen dicken Scheck einzusacken? Sie bekäme mindestens die Hälfte davon. Und diese Firma hat mir die ganze Zeit beigestanden. Sie haben mir gezeigt, wie ich meine Einkünfte vor ihr verstecke ...«

Wetzon wünschte ihm viel Glück für seine Scheidung und holte noch drei Hinweise aus ihm heraus, bevor sie auflegte. Charley Whiting *war* ein Ekel. Gerade hatte er ihr mitgeteilt, daß er Geld vor seiner Frau versteckte und daß Rosenkind Luwisher ihm dabei behilflich war. Sein Glück, daß es ihm bei Wetzon herausgerutscht war. Sie betrachtete alles, was Makler ihr erzählten, als vertraulich. Zu dumm, daß andere in der Branche es nicht ebenso hielten.

Sie merkte Charley für ein erneutes Angebot in drei Monaten vor und heftete ihn in ihrem Ordner für März ab. Er war der letzte Makler, den Max für sie vorgesehen hatte. Der Tag war hart gewesen, aber sie hatte tatsächlich sechs Broker von Rosenkind Luwisher zu Vorstellungsgesprächen überredet. Ein Hoch auf unser Team.

Smith hatte den Vormittag mit geschäftsfördernden Telefonaten verbracht und war am Nachmittag Kunden besuchen gegangen, bevor sie den Tag mit ihrer wöchentlichen Maniküre beendete. Auf Smith lastete nun der Druck, neue Kunden aufzutun, während es Wetzons Aufgabe war, Makler von Rosenkind Luwisher wegzulocken.

Darlene betreute Atlanta und Boston, nachdem Shirley Boley ihnen versichert hatte, daß das Unterlassungsurteil, das ihr untersagte, mit Brokern zu reden, mit denen sie bereits als Keegens Angestellte Kontakt gehabt hatte, nicht zu halten sei. Also waren alle Räder geölt, und die Kolben arbeiteten.

Wetzon war gerade weggegangen, um ein Sandwich zu essen, als Mel Wallach, ein Direktor bei Bliss Norderman, von einem Münztelefon auf der Straße anrief. Seine Sekretärin war im Urlaub. Wo zum Teufel sollte er Barbie Sloane zum Mittagessen treffen? Schon jetzt war er bereits zwanzig Minuten zu spät dran. Max hatte in Wetzons Terminkalender nachgesehen, wo sie immer Zeit und Ort einer Verabredung eintrug, und Wallach gesagt, wohin er gehen sollte.

»Phantastisch«, sagte Wetzon, als sie zurückkam. »Die

Faust möchte sich mit niemand treffen, macht uns das Leben sauer, weil Mel unbedingt mit ihr essen will, und jetzt kommt er zu spät.«

Von Silvestri war keine Nachricht über Nina Waynes Abstecher nach Cincinnati gekommen, aber dafür war es auch noch zu früh.

Vor dem Abendessen mit Smith hatte sich Wetzon für fünf Uhr mit der stellvertretenden Staatsanwältin Marissa Peiser zum Kaffee verabredet. Murrend ging sie ins Bad, ließ ihr Haar fallen, steckte es wieder hoch und zog die Lippen nach. Als sie zum Schreibtisch zurückkam, sah sie an den Lämpchen, daß sowohl Max als auch Darlene noch telefonierten.

Sie war nervös. Die Andy-Warhol-Zeichnung mit der dicken Rolle aus Dollarscheinen hing ein wenig schief an der Wand. Sie rückte sie gerade. Durch ihr hinteres Fenster sah der Garten so verlassen aus wie die meisten Gärten im Winter in New York. Melancholisch seufzte sie.

Genug davon, sagte sie sich, nahm den Hörer ab und rief Barbie Sloane an, wobei sie sich als Mrs. Weinberg meldete, wie Barbie sie gebeten hatte. Sie wurde auf Warten gestellt und hörte ein sehr schönes Band mit irgend etwas aus *Peer Gynt*, dann meldete sich die Verkaufsassistentin wieder: »Ms. Sloane kommt sofort.« Wieder auf Warten, quälte der Name der Melodie ihr Gedächtnis. War es »Anitras Tanz«? Die Musik hörte abrupt auf.

»Hallo.« In Barbies Stimme schwang etwas wie verhaltener Verfolgungswahn.

»Tag, Barbie, Wetzon hier.« Ihre Begrüßung sprudelte vor guter Laune. Wetzon die Heuchlerische, dachte sie. Wetzon die Heuchlerische sagte: »Wie war das Mittagessen?«

»Einigermaßen, schätze ich. Er ist ein netter Mann. Aber ich esse nicht gern zu Mittag, und außerdem hatte er Verspätung. Ich weiß nicht, warum ich überhaupt dort war. Ich brauche keinen zusätzlichen Streß.«

Wetzon hielt den Hörer vom Ohr weg. Die Faust war wieder bei der Sache. »Reden tut nicht weh, Barbie.« Und es war völlig unmöglich, Mel Wallach jemals als netten Mann zu bezeichnen.

»Stimmt, Wetzon, aber, offen gestanden, ich weiß nicht, warum ich reden soll. Ich bin hier absolut zufrieden. Sie behandeln mich sehr gut.«

»Wissen Sie, Barbie, Sie haben völlig recht. Vielleicht sollten Sie bleiben, wo Sie sind.«

»Na ja, ich wäre aber dumm, wenn ich mich nicht umsehen würde, Wetzon. Ich bin es mir selbst schuldig, zu erfahren, was ich draußen wert bin.«

»Wie sind Sie mit Mel verblieben?«

»Er schickt mir einen Packen Material, und dann sprechen wir weiter. Aber ich bin zu beschäftigt, um im Moment irgend etwas zu entscheiden. Ich arbeite eine neue Verkaufsassistentin ein und ...«

Es klopfte an Wetzons Tür, und Wetzon schnitt Barbie das Wort ab, bevor diese noch einmal ihren ganzen Arbeitsplan aufzählen konnte. »Warum unterhalten wir uns nicht, wenn Sie das Material, das Mel Ihnen schickt, durchgesehen haben?« Wetzon legte auf. »Herein.«

Artie Metzger, ein langer, linkischer Detective, der Silvestris Partner im Siebzehnten gewesen war, steckte den Kopf durch die Tür. »Beschäftigt?«

»Für dich nie.« Sie sprang auf und stellte sich auf die Zehenspitzen, um ihn auf die Backe zu küssen. Metzgers feierliches Gesicht und die tiefen Säcke unter seinen Augen erinnerten sie immer an einen Basset.

»Du siehst gut aus«, stellte er fest.

Sie feixte ihn an. »Klar.« Er gehörte zu Silvestris Pokerrunde, also brauchte sie nichts weiter zu sagen.

»Was hast du für mich?« An Smith' Schreibtisch gelehnt, holte er seinen Notizblock heraus.

»Wir haben eine neue Mitarbeiterin, die vorher bei einem Konkurrenten war, eingestellt. Ihr Name ist Darlene Ford, und sie hat am Dienstag angefangen. Sie ist praktisch hier zur Tür hereingefallen und hat behauptet, es hätte jemand auf sie geschossen.«

»Nicht ganz dicht?«

»Das dachte ich auch, aber sieh da, ihr Pelzhut hatte eine Furche wie von einem Streifschuß, und als ich später am Tag das Büro verlassen habe, ist das hier aus der Fußmatte gefallen.« Sie übergab ihm den verformten Bleiklumpen. »Silvestri sagt, es ist eine Kugel.«

»Hast du etwas gehört?« Er ließ das deformierte Geschoß über die Handfläche rollen.

»Nicht das geringste. Was für eine Kugel ist das?«

»Vermutlich aus einem Gewehr abgefeuert.«

»Ein Gewehr?« Wetzon war fassungslos. »Machst du Witze? Mitten in der Stadt?«

Metzger hob die Schultern, als könnte ihn nichts mehr überraschen.

»Hör zu, Artie, Tom Keegen ist nicht verrückt. Er war Darlenes letzter Chef. Sie glaubt, er sei derjenige, der hinter ihr her ist.«

»Laß mich mit ihr reden.«

Wetzon öffnete die Tür. Max war dabei, seine Karteibogen in Stapeln zu sortieren. Darlene telefonierte nicht mehr, sondern notierte etwas. »Darlene, kommen Sie bitte mal rein?«

Sie winkte Darlene in ihr Büro und sagte zu Max: »Kannst du noch fünfzehn Minuten bleiben und die Telefone bewachen, während wir etwas besprechen?«

Sein Blick folgte Darlene, dann sah er Wetzon an. »Selbstverständlich.«

Wetzon schloß die Tür. »Darlene, das ist Detective Metzger. Er möchte Ihnen ein paar Fragen wegen der Schießerei stellen.«

Darlene wurde zapplig und lächelte nervös. Metzger schob sie auf Smith' Stuhl und stützte einen Ellbogen auf den Aktenschrank.

»Du liebe Zeit«, sagte Darlene. Sie zog an ihrem Rock, der ohnehin zu kurz war und nun an ihren Schenkeln hinaufrutschte, spielte mit einer Haarsträhne, fummelte an den Goldketten um ihren Hals und kratzte mit lackierten Fingernägeln an ihrer Strumpfhose.

»Mrs. Ford, ich möchte Ihnen bloß einige Fragen stellen«, sagte Metzger.

»Okay.« Sie biß sich auf die Unterlippe und schaute Wetzon an, die ihr zunickte.

»Wie kamen Sie her am …?«

»Dienstag«, half Wetzon.

»Dienstag.« Metzger notierte es.

»Mit dem Taxi. Ich wohne in der East End Avenue. Es ist immer leichter für mich, ein Taxi zu nehmen. Ich kann eins vor meinem ...«

»Gut, was dann?«

Darlene blickte ihn verwirrt an.

»Bezahlten Sie den Fahrer, bevor oder nachdem Sie ausstiegen?«

»Ach so. Vorher.«

»Wann hörten Sie den Schuß?«

»Überhaupt nicht. Ich hatte die Hand am Türgriff, als mir der Hut vom Kopf geschlagen wurde. Ich hörte ein Peng, als wäre etwas auf Metall getroffen. Mein Vater ist Lobbyist für die Nationale Schützenvereinigung; ich weiß mit Waffen sehr gut Bescheid und wußte, was für ein Geräusch das war. Wissen Sie, er hat gesagt, er würde mich umbringen, wenn ich hierher käme.«

»Wer?«

»Tom Keegen, mein Ex-Chef.«

»Ich kann mir nicht ...«, begann Wetzon.

Metzger hielt seine Hand hoch. »Geben Sie mir Keegens Adresse, und ich unterhalte mich mal mit ihm.«

»Ich gebe sie dir.« Wetzon schrieb sie auf einen Notizzettel und gab ihn Metzger.

»Ich möchte mich draußen ein wenig umsehen.« Metzger verstaute seinen Block in der Innentasche. »Und diesen Hut würde ich auch gern sehen. Haben Sie ihn hier?«

Darlene ging aus dem Zimmer und kam mit dem Hut zurück, den Metzger genau untersuchte und ihr dann kommentarlos zurückgab.

Wetzon folgte Metzger nach draußen. Es war kalt. Sie schlug die Arme übereinander und schaute zu, wie er nahe dem Türrahmen herumstocherte. Plötzlich hielt er inne. »Siehst du das?«

»Was?« Sie versuchte, um ihn herum etwas zu sehen. Er deutete auf eine tiefe Delle in der Metalltür über ihrem Kopf. »Das könnte das Peng gewesen sein, das sie gehört hat.«

»Verdammt.« Wetzon preßte die Arme an sich und zitterte.

»Gehen wir wieder hinein.« Metzger hörte sich besorgt an.

Drinnen holte Max seinen Mantel aus dem Schrank. Er wollte gerade die Tür schließen, als Metzger ihn aufhielt. »Ist das deiner, Leslie?« Er hob den Ärmel von Darlenes Waschbärmantel hoch und ließ ihn fallen.

»Nein, Darlenes.«

»Hast du nicht einen ähnlichen?«

»Doch, so ähnlich.«

»Brauchst du mich noch?« fragte Max, dem nicht besonders daran lag, nach Hause zu gehen.

»Nein, gute Nacht, Max. Danke.« Sie bugsierte ihn hinaus. »Möchtest du einen Kaffee, Artie? Ich kann nicht sagen, wie er schmeckt. Es ist der Rest.«

»Schlechter als unserer kann er nicht sein.« Er goß sich selbst eine Tasse ein. »Komm mit herein und mach die Tür zu.«

Sie betrachtete ihn und versuchte den Sinn der Botschaft, die sie von ihm empfing, zu entschlüsseln.

»Setz dich, Leslie«, sagte er.

»Artie, was ist ...«

»Setz dich.« Metzger zeigte auf ihren Stuhl und trank einen Schluck Kaffee. Sie rückte den Stuhl vom Schreibtisch weg und setzte sich.

»Erzähl mir, was du so vorhast«, sagte er, als wäre es ein Kaffeeklatsch.

»Oh, warte, mal überlegen«, entgegnete sie, indem sie das Spielchen mitmachte. »Carlos und ich produzieren eine konzertante Wiederaufnahme einer Show, die wir 76 gemacht haben, als Benefizvorstellung.«

»Was noch?«

»Möglicherweise kannte ich die Frau, deren Skelett in dem Schrankkoffer gefunden wurde. Du weißt von dem Fall? Silvestri arbeitet daran.«

»Ja. Weiter.« Er wartete geduldig, während er kleine Schlucke Kaffee trank.

»Ach ja. Ich muß vor einer Anklagejury gegen Richard Hartmann aussagen.«

»Aha«, sagte Metzger, als hätte er endlich gehört, was er hören wollte. Er stellte seine Tasse auf dem Aktenschrank ab und schien seine nächsten Worte sorgsam abzuwägen.

»Ach, Artie, nun mach schon …« Dann tauchte aus einem tiefen Winkel ihres Hirns der Name des Stücks aus *Peer Gynt* auf. Es war »Aases Tod«.

Metzger sagte: »Leslie, es war vielleicht nicht Mrs. Ford, auf die der Schütze es abgesehen hatte.«

MEMORANDUM

An: Carlos Prince und Leslie Wetzon
Von: Nancy Stein, Assistentin von Mort Hornberg
Datum: 17. November 1994
Betr.: Combinations in concert

Das Einräumen könnte einen dritten Tag beanspruchen. Wir haben es für Dienstag und Mittwoch angesetzt, so daß der Donnerstag dazugenommen werden kann, falls erforderlich. Die geschätzten Kosten für den dritten Tag liegen bei 12 500 Dollar. Wegen des Umfangs der Licht- und Tontechnik, sagt Ellis, wird die Elektrik von 8 auf 12 Personen aufgestockt.

15. Kapitel

»Häschen, Schatz, vergiß es nicht. Wir sprechen durch, wie wir mit Mort umgehen, und dann kannst du es bei der Sitzung allein machen.«
Sie knirschte mit den Zähnen. »Genau.«

Obwohl es noch eine Woche bis Thanksgiving war, strahlte New York schon in weihnachtlichem Schmuck, lästig und zynisch zugleich. Gemäß der New Yorker Tradition stürzten sich die Stadt und ihre Bewohner an dem Montag, der auf Thanksgiving folgte, in eine Orgie aus Weihnachtseinkäufen, Cocktailpartys, Brunches, Tagen der offenen Tür und allgemeinen Festlichkeiten. Der Versuch, darüber hinwegzusehen, war so vergeblich, als wollte man eine Flutwelle mit der Handfläche aufhalten. Für Wetzon wurde die Weihnachtszeit erst amtlich, wenn während der ersten Dezemberwoche am Baum im Rockefeller Center die Kerzen aufflammten.

Sie hatte den Coffee-Shop mit dem unpassenden Namen Broadway Diner in der Lexington in Höhe der fünfziger Straßen vorgeschlagen. Niemand, den Wetzon kannte, ging dorthin, also war er bestens geeignet. Er lag auch am Weg zum Fresco, wo sie Smith zum Abendessen treffen sollte.

Ein wenig ängstlich, von Zeit zu Zeit einen Blick über die Schulter werfend, marschierte sie die Second Avenue hinauf, da sie sich an Metzgers Vorschlag erinnerte, ihr gewohntes Verhalten zu variieren. Wurde sie von jemandem beobachtet? Hatte einer von Richard Hartmanns »Freunden« beschlossen, ihm aus der Patsche zu helfen?

Ein bärtiger Mann mit blauer Baseballkappe und abgetragenem I love NY-Sweatshirt schob einen Einkaufswagen hinter ihr her. Er trug schmutzige Jeans und neue weiße Reeboks. Die Hände steckten in leuchtend gelben Gummihandschuhen. Sein Wagen war randvoll mit Plastiktüten voller Aludosen beladen. Er parkte vor einem Abfallkorb an der 50. Straße und begann, zwischen den zerknüllten Tüten, Papp- und Styroporbehältern und Pizzakrusten zu stöbern.

In rascher Folge klaubte er ein rundes Dutzend Dosen aus dem Durcheinander, die er seiner Sammlung zufügte, bevor er zu einem anderen Abfallkorb an der nächsten Ecke weiterzog.

Auch er war ein New Yorker Unternehmer, der die Tatsache nutzte, daß die meisten Leute in der Stadt sich nicht die Mühe machten, das Pfand in Höhe von fünf Cent, das der Staat auf alle mit Kohlensäure versetzten Getränke in Dosen und Flaschen erhob, zurückzuverlangen. Ein Fünfer? Ich hör' nicht recht. Nicht der Mühe wert. Diese Einstellung hatte ein Gewerbe für die Obdachlosen und Arbeitsunfähigen ins Leben gerufen, die bestimmte Viertel unter sich aufgeteilt hatten. Sie wußte, daß es irgendwo in der Stadt eine Einlösungsstelle namens We Can gab, die alle Dosen und Flaschen sammelte und die Sammler bezahlte.

Der Broadway Diner hatte um diese Zeit wenig Gäste, so daß Ort und Zeit ideal waren, um sich zu treffen und nicht gesehen zu werden. Im Augenblick übertraf das Bedienungspersonal die Anzahl der Gäste. In der Raucherabteilung las ein älterer Mann eine fremdsprachige Zeitung, auf der große schwarze kyrillische Buchstaben prangten. Ein überquellender Aschenbecher voller nicht richtig ausgedrückter Kippen produzierte einen kleinen Rauchschleier um ihn herum.

Die einzigen Gäste in der Nichtraucherecke waren ein Mann und eine Frau wirklich älteren Datums. Sie hatten ein zeitiges Abendessen aus Hackbraten und Kartoffelbrei vor sich.

Wetzon bat um einen Tisch möglichst weit hinten im Restaurant, weg von dem Tafelglasfenster. Sie bestellte Kaffee und wartete.

»Das habe ich nicht gesagt«, klagte die alte Frau. Sie war winzig, ein wenig bucklig und hatte eine kleine Adlernase. Mit der Gabel stocherte sie am Hackbraten herum, probierte ihn aber nicht.

»Was?« fragte der alte Mann. Sein Haar war grau, und er trug eine Hornbrille, die für sein Gesicht zu klein war. Er sprach lauter als nötig.

»Ich habe gesagt«, erhob die Frau ihre Stimme, »daß du taub bist.«

Wetzon lächelte und entspannte sich. Es war beinahe zwei Jahre her, seit sie Marissa Peiser zum letztenmal gesehen hatte, und jetzt kam sie mit wehender Mähne hereingeeilt. Das glatte braune Haar der stellvertretenden Staatsanwältin war noch immer schulterlang, aber es hatte einen entschiedenen Stich ins Rote. Der Gürtel ihres schwarzen Regenmantels baumelte lose von einer abgerissenen Seitenschlaufe. Eine schwarze lederne Umhängetasche und eine schmudelige Aktentasche vervollständigten das Bild. Sie gab Wetzon die Hand.

»Was?« fragte der alte Mann.

»Vergiß es«, antwortete die alte Frau.

»Was?«

»Golden Oldies als Hintergrundmusik«, erklärte Wetzon.

»Danke, daß Sie gekommen sind«, sagte Peiser. »Einen schwarzen Kaffee, bitte«, wandte sie sich an den Kellner. »Und einen getoasteten Bagel.« Sie sah Wetzon an. »Ich hatte kein Mittagessen. Möchten Sie etwas?«

»Noch einen koffeinfreien.« Als der Kellner weg war, fragte Wetzon: »Oder sollte ich etwas Stärkeres trinken?«

»Vielleicht.« Marissa schüttelte den Mantel ab, so daß er halb über der Lehne, halb auf dem Boden lag. Sie trug ein graues Kostüm mit einer roten Seidenbluse, die am Hals mit einer Schleife geschlossen war. Die Schlaufe hing schlaff herunter. Mit einem zerknitterten Papiertuch, das sie aus der Handtasche holte, schneuzte sie sich. Ihre Augen drückten

Sorge, gepaart mit Verläßlichkeit aus. Wetzon mochte sie. Sie spürte, daß Peiser sie nie anlügen würde.

»Worum geht es also?«

»Ich glaube, wir müssen Sie als Zeugin aufrufen – die vor der Anklagejury aussagt. Es tut mir leid.«

»Mir auch. Das bedeutet, daß ich wegen Einbruchs belangt werden kann.«

»Wir gewähren Ihnen Straffreiheit. Ich werde das mit Arthur Margolies vereinbaren.«

»Okay, aber da ist noch etwas, das es nicht ist.«

Der Bagel und frischer Kaffee wurden gebracht, als Peiser einen gelben Stenoblock aus ihrer Aktentasche zog. Sie legte den Block hin, brach ein Stück vom Bagel ab und biß hinein. »Und das ist was?«

»Was?« Der alte Mann erhob wieder die Stimme.

»Ich habe gesagt, frage ihn nach dem Rabatt. Ach, vergiß es.«

Marissa aß, und Wetzon sah zu, wie die alten Leute ihre Rechnung bezahlten und gingen. Fast tat es ihr leid, sie gehen zu sehen; sie hatten etwas Entspannendes an sich gehabt.

»Jemand hat am Dienstag auf eine meiner Angestellten geschossen. Hat sie nur knapp verfehlt. Ich habe gefunden, was von der Kugel übrig war. Heute kam ein Detective vorbei, um die Geschichte zu untersuchen. Er meint, der Schuß könnte mir gegolten haben, weil sie einen Waschbärmantel trug, der so ähnlich wie meiner aussieht.«

»Hartmann?«

»Wer sonst? Vielleicht hat er herausgekriegt, daß Sie mich als Zeugin aufrufen.«

»Er würde es nicht selbst tun, aber er kennt genug Leute«, meinte die Staatsanwältin nachdenklich. »Vielleicht versucht er einfach, Sie einzuschüchtern.«

»Mit Erfolg. Sprechen Sie mit Detective Metzger im Siebzehnten.«

»Wir werden Sie beschützen.«

»Tausend Dank. Wie denn? Machen wir uns nichts vor – so etwas können Sie nicht. Ich ziehe mich nicht in ein Versteck zurück. Schließlich muß ich eine Firma führen. Wann werden Sie mich brauchen?«

»Gleich nach Thanksgiving.«

»Ich kann es kaum erwarten.«

Marissa griff nach der Rechnung. Ihre Hände waren rissig, und an einem Finger hatte sie einen Tintenfleck. »Ich muß in mein Büro zurück.«

»Treffen Sie sich noch mit Riccardi?« Riccardi hatte in dem Mordfall Brian Middleton ermittelt, als Wetzon der Staatsanwältin zum erstenmal begegnet war.

Peiser lächelte. »Polizisten und Staatsanwälte sind ein passendes Gespann. Ja, wir sind noch zusammen. Und Sie und ...«

»Silvestri. Ebenfalls.«

Auf der Straße schüttelten sie sich noch einmal die Hand und gingen auseinander, Wetzon in westlicher Richtung, um Smith im Fresco zu treffen. Die Nacht war hereingebrochen, während sie und Peiser im Broadway Diner gesessen hatten, und jetzt trieb ein kalter Wind Staub und Papier in kleinen Wirbeln vor sich her.

Sie hatte Peter Koenig nicht angerufen, was gar nicht ihre Art war. Anders als Smith, die es aus Prinzip nicht tat, beachtete sie Nachrichten auf dem Anrufbeantworter immer. Sie würde später von zu Hause mit ihm telefonieren. Warum tauchte er ausgerechnet jetzt auf, fragte sie sich, wo Terri gerade ...?

Natürlich erinnerte sie sich recht gut an ihn. Peter Koenig gehörte zu jenen wirklich netten Kerlen, die man nicht heiratete. Groß und dunkelhaarig, war er Wetzon immer als aufrichtig erschienen, vielleicht zu aufrichtig – und aufdringlich. An die Aufdringlichkeit erinnerte sie sich deutlich. Plötzlich hatte sie Terris Ärger vor Augen, als er während der Proben nach Boston gekommen war. Was hatte Terri gesagt? »Peter läßt mir keine Luft zum Atmen.«

Sich für einen weiteren Ausflug in Smith' narzißtische Welt wappnend, öffnete Wetzon die Tür zum Fresco. Riesige Töpfe mit violettem Krauskohl bewachten den Eingang, aber der erste, unmittelbare und überwältigende Eindruck war der Lärm unbeschwerter Heiterkeit. Er schallte ihr von der Bar und, obwohl es noch früh war, aus dem eigentlichen Restaurant entgegen. Gerade gab sie ihren Mantel ab, als sie Smith rufen hörte: »Da ist sie ja!«

Sie drehte sich langsam um. Mit wem war Smith hier? Falls es Richard Hartmann wäre, würde Wetzon auf dem Absatz kehrtmachen. Vorsichtig blinzelte sie in das trübe Licht. Smith probierte ihre Verführungskünste an einem großen dunkelhaarigen Mann mit attraktiv ergrauenden Schläfen aus. Der Mann lächelte Wetzon an und streckte seine Hand aus, als würde er sie kennen.

Stirnrunzelnd ging sie auf die beiden zu, dann zögerte sie. Du liebe Zeit, dachte sie. Sie kannte ihn tatsächlich. Es war Peter Koenig.

MEMORANDUM

An: Carlos Prince und Leslie Wetzon
Von: Nancy Stein, Assistentin von Mort Hornberg
Datum: 17. November 1994
Betr.: Combinations in concert

Nur als Erinnerung: Die halbseitige Anzeige in der Times erscheint am kommenden Sonntag, dem 20. Der Preis beträgt 33 642 Dollar, plus weitere 4000 Dollar für graphische Gestaltung und Herstellung.
Die Karten für die Vorstellungen am Donnerstag und Freitag kosten 250, 150 und 90 Dollar. Laßt mich bitte wissen, wie viele ich für Euch reservieren soll.

16. Kapitel

»Häschen?«

»Ja.«

»Hast du die Eintrittspreise gesehen?«

»Ja.«

»Ganz schön happig, meinst du nicht?«

»Wenn du mit einem ganzen Gefolge kommst, mein Lieber, wird es allerdings happig. Ich zum Beispiel bestelle vier für jeden Abend. Das macht einen glatten Tausender, aber ich bin ja ein berufstätiges Mädchen.«

»Vielleicht muß ich eines werden, um meine Karten zu bezahlen.«

»Ich wußte, daß du ihn gern sehen würdest, Zuckerstück«, schwärmte Smith.

»Morts Assistentin hat mir deine Büronummer gegeben«, erklärte Peter. »Und als ich anrief, meldete sich Xenia.«

Xenia? Wetzon lächelte. »Du siehst phantastisch aus, Peter. Leistest du uns beim Essen Gesellschaft?« Er trank einen Martini mit einer Olive, natürlich; und war Rip van Winkel, nach einem Schlaf von siebzehn Jahren.

»Nein, leider nicht. So in einer halben Stunde habe ich eine Technikprobe. Ich wollte nur guten Tag sagen. Und ich hoffe, du kannst mir Terris Telefonnummer geben.«

»Bestimmt kann sie das«, warf Smith ein. »Entschuldigt mich einen Moment.« Ihre unstete Aufmerksamkeit hatte sich auf eine Gruppe von Gästen konzentriert, die soeben eintraf. Zweifellos hatte sie ein bekanntes Gesicht entdeckt. Das Fresco war ein Paradies für jemand, der gern von einem Tisch zum andern ging.

»Ein Amstel Light«, sagte Wetzon zum Barkeeper.

»Ich dachte, Terri würde zur Wiederaufführung kommen, wenn sie nicht sowieso hier ist.«

»Sag bloß nicht, daß du sie aus den Augen verloren hast.«

»Na ja ...«, Peter wirkte verlegen. »Eigentlich schon.«

»Wie das?«

Eine tiefe Röte erschien an seinem Kragen und stieg in seine Wangen: »Sie hat Schluß gemacht, und ich wurde dann vom Repertoiretheater in Seattle engagiert. Briefe, die ich ihr schrieb, kamen mit der Bemerkung ›Verzogen, keine Nachsendeadresse‹ zurück.« Er sah auf die Uhr und trank seinen Martini aus. »Ich muß. Kann ich ihre Nummer haben?«

»Ich weiß nicht, wo Terri steckt, Peter. Wir konnten sie nicht ausfindig machen.«

Er schaute sie verblüfft an. Oder war das gespielt? Wetzon war sich nicht sicher. »Wie meinst du das?«

»Ich meine, daß anscheinend kein Mensch weiß, wo sie sich aufhält ...«

»Ich muß jetzt weg, Wetzon.« Er legte ein paar Scheine auf die Theke. »Aber ich möchte mich ausführlicher mit dir unterhalten. Das mit Terri begreife ich nicht.«

»Ich auch nicht, Peter. Was hältst du davon, wenn ich dich morgen oder so anrufe, damit wir uns treffen können, wenn wir beide mehr Zeit haben?« Aus dem Augenwinkel sah sie Smith zurückkommen.

»Gute Idee, Leslie«, sagte Peter, dann rief er Smith zu: »Auf Wiedersehen, Xenia, Sie sind ein Goldstück.«

»Wiedersehen, viel Glück bei der Show.« Smith warf ihm einen Kuß zu und wich gleichzeitig Walter Cronkite und einer eleganten Frau aus, die gerade zur Tür hereinspaziert kamen.

Als Wetzon ihre American-Express-Karte zog, hielt ihr der Barkeeper zwei Zehn-Dollar-Scheine hin. »Der Herr hat mehr als genug hingelegt«, sagte er.

»Der Herr hat unsere Drinks bezahlt, *Goldstück*«, sagte Wetzon zu Smith, während sie unter einigem Nicken und Winken von den anderen Tischen zu ihrem Platz geführt wurden. Überall um sie herum erkannte Wetzon Gesichter, die ihr vom Fernsehen vertraut waren.

»Für einen Schauspieler ist er ziemlich nett. Und süß dazu.« Smith lächelte und wählte den Stuhl, von dem aus sie den Speiseraum überblicken konnte. Sie begann, Bohnenpaste auf einen Knoblauchcracker zu löffeln.

»Ja. Für einen Schauspieler schon.« Der Speiseraum war hell erleuchtet, eine willkommene Wohltat nach den Restaurants, die ihren Gästen Intimität versprachen, indem sie das Licht herunterdimmten, so daß man durch die flackernde Flamme einer Votivkerze spähen mußte, wenn man seine Begleitung und das Essen erkennen wollte. Was das erstere betraf, machte sich Wetzon keine Gedanken, doch was auf ihrem Teller lag, wollte sie schon gern sehen.

Sie ließen sich Zeit mit dem Bestellen und entschieden sich schließlich, nach längerer Diskussion, für eine Flasche Chianti, Kartoffelsuppe mit weißen Bohnen, Wurst und Tomaten unter Fenchelkruste, sowie Rigatoni mit Knoblauch und Broccoli in der Absicht, alles zu teilen, weil die Portionen üppig waren. Nachdem die wichtigen Entscheidungen getroffen waren, lehnten sie sich zufrieden zurück.

»So«, begann Wetzon, während sie ihre Partnerin musterte. »Geschäfte zu machen, sagt dir also immer noch zu.« Wenn man bedachte, wie hart Smith arbeitete, sprühte sie vor Leben.

»Das stimmt, wenn ich Aufträge von den Bäumen schütteln kann. Marley Straus eröffnet eine Filiale in Boston, und wir besorgen ihnen die Mannschaft.«

»So was hört man gern. Darlene konzentriert sich bereits auf Boston. Lassen wir ihr freie Hand.«

Der Wein kam, und nachdem ihre Gläser gefüllt waren, tranken sie sich zu. Smith fuhr fort, die Cracker zu vertilgen, ging dann zu den krustigen Scheiben Bauernbrot über und bestellte von allem nach.

»Worüber wolltest du eigentlich mit mir reden?« Wetzon fühlte sich ein wenig beschwipst nach den ersten Schlucken Wein. »Laß mir bitte was vom Brot übrig.«

»Hast du Barbara Walters gesehen?«

»Ja.« Wetzons Ungeduld begann als schwaches Jucken am Fußballen und breitete sich dann schnell aus. Smith würde das so in die Länge ziehen, daß es das ganze Essen verdarb. »Spuck es aus, bitte.«

Smith strich die Sesamkrümel mit den Fingern zu einer Linie zusammen und schob sie auf dem weißen Tischtuch hin und her.

»Geht es um Mark?« Smith' Sohn studierte im ersten Semester in Harvard.

Strahlend antwortete Smith: »Nein, nein, er macht sich prächtig. Es gefällt ihm sehr gut. Nächste Woche kommt er nach Hause. Und natürlich sind wir zu Thanksgiving bei Mort und Poppy, dann siehst du ihn ja.«

»Ach ja?« Wetzon war überrascht. Smith war Mort nur ein paarmal begegnet, und Mark kannte ihn nur von seiner Arbeit als Laufbursche bei *Hotshot* im vergangenen Winter ... aber trotzdem ...

»Warum bist du so überrascht? Gehen nicht alle an Thanksgiving zu Mort?«

»Na ja, alle am Theater.«

Der erste Gang wurde serviert. Wetzon griff zum Löffel.

»Ich habe ein Problem mit Dickie.« Smith platzte über der Suppe damit heraus.

Wetzon legte den Löffel wieder hin. »Was für ein Problem?« Sie hob ihr Glas an die Lippen.

»Er ist sehr mißtrauisch. Das ist mir früher nie aufgefallen.«

»Mißtrauisch? Richard Hartmann? Im Ernst?«

»Er scheint nicht zu verstehen, daß ich eine Menge Bewunderer habe.«

Smith hatte ihr rätselhaftes Lächeln aufgesetzt, so daß Wetzon sich zu fragen begann, was sonst noch kommen würde. »Irgendwann kann ich mir einfach nicht ausmalen, wie du im Besuchertrakt in Sing Sing – oder wohin auch immer sie ihn bringen, wenn er verurteilt ist – zusammen mit den anderen Gangsterbräuten wartest.«

»Denk an mich, Zuckerstück, sie werden Dickie niemals verurteilen. Er hat überall wichtige Freunde. Natürlich ist er nicht gerade der richtige Umgang für mich. Ein bißchen zu ungehobelt eigentlich. Tatsächlich«, fügte Smith fröhlich hinzu, »ich sollte meinen Horizont erweitern. Meinst du nicht auch?«

Obwohl Wetzon nur allzu gut verstand, welche Sorte Freunde der schmierige Richard Hartmann haben könnte, hatte sie keine Ahnung, was Smith mit Horizont erweitern meinte. »Reden wir bitte nicht mehr von ihm. Ich hatte befürchtet, du würdest mich reinlegen und ihn heute Abend mitbringen. Ich bin froh, daß du es nicht getan hast.« Sie schob Smith ihren Teller hin. »Die Suppe ist himmlisch.«

»Oh, das würde ich niemals tun, Zuckerstück.« Smith nahm einen Löffel. »Hm, schmeckt die gut.«

»Aber du hast mich mit Peter Koenig überrascht.«

»Ich dachte, du würdest dich freuen, ihn zu sehen. Er hat gesagt, ihr seid alte Freunde.«

»Ich war die Freundin seiner Freundin Terri Matthews. Die er sucht.«

»Und du hast ihm gesagt, wo er sie erreichen kann.« Smith schob die überbackene Wurst-Tomaten-Komposition über den Tisch. »Probiere das mal.«

Wetzon schob eine Portion von Smith' Teller auf ihren eigenen. Sie staunte, daß sie noch immer hungrig war. »Ich konnte ihm nicht sagen, wo er sie erreicht, weil ich es nicht weiß.«

»Aber ich dachte, es sollten alle zusammenkommen, die ...«

»Wir konnten Terri nicht finden. Erinnerst du dich, daß ich dir von dem Skelett einer Tänzerin, das man in einem Schrankkoffer im Keller eines Wohnhauses im Village gefunden hat, erzählt habe?«

»Wie sollte ich das vergessen!«

»Ich fürchte, es könnte Terri sein.«

»Nicht möglich!« Plötzlich sehr interessiert, setzte sich Smith auf.

»Du verstehst, daß ich das Peter nicht sagen konnte, noch nicht – nicht bevor sie es mit Sicherheit wissen. Und falls es Terri war, wurde sie ermordet.«

Smith nahm ein winziges Notizbuch aus ihrer winzigen Tasche und begann, etwas hineinzukritzeln.

»Darf ich fragen, was du tust?«

»Skelett einer Tänzerin, hast du gesagt? Daraus könnte man einen wunderbaren Film machen, meinst du nicht? Ich habe mir nur ein paar Notizen gemacht.«

»Warum?«

»Na ja, jetzt, wo ich im Showbusineß bin ...«

Wetzon wartete, bis die leeren Teller des ersten Gangs abgeräumt waren. Dann sagte sie bestimmt: »Aber du bist nicht im Showbusineß.«

»Aber ja doch, Kleines.«

Wetzon krümmte sich innerlich zusammen. Gegen Wetzons Proteste hatte Smith einen Teil ihrer Pensionskasse im vergangenen Jahr in *Hotshot: The Musical* investiert. Nicht daß Wetzon so etwas für grundfalsch gehalten hätte – gestört hatte sie vor allem die Tatsache, daß die Investition auf Kosten der Pension gegangen war. In Broadwayshows zu investieren und damit zu rechnen, etwas zurückzubekommen, ganz zu schweigen von einem Gewinn, war so ähnlich, als würde man tausend Lotterielose kaufen und fest mit einem Gewinn rechnen.

Aber sie hatten Glück gehabt. Da die Show noch immer bis auf Stehplätze ausverkauft war, trudelten jetzt alle zwei oder drei Monate Gewinnschecks ein. Und Smith, deren Antennen auf Geld eingestellt waren, betrachtete das Theater als fruchtbaren Boden.

»Smith, wenn du in ein Stück investierst, bist du damit noch nicht im Showbusineß.«

»Oh, von Investitionen dieser Art ist auch nicht die Rede.«

Ihre Pasta kam bereits auf zwei Teller verteilt, und sie hauten rein. »Dann kläre mich auf. Wovon *ist* die Rede?«

»*Combinations in concert,* Zuckerstück.« Sie sprach langsam, als hätte sie eine Schwachsinnige vor sich. »Joel Kidde und ich werden es für Ted Turner produzieren.«

»Ihr tut was?« Wetzon senkte langsam die Gabel und mußte sich zusammenreißen, nicht damit in Smith' Hand zu stechen, als diese wieder nach dem Brotkorb griff.

»Warum machst du so ein geschocktes Gesicht, Schatz? Hat Mort dir nichts gesagt?«

»Er hat erwähnt, daß Interesse besteht, und Carlos und ich haben ihn zurückgepfiffen. Also kannst du es nicht tun.«

»Wir brauchen eure Erlaubnis gar nicht. Foxy und Medora haben zugestimmt, und als Autoren, weißt du, treffen *sie* solche Entscheidungen.«

THE NEW YORK TIMES
FREITAG, 18. NOVEMBER 1994
AUF UND HINTER DER BÜHNE/PHILIP GOLDSTEIN
NOSTALGISCHE SPANNUNG

Schlägt Mort Hornberg zwei Fliegen mit einer Klappe? Hornberg produziert eine Wiederaufnahme des goldenen Oldies der siebziger Jahre, »Combinations«. Das wegweisende Musical wird an zwei Abenden, am Donnerstag, 22. Dez., und Freitag, 23. Dez., zugunsten von Show Biz Shares konzertant aufgeführt. Durch »Combinations« gingen die Namen von Davey Lewin, Roger und Medora Battle, Phyllis Reynard und dem Koregisseur Mort Hornberg in die Theatergeschichte ein. Zur ursprünglichen Truppe gehörten Bonnie McHugh, die nach dem Ende der Laufzeit für die erfolgreiche TV-Serie »Bonnie und Joe« gewonnen wurde, und Carlos Prince, der Regisseur und Choreograph.

Die Vorstellungen werden alle lebenden Originaldarsteller zusammenbringen und dem Gedenken an Davey Lewin, Roger Battle und Ensemblemitglied Larry Saunders Lawrence gewidmet sein.

Helfend zur Seite stehen Hornberg, dem Produzenten von »Combinations«, Carlos Prince und Leslie Wetzon, eine der ursprünglichen Tänzerinnen. Prince und Wetzon werden ihre Aufgaben in dieser Produktion neu definieren.

Karten sind ab Montag, 28. Nov., im Richard Rodgers Theatre erhältlich. Es gibt Gerüchte, daß die Vorstellung für das Fernsehen aufgezeichnet wird. Mort Hornberg erklärte: »Es besteht starkes Interesse seitens der Fernsehanstalten, und wir ziehen alles in Erwägung, haben aber noch keine definitive Entscheidung getroffen.«

17. Kapitel

»Tag, hier spricht Leslie Wetzon, eine der Tänzerinnen von damals«, sagte Wetzon. »Ich hoffe, ich habe dich geweckt.«

»Häschen.« Carlos' Stimme war noch belegt vom Schlaf. »Wie spät ist es?« Dann tat es einen Schlag.

»Hallo?«

»Ich habe das Telefon fallen lassen.«

»Ich warte.«

»Entdecke ich einen spöttischen Unterton, Teuerste?«

»Durchaus möglich. Hast du die *Times* von gestern gesehen?«

»Nein.«

»Ich werde warten.« Nach einer Weile, während sie Demi-Pliés an der Barre machte, hörte sie das Geraschel der Zeitung. »Siehst du es?«

»Pscht, ich lese.«

»Hast du meine Nachrichten nicht erhalten?«

»Ach, habe ich das nicht gesagt? Rocco hat mich nach Boston gehetzt, um *Pin the Donkey* anzusehen, was übrigens nicht zu retten ist. Kam zu spät nach Hause und habe den Anrufbeantworter nicht kontrolliert. Du läßt mich nicht lesen.«

»Lies. Übrigens hast du mir nichts gesagt.«

»Verdammt noch mal!«

»Genau. Außerdem ist es tatsächlich an Ted Turner verkauft worden. Joel hat von Foxy und Medora grünes Licht bekommen. Mort, der Heuchler, hat zugestimmt, und nun rate mal, rate einfach, wer es mit Joel und Mort produzieren wird?«

»Keine Ahnung. Überrasche mich damit.«

»Xenia Smith.«

»Orrk!« Carlos gab einen Würgelaut von sich und ließ das Telefon wieder mit lautem Klappern fallen. Oder vielleicht warf er es diesmal an die Wand. Als er wieder dran war, knurrte er: »Leg auf. Ich rufe diese doppelzüngige Kreatur an.«

»Ich habe das Gefühl, daß diese Sache sich durch Arbeitsteilung erklärt. Weil Morts Büro die geschäftliche Seite handhabt und Nancy als Generalintendantin fungiert, hat er alles sechzig und vierzig geteilt, wobei unser lieber Mort sechzig bekommt. Ich erinnere mich sehr deutlich, daß er gesagt hat, alle künstlerischen Entscheidungen würden von uns drei getroffen.« Sie langte nach ihrer Trainingsmatte und rollte sie auf. Es dauerte keine Sekunde, bis Izz sie für sich in Anspruch genommen hatte.

»Leg auf«, brummte Carlos.

»Denk daran, wir werden für meine Partnerin arbeiten, Teuerster.«

»Orrk!« Carlos knallte den Hörer hin.

Wetzon lag nachdenklich auf der Matte, während Izz auf ihrer Brust saß und versuchte, ihr Kinn abzuschlecken. Smith und Mort. Sie verdienten einander. Am liebsten hätte sie alle beide stehengelassen. Nein – am liebsten würde sie beide ermorden.

»Fertig mit Telefonieren?« fragte Silvestri.

»Huch!« Der Hörer, der noch zwischen Wetzons Schulter und Kinn klemmte, rollte von der Matte und schlug auf den Boden. Sie hob die Augen und betrachtete ihn verkehrt herum, während sein Gesicht immer näher kam – bis sich ihre Lippen berührten.

»Hallo«, sagte er.

»Hallo.« Er trug seinen guten blauen Anzug, die Hose mit messerscharfer Bügelfalte. »Sitzung?«

»Eine Verabredung mit Medora Battle. Was für ein Name ist das?«

»Medora oder Battle?«

»Was wohl?«

»Hört sich griechisch an.«

»Griechisch, ja? Okay.«

»Könnte ich der Schatten sein und lauschen?«

»Arbeite daran.« Er stand auf. »Was hältst du von einem Frühstück, Izz?« Er und der Hund gingen in die Küche, dann kam Silvestri allein mit zwei Tassen Kaffee zurück. Er reichte ihr eine und lehnte sich an die Barre, während sie mit überschlagenen Beinen auf der Matte saß und ihren Kaffee trank.

»Und was hast du danach vor?«

»Phyllis Reynard.« Der Hörer gab ein ärgerliches Summen von sich, dann begann eine Computerstimme Befehle zu erteilen. Silvestri langte nach unten und legte den Hörer auf. »Du hast dich stocksauer angehört, Les. Mit wem hast du gesprochen?«

»Carlos.« Sie seufzte. »Das ist eine lange Geschichte, und ich habe eine Probe, und du bist verabredet.« Sie streckte die Beine vor sich aus und hob das eine langsam zur Nase.

»Möchtest du mir beim Abendessen davon erzählen?«

»Gern. Und du kannst mir dann von Foxy und Medora berichten.«

»Foxy?«

»So wird Phyllis von allen genannt. Warte, bis du sie kennenlernst. Ich dürfte am späten Nachmittag zu Hause sein.« Sie nahm ihren Mantel aus dem Schrank, küßte Silvestri und ging aus der Wohnung.

Während sie auf den Aufzug wartete, hörte sie das Telefon läuten und ging wieder hinein. Silvestri hielt ihr den Hörer hin. »Carlos«, sagte er.

Sie nahm ihm den Hörer ab. »Ja? Ich bin auf dem Weg ins Studio.«

»Ich mußte es dir unbedingt sofort sagen. Mort hat uns verschaukelt.«

»Überraschung, Überraschung.«

»Er sagt, der Vertrag enthält eine Klausel, nach der Show Biz Shares einen Prozentsatz von jedem TV-Verkauf erhält, was mindestens fünfundzwanzigtausend Dollar bedeutet, und Show Biz Shares hat zugestimmt.«

»Und wenn wir uns zur Wehr setzen, verlieren sie.«

»Genau. Hör zu, Häschen, was hältst du davon, wenn wir unseren Anteil an Show Biz Shares abgeben?«

»Das läßt sich schon eher hören.«

»Das ist nur eines von den vielen Dingen, die ich an dir liebe. Es geht dir nie ums Geld.«

»Soweit würde ich nicht gehen.«

»Nur eines muß ich dir noch sagen.«

»Das wäre?«

»Dies kann und wird nicht ungerächt bleiben.«

»Ich gehe mit dir bis ans Ende, Zorro.«

»Später, *guapa*.«

Die Probenstudios in der West 61. Street befanden sich in einem alten Lagergebäude, wo offene Räume mit hohen Decken und riesengroßen Fenstern sich zum Tanztraining geradezu anboten. Besonders geeignete, strapazierfähige Holzböden waren gelegt, die Wände weiß getüncht worden. Alles war nüchtern und praktisch: Umkleideräume, Beleuchtung,

Dusche. Die Luft war erfüllt vom eigenartigen Moschusduft, der die Tänzer beim Training umgibt.

Das war es, was sie liebte. Betrat sie diese Welt, veränderte sich alles an ihr. Der Gang war anders; sie wirkte größer. Ihr Körper trat ein ins Zen.

Der Aufzug war überfüllt; unter Jacken und Pullovern hervor ragten Beine, Beine, Beine, vielfarbig, lang und schlank. Wetzons Zehen streckten sich unwillkürlich, ihr Fußrücken wölbte sich, und sie fühlte, wie unerklärliche Leichtigkeit in ihr aufstieg.

Im dritten Stock erklang Klaviermusik aus einem offenen Studio. Wetzon nahm den Kaffeebehälter in die andere Hand und blieb stehen, um einer professionellen Ballettklasse zuzusehen, die von einer eindrucksvollen Frau unterrichtet wurde. Ein Gebirge aus schwarzem, mit Festiger geformten Haar machte ihre kleine Gestalt größer. Sie gab mit einem Stock den Takt an.

Jemand sagte: »Entschuldigen Sie«, und Wetzon trat beiseite, um Gelsey Kirkland vorbeizulassen.

Ha, längst über die besten Jahre hinaus und tanzt noch immer, dachte sie. Laß dir das eine Lehre sein, Leslie Wetzon.

Sie öffnete die Tür zu dem kleineren Studio und sah Carlos mit einem Behälter von Starbucks zwischen den ausgestreckten Beinen auf dem Boden sitzen, den Rücken an die Wand gelehnt. Er unterhielt sich mit jemandem, der mit dem Rücken zu Wetzon am Klavier saß.

»Häschen«, sagte Carlos. »Sieh mal, wer hier ist.«

Phyllis Reynard, in Theaterkreisen als Foxy bekannt, drehte sich um und lächelte Wetzon an. Ihr Gesicht glich einer Skulptur aus vollkommenen Linien, symmetrisch, scharf geschnitten, elegant. Genaugenommen so elegant, daß der Name, bei dem jeder sie nannte, unpassend, sogar beleidigend wirkte. Ein Kindheitsname, der hängengeblieben war. Ihr einst schwarzes Haar war jetzt eisengrau und rahmte ihr Gesicht wie Gefieder. Als sie Wetzon die Hand reichte, klingelten silberne Armbänder, ein Dutzend vielleicht.

Die Hand, die Wetzon nahm, war klein, aber kräftig, mit langen, dünnen Fingern. »Foxy.« Sie küßten sich flüchtig auf die Wangen. »Was für eine nette Überraschung.« Wetzon ließ ihre Umhängestasche und den Beutel mit Stepschuhen und Handtuch auf den Boden fallen und stellte den Kaffeebehälter auf das Studioklavier. Den Mantel hängte sie über die nächste Barre.

Foxy trug eine schwarze Gabardinehose, einen breiten Silbergürtel mit einem großen türkisfarbenen Stein und einen roten Rollkragenpullover. Eine schwere schwarze Wolljacke, bestimmt nicht so eine, wie man sie in einem Militärladen bekommt, lag über ihren Schultern.

»Ich habe sie entführt«, beantwortete Carlos die unausgesprochene Frage Wetzons.

»Ja, und jetzt komme ich zu spät.« Foxys Stimme war rauchig. Sie sah auf die Uhr – eine Movado mit schwarzem Zifferblatt und kleinen Diamanten – und ließ die Finger leicht über die Tasten wandern, als könnte sie nicht an einem Klavier sitzen, ohne es zu berühren. »Ich habe eine Besprechung.«

»Schade«, sagte Wetzon, »und ich dachte schon, du würdest mit uns proben.« Sie schüttelte die Stepschuhe aus dem Beutel und schnickte ihre Turnschuhe fort.

Foxy lächelte, und all die vielen Falten bewegten sich harmonisch. »Carlos und ich haben uns über den Verkauf ans Fernsehen unterhalten.«

Wetzon schob die Füße in die Stepschuhe und schnallte die Riemchen am Spann zu. »Wir waren überrascht, daß wir vor vollendete Tatsachen gestellt wurden.« Sie hob den Blick zu Foxy, die immer noch auf der Klavierbank saß und über die Tasten strich, und sah eine Spur von – Verlegenheit? Abwehrhaltung? – ganz kurz in den dunklen Augen aufleuchten und verschwinden.

»Das Angebot war gut, und das Geld können wir alle brauchen. Außerdem bekommt Show Biz Shares einen hübschen Brocken davon.«

»Aber niemand sollte doch Gewinn damit machen.«

»Nach allem, was ich höre, bist du dem Geldverdienen nicht abgeneigt.«

»Hoppla«, sagte Carlos. Er stand graziös auf und beugte sich dann aus der Hüfte, um seinen Kaffeebecher aufzuheben.

»Das ist wahr, Foxy.« Auch Wetzon stand auf, während ihre Augen Pfeile auf Carlos schossen. »Aber nicht, wenn ich meine Zeit und Energie einer Sache widme, die ich für ein wohltätiges Unternehmen gehalten habe.« Sie lehnte sich wieder an die Barre, bog die Zehen und tippte die Füße auf, *klick, klick, klick.*

»Oh, bitte, Leslie. Glaub mir, auf diese Weise verdient jeder. Ich verspreche dir, daß auch Show Biz Shares zufrieden sein wird.« Foxy lächelte wieder, schlüpfte in die Ärmel der Cashmerejacke und schlang einen schwarzweißen Seidenschal um den Hals. Ihre weichen schwarzen Slipper machten so gut wie kein Geräusch auf dem Fußboden.

»Häschen«, riet Carlos, »gib auf. Das hier verlieren wir.«

Wetzon seufzte. »Foxy, warte ...«

Foxys Schuhe kamen mit einem komischen Quietschen zum Stehen. Sie machte kehrt.

»Also gut, Waffenstillstand«, sagte Wetzon. Sie wollte sich Foxy nicht zur Feindin machen. Das Leben war zu kurz. Außerdem bestand eine wenn auch geringe Chance, daß Foxy sich an etwas Wichtiges im Zusammenhang mit Terri erinnern könnte. »Ich wollte dich etwas fragen.«

Foxy lächelte, und die Falten verknitterten sich.

»Terri Matthews«, sagte Wetzon.

»Was ist mit ihr?«

»Du erinnerst dich an sie?«

»Natürlich. Sie sang wie ein Engel.«

»Ja. Du wirst gehört haben, daß wir sie nicht ausfindig machen konnten.«

»Wahrscheinlich führt sie irgendwo ein gutbürgerliches, normales Leben, mit einem Mann, der jeden Freitagabend zum Bowling geht, und zweieinhalb Kindern.« Ihr Ton war spöttisch.

»Du konntest sie nicht leiden?«

»Wie kannst du das behaupten?«

Carlos legte einen Arm um Wetzons Schultern. »Immer mit der Ruhe, Mädchen.«

»Ich kann es aus deiner Stimme heraushören. Wenn ihr nun etwas Furchtbares zugestoßen wäre?«

Foxys Augen verschwanden fast zwischen den Falten. »So geht es solchen Mädchen manchmal.« Sie war ein Eisbrocken, nein, ein ganzer Gletscher.

»Welchen Mädchen, Foxy?«

»Häschen ...« Carlos drückte ihre Schulter.

Wetzon schüttelte ihn mit einem Ruck ab. »Nein, Carlos. Ich will es kapieren, was Foxy meint.«

Foxys Augen funkelten. »Und ich möchte, daß du es kapierst, Leslie. Schlimme Dinge stoßen Mädchen wie Terri zu, die ihre Finger nicht von Dingen lassen, die ihnen nicht gehören.«

DIE MAGIE DER GOLDENEN JAHRE AM BROADWAY
NEUINSZENIERUNG
Mort Hornberg, Carlos Prince, Leslie Wetzon
Show Biz Shares
in Verbindung mit der Nederlander Organization
präsentieren
die Original-Broadwaybesetzung.

Tommy Brown	Regie:
Joan Fisher	Mort Hornberg und Carlos Prince
Vicki Howard	Choreographie:
Kenny Klein	Carlos Prince
Bonnie McHugh	Musik und Songtexte:
Margie Nicholson	Phyllis Reynard
Carlos Prince	Buch:
Bob Rosen	Roger und Medora Battle
Steve Sedlet	Orchestrierung:
Leslie Wetzon	Howard Haines
	Musikalische Leitung:
	JoJo Diamond
	Originalaufnahme
	Eggplant Records

Der Vorverkauf beginnt am Montag, 28. November, 12 Uhr.
Telefonische Bestellung: (212)555-6200 oder an der Kasse
des Richard Rodgers Theatre
Karten: $ 250, $150, $ 90
Nur zwei Vorstellungen:
Donnerstag, 22. Dez., und Freitag, 23. Dez.

18. Kapitel

»Was denkst du, Häschen? Sieht doch richtig gut aus.«

»Finde ich auch. Und richtig amtlich.«

»Wir kriegen doch keine kalten Füße?«

»Würden wir nie wagen.«

Wetzon verbrachte die erste halbe Stunde damit, Verabredungen zu bestätigen; Montage konnten an der Wall Street haarig sein. Die meisten Crashs waren an Montagen passiert. Und die Börsenmakler neigten nach einem Wochenende fern vom Büro zu Lustlosigkeit.

Sie hatte Smith nicht erreichen können, weil diese es ablehnte, sich einen Anrufbeantworter zuzulegen, und so war ihr Zorn schon ein wenig verraucht. Eigentlich konnte man Smith' Verhalten auch nie als überraschend bezeichnen. Wenn man darüber nachdachte, hatte sie ihrem Charakter entsprechend reagiert.

Terri Matthews und ihr Schicksal ließen in Wetzons Kopf wenig Raum für anderes. Dazu kam, daß Wetzon die kalte Verurteilung Foxys nicht aus ihren Gedanken verbannen konnte. Was hatte Terri ihr …

Smith stürmte ins Büro, fulminant aussehend mit einem riesigen kamelhaarfarbenen Cashmereschal, das eine lange Ende über die andere Schulter geworfen. Dazu trug sie ein passendes Kostüm und hatte eine mit Stoffmustern vollgestopfte Tasche von Brunschwig & Fils in der Hand. Sie trällerte – falsch – den Titelsong von *Combinations*.

»Was soll denn das?« fuhr Wetzon sie an, indem sie auf die überquellende Tasche deutete.

Smith überging Wetzons Gereiztheit. »Zuckerstück, ich muß dir soviel erzählen. Ich habe beschlossen, meine Wohnung zu renovieren. Schließlich …«

»… bin ich jetzt im Showbusineß«, beendete Wetzon den Satz für sie, mit einem unüberhörbaren gehässigen Unterton.

»Oh, sehr komisch.« Smith zog sich den Schal herunter und warf ihn auf den Aktenschrank. »Ich bin zu gut gelaunt, um mich von dir ärgern zu lassen.« Sie sah Wetzon an und lachte. »Was habe ich getan, bin ich in deine private Welt eingedrungen?«

Du lieber Gott, dachte Wetzon. Es war etwas Wahres an dem, was Smith gerade gesagt hatte. Sie verschränkte die Arme. »Du hast wohl recht«, gab sie zu.

»Nun, aus meiner Sicht ist es eine gute Sache. Das Theater braucht mich dringend, weil niemand dort weiß, wie man ein

Geschäft führt. Geschäfte sollen Geld einbringen, Kleines, und nicht nur welches kosten. Selbst Twoey …«

»Twoey? Hast du etwa wieder mit Twoey angefangen?« Twoey, eigentlich Goldman Barnes II, war Smith' Ex-Liebhaber, der Luwisher Brothers nach der Fusion verlassen hatte, um sich seinen Traum zu erfüllen, Produzent am Broadway zu werden. *Hotshot* war seine erste Show gewesen, und jetzt war er der Liebling des Broadway. Die Shuberts – das heißt Bernie Jacobs und Gerry Schoenfeld, denen die meisten Theater am Broadway gehörten – brachten sich fast um, ihm gefällig zu sein, desgleichen die Nederlanders. Und der allgegenwärtige Rocco Landesman, Leiter des Jujamcyn, und Twoey redeten über eine komplette Koproduktion.

»Das nicht, Schatz, Twoey scheint was mit dieser gräßlichen puertorikanischen Frau, die früher Morts Assistentin war, zu haben.«

»Smith, Sunny Brown kommt nicht aus Puerto Rico.«

»Ist ja auch egal.«

»Wenn du also nicht mit Twoey flirtest, um Hartmann loszuwerden, wer ist es dann?«

»Ich habe es dir kürzlich beim Abendessen gesagt.«

»Nein, hast du nicht.«

Smith hob mit beiden Händen ihre dunklen Locken an. »Joel.«

»Joel Kidde? Wie faszinierend. Ich hätte nie gedacht, daß er einen hat.«

»Was hat?«

»Einen Penis.«

Smith machte den Mund auf, um etwas zu erwidern, doch das Telefon läutete, und Wetzon griff danach. »Smith und Wetzon, guten Morgen.«

»Wetzon«, flüsterte ihr eine Stimme ins Ohr. »Das Gerücht *du jour* ist, daß Dean Witter Prudential kaufen will.«

»Im Ernst?« Wer war dieser Knabe? Sie versuchte, die heisere Stimme einem Gesicht zuzuordnen, sah, daß Smith, die Hände auf den Hüften, sie anstarrte. Wetzon zwinkerte ihr frech zu, und Smith machte mit den Händen eine Bewegung, als wollte sie ihr den Hals umdrehen, setzte sich an ihren Schreibtisch und begann, ihre Post durchzugehen.

»Ich hoffe, Sie haben mich nicht vergessen«, fuhr die Stimme in noch verführerischerem Ton fort.

Da klingelte es bei ihr. In Wetzons ganzer Praxis als Headhunterin war ihr noch niemand wie Kevin De Haven begegnet. Seine Telefoniermethode *war* eine einzige Verführung. »Ach, Kevin, lassen Sie das. Sie wissen, daß das bei mir nicht verfängt.«

»Was verfängt bei Ihnen, Wetzon? Nein, ich meine es ganz ernst. Ich will es wissen.«

»Schon gut. Ist der Herr vielleicht daran interessiert, sich zu verändern?«

»Ich spiele mit dem Gedanken. Ich höre, daß sie überall mit dem Geld nur so um sich werfen.«

»Also sagen wir mal, es gibt gute Abschlüsse für Broker ohne Probleme. Sind Sie sauber?«

»Würde ich Sie belügen?«

Er hatte ihre Frage mit einer Frage beantwortet. Sie überlegte, was sie an dem Bild störte. »Wie sieht's mit Ihrer Erfolgsbilanz zur Zeit aus?«

»Na ja, Sie müssen wissen, es ist nicht mehr so wie früher. Hier gibt's keinen Terminkalender.«

»Aber, aber, keine Neuemissionen? Kein Absatzkartell? Wie machen wir überhaupt Geschäfte?«

»Sehr komisch, Wetzon. Ich habe ein paar große Kunden, und sie kaufen börsenfähige Aktien. Damit mache ich zwischen fünf- und sechshundert. Viel wichtiger ist aber, daß ich meine Akte in Ordnung gebracht habe. Keine einzige Beschwerde in drei Jahren.«

Aha, die Antwort auf die große Frage. »Gut, Kevin, vielleicht sollten wir uns zusammensetzen und darüber reden.«

Wetzon notierte sich einen Termin für einen Drink mit De Haven und legte den Hörer gerade rechtzeitig auf, um zu sehen, wie Smith ihren Stapel Nachrichtenzettel hochhob und mit einem eleganten Schwung in den Papierkorb fallen ließ. Sie rieb die Hände gegeneinander und lächelte Wetzon an.

»Woher weißt du, daß nichts wirklich Wichtiges dabei war?«

»Falls es so wichtig ist …«

Sie beendeten den Satz zusammen: »… werden sie wieder anrufen.« Lachend sahen sie einander an.

»Also gut«, sagte Wetzon, »ich gebe auf. Willkommen an Bord. Aber an dem Tag, an dem du die Stepschuhe anziehst, hast du mich hier zum letztenmal gesehen.«

»Abgemacht.« Sie gaben sich die Hand darauf. Smith' Lachen war ansteckend. Wenn sie so obenauf war, machte es Spaß mit ihr. Dennoch hatte Carlos recht: Smith' Verhalten war besonders hinterhältig. Schließlich waren sie immerhin Partnerinnen, oder etwa nicht? Wetzons Ärger war durchaus nicht ganz verraucht, und sie war noch nicht bereit, es einfach so auf sich beruhen zu lassen. »Aber im Moment habe ich etwas sehr Wichtiges mit dir zu besprechen.«

»So?« Smith kippte die Tasche mit den Mustern auf ihren Tisch und begann, sie durchzuwühlen. »Wie würde das hier an meinen Wohnzimmerwänden aussehen?« Sie hielt ein Stück maulwurfsgraues Leinen hoch.

»Sehr schön. Sehr teuer. Smith …«

»So stelle ich es mir ungefähr vor.«

»Willst du wirklich soviel Arbeit in diese Wohnung investieren? Seit Jahren redest du von Umziehen.«

Smith grübelte eine Weile darüber nach. »Das stimmt. Weißt du was, Zuckerstück, du hast völlig recht.« Sie hielt die Einkaufstasche unter die Tischkante und schaufelte sämtliche Muster wieder hinein. »Fifth Avenue oder Park Avenue? Was meinst du?«

»Sutton Place ist hübsch. Meine Freundin Gloria wohnt dort. Und Central Park West ist natürlich phantastisch.« Wetzon hatte Lust, Smith ein wenig zu ärgern. Sie wußte, wie ihre Partnerin reagieren würde. Smith glaubte, die West Side wimmle von arbeitslosen Schauspielern, Musikern, liberalen Demokraten, Juden und Schwarzen.

»Central Park West liegt an der West Side.«

»Letztes Mal, als ich nachsah, lag es noch dort.«

»Weißt du, Goldstück, die West Side mag für dich gut genug sein, aber ich wäre dort drüben einfach verloren. Kein Mensch wie ich läßt sich dort auf der Straße sehen.«

»Gott sei Dank«, flüsterte Wetzon, was im beharrlichen Läuten des Telefons unterging. Als sie abheben wollte, war ihr jemand im Vorzimmer schon zuvorgekommen. »Smith, ich habe das ganze Wochenende versucht, dich zu ...«

»Ich war in Westport.«

»Du bist nicht ans Telefon gegangen.«

»Ich war beschäftigt.« Sie lächelte verlegen und räusperte sich. »Wenn du es unbedingt wissen mußt, ich habe mich vor Dickie versteckt.«

»Kannst du nicht einfach mit ihm Schluß machen?«

Sie schüttelte den Kopf. »So einfach ist das nicht.«

»Hat er dich bedroht? Mich hat er nämlich bedroht.«

»Das hat mit anderen Dingen zu tun. Ich möchte nicht darüber reden.« Sie lächelte Wetzon nervös zu.

»Herrgott, Smith. Na ja, gut. Sag mir Bescheid, wenn ich helfen kann.«

Max klopfte, dann steckte er den Kopf herein. »Guten Morgen, die Damen. Lieutenant Silvestri ist am Apparat, Wetzon.«

»Guten Morgen, bester Max«, sagte Smith und bedachte ihn mit einem gütigen Lächeln.

Wetzon verdrehte die Augen und nahm das Telefon ab. »Tag.«

»Les, Nina hat eben angerufen.« Silvestri hörte sich seltsam schroff an.

Sie setzte sich an ihren Schreibtisch und kehrte Smith den Rücken. »Die Tote ist Terri, ja?«

»Es ist Terri«, bestätigte er.

MEMORANDUM

An: Carlos Prince und Leslie Wetzon
Von: Nancy Stein, Assistentin von Mort Hornberg
Datum: 21. November 1994
Betr.: Combinations in concert

Bonnie McHughs Haarspezialist ist Brian Fahey (Telefon 213-006-3428). Ich sprach mit Joel Kidde, Bonnies Agent, der sagte, Fahey habe einen festen Preis und »wir sollten nicht versuchen, mit ihm zu verhandeln«. Also heißt es für uns entweder – oder, aber Bonnie macht die Show nicht ohne ihn. Dann fragte ich, ob Fahey alle frisieren würde, aber Kidde sagte nein. Falls Fahey alle frisiert, bekommt er glatte 10 000 Dollar.

Also müssen wir jemanden auftreiben, der ein wenig flexibler ist.

19. Kapitel

»Hättest du das von Bonnie gedacht, Carlos?«

»Ich hab' dir ja gesagt, daß sie nach Hollywood ging. Sie muß diesem Brian Fahey ungeheuer verpflichtet sein.«

»Ich bin dafür, daß sich jede selbst um ihre Frisur kümmert.«

»Ganz meine Meinung.«

»Hübsch hier«, sagte Nina Wayne. Sie stellte ihre Aktentasche bei der Tür ab. Ihr Gesicht war grau vor Müdigkeit und verriet, daß sie älter war, als Wetzon vermutet hatte. Sie nahm ihr den Mantel ab, während Izz sie vorsichtig umkreiste und dann an den Schuhen schnupperte, bis der Schwanz des kleinen Hundes langsam zu wackeln begann.

»Ich habe Kaffee gekocht.«

»Ich könnte etwas Stärkeres gebrauchen.« Ihre Stimme klang schwach und ausdruckslos.

»Haben Sie gegessen?«

»Seit heute morgen nicht mehr.«

»Vielleicht ein getoasteter Bagel mit viel Butter?«

»Hm, das wäre himmlisch.«

»Wein? Bier? Wodka?«

»Wodka mit Orangensaft.«

Wenig später saßen sie mit ihren Bagels und Drinks im Wohnzimmer, hatten die Schuhe ausgezogen und die Beine hochgelegt, während Glenn Gould Bachs *Italienisches Konzert* spielte. Terri Matthews war noch kein Thema. Fast schien es, als warteten sie auf eine amtliche Erlaubnis dazu.

Nachdem sie über Erfahrung, Kalzium und Östrogen, die neue Rocklänge, das Für und Wider durchsichtiger bzw. undurchsichtiger Strumpfhosen gesprochen hatten, verstummten sie.

»Was machen Sie eigentlich genau?« fragte Nina.

»Ich bin Suchspezialistin, Anwerberin für Führungskräfte, im Branchenjargon auch als Headhunterin bekannt. Wogegen ich nichts einzuwenden habe. Zum Beispiel rufe ich Börsenmakler an und ermuntere sie, Vorstellungsgespräche bei anderen Firmen zu führen. Wenn das Gespräch Erfolg hat, bezahlt mir die andere Firma einen Prozentsatz dessen, was der Makler verdient hat oder verdienen wird. Es beruht alles auf Angebot und Nachfrage.« Wetzon lächelte. »Sie fragen nach, wir bieten, wir fordern.«

»Ist es Ihre eigene Firma?«

»Ja. Mit einer Partnerin. Wir sind jetzt seit fast neun Jahren im Geschäft. Kaum zu glauben. Und wir haben zwei feste Mitarbeiter im Büro.«

»Macht es Ihnen Spaß?«

»Ich liebe es. Meistens. Möchten Sie noch ein Glas?«

»Gern.«

Wetzon mischte noch einen Drink für Nina, ging aber selbst zu purem Orangensaft über. Als sie die Gläser auf den Couchtisch stellte, fragte sie: »Wie sind Sie Gerichtsanthropologin geworden?«

»Ich habe an der Cornell University mit Paläoanthropologie begonnen. Biologische – das heißt unter anderem – menschliche Fossilien. Dann bin ich einfach so reingerutscht. Es schien eine natürliche Folge zu sein, wenigstens für mich.

Mein Aufbaustudium in Gerichtsanthropologie habe ich an der Kansas State absolviert.«

»Gibt es viele Ihres Metiers?«

»In meiner Zeit an der Kansas waren wir eine ziemlich seltene Gattung, aber die Dinge wandeln sich. Es gibt jetzt landesweit zweihundert Gerichtsanthropologen, davon üben ungefähr fünfundvierzig den Beruf tatsächlich praktisch aus; der Rest sind Studenten und/oder Gelehrte und Forscher.«

»Und Sie unterrichten auch?«

»Ja, John Jay und am Rutgers. Beim Staat New York bin ich nur Teilzeitkraft. Ich bearbeite ungefähr fünfzig oder sechzig Fälle für die Stadt.«

»Klingt für mich nach einem Fulltimejob.«

»Das ist es auch. New York City bietet ein komplexes städtisches Umfeld. Wir wissen nie, worauf wir stoßen, und eine Menge hängt von der Beweiskette ab. Ich muß ständig an individuelle Merkmale denken, die ich nach dem Tod bestimmen kann und die vielleicht in Unterlagen vor dem Tod festgehalten wurden: Röntgenbilder, Krankenhaus- und Zahnarztakten.«

»Dann sind Sie auch Detektiv.«

»Ja. Und das von Anfang an. Meine erste Aufgabe ist es, zu bestimmen, ob die Knochen überhaupt von Menschen stammen.«

Izz bellte hysterisch und schoß vom Sofa. Einen Augenblick später drehte sich Silvestris Schlüssel im Schloß; er öffnete die Tür, und Izz tänzelte mit kleinen aufgeregten Jaullauten um ihn herum. Silvestri hatte in einer braunen Papiertasche chinesisches Essen mitgebracht.

»Entschuldigt die Verspätung.« Er legte Jackett, Halfter und Waffe ab und holte sich ein Bier aus dem Kühlschrank.

»Macht gar nichts, Silvestri«, beruhigte ihn Nina. »Es ist die erste Gelegenheit, die ich in drei Tagen zum Verschnaufen habe.«

»Hat jemand Lust auf Chinesisches? Gebratenen Reis mit Shrimps?«

»Nein, danke«, sagte Nina.

Wetzon schüttelte den Kopf.

»Gut. Um so mehr für mich.« Er trug die offene Pappschachtel, in der zwei Stäbchen steckten, ins Wohnzimmer und stellte sie mit einem Packen Servietten und einer Flasche Beck's auf den Couchtisch. Dann ging er noch einmal hinaus und kam mit seiner Aktentasche zurück, lockerte die Krawatte, nahm sie dann ganz ab und krempelte die Hemdsärmel hoch. »Hast du Nina die Kachel gezeigt?«

»Nein. Wir haben auf dich gewartet.«

»Sieh dir das an, Nina.« Er zog das Foto aus seiner Tasche, nahm Wetzons geborstene Kachel auf der Pappunterlage und legte beide nebeneinander auf den Couchtisch. »Siehst du?«

Nina betrachtete sie gründlich und nickte Silvestri schließlich zu. Silvestri zog einen Hocker unter dem Tisch vor und setzte sich. Er begann, den gebratenen Reis geschickt mit den Stäbchen zu essen. »Okay, gehen wir es noch einmal durch. Ich weiß Bescheid, aber Les möchte es hören.«

Nina machte es sich auf dem Sofa bequem und begann: »Terri hatte mit fünfzehn einen Unfall. Sie fiel in einen leeren Swimmingpool und brach den linken Humerus – den Oberarmknochen – an drei Stellen. Der Bruch war so schlimm, daß eine richtige Operation notwendig wurde. Zu unserem Glück.«

»Haben Sie die Unterlagen gefunden?«

»Leicht war es nicht. Das Krankenhaus wurde vor einigen Jahren abgerissen und ein Teil der Unterlagen vorübergehend im Keller eines städtischen Verwaltungsgebäudes gelagert, wo man sie vergaß. Was Glück für uns war, weil man alle Unterlagen, die in das neue Krankenhaus expediert werden sollten, aus den Jahren vor 1970 vernichtet hatte.«

»Wie um Himmels willen haben Sie …«

»Eine freiwillige Helferin bei der Polizei, die Witwe eines Polizisten. Als ehemalige Archivarin erinnerte sie sich, eine Lieferung von Krankenhausakten angenommen und die Lagerung geregelt zu haben, damit sie vom Stadtarchiv getrennt blieben.«

»Es gab Röntgenbilder, und sie paßten!«

Nina nickte.

»Ich glaube, Terri hatte Familie in Cincinnati … eine ältere Tante?«

»Eine Großmutter. Sie starb vor zehn Jahren. Sie war wegen seniler Demenz seit 1977 in einem Heim gewesen.«

Großmutter. Oma. Plötzlich sah Wetzon Terri vor sich, die sehr liebevoll ins Telefon sprach: »Oma, schau in den Backofen oder den Kühlschrank.« Sie hatte sich nach Wetzon umgedreht und erklärt: »Sie hat wieder einmal ihre Brille verlegt. Dann gerät sie in Panik und ruft mich an. Ich muß ein Heim für sie finden, wo man sie versorgt. Seit einiger Zeit vergißt sie alles, und ich habe Angst, daß sie das Haus in Brand setzt.«

»Terri mußte sie in ein Heim geben, glaube ich«, sagte Wetzon. »Sie sprach mit Davey – dem Regisseur von *Combinations* – und flog dann von Boston nach Cincinnati, während wir andern in der Show auftraten. Das hat sie damals völlig geschafft. Weil sie bei ihrer Großmutter aufgewachsen war. Und nun erkannte sie ihre Enkelin nicht mehr.« Es war, als entblätterte man eine Artischocke, dachte Wetzon, weil ihr während des Redens immer mehr einfiel. »Terri sagte, ihre Großmutter nach New York zu holen, käme nicht in Frage. Sie spielte aber immer wieder eine wichtige Rolle in ihrem Leben. Das elfenbeinfarbene Seidenkostüm, das wir in Filene's basement kauften, war im Zusammenhang mit ihr für eine besondere Gelegenheit gedacht.«

Nina nickte. Silvestri dagegen zeigte so eine Art Stolzer-Vater-Miene, die Wetzon irritierte. Dann war es vorbei; ihre Blicke begegneten sich, und sie sahen sich lange an.

»Ich fuhr zu dem Pflegeheim hinaus«, fuhr Nina fort, »und sprach mit dem Verwalter. Sarah Matthews, Terris Großmutter, starb 1985, ohne zu wissen oder sich darum zu kümmern, daß sie überhaupt eine Enkeltochter hatte. Eine der Schwestern hatte Sarah als völlig hilflos in Erinnerung. Etwa ein Jahr lang vor ihrem Tod konnte sie nicht mehr sprechen. Niemand besuchte sie jemals, obwohl nach alten Unterlagen die nächste Verwandte Theresa Matthews war, die in New York, 481 West 11. Street, Apartment 2R wohnte. Es gab zwei Briefe, die der Heimleiter 1979 und 80 an Terri im Hinblick auf den Zustand ihrer Großmutter geschrieben hatte. Beide waren mit dem Stempel ›Empfänger unbekannt‹ zurückgekommen.«

»Wer hat dann für die Pflege der Großmutter gezahlt?«

»Die Sozialversicherung, und dann war noch Geld von Terris Eltern da, die bei einem Bootsunfall umgekommen waren, als sie drei war. Dazu kommt ein Treuhandkonto auf Terris Namen mit etwas Geld. Es liegt bei einer dortigen Bank, und in den vergangenen zehn Jahren haben sich die Zinsen darauf angesammelt.«

»Ich begreife das nicht. Hat sich kein Anwalt darum gekümmert?«

»Der Anwalt, der als Bevollmächtigter für Terri und ihre Großmutter fungierte, starb 1980. Seine Firma fusionierte mit einer anderen. Die Akten lagern bei der anderen Firma. Wir werden sie gerichtlich anfordern müssen. Über die ganzen Jahre haben sie ihr Honorar kassiert und nie gemeldet, daß Terri vermißt wurde.«

»Die Verfolgung zur Herausgabe der Akten ist unterwegs«, sagte Silvestri.

»Warum hat dieser Anwalt nicht angezeigt, daß Terri vermißt wird?«

»Meine persönliche Meinung ist, daß Terri nach seinem Tod aus dem Raster gefallen ist, und falls jemand in der Firma später daran gedacht haben sollte, etwas zu unternehmen, war es nicht der Mühe wert.«

»Unmoralisches und betrügerisches Verhalten, würde ich sagen.« Alle, dachte Wetzon, hatten Terri im Stich gelassen.

»Was wollen Sie noch wissen?« fragte Nina.

»Sie haben gesagt, daß sie erschossen wurde«, hakte Wetzon nach.

»Wir fanden ein kleinkalibriges deformiertes Geschoß im Schädel und ein kreisrundes Loch im rechten Hinterhauptsbein.«

»Bedeutet das, daß sie in dem Koffer lag, als sie erschossen wurde?«

»Nein. Wir wissen ganz sicher, daß sie irgendwo anders getötet wurde, weil es im Koffer keinen sichtbaren Hinweis auf Blut gab. Wir haben alles zusammengepackt und ans FBI geschickt. Vielleicht finden die Serologen dort etwas.«

»Was ist mit der Kugel?« fragte Wetzon. »Läßt sich damit etwas anfangen?«

Silvestri schüttelte den Kopf. »Wenn das Geschoß wie in diesem Fall einfach so daliegt, haben wir keine Möglichkeit, zu erkennen, ob das die Kugel ist, die zum Tod führte, nicht einmal, ob sie aus einer Pistole oder einem Gewehr abgefeuert wurde.«

»Kann man nicht sehen, ob die Kugel in das Loch im Schädel paßt?«

»Nein«, sagte Nina. »Das geht nicht, weil Knochen sich mit der Zeit verändern, besonders nach siebzehn Jahren und bei unbekannter Feuchtigkeitseinwirkung.«

Silvestri fügte hinzu: »Man kann das Geschoß nur mit der Leiche in Verbindung bringen, wenn es im Knochen steckt.«

»Also haben wir überhaupt nichts.« Wetzon klang tief enttäuscht.

»Nicht unbedingt.« Silvestri setzte den Pappbehälter ab, trank einen kräftigen Schluck Bier und nahm dann einige gefaltete Blätter aus seiner Innentasche. Wetzon schob die fast leere Schachtel mit gebratenem Reis beiseite.

Silvestri strich die Blätter glatt und las vor: »Mieterträge für Nummer 481 West 11. Street. Das Sandsteinhaus ist fünfstöckig und hat zwei Maisonettewohnungen im dritten und vierten Stock, dann zwei Wohnungen pro Etage im ersten und zweiten und eine Gartenwohnung im Parterre. Macht sieben Mieter, richtig?«

»Richtig«, sagte Wetzon. »Plus eventuelle Mitbewohner.«

Nina beobachtete Silvestri mit zusammengekniffenen Augen. »Und?«

»Keine Terri oder Theresa Matthews.«

»Vielleicht hat sie gar nicht in dem Haus gewohnt«, meinte Wetzon.

»Und es als Postadresse benutzt?« Nina runzelte die Stirn.

»Das glaube ich nicht«, sagte Wetzon. »Sie wohnte im Village, irgendwo in der Nähe von Carlos, der damals in der 10. Straße logierte. Silvestri, hat die Gewerkschaft nicht eine letzte bekannte Adresse von ihr?«

»Doch: 481 West 11. Street, Apartment 2R.«

»Tja ...« Wetzon nahm den Pappbehälter und begann, mit den Stäbchen in den Resten darin herumzustochern. »Lies doch einfach die Namen vor. Sie könnte aus irgendeinem komischen Grund einen anderen Namen benutzt haben ... zum Beispiel Georgina Spelvin. Schauspieler verwenden George oder Georgina Spelvin, wenn sie mit einem Stück nicht in Verbindung gebracht werden wollen, aber Arbeit brauchen. Jemand hat einmal den Namen Georgina für einen Pornofilm benutzt.«

»Das weißt du aus erster Hand, Les?« Silvestri grinste sie an.

»Mannomann, jetzt bist du dahintergekommen, daß ich das ganze Geld nicht nur an der Wall Street verdient habe, Silvestri«, sagte sie, während sie mit der leeren Pappschachtel in die Küche ging. Hinter sich konnte sie Nina lachen hören. Mit einem Tablett, auf dem die Kaffeekanne und drei Tassen standen, kam sie zurück.

»He«, sagte Silvestri.

»Was heißt hier he«, meinte sie gespielt ärgerlich. »Welcher Name steht auf deiner Liste für 2R in den Jahren 1976 und 1977?« Sie stellte die Tassen hin.

Er warf einen Blick auf das Blatt Papier. »Poppy Morris.«

Wetzon ließ fast die Kaffeekanne fallen. »Poppy Morris? Das kann nicht sein!«

»Les?« Silvestri blickte entgeistert auf.

»Kennen Sie diese Poppy Morris?« fragte Nina.

»Allerdings kenne ich sie. Poppy Morris ist Mrs. Mort Hornberg.«

THE NEW YORK TIMES, MONTAG, 21. NOVEMBER 1994
SKELETT IM KOFFER IDENTIFIZIERT
Von Jonathan Thomas

Die beharrliche Ermittlungsarbeit von Gerichtsanthropologin Nina Wayne und Lt. Silvestri, Detective des NYPD, zahlte sich endlich aus, als die Identität des in einem Schrankkoffer im Keller eines Wohnhauses in Greenwich Village entdeckten Skeletts gestern festgestellt wurde.

Die sterblichen Überreste sind als die Theresa (Terri) Matthews identifiziert worden, einer Schauspielerin, die am Broadway zuletzt in dem wegweisenden Musical »Combinations« zu sehen war.

Zufällig wird dieses Musical für zwei konzertante Aufführungen am 22. und 23. Dezember in der Originalbesetzung auf die Bühne gebracht.

Leslie Wetzon, eine der Produzentinnen der neuen Aufführung und Tänzerin im ursprünglichen Ensemble, sagte, sie hätten nach Ms. Matthews gesucht, damit sie ihre Rolle neu gestalten könne, doch hätten sie alle aus den Augen verloren. Die zwei Aufführungen finden zugunsten von Show Biz Shares und zum ehrenden Gedenken an Davey Lewin, den ursprünglichen Regisseur, Roger Battle, den Co-Librettisten, und Larry Saunders Lawrence, einen der Tänzer, statt.

»Wir werden ihnen Terris Namen hinzufügen«, sagte Ms. Wetzon.

Die Hausbesitzer, Angela und Barry Zeman, kauften das leerstehende Gebäude, in dem die Leiche gefunden wurde, im August und hatten gerade mit umfassenden Renovierungsarbeiten begonnen, als der Schrankkoffer, der Ms. Matthews sterbliche Überreste enthielt, entdeckt wurde.

Lt. Silvestri teilte mit, daß Ermittler Freunde und Kollegen von Terri Matthews, die unverheiratet war und allein lebte, befragen würden. In den Akten fand sich keine entsprechende Vermißtenanzeige. Lt. Silvestri sagte ergänzend, zwar sei die Todesursache noch nicht festgestellt, doch werde der Fall Matthews als Mord behandelt.

20. Kapitel

»Das ist also die Geschichte«, bemerkte Carlos. Sie befanden sich wieder in dem gemieteten Studio, und er ging mit ihr die Tanzpassage »Zeitmaschine« durch, die sie achtzehn Jahre zuvor in *Combinations* kreiert hatte. Carlos sah mitgenommen aus. »Hast du nicht gesagt, sie sei in den Kopf geschossen worden?«

»Stimmt.« Sie verpatzte einen Schritt. »Verdammt.«

»Laß dir Zeit, Häschen. Schau her, Schritt links, Schleifer rechts, Ballenwechsel, Antippen, Sprung, Zehe, Ferse, Schritt rechts, Schritt links. Siehst du … Ich glaub', jetzt hat sie's.«

Wetzon mußte über das Zitat aus *My Fair Lady* schmunzeln. »Sie geben es nicht an die Zeitung weiter, weil sie nicht zuviel sagen wollen. Ich verrate es dir nur, wenn du auf deine flinken Beine schwörst, daß du keinem Menschen ein Wort sagst, wie sie getötet wurde.«

»Es ist so deprimierend, Häschen. Ich halte das nicht aus. Terri war so reizend – sie hatte eine so frische, saubere, natürliche Art.« Er beobachtete ihren Bewegungen. »Okay, okay, und zwei und drei, vier, fünf, sechs, sieben, acht.«

Die synkopische Melodie des Songs hüllte sie ein, badete sie in Nostalgie. »Ich glaube, so war sie auch vom Wesen her. Dieser staunende Blick … Fast wie eine Touristin, als sähe sie alles zum erstenmal und als sei alles ganz wunderbar.«

»Nein, Häschen. Antippen rechts, Sprung links, Zehe, Ferse, Knicks rechts, Schritt links. Schau her.« Er machte es vor, und sie folgte ihm.

»Du meine Güte, wie schafft Ann Miller das noch?«

»Sie hat nie pausiert und hat nie beschlossen, daß es lustiger wäre, vergiftete Blasrohrpfeile und eine giftige Partnerin aufzulesen und an der Wall Street auf Menschenjagd zu gehen.«

»Ach, sei still. Du weißt, aus mir wäre nie eine Ann Miller geworden. Ta-da.« Sie schloß mit einem Sprung, Schritt, Schritt, Aufstampfen. Schweiß rann über ihr Gesicht, kräuselte ihr Haar. Sie wischte ihn mit ihrem Handtuch ab. »Du siehst einen alternden Körper vor dir.«

»Hör auf zu jammern. Gehen wir es noch einmal durch.«

»Du bist ein Sklaventreiber. Können wir uns nicht ein Weilchen ausruhen?«

Carlos schaltete das Band aus, und Wetzon schlurfte zu ihrer Sporttasche und zog eine Flasche Evian heraus. Sie nahm einen langen Schluck und bot sie Carlos an. Er trank, schraubte sie zu und gab sie zurück.

»Da capo«, sagte er. »Es kommt alles wieder, du wirst schon sehen ...«

»Aber kommt es rechtzeitig wieder? Und erlebe ich es noch?« Carlos war so gut in Schuß, in so guter Tanzform, daß man sein Alter nur an den charaktervollen Fältchen um seine Augen ablesen konnte.

»Du wirst schon sehen.« Er packte sie und zog sie in einem derben Walzer mit sich durchs Studio. Wetzon keuchte, als sie endlich anhielten.

»Du bist ein liebenswerter Teufel!« Sie umarmte ihn, und er hob sie hoch und wirbelte sie herum. Als er sie absetzte, begannen ihre Füße zu steppen.

»Ich liebe dich auch, Häschen.« Er küßte sie und schaltete das Band an. »Aber jetzt bist du wieder dran. Gib dir Mühe.«

Dieses Mal erinnerte sie sich an mehr – oder eher waren es ihre Füße –, und in der zweiten Stunde war sie wieder drin. Nun brauchte sie nichts mehr zu tun, als die Kanten abzuschleifen und sich mit der ganzen Begeisterung und Energie der jungen Leslie Wetzon, Tänzerin, eben mit dem College fertig und Mitglied einer richtigen Broadwayshow auf die Herausforderung einzulassen.

»Hast du Peter Koenig damals gekannt?« fragte Wetzon. Carlos und sie saßen im Rumpelmayer's an der Theke und löffelten frische Schlagsahne in ihre heiße Schokolade.

»Nur daß man sich gegrüßt hat. Er hat sich immer an Terri gehängt, aber daß sexuell was zwischen ihnen war, habe ich nie mitbekommen.«

»Das ist komisch. Ich auch nicht.« Die Schokolade war so dick, daß sie an ihrem Löffel hängenblieb. »1977 ist er ans Repertoiretheater in Seattle gegangen, und jetzt ist er wieder in New York und spielt eine der Hauptrollen in *Tacoma Triptych.* Er hat mich wegen Terris Telefonnummer angerufen.«

»Du meinst, er hatte seitdem nie Kontakt mit ihr?«

»Das wäre wohl schwierig gewesen. Sie war ja inzwischen ein bißchen tot.«

»Vielleicht brachte er sie um und sichert sich ab, weil er von dem Skelett im Koffer gelesen hat.«

»Kann sein. Aber ich interessiere mich mehr dafür, warum Terri in Poppy Hornbergs Singleapartment gewohnt hat.«

»Das ist doch einfach. Poppy hat es eben weitervermietet.«

»Waren Poppy und Mort damals zusammen?«

»Ich glaube nicht, allerdings kannten sie sich wahrscheinlich. Poppy wollte in den Verband der Bühnenkünstler aufgenommen werden. Sie versuchte, Boris oder Ming oder Oliver zu überreden, sie als Assistentin zu beschäftigen. Ihre Eltern hatten Geld, so daß es nicht ums Gehalt ging. Ich glaube, sie kam schließlich bei Tony Walton unter, als er in Morts erster Show mitwirkte, aber es dauerte nicht lange. Dann bekam sie Mort zu fassen, und das war's dann. Das mit der Wohnung ist wahrscheinlich einfach Zufall, Häschen. Wie das eben so läuft.«

»Danke bestens.« Wetzons Endorphine begannen sich zu aktivieren: ein anstrengendes, schweißtreibendes Training, gefolgt von heißer Schokolade, umgeben von den restaurierten Art-Deco-Mosaiken des alten Restaurants – das alles brachte sie ins Träumen. »Ich treffe mich mit Peter auf einen Drink. Silvestri spricht heute mit ihm, und ich treffe ihn morgen abend nach der Vorstellung bei Joe Allen.«

»Allein?«

»Warum nicht?«

»Warum nicht, du Unschuld? Weil er ein Mörder sein könnte.«

»Bleib auf dem Boden. Falls Peter Terri ermordet hat, wird er gewiß nicht mich an Joe Allen's überfüllter Bar zwischen all den Touristen um die Ecke bringen.«

Carlos trank den Rest in seiner Tasse aus. »Ich zögere zu fragen, aber weiß El Silvestri, daß du dich mit Peter triffst?«

»Ich habe ihn nicht um Erlaubnis gebeten, falls du das meinst. Und ich brauche auch keinen Begleiter«, fügte sie gespielt hochnäsig hinzu.

»Gott steh' uns bei, sie wird langsam high.« Carlos zog eine

Augenbraue hoch und kniff das andere Auge zusammen. »Mädchen, ich fühle mit dem armen Kerl.«

Sie mußte lachen. »Mit wem, Peter Koenig?«

»O nein. Mit einem, der mein Mitgefühl viel nötiger hat.«

»Wer denn?«

»Silvestri. Der arme Kerl. Es muß ein bißchen sein, als lebte man mit Miss Marple zusammen.«

Sie warf ihre Serviette nach ihm. »Mach nur so weiter, wenn es dir Spaß macht. Sie werden mit Poppy reden, aber den *Times*-Artikel haben sie nur lanciert, weil sie versuchen wollen, den Mörder aus der Deckung zu locken.«

»Uuh, was für eine professionelle Ausdrucksweise. Woher hast du die?«

»Osmose«, sagte sie naserümpfend. »Alle, eingeschlossen alle von *Combinations,* werden zu Morts Thanksgiving-Party kommen.«

»Und sie werden alle über Terri reden«, sagte Carlos und schüttelte den Kopf. »Mädchen, Mädchen.«

»Es war kein zufälliger Mord, Carlos. Dafür war alles zu ordentlich. Die Kugel im Kopf, die Leiche in ihrem eigenen gepackten Koffer, der in den Keller gebracht wurde.«

Er hörte auf, die Schokolade von seinem Löffel zu lecken. »Moment, Häschen, willst du andeuten, daß ...«

»Ja. Silvestri und Nina Wayne – sie ist die Gerichtsanthropologin – glauben, daß Terris Mörder jemand war, den sie gut kannte. Vielleicht jemand, den wir alle gut kannten ... *kennen.*«

MEMORANDUM

Carlos Prince und Leslie Wetzon
Von: Nancy Stein, Assistentin von Mort Hornberg
Datum: 22. November 1994
Betr.: Combinations in concert

Beigefügt ist ein neues Budget, aber es gibt noch immer eine Menge Löcher. Ed Venderose wird jetzt, nachdem er zu uns gestoßen ist, alles durchgehen. Er sagt, daß wir bei der Zahl der Bühnenarbeiter das Budget überschreiten. Ich weiß, daß diese Zahlen revidiert werden können, aber ich meine, wir sollten damit bis zu unserer Besprechung am 28. November warten. Laßt mich wissen, was Ihr davon haltet.

Bis dann auf Morts Party.

21. Kapitel

»Carlos, Lieber – Ed Venderose, erinnerst du dich an ihn?«

»Natürlich. Er gedieh vom vertrottelten Assistenten zum Generalintendanten am Broadway. Das ist schon eine tolle Laufbahn.«

»Er ist ein Wurm, ein Lustmolch, ein Ekel.«

»Aber wenn er ein guter Generalintendant ist, spielt das doch keine Rolle, meine süße Giftspritze.«

»Grrrrr.«

Anstatt nach Hause zu fahren und später wieder zurückzukommen, um Peter Koenig zu treffen, ging Wetzon in letzter Minute aus einer plötzlichen Laune heraus zur Kasse des Booth und kaufte eine Karte für die erste Voraufführung von *Tacoma Triptych.* Die Schlange war kurz – alle warteten auf eine Voraufführung, die näher bei der Premiere lag, wenn die Show eingespielt war –, und es gab noch zahlreiche freie Plätze im Parkett. Dann ging sie zu Ollie's hinüber, um einen Teller süßsaure Suppe und eine Portion Schweinerippchen zu essen. Sie war müde, und jeder Muskel, jedes Gelenk beschwerte sich. Keine Ausflüchte mehr; sie würde wieder regelmäßigen Unterricht nehmen müssen.

Leider hatte sie keine Ahnung, was bei Silvestris Treffen mit Peter Koenig passiert war. Silvestri hatte in seiner eigenen Wohnung übernachtet. Als sie von der Probe mit Carlos nach Hause gekommen war, hatte sie eine Nachricht von ihm vorgefunden, die nur dies mitteilte. Keine Erklärung.

Sollte man nicht meinen, sann sie nach, während sie das rosa Fleisch von der Rippe schälte, daß er sagen würde, warum? Wie wäre es, wenn er gesagt hätte: »Les, ich muß heute nacht aus diesem oder jenem Grund in Chelsea bleiben, aber ich liebe dich und vermisse dich, Schatz?« Klar. Darauf kannst du lange warten, Kleine. Und wenn er es täte, wie lange würde es dann dauern, bis sie das Interesse verlöre?

Beinahe hätte sie laut gelacht. Das nicht ganz Erreichbare besaß mehr Reiz. Ein Oberkellner führte ein Paar vorbei, die Frau umwehte ein Duft von L'Air du Temps. Terri Matthews, die das gleiche Parfüm benutzt hatte, erschien vor Wetzon wie der Geist von Hamlets Vater. *Hat mich niemand vermißt?* Es tut mir so leid, Terri, dachte sie. Ich stehe in deiner Schuld. Sie blickte auf den kleinen Haufen sauberer Knochen und schob den Teller beiseite. Was war los mit ihr? Sie bezahlte die Rechnung, ging zur Toilette und schrubbte sich die Hände.

Ein frischer Wind fegte durch die Shubert Alley und jagte die Leute in die Foyers der anstoßenden Theater – zur 44. Straße hin. Am südlichen Ende der Shubert Alley lag das Shubert, wo noch immer *Verrückt nach dir* lief, und am nördlichen Ende, an der 45. Straße, das Booth. Im Booth trieben sich nicht viele Leute herum. Erste Voraufführungen waren immer höchst fragwürdig, und deshalb versuchten die Regisseure, die Theaterexperten vom Besuch abzuhalten. Um Himmels willen, es könnte ja durchsickern, die Show sei in schlechtem Zustand. Und am Broadway bedeutete bereits ein geflüstertes Wort dieser Art den Tod.

Wen man häufig dort antraf, das waren die Leute vom Förderverein der Theater. Der Verein kaufte große Mengen von Eintrittskarten mit starker Ermäßigung und verkaufte sie an seine Mitglieder (als Mitglied zahlte man eine geringe jährliche Gebühr) etwa zur Hälfte des Kassenpreises. Das alles wurde durch Zuschüsse der großen Stiftungen, des Staates und der nationalen Kunstgremien finanziert. Diese Praxis diente als eine Art Versicherung gegen leere Häuser, die schlecht für die Moral wie für den Geldbeutel waren.

Dazu kamen die Freikarten: Oft wurden unverkaufte Karten für Voraufführungen ebenso wie für Aufführungen nach der Premiere an die Schauspielergewerkschaft abgegeben, die sie an ihre Mitglieder verteilte; auch Krankenhäuser erhielten Karten für das Personal geschenkt.

Das Booth war an diesem Abend mit Freikarteninhabern gut besetzt; Wetzon sah es, als sie zu ihrem Platz in den hinteren Parkettreihen ging. Schauspielergewerkschaft. Obwohl sie dazu neigten, an ungeeigneten Stellen zu lachen, waren Schauspieler normalerweise ein gutes Publikum. Im Namen des Theaters verziehen sie vieles.

Sie schaute nach hinten, während die Besucher allmählich die Plätze einnahmen. Stehplätze wurden für die Voraufführungen selten öffentlich verkauft. Dort versammelten sich nämlich alle, die mit der Produktion zu tun hatten, um die Show anzusehen und sich Notizen zu machen. Es war nicht ungewöhnlich, den Autor, seine bessere Hälfte, Assistenten aller Art, fast das ganze Regieteam dort vorzufinden, alle mit ihren Stenoblöcken vor sich auf den Sims hinter der letzten Parkettreihe gestützt. Alle mit Ausnahme des Regisseurs, der meist lieber irgendwo in den ersten zehn Reihen saß. Vorerst hatte sich dort noch niemand eingefunden; sie schlüpfte aus dem Mantel und ließ ihn um die Schultern liegen.

Es gab keinen Vorhang. Die Bühne für *Tacoma Triptych* stellte ein Kunstmuseum dar. Das Stück war am Repertoiretheater in Seattle ein großer Erfolg gewesen, war von dort ans Goodman nach Chicago gegangen, und nun war es an den Broadway gekommen, ohne Garantie auf Erfolg. Denn der Broadway war die Spitze, und ein Stück, das ein Publikum in Seattle oder Chicago begeisterte, schaffte das in New York nur selten.

Tacoma Triptych wurde ohne Pause durchgespielt. Und das war gut so, denn nur wenige wären zu einem zweiten Akt wiedergekommen. Das Stück war ganz einfach ermüdend. Keinerlei Tempo, und manche darstellerischen Leistungen waren dilettantisch. Freilich nicht die von Peter Koenig. Er beeindruckte in einer Schlüsselrolle in den beiden ersten Dritteln des Stückes, danach gestand der Typ, den er spielte, einen schrecklichen Mord ein und beging Selbstmord.

Es war eine bedrückende Szene, deren Stärke das Publikum erstarren ließ. Dann trieb das Stück langsam seiner Schlußszene entgegen, in der sich herausstellte, daß Peter den Mord gar nicht begangen, sondern nur gestanden hatte, um seine Stieftochter zu schützen. Die wiederum hatte nicht nur als Kind den ursprünglichen Mord begangen, sondern auch den Selbstmord ihres Stiefvaters manipuliert.

In Wirklichkeit war das Ganze eine Oper ohne Musik, obwohl das Gerücht ging, das Pulitzer-Komitee interessiere sich dafür. Mit oder ohne Preis war es höchst fraglich, wie lange *Tacoma Triptych* in New York laufen würde. Dennoch war eine solche Show eine hervorragende Bühne für Darsteller wie Peter Koenig. Er würde sensationelle Kritiken bekommen, eine Nominierung für den Tony, und Hollywood könnte aufmerksam werden. Die Leute würden sich an seinen Auftritt erinnern, wenn die Show längst vergessen wäre.

Das heißt, falls Peter Terri nicht getötet hatte. Dann würde sich niemand an seine Leistung in *Tacoma Triptych* erinnern. Oder in Wirklichkeit jeder, falls es seine letzte Rolle sein sollte.

Wetzon schlüpfte in den Mantel, als die Lichter im Theater angingen und alle Darsteller auf die Bühne kamen, um sich für den Beifall zu bedanken. Freikarteninhaber suchten normalerweise möglichst schnell das Weite, wenn das Stück zu Ende war, doch diese Gruppe blieb. Sie warteten auf Peter, applaudierten stehend und rannten dann erst los.

Ein wenig neugierig war sie doch auf den Autor von *Tacoma Triptych,* der sich M. B. Garfield nannte. Die Zeitschrift *New York* hatte einen anregenden kurzen Artikel gebracht und versprochen, die Identität des Autors nach der Premiere aufzudecken. Wetzon lächelte. Vermutlich war es Joyce Carol Oates. Mrs. Oates war so produktiv, daß es schon beinahe peinlich war.

Wetzon musterte die Leute auf den Stehplätzen. Jeder dort hinten konnte der Autor oder die Autorin sein, denn für sie waren alle fremd. Alle bis auf den ungeschlachten, gewaltigen Ed Venderose, den Generalintendanten. Ed war ihr als Assistent mit volltönender Stimme in Erinnerung geblieben, der seinen Spaß an seiner Meinung nach frauenfeindlichen Witzen hatte, als Wetzon noch Tänzerin gewesen war. Sie sah seinen Blick über das Parkett huschen, über sie hinweggehen, dann zurückschwenken. Er versuchte sie unterzubringen, und sie wandte sich schnell ab.

Nach dem letzten Vorhang begann sich die Gruppe, die im hinteren Teil des Hauses stand, zu zerstreuen. Während Wetzon den Mittelgang hinaufging, dachte sie wieder an Terri, ihre Knochen, den grinsenden Schädel – all das, was von dem süßen Gesicht geblieben war. Sie blieb stehen, um die Baskenmütze sorgfältig über ihren Ballerinenknoten zu ziehen. Ein geflüsterter Kraftausdruck veranlaßte sie, sich umzudrehen, gerade noch rechtzeitig, um eine hochgewachsene Gestalt zu bemerken, die sich große Mühe gab, aus Wetzons Blickfeld zu verschwinden. Das Gesicht der Frau war zwar durch einen Schlapphut verborgen, aber doch nicht völlig, so daß Wetzon erkennen konnte, wer es war.

»Medora!«

Medora sah verdrossen aus. Sie spielte mit dem Gürtel ihres lohfarbenen Trenchcoats. Wie Rog, ihr verstorbener Mann, war Medora Battle ein ausgesprochen hellhäutiger Typ, der in jeder Schar von Mitgliedern der Episkopalkirche untertauchen konnte, aber nicht in einem Theater, wo man ethnische Vielfalt gewohnt war. Ihre blaßblauen Augen ruhten kurz auf Wetzon, dann huschten sie weg, als hätte Wetzon sie beim Griff in die Kasse ertappt. »Leslie«, sagte sie. »Ich kann jetzt nicht …«

»Ah, Leslie Wetzon, dachte mir doch, daß ich Sie erkannt habe!« Ed Venderose versperrte ihr den Weg. »Was machen Sie denn hier?« Er wartete die Antwort nicht ab. Mit der puren Kraft und Breite seines mächtigen Bauches schob er sie nach draußen.

Bevor Wetzon Gelegenheit hatte, auf ihn einzureden oder einzuschlagen, befand sie sich auf der Straße vor dem Theater mitten im Gedränge. Und sowohl Venderose als auch Medora waren verschwunden.

MEMORANDUM

An: Carlos Prince und Leslie Wetzon
Von: Nancy Stein, Assistentin von Mort Hornberg
Datum: 22. November 1994
Betr.: Combinations in concert

Haltet bitte Montag, den 28., fünf Uhr, für eine Produktionsbesprechung in Morts Büro frei. Wir haben einiges zu klären, darunter die Frage, ob es eine dritte Aufführung geben sollte, besonders für die Fernsehaufzeichnung.

Joel Kidde und Xenia Smith, die Combinations *mit Mort fürs Fernsehen produzieren, nehmen möglicherweise ebenfalls teil.*

22. Kapitel

»Häschen, hast du den Brief gesehen?«

»Ja.«

»Wie ich höre, bist du mies gelaunt.«

»Du nicht?«

»Ich kann mir immer noch nicht vorstellen, wie die Barrakudadame sich in unser Projekt eingeschlichen hat.«

»Du hättest sie all die Jahre als Partnerin haben sollen. Dann müßtest du so eine Frage nicht stellen.«

»Nein, jedenfalls vielen Dank, Schatz.«

Wetzon, wütend auf sich, daß sie Venderose keinen Tritt verpaßt hatte, ging hinüber ins Joe Allen. Für wen hielt sich Ed eigentlich? Sie würde ein paar knappe, aber deutliche Worte über seine Mitwirkung bei *Combinations* mit Mort reden. Wer wohl diesen gescheiten Einfall gehabt hatte?

Und was zum Teufel war in Medora Battle gefahren? Es war, als ob sich die ganze Welt in einem unheimlichen, tödlichen Tanz drehte.

Sie setzte sich an das hintere Ende der dunklen Bar und

bestellte ein Bier. Wegen der Bar kamen noch immer einige Stammgäste, aber das eigentliche Restaurant war ständig voller Touristen, die annahmen, das Joe Allen – dessen Wände mit Plakaten durchgefallener Shows, von denen sie in einigen getanzt hatte, bedeckt waren – sei eines der beliebtesten Speiselokale der Theaterwelt.

Gekonnt mixte der Barkeeper Margaritas, während Wetzon sich an ihrem Bier festhielt und wegen Peter die Tür beobachtete. Sie wußte nicht einmal, was sie ihn fragen würde. Und weil sie unfähig gewesen war, ihrem Zorn auf Ed Venderose Luft zu machen, fühlte sie sich dumm und gehemmt.

Peter wählte genau diesen Moment für seinen Auftritt, und Wetzon fiel wieder die glatte Tünche seines Outfits auf, etwas, das ihm siebzehn Jahre früher gefehlt hatte. Sie winkte, und er kam und setzte sich neben sie. Dann beugte er sich zu ihrer Überraschung vor und küßte sie auf die Wange.

Der Barkeeper klatschte eine Cocktailserviette vor ihn. »Was darf ich Ihnen bringen?«

»Scotch und Soda«, sagte Peter. Er begann, seine Taschen abzuklopfen, als suchte er nach etwas.

Wetzon beobachtete ihn wortlos. Der Kellner stellte den Scotch mit Soda vor Peter hin, und der Schauspieler starrte einen Augenblick auf das Glas, bevor er einen Schluck nahm. Er gab die Suche – wonach auch immer – auf.

»Es fällt mir schwer, das zu akzeptieren«, begann er unvermittelt.

»Willkommen im Klub«, sagte Wetzon.

»Wie konnte das geschehen? Wo waren wir?«

»Wo warst du?«

»Ich hatte das Angebot vom Repertoiretheater in Seattle.« Er trank noch einen Schluck. »Das habe ich dir erzählt. Ich wollte sie heiraten.«

»Und sie hat nein gesagt?«

Er nickte. »Da wäre noch ein anderer, sagte sie. Den wollte sie heiraten.« Er wandte sich von Wetzon ab, und als er weiterredete, mußte sie sich anstrengen, um ihn zu verstehen. »Ich werde nie vergessen, was sie sagte. Sie fragte mich: ›Möchtest du nicht, daß ich glücklich bin?‹«

»Wer war er?«

»Das wollte sie nicht verraten. Sie meinte, das würde ich noch früh genug erfahren. Hat sie dir nichts gesagt?«

»Nein. Ich weiß noch, daß ich sie etwa eine Woche nach der letzten Vorstellung anrief. Sie hörte sich komisch an, irgendwie enttäuscht, daß ich es war, und sagte mir, sie erwarte einen anderen Anruf und würde mich zurückrufen. Das hat sie nie getan. Und ich ging mit *Promises, Promises* auf Tournee, und das war's dann.«

»Ein Detective hat mich heute angerufen. Ich habe ihn auf morgen nachmittag vertröstet, weil ich mich vor der Vorstellung nicht ablenken lassen wollte.«

Demnach war Silvestri noch nicht zu Peter vorgedrungen. »Was erwartest du? Es ist eine Mordermittlung. Den Zeitungen zufolge werden sie jeden vernehmen, der Terri kannte. Das bedeutet – uns alle.«

»Irgendwie fühle ich mich schuldig«, sagte Peter. Seine Stimme schwankte, und als er sich die Augen rieb, blieb ein Bröckchen Make-up als dunkle Schmiere an seiner Hand haften.

»Das geht uns allen so.« Wetzon beschäftigte sich mit ihrem Bier. »Ich habe heute abend deine Vorstellung gesehen. Es war wunderbar.«

»Danke.« Plötzlich strahlte er. »Hast du die Karte selbst bezahlt?«

Sie nickte.

»Hättest du doch was gesagt. Ich hätte dich durchgeschleust.«

»Macht nichts.«

»Die Streisand kauft das Stück. Sie möchte bei dem Film Regie führen. Alle sagen, ich soll die Rolle auch für den Film übernehmen.«

»Schön.«

Er trommelte mit den Fingern auf die Theke und sagte lange nichts. Dann nahm er ihre Hand. »Weißt du, Leslie, ich habe das mit Xenia durchgesprochen.«

»Xenia?« Automatisch zog Wetzon ihre Hand weg und wäre fast vom Hocker gefallen. Das war das i-Tüpfelchen. Jetzt würde sie Smith umbringen müssen.

»Sie ist eine sehr einfühlsame Person, meinst du nicht?« Peter legte seine Hand auf ihren Schenkel.

»O ja, sehr.« Sie blickte auf seine Hand hinunter. »Was dagegen, wenn du die wegnimmst?«

Er zog seine Hand zurück. »Die Polizei findet den Täter nie. Wir kannten sie besser als jeder ...«

»Wir sprechen von Mord, Peter. Terri hat sich nicht selbst in den Koffer gelegt und in den Keller getragen.«

»Keine Frage. Er war es.«

»Wer?«

»Der Kerl, den sie geliebt hat. Irgend etwas muß schiefgegangen sein.«

»Sehr schief.«

»Und ihre Freunde haben sie im Stich gelassen.«

»Laß sein.«

»Jedenfalls war ich wirklich froh zu hören, daß du es tun willst.«

»Was tun?« Verdammt, wovon redete er überhaupt?

»Xenia hat gesagt ...«

»Entschuldigung. *Xenia* hat gesagt ...?«

»Sie hat gesagt, daß eure Firma Nachforschungen anstellt und daß du den Mord an Terri gern aufklären würdest. Der Mörder muß jemand sein, der mit *Combinations* zu tun hat.«

»Warum?« Sie schlug frustriert mit der Faust auf die Theke. »Verdammt, Peter. Nein!«

»Auch ich fühle mich verantwortlich, Leslie. Damals war ich wütend. Sie hat mich zurückgewiesen. Ich hatte das Angebot aus Seattle, und ich wollte möglichst weit von ihr wegkommen.«

»Die Polizei sollte sich damit befassen, Peter.« Deprimiert seufzte Wetzon und trank ihr Bier aus. »Warum sagst du, es war jemand aus *Combinations?* Das hätte ich gemerkt. Und die Jungs sind – waren – außerdem alle schwul.«

»Terri hat mir gesagt, daß sie eine ernste Beziehung mit jemand aus der Truppe hätte. Ich habe mich an diesem Tag lange vor dem Gebäude rumgetrieben, aber es ist niemand aufgetaucht, den ich erkannte.« Er fand seine Brieftasche und klappte sie auf, um ihre Fächer zu durchsuchen. »Aha, da ist er.« Er zog ein Stück Papier heraus, faltete es auseinander und gab es ihr. Es war ein Scheck.

Als Wetzon ihn nicht nahm, legte er ihn vor sie auf die

Theke. »Dann ist es also abgemacht?« sagte er. »Gut. Ich rufe dich an.« Als er dem Barkeeper seine American-Express-Karte gab, streifte sein Ellbogen die Brieftasche und warf sie auf den Boden. Wetzon rutschte vom Hocker und hob sie auf. Er hatte gar nicht gemerkt, daß die Brieftasche fort war, unterschrieb den Abschnitt und wollte die Karte in das Fach zurückstecken, doch die Brieftasche war weg.

»Du hast sie fallen lassen«, sagte Wetzon, indem sie ihm die Brieftasche reichte.

»Übst du einen weiteren Karriereschritt?« fragte er, während er die Karte in ihr Fach steckte und die Brieftasche in seinem Jackett verstaute.

»Ich nicht.«

Er küßte sie wieder auf die Wange und ging.

In diesem Augenblick tauchte Carlos von einem dunklen Tisch auf und setzte sich neben sie. »Was bedeutet das?« fragte er und spielte mit dem Scheck.

»Unser Vorschuß. Was machst du denn hier?«

»Mein Talent schonen. Vorschuß worauf?«

»Nun ja ... Er heuert Smith und mich an, den Mord an Terri zu untersuchen.«

»Ich möchte von dir hören, Herzallerliebste, daß du eindeutig und bestimmt nein gesagt hast.«

»Geht nicht. Smith hat eindeutig und bestimmt ja gesagt.«

»Wir schieben es auf den Barrakuda, wie? Und du bist nicht in Versuchung?«

»Das ist kein Spaß, Carlos. Ich habe seine Karten gesehen.«

»Was für Karten?«

»Besonders eine Karte. ›Pistolenlizenz.‹ In seiner Brieftasche, zum Kuckuck. Ich spreche Englisch. Warum kannst du mir nicht folgen?«

»Ich würde dir überallhin folgen, Häschen. Sag es mir nur in schönen, einfachen Worten.«

»Eine Pistolenlizenz, Carlos. Peter Koenig hat einen Waffenschein.«

MEMORANDUM

An: Carlos Prince und Leslie Wetzon
Von: Nancy Stein, Assistentin von Mort Hornberg
Datum: 22. November 1994
Betr.: Combinations in concert

Ich weiß, daß Ihr eine gute Nachricht hören möchtet: Die Reaktion auf die Anzeige ist unglaublich. Es hagelt Kartenbestellungen. Wir halten uns an die Devise, wer zuerst kommt, wird zuerst bedient. Bei diesem Tempo sind die Benefizvorstellungen von Combinations *bis Anfang Dezember ausverkauft.*

23. Kapitel

»Verdammt, Wetzon, macht denn keiner mehr ein ganz normales Geschäft?«

»George, wollen Sie mir etwa zu verstehen geben, daß Sie keine Broker wollen, die scharfe Sachen machen – etwa Derivate?«

»Zuviel Ärger. Die gehen den Bach runter, ehe man sich's versieht, und wir alle gehen mit unter.«

Wetzon lachte. Wie wahr. Vor kurzem erst hatte eine andere größere Firma Hunderte von Millionen herausrücken müssen, um ihre eigenen Investmentfonds, voll mit Derivaten, zu stützen. Besonders bei Rosenkind Luwisher ließ man den Maklern freie Hand, seltsame Geschäfte einzuleiten, was im allgemeinen bedeutete, daß sie nicht tragbar waren. Ein untragbares Risiko, dachte sie. »Also, was halten Sie von einem, der eine Million Dollar macht?«

»Womit?«

»Institutionelle Optionen an internationale Kunden. Er sucht eine Firma, die Kapital in den Optionsmarkt steckt.«

George stöhnte. »Viel Glück dem, der ihn einstellt.«

»Dann, last not least, noch ein Millionen-Dollar-Mann. Viertes Jahr in der Produktion, internationales Geschäft in

S & P-Futures. Rosenkind Luwisher gibt ihm einen direkten Draht zum Börsensaal des Merc in Chicago.«

»Lesen Sie meine Gedanken, Wetzon. Ich suche etwas ganz Normales.«

»Ach ja, jetzt, wo sie es sagen ... Ich habe tatsächlich einen ganz normalen Broker von Rivington Ellis. Er ist im Geschäft seit ...«

»Welches Büro?«

»Das von Ted Crass.«

»Dann ist er einer von Crass' Kriminellen, und ich will ihn nicht. Probieren Sie es ein anderes Mal, Wetz ...« Das Telefon krachte in ihrem Ohr, bevor er ihren Namen zu Ende gesprochen hatte.

Wetzon legte auf. Wahrscheinlich hatte George recht. Ted Crass hatte eine Mannschaft aus den Manischen und Depressiven anderer Firmen zusammengestellt, und die Makler in seinem Büro waren an der Wall Street als Crass' Kriminelle bekannt geworden. Es gab noch und noch Prozesse. Wetzon wußte, daß es nur eine Frage der Zeit war, bis Rivington Ellis Ted Crass sterben ließe, und so gut wie keiner würde seine Makler übernehmen wollen. Trotzdem würden sie die Runde machen und schließlich irgendwo unterkommen, weil sie große Zahlen machten. Was? Die Wall-Street-Polizei könnte sich einmischen? Im Leben nicht.

Was die Broker von Rosenkind Luwisher betraf, so waren sie alle an Vorstellungsgesprächen interessiert, aber niemand wollte mit ihnen sprechen. Die ganz Normalen, das war es, wonach sich Headhunter und Geschäftsführer an der Wall Street sehnten, aber die ganz Normalen wechselten dieser Tage nicht die Firma.

Wetzon schob den Ordner für Rosenkind Luwisher beiseite und deckte dabei den Fünftausend-Dollar-Scheck auf, den Peter Koenig auf Smith und Wetzon ausgestellt hatte. »Verdammt«, sagte sie zum x-tenmal. Schon war sie wieder wütend. Sie stach mit dem Kuli nach dem Scheck, hob ihn auf, schaute ihn an und legte ihn wieder hin.

Ausgerechnet diesen günstigen Moment wählte Smith, um durch die Tür zu tanzen. Wetzon erhob sich kampfbereit vom Stuhl.

Smith war nur einen Augenblick abgeschreckt. »Zuckerstück«, sprudelte sie heraus, »ich habe dir soviel zu erzählen.«
»Und ich habe auch ein paar Dinge mit dir zu besprechen.« Wetzon griff nach dem Scheck.
»Ich zuerst«, sagte Smith.
»Wie könnte es anders sein? Was ist denn so wichtig?«
»Na ja«, begann Smith, während sie ihren Schal über die Stuhllehne hängte, »ich habe vor, mir die Augenpartie richten zu lassen.«
»Das ist wichtig?«
»Für mich schon.« Smith klang eingeschnappt. »Ich muß jetzt so gut wie möglich aussehen ...«
»Jetzt, wo du im Showbusineß bist? Smith, um Himmels willen, du siehst wunderbar aus. Du siehst immer wunderbar aus.«
»Vielleicht nur die kleinen Fältchen um die Augen.« Smith hatte ihren Spiegel vorgeholt und machte neckische Lächelproben.
»Warum läßt du nicht gleich das ganze Gesicht renovieren, wenn du sowieso dort bist?« schlug Wetzon vor.
Smith legte den Kopf schräg. »Und meinen Hals. Ich hasse diese Orangenhaut, du nicht?«
»Sicher. Hasse sie nur richtig.«
Smith nickte. »Du hast völlig recht.« Sie klopfte mit den Fingern an ihr Kinn. »Wie macht sich Darlene?«
»Nicht schlecht. Sie organisiert Leute für Boston. Ich glaube, sie wird damit gut fertig, aber sie ist so neurotisch. Ob du es glaubst oder nicht, sie wischt mehrmals am Tag ihr Telefon mit ihrem Taschenfläschchen Alkohol ab. Ich kann mir nicht vorstellen, wie sie dieses Büro leiten soll.«
Smith ließ den Spiegel auf den Tisch fallen. Zum Glück zersprang er nicht. »Dieses Büro leiten? Bist du verrückt? *Wir* leiten dieses Büro.«
»Wirklich? Ich dachte, du gehst ins Showbiz.«
»Na ja, so ein bißchen nebenbei. Als Liebhaberei ist es okay.«
»Mach soviel Liebhaberei, wie du willst, aber vielleicht sollten wir darüber nachdenken, die Firma zu verkaufen.«
»Verkaufen? Du willst *meine* Firma verkaufen?«

»Es war *unsere* Firma, als ich zum letztenmal nachgesehen habe.« Wetzon lehnte sich an den Schreibtisch, die Arme verschränkt, nur mühsam dem Drang widerstehend, Smith zu erwürgen.

»Um Himmels willen. Was würdest du tun?«

»Was ich tun würde? Das ist richtig, Smith, ich habe kein anderes Leben außer dieser Firma.«

»Das sage ich doch immer«, erklärte Smith mit übertriebener Geduld. »Du grenzt dich ein, Zuckerstück. Ich meine, du hast dich an diesen Detective gefesselt. Du bist ein Anhängsel. Wann hat er dich zum letztenmal in ein nettes Lokal ausgeführt?«

»Das gehört nicht zur Sache. Silvestri hat nichts mit ...«

»Ich schließe den Beweisvortrag ab.« Smith lächelte und machte ein Geräusch, das einem Surren verdächtig ähnelte.

Die äußere Tür wurde geöffnet und geschlossen. Smith hob den Kopf, dann sprang sie auf und riß die Tür zu ihrem privaten Büro auf. Ein hochgewachsener junger Mann stand grinsend auf der Schwelle.

»Mark.« Wetzon strahlte übers ganze Gesicht. Der Sohn von Smith war ein gutaussehender Mann, über einsachtzig groß, und trotz seiner Mutter und ihrer verrückten Anschauungen war er zu einem anständigen Menschen herangewachsen.

»Tag, Wetzon«, sagte er. Er trug eine geräumige schwarze Lederjacke und eine saubere, gebügelte Khakihose.

»Mein Kleiner.« Smith zupfte an seinem Hemdkragen, der unter dem Gewicht der Jacke verschwunden war, und ihre Hände verweilten vermutlich länger als nötig an ihrem Sohn. Mark studierte im ersten Jahr in Harvard, und sie war sehr stolz auf ihn.

»Ach, Ma«, sagte er abwehrend, umarmte sie aber und ging dann auf Wetzon zu.

Wetzon drückte ihn an sich. Er roch nach After-shave und Leder. »Wie schön, dich zu sehen.«

»Ich möchte euren Tag nicht durcheinanderbringen«, sagte er.

»Das geht in Ordnung. Wir schließen das Büro zeitig, einverstanden, Smith?«

Smith nickte. »Mark und ich essen rasch eine Kleinigkeit und gehen dann einkaufen. Mark braucht neue Sachen.«

»Nein, ich brauche nichts. An der Uni trage ich nur Jeans.« Er zwinkerte Wetzon zu.

Smith achtete nicht darauf. »Wir essen mit Joel bei Oro zu Abend, und für danach hat Joel verabredet, daß wir uns auf den für Hal reservierten Hausplätzen *Showboat* ansehen.«

»Entschuldigung. Hal?«

»Hal Prince natürlich. Das kannst du dir doch denken, Wetzon.« Smith funkelte Wetzon an.

»Wie schön«, sagte Wetzon.

»Oh, und ich habe uns Hausplätze für *Tacoma Triptych* am Freitag besorgt, wenn du gehen möchtest, Ma.«

»Ach, ich weiß nicht, Schatz.« Smith blickte verständnislos.

»Ein ernstes, konventionelles Stück, Ma. Soll sehr gut sein.«

»Hausplätze?« fragte Wetzon. »Kennst du jemand von den Mitwirkenden?«

»Nur die Tochter der Autorin. April hat ein paar Kurse mit mir gemeinsam belegt.«

»Moment«, sagte Wetzon. »Es ist ein großes Geheimnis, wer der Autor tatsächlich ist.«

»Tja, ich weiß die Antwort«, sagte Mark selbstzufrieden. »Soll ich es dir verraten?«

»Selbstverständlich.«

Smith runzelte die Stirn. »Wovon redet ihr zwei?«

»Sag schon, Mark.« Als er zögerte, drängte Wetzon: »Gut, dann verrate mir den Nachnamen deiner Freundin.«

»Ich sage dir ihren vollen Namen. April – dam-da-dam-dam – Battle.«

»Aha!« rief Wetzon. »Ich wußte es! Medora Battle hat *Tacoma Triptych* geschrieben?«

Mark nickte.

»Was ist mit Medora Battle?« fragte Smith ärgerlich.

»Warum die Heimlichtuerei?« erkundigte sich Wetzon.

»Von April weiß ich nur, daß ihre Mutter seit dem Tod ihres Vaters an einer Schreibsperre litt und ohne ihren Mann sehr unsicher im Schreiben war. Deshalb hat es so viele Jahre gedauert.«

Smith schaute von Wetzon zu Mark. Sie fühlte sich ausgeschlossen. »Ich verstehe nicht, wovon ihr beiden redet. Wetzon, wolltest du mir nicht noch was erzählen?«

»Ja, richtig.« Wetzon stellte Medora Battle vorerst als nicht ganz so wichtig zurück und wappnete sich für die Auseinandersetzung mit Smith.

»Prima«, sagte Mark. »Ich setze mich solang an den Schreibtisch von Max und rufe ein paar Leute an.« Er lächelte Darlene zu, die den Kopf von einem Karteibogen hob, den sie gerade in Arbeit hatte.

»Darlene, ich möchte Ihnen Mark, Smith' Sohn vorstellen!« rief Wetzon. »Wir hören heute um ein Uhr auf, denke ich, und finden uns Montag morgen wieder ein. Du hast doch nichts dagegen, Smith?«

»Ist mir recht. Ich möchte, daß wir uns am Montag morgen alle zusammensetzen und einen Geschäftsplan für die nächsten sechs Monate aufstellen.« Sie sah Wetzon vielsagend an, als wollte sie ihr mitteilen: Kein Wort mehr davon, diese Firma zu verkaufen.

»Darlene, ruf bitte Max an und bitte ihn, am Montag um zehn Uhr hier zu sein.«

Wetzon seufzte. Wieder einmal wurde über sie nach Smith' Plänen verfügt.

Smith schloß die Tür. »So, worüber wolltest du mit mir sprechen, Schätzchen?«

Wetzon schaltete in den ersten Gang zurück. Und schon wieder hatte Smith es beinahe geschafft, alles aus Wetzons Kopf zu vertreiben. Sie brauchte einen Moment, um ihre Gedanken zu sammeln, dann sagte sie: »Peter Koenig.« Sie zog den Scheck unter dem Briefbeschwerer hervor und wedelte damit vor Smith' Gesicht. »Verdammt, Smith, du hast ihm erzählt, daß wir private Ermittlungen anstellen …«

Smith gelang es, sich ein affektiertes Lächeln abzuringen. »Ja, sicher.«

»Warum?«

»Weil wir es wirklich …«

»Smith!«

»Ich habe es für dich getan, Zuckerstück. Du hast dich so aufgeregt bei dem Gedanken, daß dieses Skelett vielleicht deine Freundin sein könnte ... Da wollte ich dir eine Gelegenheit geben ...«

»Oh, Smith«, stöhnte Wetzon auf. »Das können wir nicht machen.«

»Ich wüßte gern, warum nicht«, sagte Smith. »Geld ist Geld. Wie ich dir immer sage: Wenn sie geben, nimmst du. Wenn sie nehmen, schreist du.«

MEMORANDUM

An: Carlos Prince und Leslie Wetzon
Von: Nancy Stein, Assistentin von Mort Hornberg
Datum: 22. November 1994
Betr.: Combinations in concert

JoJo schickte die beigefügte Aufschlüsselung. Er setzte sich nicht als Dirigent mit auf die Gehaltsliste, weil der Dirigent nicht Mitglied der Gewerkschaft sein darf.

Dagegen setzte er sich als »Leiter« ein, weil einer verlangt wird. Es ist seine Absicht, dieses Geld wieder an Show Biz Shares zurückfließen zu lassen.

24. Kapitel

»Also JoJo ist mein Mann«, sagte Carlos.

»Das überrascht mich allerdings.«

»Er ist nicht so schlecht wie du denkst. Sexbesessen ist nicht schlecht, weißt du, Häschen.«

»Oh, bitte.«

Wenn man in der Stadt New York von »Nachkriegs-« oder »Vorkriegs-«Wohnungen sprach, war mit dem Krieg stets der Zweite Weltkrieg gemeint.

Vorkriegsgebäude waren sehr begehrt, weil sie im allgemeinen über große Zimmer mit Balkendecken, kunstvolle Parkettböden, geräumige Küchen mit Speisekammern verfügten; manche hatten sogar Kamine. Die Fenster – wenn man sie nicht wegen morscher Rahmen ersetzt hatte – waren Schiebefenster. In den Eingangshallen gab es Marmorböden, Buntglasfenster, Messingbeschläge und reichverzierte Stuckdecken. Die Architektur und Ausstattung der Gebäude aus den dreißiger Jahren waren vom Art-déco-Stil geprägt.

Wetzon wohnte in einem der Vorkriegsgebäude an der Upper West Side, erbaut 1922.

Aber so reizvoll diese Häuser auch waren, so alterten sie doch – wie die Menschen. Manches nutzte sich allmählich ab und mußte ersetzt werden. Teile wie Dächer, Aufzüge, Boiler, Wasser-, Gas- und Stromleitungen. Wann immer solche Erneuerungen notwendig waren, wurden die Kosten nach der Zahl der Anteile an dem genossenschaftlich verwalteten Gebäude auf die Bewohner umgelegt. Wetzon hatte gerade ihren Anteil am neuen Aufzug in Höhe von zwölftausend Dollar abbezahlt.

Laura Lee Day dagegen wohnte in einem Nachkriegsgebäude beim Lincoln Center. Als neu konnte man das Haus nicht betrachten, da es Mitte der sechziger Jahre gebaut worden war, doch war es immerhin alt genug, um neben einer riesigen Terrasse große Zimmer und relativ hohe Decken aufweisen zu können. Aber keine Friese und keine Stuckrosetten, dachte Wetzon, als sie nach oben starrte.

»Ich fühle mich distanziert«, sagte sie, während sie den Behälter Schwarze-Bohnen-Suppe, den sie bei Fairway gekauft hatte, Laura Lee reichte, die ihn zum Aufwärmen in einen Kochtopf leerte.

Laura Lee war an diesem Morgen mit der Nachtmaschine aus Los Angeles zurückgekommen. Sie betrachtete Wetzon zweifelnd. »Hm, weil du dich nicht mit der Tatsache, daß deine Freundin ermordet wurde, befassen willst.« Sie rührte die Suppe um. »Ich habe Olivenstangen aus dieser himmlischen Bäckerei in Santa Monica und Ziegenkäse ...«

»Es geht nicht nur um Terri, sondern eigentlich um alles. Ich hänge irgendwie in der Luft. Wo sind deine Teller?«

»Da oben.« Laura Lee zeigte mit der Nase auf den Schrank über sich. »Was heißt alles?«

»Smith ...«

»Als ob das eine Überraschung wäre. Erstaunlich ist, daß ihr zwei noch immer Partner seid.«

Wetzon stöhnte. Das alles hatte sie schon so oft gehört. »Die Arbeit eines Headhunters macht nicht mehr soviel Spaß wie früher. Mach dich mal einen Moment klein.« Sie öffnete den Geschirrschrank über Laura Lees Kopf und nahm zwei Suppenteller heraus. »Es hat so viele Fusionen gegeben, durch die entweder Kunden oder fruchtbare Jagdgründe verlorengehen. Jetzt hat Rosenkind Luwisher beschlossen, einen eigenen Personalbeschaffer einzustellen, und uns ausgeschaltet. Das haben früher schon andere Firmen versucht, und es hat nie funktioniert.«

»Warum kümmert es dich dann?« Die Suppe begann an der Topfwand zu brutzeln, und Laura Lee stellte die Flamme kleiner, um sie köcheln zu lassen. »In Wahrheit ist Xenia Smith wie irgendeine gräßliche Verwandte, die du auf dem Hals hast. Aber du hast Glück.«

»Wie das?«

»Sie ist keine Verwandte.« Laura Lee stellte die Teller auf ein Tablett, dazu eine Flasche Sherry und zwei Gläser.

»Laura Lee, weißt du, wie es ist, eine Partnerschaft zu lösen?«

»Leicht ist es nicht.«

»Ja. Vielleicht tu ich es eines Tages, und zwar dann, wenn ich es wirklich möchte, aber im Moment noch nicht. Ich bin noch nicht dazu bereit.«

»Du hast dich also distanziert?« Laura Lee drehte die Flamme unter der Suppe ab und goß sie dampfend in die Teller.

»Ich glaube schon.« Die Tüte mit den Brotstangen schwitzte Öl. Wetzon schüttelte die Stangen auf die Serviette, die sie in einen Brotkorb gelegt hatte, dann leckte sie die Finger ab.

»Wie steht es mit Silvestri?« fragte Laura Lee mit einem Seitenblick auf ihre Freundin.

»Ja, wie steht es mit Silvestri?« Wetzon schaute nicht auf. Sie beschäftigte sich damit, den Ziegenkäse auszupacken und den Teller auf das Tablett neben die Olivenstangen zu stellen. Laura Lee trug das Tablett ins Eßzimmer, und Wetzon folgte ihr.

Das Eßzimmer war eigentlich eine Eßecke, aber die Fenster gingen auf eine große Terrasse. Zwanzig Stockwerke hoch, bot sie einen weiten Ausblick auf die Stadt, nach Süden und zum Hudson im Westen hin.

»Schatz, du steckst in einer ganz gewöhnlichen kleinen Midlifecrisis«, klärte Laura Lee sie auf. Sie stellte die Teller vom Tablett auf die leinenen Platzdeckchen, auf denen passende Servietten und Silberbesteck lagen.

»Unmöglich, ich hatte eine letztes Jahr, und eine ist genug.

Weißt du nicht, daß dein Organismus Antikörper bildet und daß sie sich nicht wiederholen kann?«

»Letztes Jahr war es etwas anderes. Da hattest du dieses posttraumatische Streßsyndrom, und der Auslöser war, daß auf dich geschossen wurde. Jetzt hat es damit zu tun, daß du vierzig wirst, meine Liebe. Was ist mit dem emotionslosen Italiener?« Sie goß Sherry in die Gläser und einen Schuß in ihre Suppe.

Wetzon lachte. »Wie eh und je. Da und doch nicht da. Du weißt schon. Keine Verpflichtung. Nicht einmal ein Versprechen. Ich vermute, ich habe eine Beziehung zu dem einzigen starken und schweigsamen Italiener im Land.«

»Von Alton Pinkus hättest du eine Verpflichtung haben können, und du wolltest nicht.« Sie führte einen Löffel Suppe zum Mund.

»Jetzt hörst du dich wie Smith an. Für Alton wäre ich eine Art Trophäe gewesen. Das ist nichts für mich, und das weißt du auch.«

»Stimmt. Laß mich die große Frage stellen, Schatz.«

»Schieß los.«

»Würdest du Silvestri heiraten, wenn er dich bäte?«

Eine Weile war nichts zu hören als das leise Schlürfen, während sie ihre Suppe löffelten.

»Vielleicht, wenn er mich in einem schwachen Moment erwischen würde.« Angestrengt lächelnd, legte Wetzon betrübt den Löffel hin. »Ich weiß es nicht.«

»Solltest du aber.«

»Was würdest du tun? Ich meine, wenn Eduardo ...«

»Mich darfst du da nicht fragen«, antwortete Laura Lee. »Eduardo und ich haben ein angenehmes Abkommen. Er bleibt in seiner Wohnung, und ich bin hier zufrieden. Es ist eine vollkommene Beziehung. Er hatte Kinder, er war verheiratet, und an beiden Erfahrungen bin ich nicht interessiert, nein danke. Natürlich könntest du ...«

Entgeistert sagte Wetzon: »Du glaubst doch nicht, daß ich mit vierzig ein Baby haben will! Kannst du dir vorstellen, wie ich eine Windel wechsle?«

Sie starrten einander an und brachen beide in Lachen aus. Dann hörte Wetzon auf. Plötzlich erschien es ihr schrecklich, über eine Situation wie eine Midlife-crisis, eine Ehe und Kinder zu lachen, wo Terri Matthews vor *diesem* Problem nie stehen würde.

»Was soll es also sein?« fragte Laura Lee, während sie eine dünne Schicht Ziegenkäse auf ihre Olivenstange legte.

»Ich werde herausfinden, wer Terri getötet hat. Das geht vor. Und ich fürchte, es wird jemand sein, den ich kenne, jemand, der mit der Originalbesetzung von *Combinations* verbunden ist. Jemand, der morgen auf Morts Thanksgiving-Party sein wird.«

»So, wie ich sehe, wechseln wir das Thema. Gut, einverstanden.« Laura Lee hob ihr Sherryglas und trank Wetzon zu.

»Jemand hat siebzehn Jahre lang ein Doppelleben geführt, Laura Lee.«

»Vielleicht war es einer von denen, die gestorben sind. Hast du daran gedacht?«

»Zwei von ihnen starben an Aids, Rog Battle an Herzversagen. Außerdem waren Rog und Medora ...« Sie hielt inne.

»Was? Ich warte gespannt.«

Wetzon dachte laut. »Rog Battle. Er hatte immer ein Mädchen in der Tanzgruppe. Man erzählte sich eine Geschichte, daß Medora und ihre Mutter eines seiner Mädchen aus einer früheren Show auf einem Bahnsteig in der U-Bahn angegriffen und ziemlich böse verprügelt haben.«

»Ts, Ts, was für ein Leben diese Broadwaytypen führen.«

»Ich frage mich, wer sich daran noch erinnert.« Wetzon nippte an ihrem Sherry. »Foxy, darauf würde ich wetten. Mort vielleicht. Rog starb unmittelbar nach der letzten Vorstellung der Show. Carlos und ich waren in Daveys Wohnung, als der Anruf kam. Ich habe ihn entgegengenommen ...«

»Du?«

»Ja. Ist das nicht seltsam? Es war Medora. Aus irgendeinem Grund wollte Davey nicht mit ihr sprechen. Ich sagte ihr, er könne nicht ans Telefon kommen, aber dann meldete sich ein Mann. Es war ihr Arzt, und er teilte mir mit, daß Rog gestorben wäre. Darauf drückte ich Davey den Hörer in die Hand.«

»Demnach starb Rog vor Terri?«

»Ich glaube, ich habe danach noch mit Terri gesprochen. Ich glaube ...«

»War Rog der große Poussierstengel bei der Show?«

Wetzon schnaubte. »Der große Poussierstengel? Das gefällt mir.«

»War er das?«

»Ich ... nein. Nein. Wenn ich es mir recht überlege, dann war es JoJo. Er war der nervöse Dirigent, der sein Debüt gab. Und, Junge, ging der ran.« Sie hielt inne und grinste. »Sogar auf mich hatte er es abgesehen. Aber dabei blieb immer sehr klar, daß JoJo mit Foxy Reynard liiert war.«

MEMORANDUM

An: Carlos Prince und Leslie Wetzon
Von: Nancy Stein, Assistentin von Mort Hornberg
Datum: 22. November 1994
Betr.: Combinations in concert

Betr.: Tontechnik. Mit einigen geringfügigen Änderungen hat Boomer Inc. einen Voranschlag auf 10 000 Dollar für die Miete der Anlage vorgelegt. Sie stellen uns auch zwei Männer zum Aufbauen in Rechnung, einen zu einem Stundenlohn von 35,75 Dollar und den anderen zu 28 Dollar. Eddie Venderose sagt, es sei ein anständiger Preis.

25. Kapitel

»Was meint ihr? Zwei große Pizzen, drei Salate, drei Bier?« Silvestri hatte sich nicht einmal die Mühe gemacht, einen Blick auf die Karte an der Wand ihrer Nische zu werfen.

Die zwei Frauen sahen einander an und lächelten.

»Beck's oder Amstel. Wenn sie das nicht haben, nehme ich ein Glas Roten«, sagte Wetzon.

»Mir ist es gleich«, meinte Nina. Sie trug ein dunkelblaues Straßenkostüm, dazu eine Seidenbluse mit lebhaftem Krawattenmuster. Ihr Make-up war zurückhaltend.

Nach dem Mittagessen bei Laura Lee war Wetzon nach Hause gegangen und hatte auf ihrem Anrufbeantworter eine Nachricht von Silvestri vorgefunden, der sie bat, ihn und Nina Wayne um halb acht bei John's im Village zu treffen.

Von der Schlange vor John's, die normalerweise bis auf den Bürgersteig hinausreichte, war an diesem Abend vor Thanksgiving keine Spur zu sehen. Tatsächlich gab es in der Pizzeria in der Bleecker Street, die viele, auch Wetzon, für die beste in New York hielten, an diesem Abend noch einige leere Tische.

Aber die Luft, in der Sinatra über die Jukebox schwebte, duftete nach schmelzendem Mozzarella und Tomaten, Knoblauch und verkohlten Krusten. Und eine Pizza nach der anderen wurde so schnell, wie sie zubereitet war, in den Backofen geschoben und herausgeholt. Die Atmosphäre versetzte Wetzon über fünfundzwanzig Jahre zurück, in eine Spelunke namens Golden Grill, wo sie zum erstenmal etwas probiert hatte, das Tomatentorte hieß.

Von einer Pizza im Rahmen einer Pizzeria übertrug sich immer ein wohliges Gefühl auf Wetzon, das jedenfalls viel besser wirkte als Valium. In diesem Augenblick ihres Lebens fühlte sie sich überaus glücklich, wie sie da in einer der ein wenig unbequemen hölzernen Nischen im John's saß, die Ellbogen auf dem Tisch, Pizzaduft in der Nase, Silvestris Schenkel gegen ihre gepreßt.

Die Salate waren gewaltige Berge aus Grünzeug, reichlich garniert mit Champignons und Tomaten in einer scharfen Vinaigrette, und im Nu stand der Tisch voller Teller und Gläser.

In der Nische hinter ihnen diskutierten zwei Schauspieler und eine Frau, die nicht vom Fach war, leidenschaftlich über den neuen Woody-Allen-Film, wobei die Schauspieler die Techniken der einzelnen Darsteller analysierten. Doch damit noch nicht zufrieden, kamen sie dann auf die Kameraführung, das Drehbuch und natürlich den Regisseur zu sprechen. Währenddessen protestierte die Frau immer wieder wehleidig, daß ihr der Film gefallen habe.

Die Pizzas, papierdünne Krusten mit verkohlten Rändern, wurden auf erhöhte Untersätze zwischen ihre Biere und Salate gestellt. Die Frauen ließen sich von Silvestri Stücke auf die Teller legen und begannen sofort zu essen, während sie darauf warteten, daß er anfangen würde, über den Fall zu sprechen. Warum sonst hätten sie herkommen sollen?

Ja, warum sonst?

Silvestri zog einen Notizblock aus der Innentasche seines Jacketts und legte ihn auf den Tisch. »Ich habe mit beinahe allen Hauptpersonen gesprochen – aber ich sage euch jetzt schon, daß jeder bis auf Peter Koenig gemauert hat. Und bei Koenig bin ich mir nicht sicher. Er wirkte zu gut, um ehrlich zu sein, und war beinahe zu begierig darauf, zu helfen.«

»Gemauert? Was meinst du damit?« Nina aß ihr Pizzastück mit Messer und Gabel.

»Ich meine es ganz wörtlich. Ihr kennt doch die drei Affen – nichts sehen, nichts hören, noch weniger sagen.«

Wetzon sagte, sie sei nicht überrascht. »Niemand möchte glauben, daß einer von uns sie getötet haben könnte. Hast du ausgeknobelt, wann sie ermordet wurde?« Sie klappte ihr Pizzastück zusammen und biß herzhaft hinein. Was für ein eigenartiges Gefühl, mit solchem Genuß zu essen und über den schrecklichen Tod einer Freundin zu sprechen. Gingen all die prosaischen Dinge des Lebens einfach weiter, oder stumpfte sie allmählich ab?

»Wahrscheinlich nicht lange nach dem Ende der Spielzeit 1977. Richtig, Nina?«

»Es würde zu dem, was wir aus den Überresten schließen konnten, passen.«

»*Combinations* machte am Ende der dritten Maiwoche 1977 dicht«, sagte Wetzon. »Die Besucherzahlen gingen zurück, und so hängten sie ständig die Schließungsanzeige aus und nahmen sie wieder ab.« Als sie sah, daß die beiden nicht verstanden, erklärte sie: »Die Produzenten einer Show, die vor dem Ende steht, müssen die Absetzung zwei Wochen vorher anzeigen, sonst verlangt die Gewerkschaft, daß sie zwei Wochen länger Gehalt zahlen müssen. Der Rückgang der Besucherzahlen, der sich immer nach dem Memorial Day am 30. Mai einstellt, kam hinzu, also setzten sie die Show schließlich ab.«

»Das bedeutet, daß man Terri wahrscheinlich irgendwann – und dies ist eine Annäherung – zwischen dem 25. Mai und Mitte Juni 1977 ermordet hat, weil die Miete der Wohnung bis 15. Juni auf Poppy Morris' Namen weiterlief, dann aber nicht verlängert wurde.«

»Okay«, sagte Wetzon. »Wie hat sich Poppy dazu geäußert?«

»Sie ist die einzige, die ich nicht sprechen konnte. Der Mann – Mort Hornberg – sagt, sie sei sehr mit der Thanksgiving-Party, die sie jedes Jahr geben, beschäftigt.«

Wetzon lachte kurz und abfällig. »Poppy mit der Party beschäftigt? Daß ich nicht lache. Poppy hat nie auch nur den kleinen Finger gerührt, um irgend etwas in ihrem Leben zu tun. Sie ist …«

»Wer plant dann die Einladungen?« wollte Nina wissen.

»Das macht Mort. Er ist der vergnügungssüchtige Teil. Mort ist so ein besessener Typ, der alles kontrollieren muß. Poppy könnte nicht gleichgültiger sein. Ich habe tatsächlich in ihrer Wohnung Besprechungen erlebt, die über die Mittagszeit dauerten, und sie hat nicht einmal eine Tasse Kaffee oder einen Drink oder sonst etwas angeboten. Mort ging dann immer hinaus, man hörte lautes Geflüster, dann kam er zurück und konnte uns nicht in die Augen sehen. Es macht Mort verrückt, weil er sich sehr darum sorgt, wie etwas wirkt und was die Leute von ihm denken.«

»Hornberg behauptet, daß er Terri nicht sehr gut kannte. Er sei Regieassistent und Inspizient in der Show gewesen und sei ihr nur in dieser Eigenschaft begegnet.« Silvestri blätterte eine Seite weiter. »Und nach der letzten Vorstellung sah oder hörte er nichts mehr von ihr.«

»Wie hat er sich dazu geäußert, daß die Miete auf Poppys Namen lief?« fragte Wetzon, während sie einen von Silvestris Pilzen aufspießte.

»Er sagte, ich müsse sie selbst fragen. Er behauptet, er habe Poppy überhaupt erst kennengelernt, nachdem *Combinations* abgesetzt war. Als ich fragte, mit wem Terri vor und während der Show zusammengewesen wäre, blockte er ab. Beteuerte, er sei beschäftigt gewesen und habe nicht darauf geachtet, dann nannte er mir Peter Koenig. Er wüßte seinen Namen nicht, sagte er. Bezeichnete ihn als den Schauspieler, der sich immer in ihrer Nähe herumtrieb und jetzt in Tacoma Soundso auftritt.«

»*Tacoma Triptych*«, erklärte Wetzon. »Ich habe es mir gestern abend angesehen und mich danach mit Peter zu einem Drink getroffen.«

»Les ...« Er machte eine Miene, als zweifelte er an ihrem Verstand hinsichtlich ihrer eigenen Sicherheit. »Verdammt, so verrückt kannst nur du sein. Jemand, der einmal getötet hat und ungeschoren davongekommen ist, könnte es wieder tun. Nur wäre es beim zweitenmal noch leichter.«

»Ach, hör auf, Silvestri. Es war im Joe Allen. Dort waren jede Menge Leute, Silvestri, sogar Carlos.« Das behauptest du, besagte sein Blick, doch sie fuhr fort: »Mort kannte Terri kaum, erinnert sich aber nach siebzehn Jahren an Peter? Faszinierend. Mit wem hast du noch gesprochen?«

Sie nahmen die zweite Pizza in Angriff, und Silvestri bestellte noch drei Bier. Sinatra sang wieder, goldene Oldies.

»Phyllis Reynard. Foxy. Was für ein Meisterstück. Sie sieht aus wie sonnengetrocknet, winzig, aber nicht zerbrechlich. Zieht sich an, als wäre sie auf ein Abenteuer aus. Auf Abenteuer aus und von Sozialhilfe lebend. Sie spielte Katz und Maus mit mir. ›Terri sang wie ein Engel‹«, äffte er sie nach, wobei ihm eine überraschend gute Wiedergabe von Foxys rauchiger Stimme gelang. »Und das war alles, was sie über sie wußte.«

»Hast du zufällig mit JoJo gesprochen?« fragte Wetzon.

»JoJo?«

»JoJo Diamond. Er war der Dirigent von *Combinations.* Es war sein erster Auftritt am Pult. Foxy gefiel sein Ruf als scharfer Typ, und sie holte ihn vom Schlagzeug weg und mußte ihn unbedingt für die Show haben. Davey hatte immer mit einem andern gearbeitet, einem gewissen Jimmy Bronson, der als Dirigent viel mehr Erfahrung mitbrachte.«

»Entschuldigung.« Nina hatte gespannt zugehört. »JoJo? Foxy? Sind das Namen von erwachsenen Menschen?«

»Das ist Showbiz, Nina«, sagte Wetzon gedehnt.

»Wie alt war dieser JoJo?« fragte Silvestri. »In Foxys Alter?«

»Weit entfernt. JoJo war Ende zwanzig, als er *Combinations* dirigierte. Und gab sich als der lockere Vogel im Ensemble.«

Nina lachte.

»Ach ja?« bemerkte Silvestri.

»Nicht bei mir, Silvestri. Ich mag meine Männer sauber und schlank.« Sie preßte ihren Schenkel gegen seinen.

»Wußte Foxy, daß er ein lockerer Vogel war? Drolliger Ausdruck, Les.«

Sinatra leitete zu »Love and Marriage« über.

»Wäre denkbar. Ich bin ihr gestern zufällig bei Carlos begegnet und habe sie nach Terri gefragt. Sie schwatzte etwas von Leuten, die versuchen, sich zu nehmen, was ihnen nicht gehört, und bekommen, was sie verdienen. Hat sie das auch zu dir gesagt?«

Silvestri schüttelte den Kopf. »Ich werde mich wohl einmal mit diesem JoJo Diamond unterhalten müssen. Dirigiert er die Reprise?«

»Ja. In Morts Büro wird man dir sagen, wo du ihn erreichen kannst, aber ich wette, er steht im Telefonbuch. Hast du mit Medora Battle gesprochen?«

»Habe ich, aber sie bestand darauf, daß jemand dabei wäre.« Er blätterte seine Notizen durch. »Da. Ed Venderose.«

»Ach. Dieser widerliche Typ. Er war als Assistent bei der Show, unmittelbar nach seinem Jurastudium, als er Probleme hatte, als Anwalt zugelassen zu werden. Ich kann mich nicht erinnern, daß er mit den Battles sehr eng befreundet war. Aber anscheinend habe ich damals eine ganze Menge nicht mitbekommen.« Sie seufzte.

»Einer meiner Leute ist die Liste der Darsteller, die du mir gegeben hast, durchgegangen, Les. Jeder erinnert sich mehr oder weniger an einen in der Show, der mit Terri ›etwas hatte‹, aber keiner weiß, wer das war. Zumindest sagen sie es nicht. Alle haben sie dich erwähnt, Les.«

»Mich?«

»Ja. Du müßtest es wissen, weil du mit ihr eine Garderobe und auf Tourneen ein Zimmer geteilt hast.«

»Was uns nicht weiterbringt, weil ich mich an niemand Bestimmten erinnere. Was zum Kuckuck ist mit mir los? Sie deutete etwas an, als wir bei Filene's waren, aber ich war nicht neugierig ...« Silvestri zog eine Augenbraue hoch, und sie mußte grinsen. »Ich bin nicht derselbe Mensch, der ich damals war. Jetzt hake ich nach und schäme mich nicht einmal.«

Damit schien jede weitere Diskussion beendet, und Silvestri sagte: »Hm, Les ...« und wartete.

»Ja?« Sie beobachtete ihn nervös. Es lag etwas in der Luft.

»Les, Nina hat morgen frei. Ich möchte, daß du sie zu Mort Hornbergs Party mitnimmst. Mich kennen alle, aber die meisten von ihnen haben mich noch nicht mit dir in Verbindung gebracht. Es wäre mir lieb, wenn das so lange wie möglich so bliebe. Wenn ich dort auftauche, lassen sie die Klappe runter. Erzähle ihnen, daß Nina eine Verwandte ist oder so was – und gib dich ein bißchen besessen vom Denken an Terri. Vielleicht gehen sie aus sich heraus.«

»Da brauche ich mich nicht zu verstellen«, sagte Wetzon. »Aber es ist Thanksgiving. Was hast du vor?«

»Den Nachmittag mit Rita zu verbringen.«

Oh, phantastisch, dachte Wetzon und bedachte ihren Geliebten mit einem, wie sie hoffte, geheimnisvollen Blick. Vielleicht würde auch ich gern den Nachmittag mit dir und Rita verbringen. Aber sie sagte nichts.

»Wann findet das Ereignis statt?« fragte Nina. Sie versuchte, zwischen den Zeilen zu lesen und schien sich nicht ganz sicher, wie sie vorgehen sollte. »Und was trägt man dort?« Im Zweifelsfall sprich über Kleider.

»Am frühen Nachmittag – es sei denn, Sie wollen die Kinder erleben. Mort wohnt im Majestic an der 72. und Central Park West. Sie haben vom zweiundzwanzigsten Stock einen herrlichen Blick auf den Thanksgiving-Umzug, den Macy's veranstaltet. Dann gehen die Kindermädchen mit den Klienten nach Hause zum Truthahnessen, und die Eltern bleiben da zur eigentlichen Party.« Sie rückte von Silvestri ab. Er verdiente ihren Schenkel nicht. »Was die Kleidung betrifft, geht alles, sogar Jeans. Der Gastgeber tritt unter Garantie in gutgebügelten Jeans und einem blauen Cashmerepullover auf.«

Als nichts mehr auf den Tellern übrig war, verlangte Silvestri die Rechnung. Wetzon und Nina zogen die Mäntel an und gingen auf die Tür zu, während Silvestri die Rechnung bezahlte.

»Leslie?« rief jemand aus einer anderen Nische, und eine grobknochige Frau mit kinnlangem backsteinrotem Haar winkte Wetzon zu.

»Louie!« Wetzon schien sich echt zu freuen.

Louie ließ ihre Begleiter allein: einen Mann mit Ringen in den Ohren und rasiertem Kopf, und einen anderen im Nadelstreifenanzug und blaugestreiften Hemd. Der zweite mußte Rechtsanwalt sein, dachte Wetzon. Die Leute an der Wall Street trugen zu ihren Nadelstreifen weiße Hemden.

»Louie, das ist großartig.« Wetzon umarmte Louise Armstrong, ihre Bauunternehmerin. Louie hatte Wetzons Wohnung renoviert und war eine Freundin geworden. »Wir haben uns viel zu lange nicht gesehen.«

»Ja, wirklich, Leslie. Du siehst wunderbar aus, wie immer.« Louie trug abgetragene, mit Farbe bespritzte Jeans, die in Cowboystiefeln steckten, und ein grünkariertes Flanellhemd.

Hinter sich hörte Wetzon ein leises Räuspern. Nina.

»Oh, tut mir leid.« Wetzon trat zur Seite, um Nina einzubeziehen. »Das ist Nina Wayne. Nina, das ist meine Freundin Louie Armstrong, eine hervorragende Künstlerin. Von ihr stammt das Bild in meinem Wohnzimmer, das Ihnen so gut gefallen hat. Und sie ist die beste Bauunternehmerin aller Zeiten.«

Einen winzigen Augenblick lang zuckten Ninas Augen. Die Zurückhaltung, die Wetzon bei Nina allmählich als selbstverständlich nahm, veränderte sich. Nina streckte die Hand aus, und Louie nahm sie. Plötzlich fühlte sich Wetzon als fünftes Rad am Wagen.

»Nett, Sie kennenzulernen, Nina«, sagte Louie. Ihre Sommersprossen hoben sich kräftig von ihrem normalerweise frischen Teint ab.

»Ich könnte eine Bauunternehmerin gebrauchen«, sagte Nina.

Louie zog eine Karte aus ihrer Hemdtasche und gab sie Nina.

Während Wetzon zuschaute, schienen die beiden vergessen zu haben, daß sie da war. Es schien, als ob sie einen langsamen Walzer miteinander tanzten, aber keine hatte sich bewegt. Dann tauchte Silvestri hinter ihnen auf, und der Augenblick war vorbei.

Wetzon hatte es oft genug geschehen sehen, diese plötzliche Magie. Sie hatte es gesehen … es erinnerte sie … sie schloß die Augen … Ja! Einen Moment wie diesen hatte sie vor all den Jahren am ersten Probentag für *Combinations* miterlebt.

Bei Terri Matthews und Rog Battle.

MEMORANDUM

An: Carlos Prince und Leslie Wetzon
Von: Nancy Stein, Assistentin von Mort Hornberg
Datum: 22. November 1994
Betr.: Combinations in concert

Wir haben unsere Versicherungspolice zum Preis von 250 Dollar um eine Requisitenpauschale erweitert, die Beleuchtung und Tontechnik sowie allgemeine Haftpflicht einschließt.

Die Nederlanders werden auch für jeden auf ihrer Lohnliste (Leute vom Verband, nicht auf und hinter der Bühne etc.) eine Unfallversicherung abschließen. Gemäß Vertrag sind wir (als Vertreter von Show Biz Shares) für alles Personal verantwortlich, das mit dem Ereignis zu tun hat und nicht ständig im Dienst des Richard Rodgers Theatre steht.

Georgie Buckmeister (Ton) und Angelo Iannatta (Beleuchtung) bekommen je zwei Karten für die Freitagsvorstellung.

26. Kapitel

Sie setzten Nina an der Schnellbahn nach New Jersey an der 9. Straße ab und fuhren nach Norden. Es hatte leicht geschauert, während sie im John's saßen, und nun glitzerten die Straßen, wenn Licht auf sie fiel, wie ein Sternenteppich. Das hatte etwas mit dem zermahlenen Glas zu tun, das unter den Straßenbelag gemischt wurde, um ihn härter zu machen.

Es fand kein Gespräch im Auto statt, da sie und Silvestri ihre kleinen Barrikaden aufbauten.

Als sie hinter dem Lincoln Center vorbeifuhren, brach Wetzon endlich das Schweigen. »Möchtest du, daß ich ein Mikrophon trage, Silvestri?«

»Natürlich nicht.« Er hörte sich verärgert an. »Les, es ist höchst unwahrscheinlich, daß wir den Täter nach siebzehn

Jahren finden, aber wenn einer, den Terri kannte, sie tötete, und das wird mit jedem Tag wahrscheinlicher, besteht eine Chance, daß wir den Kerl in die Enge treiben und zu einem Geständnis zwingen können.«

»Den *Kerl*, Silvestri? Könnte es keine Frau getan haben?«

»Möglich ist es. Schußwaffen sind da große Gleichmacher. Terri war allerdings kein Winzling. Für eine kleine Frau wäre es nicht leicht gewesen, sie in diesen Koffer zu schaffen. Wenigstens nicht ohne Hilfe.«

»Damit sind ich und Foxy wohl draußen, aber was ist mit Medora oder Poppy?«

»Sieh zu, was du morgen in Erfahrung bringen kannst.« Gerade fuhr ein Auto gegenüber von Wetzons Haus weg, und Silvestri parkte rückwärts in die freigewordene Lücke ein, schaltete die Scheinwerfer aus und steckte den Schlüssel in die Tasche.

»Kommst du mit nach oben?«

»Möchtest du?«

»Zier dich nicht so, Silvestri. Verdammt.«

»Machen wir einen Spaziergang.« Er stieg aus dem Auto und schloß es ab.

»Einen Spaziergang? Wohin?« Sie fühlte sich wie ein Stachelschwein, mit starrenden Borsten. Er hatte es einmal mehr geschafft, nicht mit ihr zu Morts Party zu gehen.

»Bloß ein Stück die Columbus runter.« Er legte einen Arm um ihre Schulter und zog sie mit. »Komm schon, Les. Sei kein Spielverderber. Ich möchte dir nur was zeigen. Es wird dir gefallen, das verspreche ich.« Beim Reden bildeten sich kleine feuchte Wölkchen.

Der Wind wehte winterlich frostig. Über ihnen war der Halbmond gerade noch sichtbar, und Sterne blinzelten vom unendlichen Himmelsgewölbe. Es war eine wunderschöne Nacht. Oder hätte zumindest eine sein können, wenn sie nicht so stocksauer gewesen wäre.

Auf der Columbus staute sich der Verkehr Stoßstange an Stoßstange; Scheinwerfer, deren Strahlen sich mit dem Lampenlicht mischten, tauchten die Bürgersteige in eine beinahe grelle, festliche Beleuchtung. Gedämpfter Lärm drang aus den hell erleuchteten Restaurants. Der Geruch von brennenden

Holzscheiten erfüllte die Luft. Jeder, der glücklicher Besitzer eines Kamins war, benutzte ihn an diesem Abend. Aber auf den Bürgersteigen drängten sich die Menschen, Eltern mit Kindern in Sportwagen oder auf den Schultern sitzend, alle in Wintersachen gepackt, alle in Richtung Stadtmitte unterwegs. Vor Dalton's Coffee-shop an der 83. Street stand eine Menschentraube, in den Händen Pappbecher, die das ganze Angebot vom Koffeinfreien bis zum doppelten Espresso enthielten.

Die West Side war an diesem Vorabend von Thanksgiving brechend voll, als wäre niemand über den Feiertag weggefahren. Und, dachte sie, wer würde diesen wunderbaren Ort auch jemals verlassen wollen? Gewiß nicht Leslie Wetzon. Die Stadt lag ihr im Blut.

Der Himmel war schwarz, und überall standen Polizeiwagen herum. Sie wußte, wohin er sie führte.

Als sie sich dem Park um das Museum of Natural History näherten, fingen die Straßenlampen die Reste des goldenen Laubs ein, die wie gefiederte Kronen eine Reihe von Kastanienbäumen zierten, deren Stämme gespenstisch schimmerten wie eine Chorusline uralter Schenkelknochen. Nackte Äste ragten zum Himmel. Sie fröstelte in ihrem warmen Mantel.

Eine endlose Autoschlange wälzte sich die Columbus hinunter, obwohl die meisten, die über den Feiertag wegfahren wollten, die Stadt bereits verlassen hatten. Die 81. Straße war mit Holzböcken abgesperrt. Zwei uniformierte Polizisten vom 20. Revier beobachteten die anschwellende Menge. »Drüben auf der Südseite können Sie stehenbleiben und zuschauen«, versuchte der eine Polizist die Leute zu dirigieren. »Auf dieser Straßenseite müssen Sie weitergehen.«

»He, Silvestri!« rief der andere Beamte und bedeutete ihnen, um die Absperrung herumzukommen.

Eine Blaskapelle spielte ihr Humtata, daß einem die Trommelfelle weh taten.

Auf der 81. Straße zwischen Columbus und Central Park West lagen ausgebreitet einige riesige, ungefüllte Ballonhüllen – an den Streifen konnte man Kater Garfield erkennen – und einige teilweise bereits gefüllte. Ein großer weißer Lastwagen pumpte Helium und damit Leben in Woody Woodpecker. Barney wartete, bis er an die Reihe kam. Die

Katze im Hut lag wie ein Ungeheuer auf der Seite, halb angefüllt mit Helium, aber noch nicht bereit abzuheben. Arbeiter in orangefarbenen Schutzanzügen befestigten Netze, überwachten den Aufpumpvorgang, hielten Seile.

Alles in allem die jährliche Vorbereitung auf Macy's Thanksgiving-Parade.

»Sie dürfen auf dieser Straße nicht stehenbleiben und zuschauen!« schrie jemand, aber alle taten es, bewegten die Füße nur, um so zu tun, als gingen sie weiter. Kinder, Hunde, Spaziergänger, Privatdetektive, Polizisten in Uniform, Sicherheitsbeamte, Hilfspolizisten, Rollschuhfahrer wogten hin und her vor den eleganten Apartmenthäusern. Unternehmerisch inspirierte Jugendliche aus diesen Gebäuden verkauften Kaffee aus großen Kannen und selbstgebackene Plätzchen, und die Leute griffen zu. In den oberen Stockwerken waren die Fenster voller Menschen, die im Warmen blieben, aber die beste Aussicht der ganzen Stadt genossen.

Woody Woodpecker hob seinen Kopf vor ihr. Die Menge auf der anderen Straßenseite jubelte. Und dann kam mühsam der Hund namens Beethoven auf die Beine. Irgendwie hatte sie Silvestri verloren und Beethoven gefunden.

Ihre Nase war taub vor Kälte; sie schützte sich mit der behandschuhten Hand und schaute sich nach Silvestri um. Inzwischen war sie schon fast zur Central Park West und zum Beresford geschlendert, dem vornehmen Eckgebäude, wo Alton Pinkus wohnte. Niemand hatte sie aufgehalten. Alle konzentrierten sich auf den Bürgermeister, der eine rote Kappe von Macy's trug und bei seiner Frau stand, während ihre anspruchsvollen Sprößlinge wieder zu Kindern wurden und die riesigen Ballons anstarrten.

Sie begann zurückzugehen, indem sie sich nahe der Häuserwände auf der Nordseite hielt, um niemanden zu behindern. Das Hayden-Planetarium auf der anderen Seite machte hinter der dichten Menschenmenge einen unwirklichen Eindruck mit seiner leuchtenden Kuppel als Hintergrund für die tanzenden Figuren.

Die riesigen Geschöpfe schwebten hoch über ihr vor dem schwarzen Himmel und warfen, vom Wind bewegt, gespenstische Schatten auf die Gebäude. Seltsam bedrohlich.

Ihr Puls raste in der Kehle. Sie fröstelte und suchte nach der vertrauten Haltung von Silvestris Schultern. Wo war er? Sie hatte angenommen, er ginge direkt hinter ihr. Mit dem Rücken an den kalten Stein eines Hauses gelehnt, fühlte sie sich verwirrt. Zwei Dosen Bier. Wie kann man von zwei Dosen Bier die Orientierung verlieren? fragte sie sich.

»Prachtvoll, nicht wahr?«

Ein nett aussehender Mann stand neben ihr, als wäre er vom Himmel gefallen. Er trug eine hellbraune Wildlederjacke, eine gute Khakihose und verzierte Cowboystiefel. Sein blondes Haar war weiß an den Schläfen. Etwas an ihm erschien ihr vertraut, und doch hatte sie ihn noch nie gesehen.

»Prachtvoll«, stimmte sie zu, während sie die Hände tief in den Taschen vergrub. Er mußte aus einem der Häuser gekommen sein, dachte sie, während sie zur Absperrung zurückschaute und Silvestri suchte.

»Darf ich Ihnen einen kleinen Rat geben?« sagte der Fremde. Er lächelte mit geschlossenen Lippen, als wollte er irgendein Zahnproblem verbergen. Seine Augen fingen das Licht auf, blickten irgendwie wild.

»Ich – was ...?« Sie bewegte sich bereits von ihm weg, folgte ihrem Gefühl. War er im Begriff, seinen Hosenschlitz aufzumachen und sich zu entblößen?

Dennoch war sie überrascht, als er sie einholte. Beinahe berührte er sie mit seiner Wange; sein Rasierwasser roch widerlich. »Sagen Sie nicht aus«, zischte er.

Wetzon rammte ihren Ellenbogen mit aller Kraft in seine Rippen und hörte ihn fauchen: »Hexe!« Dann stieß er sie, und sie stolperte rückwärts.

»Sieh mal, was der Mann gemacht hat, Mama«, sagte ein Kind.

»Ich habe es auch gesehen«, meinte jemand anderes. »Die Leute sind heutzutage schrecklich grob.«

Eine ältere Frau fragte: »Was ist passiert? Geht es Ihnen gut?«

»Ja, danke«, sagte Wetzon und schaute sich nach dem Mann um. Aber alles, was sie sah, war die mächtige Gestalt Barneys, des purpurroten Dinosauriers, der zu ihr herablächelte.

MEMORANDUM

An: Carlos Prince und Leslie Wetzon
Von: Ed Venderose, Generalintendant
Datum: 22. November 1994
Betr.: Combinations in concert

Sorgt bitte dafür, daß ich alle Kartenbestellungen für beide Vorstellungen bis 10. Dezember in der Hand habe. Wir rechnen mit einem großen Andrang, so daß die Theaterkasse sehr schnell ausverkauft sein wird.

27. Kapitel

Von außen wies das Gebäude des 20. Reviers nichts Charakteristisches auf. Es hätte genausogut eine Schule sein können, wären da nicht überall die vielen blauweißen Streifenwagen der New Yorker Polizei gewesen, ganz zu schweigen von den anderen Autos, die von einer Ecke zur anderen in der 82. Straße und an der Columbus und Amsterdam parkten.

Innen war alles fast bis zur Selbstverleugnung schmucklos.

Widerstrebend blätterte Wetzon Seite auf Seite mit Porträtfotos um. Ihr sechster Sinn sagte ihr, daß sie den Mann, der sie bedroht hatte, hier nicht finden würde. »Silvestri, das ist Zeitverschwendung, glaub mir«, sagte sie halbherzig, wobei sie sich anstrengte, nicht weinerlich zu klingen. Was war es bloß, was ihr an dem Mann bekannt vorgekommen war? Warum konnte sie nicht draufkommen?

»Schau dir einfach alle an, Les.« Er versuchte erst gar nicht, seine Gereiztheit zu verbergen, als ob es ihre Schuld wäre. Und sie – die ihm immer noch nicht verziehen hatte, daß er sie von seinem Thanksgiving-Vergnügen ausschloß – geriet allmählich ebenfalls in Wut.

Detective Lisa Seidman, in einem praktischen anthrazitfarbenen Kostüm und rosagestreiften Hemd mit offenem Kragen, stellte einen Pappbecher mit schwarzem Schlamm auf den Tisch rechts von Wetzon. »Das ist der beste, den wir liefern können, fürchte ich. Koffein zum Schneiden.« Lisa war größer als Wetzon und hatte die breiten Schultern und schmalen Hüften einer Schwimmerin. Ihr dichtes schwarzes Haar berührte den Kragen.

Silvestri zog einen Stuhl näher und setzte sich Wetzon gegenüber. »Sie brauchen ihre Aussage, um die Sache zu beweisen«, teilte er Seidman mit, indem er die Diskussion fortsetzte, die er mit ihr begonnen hatte, als sie vor fast einer Stunde im Reviergebäude angekommen waren.

»Wenn sie so wichtig ist, warum hat man dann niemand zu ihrem Schutz abgestellt?« fragte Seidman.

Wetzon blickte von der Masse der Gesichter auf, schwarze, weiße, hispanische, die alle irgendwie den Menschen ähnelten, die sie Tag für Tag auf der Straße sah. Wenn man zweimal täglich, ins Büro und zurück, mit der U-Bahn fuhr und mit mindestens hundert Gesichtern in jeder Richtung – sehr verschiedenen Gesichtern zumal – bombardiert wurde, war man überlastet. Wie sollte man sich da an ein bestimmtes erinnern?

Silvestri und Seidman redeten über sie, als wäre sie nicht vorhanden oder – schlimmer noch – als wäre sie taub und stumm. Sie warf ein: »Ich habe Marissa Peiser gesagt, es würde nichts nutzen. Sie würden mich doch erwischen, wenn sie wollten.«

Silvestri schlug mit der Faust auf den Tisch. »Warum, verdammt noch mal, hast du *mir* nichts davon gesagt?«

Wetzon ignorierte ihn. Sie hörte zu, wie zwei Detectives mit einer Frau sprachen, deren Auto mutwillig beschädigt worden war. »Gibt es jemand, der wütend auf Sie ist, Ma'am?« fragte der eine.

»Weil es so leicht ist, mit dir zu reden, Silvestri«, erklärte Wetzon liebenswürdig. Fünf Alben warteten noch darauf, von ihr durchgesehen zu werden. Sie schlug das vor ihr liegende geräuschvoll zu. »Er ist nicht drin, und ich bin müde. Ich möchte nach Hause gehen.« Ein Adrenalinstoß hatte sie anfangs aufgeputscht, aber jetzt war er abgeflaut; sie wollte nichts sehnlicher als schlafen. Sie stand auf und griff nach ihrem Mantel, der über einer Stuhllehne lag. *Gibt es jemand, der wütend auf Sie ist, Ma'am?* sagte sie zu sich. Und antwortete: *Das übliche Sortiment vermutlich.*

»Les, verdammt noch mal, setz dich hin. Bringen wir es hinter uns.« Silvestri war so wütend, daß sein Gesicht rot anlief. Was zum Henker hatte er für einen Grund, wütend zu sein? Schließlich versetzte er *sie* zu Thanksgiving.

»Es wäre besser, Ms. Wetzon, alle Alben jetzt durchzusehen«, bemerkte Lisa Seidman, »so lang Ihre Erinnerung noch frisch ist.« Ihr Gesicht war unbewegt.

»Okay, Sie haben wohl recht«, sagte Wetzon. »Besonders weil Sie es nett sagen.« Sie bedachte Silvestri wegen seines Benehmens mit einem haßerfüllten Blick, setzte sich hin, schlug das Buch wieder auf und blätterte die Seiten um, bis sie zu der Stelle kam, wo sie aufgehört hatte. Silvestri verließ das Zimmer. Falls er nicht zurückkäme, würde es ihr nichts ausmachen. Sie wollte bloß schlafen.

Ein adlernasiges, bärtiges Zerrbild von Gesicht, mit einer Augenklappe, dicht behaart in der unteren Gesichtshälfte, fesselte ihre Aufmerksamkeit. *Riccardo Durban, alias Dead Eye Rick.* Reiß dich zusammen, Rick, dachte sie und fuhr fort, die Seiten umzublättern und die Gesichter zu mustern. Sie sagten ihr nichts. Endlich schlug sie das letzte Album zu. »Tut mir leid, aber vielen Dank.«

Silvestri war nicht zurückgekommen, also schüttelte sie Detective Seidman die Hand. »Sie werden ihn wohl nicht finden, oder?«

»Es ist unwahrscheinlich. Aber wenn Sie ihn noch einmal sehen, rufen Sie mich an. Und an Ihrer Stelle würde ich es mir noch einmal überlegen, das Angebot des Personenschutzes anzunehmen.«

»Danke«, wiederholte Wetzon, während sie in den Mantel schlüpfte. Sie steckte Detective Seidmans Karte in die Tasche.

Unten sprach Silvestri mit dem diensthabenden Polizisten. Sie hoben die Köpfe, als sie kam, hörten auf zu reden und schauten sie erwartungsvoll an.

»Ich habe ihn nicht gefunden«, sagte sie, ging weiter und einfach zur Tür hinaus.

Die Luft duftete nach Tannennadeln und gebrannten Mandeln; ein Straßenverkäufer auf der Columbus bot sie an.

Sie gingen nebeneinander her, ohne sich zu berühren, wichen auseinander, um entgegenkommende Leute durchzulassen. Sie warf einen Blick auf Silvestris starres Gesicht, das im ungleichmäßigen Schein der Straßenlampen noch härter wirkte. »Warum bist du so wütend auf mich?«

Nach einer langen Pause, während der sie dachte, er würde überhaupt nicht antworten, bemerkte er steif: »Wer sagt, daß ich wütend bin?«

»Vergiß es«, entgegnete sie. »Gedankenaustausch ist nicht deine starke Seite.«

Den Rest des Wegs legten sie schweigend zurück. Vor ihrem Haus murmelte er: »Es ist spät, also ...«

»Ach ja, wirklich?« Sie schritt durch die Tür, die Mario ihr aufhielt, ohne sich umzudrehen, und betrat den wartenden Aufzug. Was für einen Sinn hatte es, jemanden zu lieben, der einem so weh tun konnte?

Sie schloß die Tür auf, bückte sich, um Izz hochzuheben, und vergrub ihr Gesicht in dem weichen Fell. Vorbehaltlose Liebe. Das war das Beste.

Nachdem sie ihre Kleider auf einen Stuhl geworfen hatte, reinigte sie ihr Gesicht gründlich vom Make-up. Bewußt machte sie sich nicht die Mühe, den Anrufbeantworter zu kontrollieren; sie wollte mit niemandem mehr reden.

Während sie eines von Silvestris T-Shirts anzog, fiel ihr ein, daß in ihrem Küchenschrank ein großer Brocken dunkler Schokolade von Li-Lac im Village versteckt war. Sie hatte sie für einen besonderen Anlaß aufgehoben. Der war jetzt gegeben.

Sie setzte sich auf den Küchenhocker, nahm die Schokolade aus dem Tütchen und legte sie auf das Hackbrett, um sie in der Mitte durchzuschneiden, überlegte es sich dann aber anders. Sie verdiente unbedingt das ganze Stück.

Es war vorbei. Mit ihr und Silvestri. Irgendwie wußte sie es. Bullen. Warum hatte sie sich mit jemandem wie Silvestri eingelassen und daran festgehalten? Es war masochistisch – oder war es selbstzerstörerisch? Wie auch immer. Sie fand es schlimm, was er ihr antat. Da fuhr sie ihren innig geliebten Carlos an, beschimpfte Smith. Ach, verdammt, Smith verdiente eine Beschimpfung – falls dies das passende Wort war. Sie seufzte. Die Schokolade schmolz in ihrem Mund, und sie spürte die besänftigende Wirkung. Bullen, dachte sie. Bullen ...

Ein halber Gedanke ging ihr durch den Kopf. Sie schob ihn fort. Sie war sehr müde. Wenn man müde war, stellte man lächerliche Zusammenhänge her. Sie legte den Kopf auf die Theke und döste. Der Gedanke kehrte zurück und pulsierte hinter ihrer Stirn.

Izz kam schwanzwedelnd aus dem Schlafzimmer in den Flur gerast. Als sich der Schlüssel im Schloß drehte, setzte Wetzon sich auf.

Silvestri betrat die Wohnung und schloß die Tür. Er tätschelte den Hund, der sich vor ihm wälzte, und sah zu ihr hinüber. »Hallo«, sagte er.

»Hallo.« Wie eine Schlafwandlerin stand sie vom Hocker auf und ging zu ihm. Er breitete die Arme aus, und sie lief direkt hinein.

»Verdammt, Les.« Sein kalter Atem kitzelte sie am Ohr. »Ich liebe dich so sehr, daß du mich verrückt machst.«

»Verdammt, Silvestri«, erwiderte sie. »Mir geht es genauso.«

Er küßte sie. »Du schmeckst nach Schokolade.«

»Ich habe sie aufgegessen. Es ist nichts mehr übrig.«

»Zu schade.« Er zog das Jackett aus und hängte es an den Türknauf.

»Warum passiert so was? Warum sprichst du nicht mit mir?« Sie sah ihm zu, wie er das Schulterhalfter abnahm und die Waffe auf die Theke legte.

»Ich bin Polizist«, sagte er. »Das ist nun mal so.«

Der halbe Gedanke blitzte wieder auf. Sie versuchte, ihn festzuhalten. Etwas über den Mann, der sie bedroht hatte ...

Silvestri zog sie wieder an sich. »Ich möchte dich nicht verlieren, Les. Wenn also solche Dinge passieren ...«

Sie schob den Gedanken fort. Was auch immer es sein mochte, es konnte bis morgen warten.

MEMORANDUM

An: Carlos Prince und Leslie Wetzon
Von: Nancy Stein, Assistentin von Mort Hornberg
Datum: 23. November 1994
Betr.: Combinations in concert

Ed hat die Frage der Sicherheit angesprochen. Das Richard Rodgers hat normalerweise einen Wachmann, der von 12–18 Uhr Dienst tut. Das Budget enthält bereits Mittel für zusätzliche 5 Stunden (von 18–23 Uhr).

Show Biz Shares hat jetzt jedoch einen Empfang nach der Vorstellung angesetzt, was bedeutet, daß wir wahrscheinlich eine weitere Stunde für den Sicherheitsdienst hinzufügen müssen. Die Kosten dafür: 35 Dollar plus Nebenkosten.

28. Kapitel

Weiches Sonnenlicht drang durch die Holzläden. Wetzon streckte sich unter der Decke. Ihre Nase war kalt. Sie zog die Decke über den Kopf und atmete tief ein; Silvestris Geruch.

Irgendwo in der Ferne pfiff der Kessel, und dann begann das Geklapper. Silvestri verursachte immer Lärm in der Küche. Eine italienische Eigenart, behauptete er. Sie konnte ihn mit Izz reden hören. Sieh an, sogar ein so selbstbeherrschter Mann wie Silvestri führte Gespräche mit Tieren.

Sie rollte sich zusammen und döste weiter, während ihr Mantra zu ihrem gleichmäßigen Atem Pirouetten drehte. Eine unorthodoxe Meditation, aber orthodox war ihr sowieso ein Greuel. Ja. Ja. Richard Hartmann versuchte, sie daran zu hindern, vor einer Anklagejury gegen ihn auszusagen. Smith kreiste ausschließlich um sich selbst, da ihr ein wichtiges menschliches Bezugssystem zu fehlen schien. Terri war von jemandem getötet worden, den Wetzon kannte, von jemandem, der seit siebzehn Jahren mit einem Mord auf dem Gewissen lebte. Das Leben mit Silvestri war eine emotionale Achterbahn, ohne Ende für sie beide, wie sie wußte.

Herumwirbeln, tauchen, drehen, atmen. Sie schoß hoch und warf die Decke ab.

Der Mann, der sie bedroht hatte, war Polizist.

Deshalb hatte sie ihn nicht in den Verbrecheralben entdeckt, und deshalb hatte sie instinktiv gewußt, daß sie ihn dort nicht finden würde. Vielleicht arbeitete Hartmann mit einem Ermittler zusammen? Natürlich arbeitete er mit einem Ermittler. Wie alle Strafverteidiger. Oder vielleicht war dies ein korrupter Bulle, den man mieten konnte ...

Sie roch Kaffee, den scharfgebrannten, unverwechselbaren Espresso von Starbucks. Silvestri öffnete die Läden, die Sonne flutete ins Zimmer, die bunten Lichttupfen zerplatzten wie in einem Kaleidoskop, und Silvestri unterbrach abrupt den wunderschönen Strahl aus Sonnenstäubchen, indem er ihr einen Becher reichte. Dann setzte er sich aufs Bett und sah sie an. Er trug Boxershorts und das weiße ärmellose Unterhemd, das ihm am liebsten war. »Les, wegen gestern ...«

»Ja?«

»Gib mir ein wenig Zeit ...«

»Nun schlägt's aber dreizehn ...« Sie hielt inne. Er sah so gequält aus, daß sie mit einer wegwerfenden Bewegung fortfuhr: »Ach, was soll's.« Sie atmete den Dampf aus dem Becher ein, dann nahm sie einen vorsichtigen Schluck. »Weißt du, Silvestri, daß du immer *mir* die Schuld gibst, wenn jemand versucht, mir weh zu tun? Liegt es an mir? Oder an dir? Ich kann einfach nicht glauben, daß es Detective Silvestri ist, der sich so benimmt, weil ich nie gehört habe, daß du dem Opfer die Schuld gibst.«

Er hörte zu, ohne sie zu unterbrechen, ohne den Anflug von Zorn, der sie immer so wütend machte. Als sie schwieg, sagte er: »Du hast recht. Ich möchte dich beschützen ...«

»Vor der Welt, Silvestri? Das kannst du nicht. Ich könnte morgens auf dem Weg zur Arbeit von einem Lastwagen überfahren werden. Das mußt du überwinden.« Sie lächelte, stellte den Becher auf die Truhe neben dem Bett, beugte sich zu ihm hinüber und küßte ihn. »Aber nicht ganz.«

Er stöhnte, stellte seinen Becher auf den Boden und legte die Arme um sie. »Du weißt gar nicht, wie sehr ich dich liebe.«

»Du könntest es mir ab und zu sagen«, flüsterte sie an seinem Hals.

Sein Piepser aktivierte sich mit einem so lauten, aufdringlichen Geräusch, daß beide lachen mußten.

»Am Thanksgiving Day?« sagte sie.

»Beweg dich nicht«, murmelte er, ging zum Telefon, nahm den Hörer ab und rief an. »Silvestri.« Zuhörend schaute er sie an. »Ja?« Wieder hörte er zu. Sie kannte diesen Ausdruck auf seinem Gesicht. Gleich würde er weggehen. »Laß mich darüber nachdenken.« Er legte auf und reckte sich.

Seufzend zog Wetzon die Decke über den Kopf, und im selben Augenblick kroch er darunter. »So, wo waren wir stehengeblieben?« Sein Kuß schmeckte nach Colgate und Espresso.

»Erzähl's du mir.«

»Was? Von diesem Anruf?«

»Hm. Nein.«

Er lachte, fuhr mit seiner Hand langsam ihren Rücken hinauf, dann zog er ihr das T-Shirt aus. »Wirklich?«

»Na ja, vielleicht später. Sag mir …«

»Ja?«

»Vergiß es«, flüsterte sie erschrocken. Sie hatte ihn gerade bitten wollen, ihr zu sagen, wie sehr er sie liebte.

»Ach, Les«, sagte er, als wüßte er es.

Ein Geräusch, wie plätscherndes Wasser, weckte sie. Sie streckte die Hand nach Silvestri aus. Er war nicht da, doch das Bett war noch warm, wo er gelegen hatte. Das Wassergeräusch hörte auf. Das Geplätscher ging weiter. Sie schaute über die Bettkante. Auf dem Boden schlürfte Izz auf, was von Silvestris Kaffee übrig war.

»Izz!« Wetzon hob die sich wehrende Pelzkugel hoch. »Das macht dich nur noch aufgekratzter. Welcher Hund wird denn Kaffee trinken?«

Von Izz' sabbernder Schnauze und Zunge tropfte Espresso auf die Decke. »Reizend, reizend«, murmelte Wetzon, während sie den Kaffee mit einem Papiertuch auftupfte.

Die Dusche wurde aufgedreht. Vom Bad her hörte sie Silvestri singen. Singen? »Du meine Güte«, sagte sie, indem sie den Hund wegschob. Sie setzte sich auf; es war nach zehn.

Sie zog sich ihr T-Shirt über und tappte über den Flur in die Küche. Silvestri hatte genügend Kaffee für eine Armee gekocht. Die Sonne erfüllte die Küche mit reinem, warmem Licht, wurde von den französischen Wandkacheln in Streifen aus Blau und Gelb und Gold zurückgeworfen, blendete ihre Augen. Mitten beim Eingießen erstarrte sie, die Kaffeekanne in der Hand. Der Mann, der sie gestern abend bedroht hatte ... Seine Augen. Sie stellte die Kanne wieder auf die Warmhalteplatte.

Er hatte zwei verschiedenfarbige Augen gehabt. Das eine blau, das andere grünlich. Warum war es ihr gestern nicht eingefallen?

»Nina wird in einer Stunde hier sein«, sagte Silvestri. Er stand in der Tür, sauber rasiert, in Jeans und einen dunkelblauen Rollkragenpullover gekleidet. »Was schaust du so?«

»Ich möchte dich gern ein bißchen auf Trab bringen«, sagte sie, »aber jetzt beschäftigt mich etwas.« Sie schlang die Arme um seine Taille und schnupperte an ihm. »Der Mann, der mich letzte Nacht bedroht hat ...«

»Dir ist etwas eingefallen?«

»Ja. Er ist ein Bulle.«

Silvestri starrte sie mit ungläubiger Miene an. »Was macht dich so sicher?«

»Intuition, Silvestri. Das ist die eine Sache, die Frauen euch Männern voraushaben. Außerdem kenne ich ein paar Bullen, und wenn man ein paar kennt, kann man sie spüren.«

»Stereotypen, hm?« Seine Arme schlossen sich fester um sie. »Also, was ist mit diesem Bullen?«

»Er hatte zwei unterschiedlich gefärbte Augen. Ein blaues, ein grünes.«

Silvestri legte seine Hände auf ihre Schultern und hielt sie von sich weg. »Bist du dir ganz sicher?«

Sie konnte die Aufregung in ihrer Stimme nicht unterdrücken. »Du kennst ihn, Silvestri?«

»Möglich. Ich rufe gleich an.«

Er war noch am Telefon, als sie aus der Dusche kam, und

sie konnte ihn eine Weile später immer noch hören, bevor sie begann, ihr Haar zu fönen. Während sie es mit den Fingern durchkämmte, vom Nacken zum Scheitel, entdeckte sie Silvestri in der Tür. Sie schaltete den Fön aus und schnickte das Haar zurück.

»Er heißt Joe Daly. Bis letzten Monat war er beim 7-3. Ein dreckiger Bulle, Les.«

MEMORANDUM

An: Foxy Reynard, Medora Battle, Carlos Prince, Leslie Wetzon, JoJo Diamond u. a.
Von: Ed Venderose, Generalintendant
Datum: 23. November 1994
Betr.: Combinations in concert

Die Vorstellungen sind für Donnerstag, 22. Dezember, und Freitag, 23. Dezember, um 20.00 Uhr angesetzt.

Die Proben beginnen am Freitag, 16. Dezember, mit einer Pause am Sonntag, 18. Dezember.

Der Probenraum befindet sich im Minskoff, und Carlos Prince und Mort Hornberg werden bei allen Proben anwesend sein. Am Mittwoch, 21. Dezember, gibt es eine Kostümprobe von 10 bis 13 Uhr. Für Garderobe, Frisur und Make-up wird jemand bei der Kostümprobe zur Verfügung stehen. Rich Berlin hat angeboten, sich ohne Honorar für die zwei Vorstellungen der Frisuren anzunehmen.

Für Dienstag, 20. Dezember, von 11 bis 13 Uhr wird die Presse zu einer Probe eingeladen. Ihr werdet hiermit alle um Erscheinen gebeten. Die Besetzung und die für Frisuren und Make-up zuständigen Personen werden um 10 Uhr 30 aufgerufen. Das Orchester wird am Mittwoch, 21. Dezember, von 10–13 Uhr und von 14–17 Uhr, auf der Bühne proben.

29. Kapitel

»Carlos, das ist ein harter Zeitplan.«

»Es ist ja nicht so, als wäre das neu für dich, Häschen.«

»Klar, aber damals war ich jung. Ich kann es kaum erwarten, mich bei Smith für zwei Wochen abzumelden.«

Übersättigt saßen sie um Wetzons Eßtisch. Ein paar Krümel auf den Tellern und ein fast leerer Behälter Rahmkäse mit den Überresten der Schalotten waren alles, was von den Bagels und Beilagen, die Silvestri bei Barney Greengras (The Sturgeon King) um die Ecke in der Amsterdam geholt hatte, noch übrig war. Nur Kaffee gab es noch, und auch davon nicht mehr viel.

Nina Wayne war pünktlich eingetroffen, in schwarzen Lederjeans, hochhackigen Stiefeln und einem rostbraunen, handgestrickten Pullover, der knapp bis zur Taille reichte. Ihr Mantel war aus wattiertem schwarzem Leder, weich wie gerauhte Seide.

»Sieh nur, wie sie sabbert«, sagte Wetzon, nachdem Nina sich entschuldigt hatte und, mit Izz auf den Fersen, durch den Flur zum Bad gegangen war. Sollte sie Nina warnen, daß Izz die verwirrende Angewohnheit hatte, besonders auf der Toilette auf jeden Schoß zu springen? Ach was. Sie betrachtete Silvestri. »Ich vermute, du magst große Frauen mit festen Hintern in schwarzem Leder.«

Silvestri lachte. Er mit seinen türkisfarbenen Augen. »Ich mag Frauen«, verkündete er. »Besonders stachlige kleine mit tollen Beinen und ...«

»Belaß es dabei, bitte.« Sie spürte den Sog, wollte am liebsten über den Tisch kriechen und sich an ihn klammern. Sexueller Klebstoff, dachte sie. Aber als das *Tap, tap, tap* von Ninas Absätzen wieder näherkam, stand Wetzon in der Küche und füllte die Spülmaschine. Silvestri saß am Eßtisch und verteilte den letzten Kaffee auf ihre Tassen.

Nina kam lächelnd in die Küche mit einer zufriedenen Izz, die sich in ihre Armbeuge kuschelte.

»Sie hat Sie bestimmt angesprungen«, sagte Wetzon.

»Richtig geraten. Sie ist entzückend, obwohl ich selbst ein Katzentyp bin.«

Wetzon wischte mit einem Schwamm das Hackbrett ab. »Ich bin allergisch gegen Katzen. Und Katzen scheinen so ... überlegen und reserviert. Sie brauchen einen nicht.«

»So sind sie, aber manche brauchen einen doch«, meinte Nina. »Außerdem ...« Sie ging wieder zurück ins Eßzimmer und warf die nächste Bemerkung so schnell hin, daß Wetzon, die hinter ihr herging, nicht ganz sicher war, ob sie richtig gehört hatte. Hatte Nina wirklich gesagt: »Außerdem haben Lesbierinnen immer Katzen?«

Silvestri hatte einen Ordner aus seiner Aktentasche geholt und blätterte die Papiere durch, jedes mit einem Namen links oben.

»Mit wem willst du anfangen?« fragte Wetzon, während sie sich setzte.

Nina, die bereits Platz genommen hatte, drehte ihren Stuhl ein wenig, um Louies Bild genau im Blick zu haben.

»Mort Hornberg«, sagte Silvestri. »Total widerspenstig. Wir haben nicht viel. Angeblich kannte er Terri kaum, erinnerte sich aber an den Vornamen des Schauspielers, mit dem sie ging.«

»Peter Koenig«, sagte Wetzon.

»Die Erinnerung ist eine seltsame, unberechenbare Sache«, bemerkte Nina. »Manchmal erinnern wir uns an Dinge, die überhaupt keine Bedeutung zu haben scheinen.«

»Und dann wiederum«, fügte Wetzon hinzu, »hat Mort junge Männer immer sehr attraktiv gefunden, also könnte er Peters Namen aus einem bestimmten Grund behalten haben.«

»Hat Terri deines Wissens, Les, jemals in einem nicht arbeitsbezogenen Zusammenhang von Hornberg gesprochen?«

Wetzon schüttelte den Kopf.

»Okay, dann zu Peter Koenig. Im Gegensatz zu Mort Hornberg könnte er gar nicht kooperativer sein. Er war fast zu gut, um ehrlich zu wirken. Sagt, daß er Terri im College kennenlernte. Er war ein Jahr vor ihr fertig und lebte schon in New York, als sie herkam und ihn aufsuchte. Also blieben er und Terri zusammen, bis sie 1975 die Rolle in *Combinations* bekam. Habe ich recht, Les?«

»Ich glaube schon, aber du mußt dich an seine Worte halten. Vergiß nicht, daß ich Terri vor *Combinations* nicht gut kannte. Es war meine erste Broadwayshow, aber nicht ihre. Und nach allem, was ich sah, und dem wenigen, was sie mir sagte, war es vorbei, falls überhaupt etwas zwischen ihnen gewesen war.«

»Was er zugibt. Also verläßt er New York, entweder kurz bevor sie ermordet wurde, oder bald darauf.«

»Und«, fuhr Wetzon fort, »bleibt siebzehn Jahre fort im Glauben, sie sei noch am Leben, aber wenig mitteilsam.«

»Allerdings«, warf Nina ein.

»Er setzte sich mit mir in Verbindung, weil er wieder in New York war und vorhatte, sie zu besuchen. Dachte, ich wüßte, wo sie wohnt.« Wetzon biß sich auf die Unterlippe. »Mein Instinkt sagt mir, daß ich ihn nicht mag, Silvestri. Ich mochte ihn damals nicht, und ich mag ihn heute nicht. Er drängt sich einem auf, und er ist zu glatt.«

»Das Motiv«, sagte Nina. »Terri machte Schluß mit ihm, und er wurde wütend. Und eifersüchtig.«

»Er besitzt einen Waffenschein.«

Silvestri machte große Augen. »Woher weißt du das, Les?«

»Ich habe ihn kürzlich gesehen, als er seine Kreditkarte herausnahm, um die Drinks zu bezahlen. Er ist grau und etwas größer als seine anderen Karten. ›Pistolenlizenz‹ steht darauf.«

Silvestri kritzelte eine Notiz auf das Papier vor sich, dann schaute er auf. »Führt die Schauspielergewerkschaft eine Kartei über die Blutgruppen der Mitglieder?«

»Blutgruppen?« Wetzon blickte Nina an, die interessiert zuhörte.

»Ja.«

»Ich kann mir nicht denken, daß die Gewerkschaft das darf, so etwas ist doch vertraulich; aber wenn in all den Jahren so eine Aktion stattfand und wir Blut spendeten, geschah es immer durch die Gewerkschaft. Heute, wo es Computer gibt, könnte jemand wissen, wie man an Unterlagen über meine, Carlos' und Peters Blutgruppe kommt. Und sogar Morts.«

»Mort Hornberg bei der Schauspielergewerkschaft? Ich dachte, er sei Regisseur.«

»Damals war er Inspizient, und die werden von der Schauspielergewerkschaft vertreten.«

»Foxy Reynard.« Silvestri kramte in seinen Blättern. »Altes Mädchen mit jungem Sexbolzen. Sehr eifersüchtig. Sie ließ mich abblitzen.«

»Mann, Silvestri, als jung würde ich JoJo kaum bezeichnen, auch nicht als Sexbolzen. Er ist ein übergewichtiger Fiesling, der sich immer noch wie ein Rockmusiker aufführt, obwohl er an die Fünfzig ist. Und er ist kein Paul McCartney oder gar Mick, mag man noch so sehr die Phantasie bemühen. Wir stellten ihn uns immer mit schmutziger Unterwäsche vor. Ich vermute, daß Foxy es nicht mochte, wenn er andere Frauen ansah, besonders junge und hübsche wie Terri.«

»Oder Sie?« fragte Nina.

»Ha! JoJo probierte es einige Male bei mir, aber er ist nicht mein Typ. Und ich bin nicht seiner. Er steht auf Titten und Ärsche.« Sie feixte Silvestri an. »Nein, ich glaube nicht, daß es JoJo war. Braucht man nicht eine alles verzehrende Leidenschaft, um einen Mord zu begehen? Leidenschaftlich ist er nur in einer Sache: Und die betrifft JoJo. Nein, JoJo war es nicht.«

Nina trank einen Schluck Kaffee. »Warum nicht?«

»Ich habe lange darüber nachgedacht. Wer immer es war, er war eine wichtigere Persönlichkeit als JoJo. Deshalb hielten Terri und dieser Mann die Beziehung so geheim. Und dann noch etwas anderes. Ich wette, daß auch Foxy es nicht getan hat. Wie könnte Foxy, die kaum neunzig Pfund wiegt, Terris Leiche in den Koffer und den Koffer in den Keller geschafft haben?«

»Mit Hilfe«, bemerkte Silvestri. »Sagen wir, JoJo?«

Wetzon schüttelte den Kopf. »Foxy ist raffinierter.«

»Les, raffiniert hat nichts damit zu tun, einen Mord zu begehen. Die Hälfte der Typen in Attica sind so raffiniert wie du und ich.«

»Ich nehme an, JoJo könnte sie erschossen haben, aber das ergibt keinen Sinn. Jeder wußte, daß er Foxys Schatz war. Dafür hat sie schon gesorgt.«

»Ich habe gestern kurz mit ihm gesprochen. ›Sehr schöne Stimme, hübsches Mädchen, sah sie nie privat.‹ Er behauptet, daß er sie nach dem Ende der Show nie mehr getroffen hat.«

»Dann zum nächsten«, sagte Nina.

»Medora Battle. Ihr Mann, Roger, starb vor siebzehn Jahren, etwa zur gleichen Zeit wie Terri. Zufall?«

»Herzinfarkt«, erklärte Wetzon.

»Was für ein Verhältnis war das?« fragte Nina. Die Sonne strahlte durch die Jalousien und malte Streifen auf ihre Gesichter. Wetzon stand auf und veränderte die Stellung der Lamellen.

»Zwischen Medora und Rog? Eng, glaube ich. Sie arbeiteten gut zusammen. Hatten bereits zwei große Broadway-Musicals gemacht, die damals noch liefen. Sie waren toll. Jeder sagte damals, daß Rog das eigentliche Talent sei. Der Beweis war, daß Medora nach seinem Tod keine Show mehr machte, und vielleicht dachte Medora auch, ohne ihn nicht schreiben zu können. Aber ich habe gerade herausbekommen, daß Medora Battle hinter dem Pseudonym des Autors von *Tacoma Triptych* steckt, das in der ersten Januarwoche am Broadway Premiere hat.«

»Wie hast du das herausgekriegt?«

»Mark, der Sohn von Smith, studiert mit Medoras und Rogs Tochter in Harvard.«

»Dann waren sie also das vollkommene Ehepaar?«

»Gibt es das, Silvestri? Ich weiß nicht. Vermutlich hatten sie die üblichen Meinungsverschiedenheiten, besonders auch, weil sie zusammenarbeiteten. Allerdings war Rog geselliger – mitteilsamer. Man kann es auf den Fotos sehen. Andererseits soll Rog auch in jeder Show ein Mädchen gehabt haben, und es gibt eine Geschichte über Medora und ihre Mutter, die eines dieser Mädchen auf einem Bahnsteig in der U-Bahn tätlich angriffen.«

»Wann?«

»Bevor ich nach New York kam. Sonst wüßte ich mehr darüber. Und ich glaube, daß Rog Terri mochte.«

»Hast du sie zusammen gesehen?«

»Eigentlich nicht. Nur bei Proben. Nie allein. Und normalerweise sickert so was durch, weil auf Tourneen viel geklatscht wird.«

»Aber du *weißt*, daß er sie mochte.« Mit einem etwas gereizten Unterton.

»Silvestri …«

»Intuition, Silvestri«, warf Nina ein. »Gib es zu. Wir haben sie.«

»Verbündet ihr zwei euch gegen mich?«

»*Moi?*« rief Wetzon, die Hand auf der Brust.

»*Moi?*« Nina machte die gleiche Bewegung.

»Genug«, sagte Silvestri. »Ich kapituliere. Verrät dir deine unglaubliche Intuition, daß Medora der eifersüchtige Typ war?«

»Es ist mir nie aufgefallen. Wir arbeiteten alle angestrengt. Sie hatten eine kleine Tochter, ungefähr zwei, und einen Jungen, der ein paar Jahre älter war. Sie waren Eltern und Partner, und als Partner machten sie eine tolle Karriere, die ihnen Ruhm und das große Geld brachte.«

»Was Terri möglicherweise ärgerte.«

»Terri war nicht so«, sagte Wetzon. »Sie hätte niemals eine Ehe kaputtgemacht, schon gar nicht eine mit kleinen Kindern.« O Gott, dachte sie, was hatte Terri bei Filene's zu ihr gesagt? *Ich sage nie mehr nie.*

»Du würdest so etwas nicht tun, Les, aber du kannst nicht für sie sprechen.«

»Leidenschaft ist wie ein Fieber im Blut«, sagte Nina. »Sie ergibt nicht immer einen Sinn, und wenn sie einen gepackt hat, tut man nicht immer das Richtige.«

Wetzon schielte zu Nina hinüber. Sie war so interessant. »Vermutlich. Aber ehrlich, ich glaube nicht, daß Rog Battle dieses Gefühl in jemandem wecken konnte. Er war irgendwie nichtssagend, sandfarben. Sandfarbenes Haar, Nickelbrille, mittelgroß. Nicht dick, nicht dünn, schmale Schultern. Keine Brust.« Silvestri machte sich mit gesenktem Kopf Notizen, deshalb fügte sie mit ihrer schwülsten Stimme hinzu: »Kein Vergleich mit dir, Silvestri.«

»Danke, Les«, sagte er feierlich. »Das habe ich gebraucht. Die nächste auf meiner Liste ist Poppy Morris Hornberg, mit der ich morgen sprechen werde. Was kannst du mir von ihr erzählen, Les?«

»Daß sie es liebt, als Mrs. Mort Hornberg aufzutreten, und daß sie jeden umbringen würde, der sie daran hindern wollte. Aber damals hatte sie Mort noch gar nicht kennengelernt, glaube ich. Frag sie selbst. Sie muß aber Terri bereits gut gekannt haben, weil Terri in ihrer Wohnung wohnte.«

»Wir werden sehen, was wir heute rauskriegen können, Silvestri«, sagte Nina.

Silvestri klappte seinen Ordner zu. »Davey Lewin. Zu ihm irgendwas?«

Wetzon schüttelte den Kopf. »Davey war ein sehr netter Kerl, aber er hatte ein allseits bekanntes Drogenproblem. Auch daß er schwul war, hielt er nicht geheim, wie es damals die meisten taten. Er hatte einen festen Freund. Beide sind jetzt tot. Was ist mit Carlos und mir, Silvestri?«

»Was soll mit Carlos und dir sein?«

»Sind wir keine Verdächtigen?«

»Ich habe mit Carlos geredet und mit dir, und ich habe euch beide ausgeschlossen.« Er schob den Ordner wieder in die Aktentasche.

»O Mann, danke. Hör mal, mir fällt eben ein, du solltest mit Ed Venderose reden. Er ist jetzt Generalintendant für die Benefizvorstellung, aber bei der ursprünglichen Show war er Assistent.«

Sie buchstabierte ihm Venderose. »Sonst noch was?« fragte er.

»Ja. Warum hast du nach Blutgruppen gefragt, Silvestri?« Sie sah Nina an. »Ist das etwas für Sie?«

Nina kniff die Augen zusammen.

»Der Anruf heute morgen, Les ...«

»Was ist damit?«

»Das serologische Labor des FBI hat bei Terri die Blutgruppe 0 festgestellt, was durch die Unterlagen des Krankenhauses in Cincinnati bestätigt wurde. Aber sie haben noch eine andere Blutgruppe nachgewiesen.«

»Das verstehe ich nicht. Man kann doch keine zwei Blutgruppen haben, oder?«

»Natürlich nicht. Aber wir denken, daß sie sich gewehrt haben könnte, wobei etwas vom Blut des Mörders auf ihre Kleidung geraten ist.«

»Deshalb hast du mich gefragt, ob die Gewerkschaft Unterlagen über Blutgruppen geführt hat?«

»Genau.«

»Aber ist das nicht ein wenig wie die Suche nach der Stecknadel im Heuhaufen, Silvestri?«

»Dieses Mal nicht. Die Blutgruppe, die wir gefunden haben, ist A, und die ist äußerst selten.«

MEMORANDUM

An: Carlos Prince und Leslie Wetzon
Von: Nancy Stein, Assistentin von Mort Hornberg
Datum: 23. November 1994
Betr.: Combinations in concert

Redaktionsschluß für das Programm ist Freitag in einer Woche. Schickt mir bitte umgehend Eure aktualisierte Biographie und ein Foto.

Ich organisiere auch das Essen während der Probenzeit und frage im Edison Café an, ob sie es stiften oder wenigstens zum Selbstkostenpreis machen.

30. Kapitel

»Carlos, hast du das Neueste vom großen Hornberg gehört?«

»Häschen, große Geister, ein Gedanke. Gerade wollte ich bei dir anrufen. Ich kann die Chuzpe einfach nicht glauben.«

»Chuzpe ist stark untertrieben. Obszön ist das. Er organisiert Gratisessen, und dabei macht er das große Geld mit der Fernsehversion.«

Auf der anderen Seite von Mort Hornbergs palastartigem Wohnzimmer unterhielt sich Nina mit Medora Battle. Ihr honigfarbenes Haar fiel locker und lockig über die Schultern. Wetzon beobachtete sie und kam zu dem Schluß, daß Nina Wayne ein absolutes Original war. Sie hob ihre Flasche Beck's und prostete ihr zu. Nina sah einer Gerichtsanthropologin auch nicht ähnlicher als Wetzon.

Wetzon schob sich an der Schlange der Entschlossenen am Büfett vorbei, die vom Eßzimmer bis hierher reichte. Die Theaterleute hatten ständig Heißhunger, und von ihrer Sorte waren an diesem Abend viele hier. Einige waren Schauspieler.

Eine Menschentraube drängte sich um das Klavier, wo jemand aus der Partitur von *Hotshot: The Musical*, Morts großem Wurf, spielte.

Unter den Panoramafenstern wuchs ein Dschungel in Grün- und Rottönen aus Keramiktöpfen. Wetzon schuf sich einen winzigen Platz zum Stehen dazwischen und blickte auf den Central Park hinaus, der beinahe reglos dalag. Ein leichter Wind brachte die letzten Reste des Herbstlaubs zum Erzittern, aber es fuhren keine Autos. Sie hatte freien Blick bis hinüber zur Fifth Avenue.

Unter ihr erkannte sie Strawberry Fields, das John-Lennon-Denkmal, weil die Bäume ihre letzten Blätter abgeworfen hatten und beinahe über Nacht winterlich kahl geworden waren, als die Temperaturen sanken.

Nur die wirklich Besessenen, von denen es in New York freilich mehr als sonstwo gab, joggten am Thanksgiving Day um das Reservoir. Aber in Wahrheit machte die Stadt Ferien; viele ihrer Yuppies waren nach Hause gefahren, nach Minneapolis, Cleveland und Baltimore.

»Deine Freundin gefällt mir«, sagte Medora zu Wetzons Rücken.

Wetzon wandte sich um. »Nina ist ganz begeistert von der Show, besonders von deiner und Rogs Arbeit.« Jetzt, wo sie wußte, daß Medora die Autorin von *Tacoma Triptych* war, fragte sie sich, warum sie es neulich abends im Theater nicht sofort erraten hatte.

»Ich wollte mich wegen meiner Unhöflichkeit entschuldigen«, sagte Medora.

Rog war seit siebzehn Jahren tot, und Medora sah jetzt mehr wie Rog aus, als dieser selbst je ausgesehen hätte, wäre er noch am Leben. Sie hatte Rogs Größe, was für eine Frau groß war, und schmale Schultern. Ihr lohfarbenes Haar wies weiße Strähnen auf. Sie kleidete sich immer noch langweilig, und der formlose Pullover mit Silbersprenkeln, den sie trug, war zwar modisch und sah teuer aus, tat aber nichts, um ihr Aussehen oder ihre Figur vorteilhaft zur Geltung zu bringen. Die grauen Gesundheitsschuhe mit Gummisohlen machten dicke Fesseln.

»Keine Ursache«, sagte Wetzon. »Du wolltest dein Geheimnis wahren, und ich bin irgendwie hineingestolpert.«

Medoras Lippen zuckten, ein unwillkürlicher Tic, nicht die Ahnung eines Lächelns. Wetzon erinnerte sich, daß auch Rog das an sich gehabt hatte. »Dann weißt du es also.« Sie spielte an dem goldenen Armband um ihr Handgelenk.

»Ich hoffe, es wird ein großer Erfolg, Medora.«

»Danke, Leslie. Ist das nicht schrecklich mit der kleinen Terri Matthews?« Sie gab einem Kellner mit schwarzer Fliege ein Zeichen mit dem Kinn und nahm ein Glas Champagner von dem angebotenen Tablett.

»Nein, danke«, sagte Wetzon zu dem Kellner, als er ihr das Tablett hinhielt. Champagner bekam ihr nicht, und weder die eleganten geliehenen Tulpengläser noch Morts Lieblingsmarke Bollinger konnten sie verführen. Zu Medora sagte sie: »Ja, schrecklich.«

»Hast du sie gut gekannt, Leslie?« Medoras Augen tränten hinter der Brille mit Goldrand, und der Tic kam wieder.

»Nur durch die Show. Wie du und Rog wohl auch, Medora. Habt ihr sie außerhalb der Show kennengelernt?«

»Überhaupt nicht. Natürlich erinnere ich mich, daß sie sehr entgegenkommend war.«

Entgegenkommend? Eine eigenartige Ausdrucksweise war das. Sie stimmte Wetzon nachdenklich.

»Wer war sehr entgegenkommend, Medora?« Ed Venderose füllte den Raum wie die aufgepumpten Figuren aus Macy's Parade, er glich einem bösen Barney.

»Terri Matthews, Edward. Leslie und ich haben gerade in Erinnerungen geschwelgt, nicht wahr, Leslie?«

Wetzon nickte. »Haben Sie keine Nachmittagsvorstellung, Ed...ward?«

Seine Augen waren kalt. »Doch, Leslie. Ich wollte nur kurz mit Medora allein sprechen, wenn Sie nichts dagegen haben.«

»Warum sollte ich etwas dagegen haben? Ach, übrigens, haben Sie Terri zufällig gut gekannt, Ed...ward? Wir überlegen, ob nicht einer von uns einen kleinen Nachruf auf unsere verstorbene Freundin schreiben könnte. Erinnern Sie sich an etwas Besonderes?«

»Nichts Gutes.«

»Hat Sie abblitzen lassen, was, Ed...ward?«

»Was verstehen Sie schon davon, Leslie?« Venderose spie ihr die Worte geradezu ins Gesicht.

Medora lächelte Wetzon entschuldigend, wenn auch ein wenig verkrampft an, während Ed sie fortdrängte. War es möglich, daß sie ein Verhältnis hatten? Verdammt, möglich war alles. Wenn ja, wäre das wirklich ein seltsames Pärchen. Doch schließlich waren Silvestri und Wetzon auch ein seltsames Paar, ein völlig ungleiches … Aber war es auf der anderen Seite nicht langweilig, wenn Paare so perfekt zusammenpaßten, wie es anscheinend bei Medora und Rog der Fall gewesen war? Und Ed Venderose hatte sich immer als sehr ehrgeizig erwiesen. Er würde sich an einen Star anhängen … aber wer würde ihn haben wollen außer vielleicht einem gefallenen Star? Der aber bald wieder auferstehen würde. Bleib dran, Les.

Eine Ginfahne wehte an ihrer Wange vorbei. »Amüsierst du dich, Leslie, Schatz? Warum trinkst du keinen Champagner? Kellner!« Ohne ihr ablehnendes Kopfschütteln zu beachten, begann Mort hektisch nach einem Kellner zu winken. Als einer erschien, stellte er sein leeres Glas auf das Tablett und nahm ein neues. »Du hättest heute morgen zur Parade hier sein sollen. Die Festwagen waren einfach toll, und die Kinder waren begeistert.« Morts Nase hatte sich gerötet, und seine Augen glänzten zu sehr. Sein Cashmerepullover war fest in die Jeans gesteckt, was seine hängenden Schultern und den kleinen Schmerbauch unterstrich, anstatt sie zu verhüllen. Am liebsten hätte sie ihm geraten: »Mort, melde dich in einem Fitneßstudio an, besorge dir einen Heimtrainer.« Aber sie unterließ es.

»Dann bedaure ich, daß ich es verpaßt habe. Übrigens, warum zum Kuckuck ist Ed Venderose bei der Show dabei?«

»Leslie, Schatz.« Mort blickte schockiert drein oder tat zumindest so. »Wovon redest du? Nancy gibt sich wahnsinnig Mühe, aber glaub mir, das Mädchen bringt es einfach nicht. Und sie ist nicht in der Gewerkschaft. Wir müssen doch alles – wie sagst du? – koscher halten.«

»Wie ich sage? Du solltest wissen, was koscher bedeutet, Mort. Aber es wäre ohnehin nicht koscher, weil Ed ein Schwein ist. Hättest du nicht wenigstens Carlos und mich vorher fragen können?«

»Leslie.« Er preßte seine Hand auf die Brust. Mort zog seine ernste Nummer ab. »Du weißt, wenn ich nur die *geringste* Ahnung gehabt hätte, daß du Ed nicht möchtest, hätte ich ihn nie in die Mannschaft geholt. Aber Medora hat eigens darum gebeten … Außerdem sind viele Leute Schweine, Schatz. Deine Freunde aus der Wall Street genauso, nach allem, was ich in den Zeitungen lese.«

»He, Mort!« Ein auffallender Hollywood-Typ machte sich an Mort heran, darauf erpicht, die Aufmerksamkeit des Maestros auf sich zu ziehen. Seine Hose spannte zu sehr am Hintern, und er trug keine Socken, bloß Laufschuhe mit Troddeln. Der Typ schniefte in ein Taschentuch.

»Lassen wir's, Mort. Es ist nun mal passiert.« Wetzon nahm seinen Arm und steuerte ihn von dem glatten Kerl fort, der schamlos nach Armani roch. »Ich möchte dich meiner Freundin Nina vorstellen.« Sie lenkte ihn geschickt zwischen den Gruppen der Gäste durch, von denen jeder ein Wort mit dem Gastgeber wechseln wollte, zu der Stelle, wo Nina stand und mit JoJo und Carlos plauderte. Arthur Margolies, Carlos' Lebensgefährte, hatte ein Tête-à-tête mit Elaine Stritch, die anscheinend mitten in einer ihrer Geschichten angekommen war, denn sie fuchtelte mit den Händen herum und lachte gackernd. »Also sagte ich: ›Mein Gott, du kannst nicht wegen der *Motivation* zu ihm gehen‹«, krächzte Elaine. Alle lachten.

»Nina, ich möchte dich mit Mort Hornberg bekannt machen. Mort, das ist meine Freundin Nina.«

»Freut mich.« Nina reichte ihm die Hand. »Ich bewundere Ihre Arbeit sehr.«

Mort war auf der Stelle bezaubert. Er hielt Ninas Hand fest und beugte sich so lange darüber, daß Wetzon fürchtete, er würde sie küssen. »Also dann«, sagte er, »gehen wir etwas essen und unterhalten uns darüber. Es macht euch doch nichts aus, Jungs, wenn ich euch diese reizende Dame entführe?«

»Oje«, sagte Nina. »Und ich wollte das Ende von JoJos Geschichte hören, wie *Combinations* entstand.«

»JoJo? Was weiß denn JoJo davon? Er hat nur das Orchester dirigiert. *Ich* habe die Show auf die Beine gestellt. *Ich* habe eng mit Davey Lewin zusammengearbeitet, Nina. Wir waren *so*.« Mort hielt zwei übereinandergeschlagene Finger hoch.

»Ich will unbedingt alles darüber hören, Mort.« Nina zwinkerte JoJo zu, der aussah, als könnte er Mort erwürger . Sie nahm Morts Arm, und weg waren sie.

»Glauben Sie nicht alles, was Sie hören!« rief Carlos ihnen nach. Er legte seinen Arm um Wetzon, die sich an ihn schmiegte. »Ich liebe dich, Häschen.«

»Es wird ihr leid tun«, brummte JoJo. »Er tut nichts als reden.« Verdrossen schob er die Daumen in die Taschen seiner Jeans und reckte die Hüften vor.

Interessante Körpersprache, dachte Wetzon. »Sie sucht nicht nach dem, was du denkst, JoJo.«

JoJo wandte seine Aufmerksamkeit einer großen Blondine in einem paillettenbesetzten T-Shirt zu. »Wie geht es dir so, Leslie?« fragte er desinteressiert.

»Sprichst du mit mir, JoJo, oder heißt die Blondine, die du mit den Augen verschlingst, auch Leslie?«

»Häschen, Schatz, na, na, na.« Carlos drohte ihr mit dem Finger, konnte aber kaum noch das Lachen zurückhalten.

Jetzt hatte sie JoJos Aufmerksamkeit gewonnen. Er sagte: »Ich glaube, du hast mich all die Jahre vermißt, Leslie. Gib es zu.«

Wetzon bedachte JoJo mit ihrem süßesten Lächeln, während sie Carlos einen kleinen Stoß mit dem Ellenbogen verpaßte. »Ganz und gar nicht, JoJo. Aber ich erinnere mich entfernt daran, daß du etwas mit Terri Matthews am laufen hattest.«

JoJo grinste. Seine Zähne waren verfärbt. »Ich nicht, Kleines. Wir hatten in *Night Music* etwas miteinander, aber dann trat Foxy in mein Leben, also ließ ich sie fallen. Ich dachte, während *Combinations* könnten wir das Feuer wieder entfachen, aber ich vermute, daß sie immer noch sauer war. Sie hat mir einen glatten Korb gegeben. Genau wie du. Meinst du, ich wüßte das nicht mehr? Wir hatten alle so eine Ahnung, daß ihr zwei was miteinander hättet.«

»Ich wette, wenn Frauen dich abblitzen lassen, JoJo, sagst du jedesmal, sie wären lesbisch. Vielleicht fühlen sie sich bloß nicht zu dir hingezogen. Schwer zu begreifen, was?« Flüchtig sah sie Foxy, die bei den Glastüren zum Eßzimmer stand, ein Champagnerglas in der Hand. Ihre dunklen Augen suchten jemanden. »Ich glaube, dein Dresseur sucht dich.«

»Carlos, pfeif deinen angriffslustigen ... Pudel zurück«, sagte JoJo.

»JoJo, verdammt, Terri hatte ein Verhältnis mit einem von der Show. Ich dachte, dir würde vielleicht etwas über Terri einfallen, was uns auf ihn hinweisen könnte.« Sie merkte, wie sie wütend wurde.

»Häschen, Schatz, wir haben Thanksgiving. Bleiben wir doch fröhlich.«

»Komm schon, JoJo, irgend etwas muß dir doch zu ihr einfallen?«

»Zu wem?«

»Terri. Du weißt ganz genau, wen ich meine.«

»Weißt du, woran ich mich erinnere? Sie war eingebildet. Sie hielt sich für besser als alle andern.« Irgend etwas hatte sich in ihm gelöst. Zorn? Schmerz?

»Terri doch nicht«, sagte Wetzon. *Nicht die Terri, die ich kannte.*

»Liebling.« Foxy tauchte hinter JoJo auf und nahm ihn in Beschlag. »Würdest du mir eine Kleinigkeit zu knabbern besorgen?«

Carlos schaute sich nach Arthur um. Elaine Stritch hatte einen kleinen Kreis um sich versammelt, der ihren Showboat-Geschichten lauschte, aber Arthur war nicht darunter. »Dort ist er ja, und sieh mal, mit wem er redet«, sagte er schließlich.

»Wer ist das? Sieht ebenfalls wie ein Anwalt aus.«

»Es ist einer. Der von Sondheim. Lassen wir sie über Verträge sprechen und holen uns was für den Gaumen. Was hältst du davon, Herzallerliebste?«

Wetzon nickte.

»Liebling.« Foxy versuchte es noch einmal, indem sie an JoJos Arm zerrte, doch JoJo rührte sich nicht von der Stelle.

»Eine Sekunde«, fuhr er sie an. »Leslie, du hast Terri einfach nicht so gut gekannt, wie du sie zu kennen glaubtest. Terri war am Anfang ein prima Kerl, aber glaub mir, sie veränderte sich, nachdem sie angefangen hatte, bei den Battles Babysitter zu spielen.«

MEMORANDUM

An: Carlos Prince, Leslie Wetzon, Medora Battle, Foxy Reynard u. a.
Von: Ed Venderose, Generalintendant
Datum: 23. November 1994
Betr.: Combinations in concert

Die Auftritte werden vom Inspizienten aus dem hinteren Teil des Hauses aufgerufen, und wir brauchen deshalb mindestens zwei Assistenten. Wir sehen uns derzeit nach Freiwilligen um, wenn Ihr also Vorschläge machen könnt, ruft mich bitte möglichst bald an.

Für die erste Vorstellung ist Abendkleidung erwünscht. Mort wird das Ensemble durch Nancy informieren.

31. Kapitel

Carlos sagte: »Ich habe ein paar Vorschläge, o fabelhafte Person mit der sauren Miene.«

Wetzon erwiderte: »Im Moment möchte ich sie nicht hören, vielen Dank. Glaubst du, daß die Freiwilligen für die Fernsehversion etwas bekommen?«

»Nicht, wenn Mort es verhindern kann«, sagte Carlos.

»Ich schwöre bei Gott, daß ich mich nicht an Terris Babysitterdienste bei den Battles-Kindern erinnere, aber als JoJo es sagte, hörte es sich realistisch an.« Wetzon hielt einen Hähnchenschenkel in einer Papierserviette und kaute daran. Sie leistete Nina Gesellschaft, die in der Diele vor der Toilette anstand.

Chita Rivera kam die Treppe herunter und lachte über etwas, das Fred Ebb ihr gerade erzählte. »Versuch's oben, Leslie!« rief sie, dann blieb sie stehen, um Rita Moreno zu umarmen.

Am Stutzflügel saßen Foxy und John Kander und klimperten.

»Probieren wir's«, schlug Wetzon vor. »Oben gibt es mindestens noch zwei.«

Oben war es ruhiger; vielleicht lag das auch an dem dicken malvenfarbenen Teppich, der den Lärm dämpfte.

»Ich habe weder Foxy noch Mrs. Mort kennengelernt«, sagte Nina.

»Keine Ahnung, wo Poppy bleibt. Aber da Mort herumrennt und mit Feuereifer Gastgeberin spielt, fühlte Poppy sich vielleicht überflüssig.«

»Dieser Mort ist schon eine Marke, Leslie.«

»Das brauchst du mir nicht zu erzählen. Hast du etwas aus ihm herausgeholt?«

»Nicht viel. Er liebt alle.«

»Heute vielleicht.«

»Sehen wir mal, ob diese ...« Nina drückte auf die Klinke. Die Tür war abgeschlossen. Sie klopfte. »Jemand drin?«

Als keine Antwort kam, zuckte sie mit den Schultern und folgte Wetzon über den Flur zum Elternschlafzimmer. Komische gurgelnde Laute drangen durch eine Tür gleich bei der Treppe. »Das muß die kleine Maudie sein«, sagte Wetzon. »Sehen wir mal nach.« Lächelnd öffnete sie die Tür.

Sonnenreflexe tanzten durch den Raum, der als Kinderzimmer eingerichtet war. Maudie lag auf dem Rücken in ihrem Bettchen, streckte die rundlichen, kurzen Beine in die Luft und griff mit dicken Händchen nach dem aufregenden Mylar-Mobile, das über dem Kinderbett hing. Aber Maudie war nicht für die Gurgellaute verantwortlich. Die kamen vielmehr von einem hochgelobten Bühnenautor und einem älteren gefeierten, angeblich heterosexuellen Filmschauspieler, die *in flagranti delicto* nahe dem Bettchen, jedoch außerhalb des Blickwinkels der Kleinen, auf dem Boden lagen.

»Du meine Güte«, sagte Nina. Sie und Wetzon schlichen sich rückwärts aus dem Zimmer und starrten sich an. »Wo ist die Mutter?«

»Wenn Poppy nicht da ist, was ist mit dem Kindermädchen?«

Nina deutete über das Treppengeländer. »Das Kindermädchen ist das blonde Flittchen im Pailletten-T-Shirt, das mit JoJo redet.«

»Was für eine Überraschung. Ich werde sie mir unten vorknöpfen.«

Das Elternschlafzimmer eine Tür weiter ertrank in kitschigem Chintz, noch dazu rosa, mit Blumen und Blättern. Ein Himmelbett, beladen mit einer Fülle von Kissen in allen nur denkbaren Größen und Formen, bot Garantie für Unbequemlichkeit.

Die Badezimmertür ging auf, und ein Mann und eine Frau traten eng umschlungen heraus. Sie achteten weder auf Nina noch auf Wetzon.

»Sieh dir das an!« rief Nina, nachdem sie hineingegangen war. Die schwarze Marmorplatte war mit Puder bestäubt. Nina machte einen Finger naß, berührte den Puder und leckte daran. Dann sah sie Wetzon vielsagend an und schloß die Tür.

»Mich schockiert nichts mehr«, bemerkte Wetzon später, als sie im Flur standen und ins Wohnzimmer hinunterblickten, in dem sich die Gäste drängten. Der Lärm klang gedämpft herauf, brach sich weiter oben und regnete auf sie herab wie Konfetti.

»Das dort ist meine Partnerin«, sagte Wetzon. Sie machte Nina auf Smith aufmerksam, die eine dunkle Brille trug. »Und der große Typ mit der unnatürlichen Sonnenbräune und den goldenen Kettchen ist Joel Kidde, der Superagent. Der junge Mann bei ihnen ist Smith' Sohn Mark.«

»Siehst du Mrs. Mort?«

»Nein. Möchte wissen, wo sie steckt. Vielleicht ist sie ins Kino gegangen. Das würde zu ihr passen.«

Nina lachte. »So schlimm kann sie nicht sein.«

»Nein?«

»Vermißt du es?«

»Was meinst du?«

»Tanzen. Dieses Leben.«

»Manchmal. Ich vermisse das Zusammengehörigkeitsgefühl der Tänzer. Ich vermisse die unsinnige Freude des Darstellens, wenn ich meinen Körper führen lasse und nicht den Kopf. Es ist kompliziert ...«

Sie gingen die Treppe hinunter. »Siehst du Foxy?« fragte Nina.

»Versuche es bei der kleinen Frau in Schwarz mit dem indischen Schmuck, die mit John Kander am Flügel sitzt.«

»Ah.«

»Eine Stunde noch«, sagte Wetzon. »Mehr ertrage ich nicht.«

Sie trennten sich am Fuß der Treppe. Nina ging auf den Flügel zu, während Wetzon sich nach dem Kindermädchen umschaute und sich dabei an Garth Drabinsky vorbeidrückte, der vor einer Gruppe junger Männer über die Zukunft des Musicaltheaters dozierte.

»Tag, Leslie.« Sunny Browning schob sich an Steve Sondheim vorbei, um Wetzons Hand zu schütteln. »Wenn die Zukunft des Musicaltheaters Garth Drabinsky heißt, ist es schlecht um uns bestellt. Er streut Geld aus wie Vogelfutter. Seine Firma ist eine Aktiengesellschaft. Das ist dein Metier, Leslie. Muß er keine Bilanzen vorlegen? Muß er seine Unkosten nicht aufschlüsseln? Wie kommt er damit durch?«

»Ich weiß es nicht, Sunny.«

»Jedenfalls sind seine Investoren dumm, wenn sie ihn nicht zur Rechenschaft ziehen. Obwohl ich es *ihm* ankreiden muß. Er hat diese verschwenderische Premierenfeier im Rainbow Room für *Showboat* veranstaltet, die größtenteils von der Stadt Natchez bezahlt wurde.«

»Es ist eine kanadische Gesellschaft, die bei der Börse in Toronto gehandelt wird, also kann ich mir nicht denken, wo unsere Börsenaufsicht tätig werden könnte.« Jedenfalls, dachte Wetzon, hatten seine Konkurrenten wahrscheinlich nichts an Drabinsky auszusetzen, weil er im Moment nicht obenauf war. Angriffe aus dem Hinterhalt gehörten zur Kultur am Theater.

»Ein Produzent sollte wissen, wann man nein sagen muß. Offenbar sagt er ja, ja, ja, ja, ja, mehr, mehr, mehr, mehr.«

»Na ja, Hal Prince wird sich freuen.«

»Vermutlich.« Sunny wirkte deprimiert. »Doc Simon bringt seine neue Show Off-Broadway heraus. Manny Azenberg ist der Raffinierteste von uns allen. Er weiß, was er tut.«

»Leslie! Entschuldige, ich will nicht stören. Ich möchte bloß meinen alten Kumpel begrüßen.« Bonnie McHugh hatte ungefähr drei Schichten Grundierung im Gesicht und ein unnatürliches Rot als Haarfarbe.

Alter Kumpel, dachte Wetzon. Also wirklich. Sie machte Bonnie mit Sunny bekannt, dann sagten sie: »Wie geht es dir, Bonnie? Bist du wegen des Konzerts in New York?« Mit dem Make-up und so weiter präsentierte Bonnie ein neues Gesicht. Und ein neues Kinn.

»Nein, Schatz. Hast du es nicht gehört? Ich ziehe wieder hierher. Ich habe eine Atelierwohnung in TriBeCa gekauft. Nächste Spielzeit mache ich ein Musical mit Andrew.« Sie legte eine Pause ein, dann fügte sie hinzu: »Lloyd Webber.« Bonnie trug ein schwarzes Kostüm mit einem Spitzenbody, dessen Schnitt soviel Brustansatz sehen ließ, daß jedem, der einmal eine Garderobe mit ihr geteilt hatte, die Implantate auffielen. Der Rock bedeckte kaum den schwarzen Spitzenslip. Doc Martens-Treter und schwarze Strümpfe, die in der Hälfte der Oberschenkel endeten und etwa zwei Handbreit Fleisch frei ließen, komplettierten das Ensemble.

»Bonnie!« schrie Mort. »Schatz! Bleib, wo du bist. Onkel Mort kommt zu dir.«

Wetzon verdrückte sich. Sie hatte gerade das blonde Kindermädchen gesichtet, das sich von JoJo vor aller Augen betatschen ließ, stellte sich hinter sie und flüsterte: »Sie sollten sich lieber zu Maudie bequemen, weil im Kinderzimmer etwas Unschönes vor sich geht.«

Das Kindermädchen schaute sich nervös um, riß sich von JoJo los und eilte, unsicher auf den Pfennigabsätzen, auf die Treppe zu.

Im Eßzimmer beluden einige Nachzügler ihre Teller. Wetzon nahm eine Scheibe Süßkartoffelpastete und eine Tasse Kaffee, dann sah sie sich nach einem Platz zum Sitzen oder Anlehnen um. Sie zwängte sich in eine Ecke neben den Glastüren, nur wenige Schritte von der Stelle, wo Smith und Joel mit Neil Simon sprachen, und versuchte, Smith' Aufmerksamkeit auf sich zu lenken.

Smith machte einen seltsamen Eindruck. Sie redete angeregt, hatte aber die dunkle Brille nicht abgesetzt. An ihrem Kinn sah man eine kleine Verfärbung, sorgfältig überdeckt mit Make-up. Hatte Joel sie geschlagen? Irgendwie unwahrscheinlich. Hartmann dagegen, das war eine ganz andere Geschichte.

Twoey, der mit Kopf und Schultern alle überragte, winkte Wetzon zu und versuchte, sich zu ihr durchzuschlängeln. Seine Augen funkelten hinter den Brillengläsern. Er sah sehr glücklich aus. »Da bist du ja, meine Hübsche«, sagte er und gab ihr einen Kuß. »Ich habe dich gesucht.«

»Ja, da bin ich«, sagte sie.

»Bist du niedergeschlagen, Leslie? Das darfst du nicht sein. Das lasse ich nicht zu.« Twoey nahm ihr den Teller aus der Hand und gab ihn einem Kellner, der mit einer leeren Champagnerflasche an ihnen vorbei in die Küche ging. Dann steuerte er sie mit einem Arm um ihre Schultern zu Smith und Joel Kidde hinüber.

»Zenie!« sagte Twoey, indem er Smith herumdrehte und ihr einen herzhaften Kuß auf die Lippen gab. »Warum die Sonnenbrille?«

Smith rückte die dunkle Brille zurecht und schürzte die Lippen. »Schatz«, sagte sie.

»Hmhm«, meinte Twoey. »Jetzt habe ich ein großes Problem.« Er sagte es leichthin, sah Wetzon aber fragend an.

»Wir haben uns gerade über *Engel in Amerika* unterhalten«, erklärte Joel.

»Aha«, sagte Twoey. »Rocco hat es mir erzählt. Er hat sein Darlehen zurückbekommen, aber die New Yorker Produktion hat über sechshunderttausend Verlust gemacht.«

»Ich habe ihnen geraten, es in einem Haus mit elfhundert Plätzen zu spielen, aber sie wollten nicht auf mich hören. Was verstehe ich schon davon? Ich bin bloß Agent«, sagte Joel.

»Mehr als ein Agent«, murmelte Smith.

Twoey starrte sie einen Moment an, dann sagte er: »Das Walter Kerr war das falsche Theater. Es hat nur neunhundertfünfundvierzig Plätze, im zweiten Rang möchte niemand sitzen, und die Bühne hat für das ganze Bild zu wenig Tiefe.«

Als sich der Produzent Marty Richards zu ihnen gesellte, stahl sich Wetzon unbemerkt davon. Sie folgte den Kellnern durch die Pendeltüren in die Küche. Ein Mädchen stand an der Spüle und wusch Teller ab, ein anderes holte Pasteten aus dem Ofen. Jemand schnitt einen Schinken auf; ein anderer kratzte Reste in einen gewaltigen grünen Abfallsack.

Die Küche war riesig; ringsum weiße Schränke mit Glastüren, Granittheken und eine Kochinsel in der Mitte waren die anderen herausragenden Merkmale. Auf der einen Seite ging eine Speisekammer von der Küche ab, auf der anderen Seite eine Frühstücksnische mit einem Fleischerblock als Tisch und vier Stühlen. Unter dem Fenster in der Frühstücksnische befand sich ein gepolsterter Fenstersitz, der nicht einsehbar war, wenn man nicht ganz in den Raum trat. Hier fand Wetzon Poppy Hornberg.

Poppy saß mit hochgezogenen Knien auf dem Fenstersitz, in Linda Gray Sextons Autobiographie vertieft. Ihre Finger beförderten kaltes Truthahnfleisch von einem Teller neben ihren Füßen zum Mund; die andere Hand spielte mit Haarsträhnen. Die Buchseiten waren mit Fett und Truthahnresten verschmiert, ebenso das Oberteil ihres schwarzen Samtkleids von Laura Ashley. Sie trug kein Make-up. Die Frisur wirkte auf Wetzon, als ob Poppy die nassen Finger in eine Steckdose gesteckt hätte. Sie blickte auf, als Wetzon ihren Namen rief.

»Oh, hallo, Leslie.« Ihre Stimme drückte keine Freude aus.

»Du versteckst dich?«

»So könnte man sagen. Es ist gewiß nicht meine Vorstellung von Vergnügen – die vielen fremden Leute, die mich nichts angehen und denen ich in meinem eigenen Haus genauso gleichgültig bin, hier zu haben.«

»Bevor ich gehe, wollte ich dich sprechen.«

Poppy errichtete sofort Sperren. »Weshalb?«

Okay, dachte Wetzon. Diplomatische Fragen wirst du nicht von mir hören. »Ich wollte etwas über Terri Matthews in Erfahrung bringen.«

»Ich möchte nicht über sie reden.«

»Mit der Polizei wirst du reden müssen, Poppy. Ich habe gehört, daß du einmal mit Terri zusammengewohnt hast.« Sie warf nur die Angel aus, aber vielleicht würde sie ja etwas fangen. »Was bedeutet, daß du eine Ahnung haben könntest, warum sie ermordet wurde.«

Poppys durchsichtige Haut wurde fleckig. Sie klappte das Buch zu, aber nicht bevor sie, zu Wetzons Entsetzen, die Stelle markierte, indem sie das Blatt in der Mitte faltete. »Ich brauche dir nicht zu antworten.«

»Das stimmt.«

»Mort sagt, daß dein Freund Polizist ist.«

»Du lernst ihn morgen kennen. Tatsächlich könntest du feststellen, daß sich mit mir leichter reden läßt.«

Poppy leckte sich die Finger und trocknete sie an ihrem Samtkleid ab.

Wetzon sagte: »Wenn du sie so gut kanntest, daß du ein Zimmer mit ihr geteilt hast, macht es dir da nicht zu schaffen, daß sie ermordet wurde?«

»Nicht sehr.« Plötzlich tropfte eine Träne von ihrer Wange.

Wetzon zog einen Stuhl näher. »Erzähle mir davon.«

Eine weitere Träne floß. Poppy seufzte. »Es war in meinem letzten Jahr an der New Yorker Uni. Daneben hatte ich einen Halbtagsjob bei Oliver Smith als Kulissenmalerin, aber es fiel kaum etwas dabei ab. Ich brauchte Unterstützung bei der Miete. Jemand im Theater kannte Terri und wußte, daß sie eine Wohnung suchte. Wir lernten uns kennen und kamen gut miteinander aus. Dann zog sie ein, und bald herrschte das größte Durcheinander. Schließlich ging ich.«

In der Küche ließ jemand einen Topf auf den gefliesten Boden fallen, und Wetzon und Poppy zuckten zusammen. Das Buch fiel zu Boden. Poppy bückte sich und hob es auf.

»Aus welchem Anlaß bist du ausgezogen?« fragte Wetzon.

»Richard Heflin. Hast du ihn gekannt? Ich war verrückt nach ihm. Ich lernte ihn lange vor Mort kennen.«

»Ist er nicht vor vielen Jahren gestorben? In Kalifornien?«

Poppy nickte. »Er hatte die Hodgkinsche Krankheit, und vor zwanzig Jahren starb man daran noch. Damals war er noch nicht krank. Das kam später. Terri wußte, wieviel er mir bedeutete. Ich hatte ihr alles erzählt. Sie war wie meine große Schwester.« Poppy wischte sich mit dem Handrücken über die Backen wie ein Kind. »Dann überraschte ich die beiden. Sie sagten mir, ich müßte ausziehen, weil sie zusammensein wollten. Es war schrecklich. Also zog ich in ein anderes Viertel, um ihnen nicht über den Weg zu laufen. Später dachte ich, sie wäre mit ihm nach Kalifornien gegangen. Ich habe, wie alle anderen, den Nachruf in der *Times* gelesen. Von Terri war darin nicht die Rede.«

»Du mußt sehr wütend gewesen sein.«

»Ich bin es heute noch. Es geht nicht weg. Aber ist es nicht komisch, wie das Schicksal zuschlägt? Jemand, den ich nicht einmal kenne, hat es für mich getan. Ein anderer, den sie verletzt hat.«

»Was getan?«

Poppy zupfte Fleischfasern unter den Fingernägeln hervor und leckte sich die Finger ab. »Sie getötet, natürlich. Denn wenn ich eine Pistole gehabt hätte, dann hätte ich es selbst getan.«

MEMORANDUM

An: Carlos Prince und Leslie Wetzon
Von: Nancy Stein, Assistentin von Mort Hornberg
Datum: 23. November 1994
Betr.: Combinations in concert

Die Sätze für die Musiker, die das Budget vorsieht, geben wieder, was der Normvertrag der örtlichen Gewerkschaft für ein Einzelengagement festlegt, nicht was am Broadway üblich ist. Ed Venderose ist sehr pessimistisch hinsichtlich einer Erlaubnis, Broadway-Sätze zu zahlen, ist aber bereit, jemanden zur Gewerkschaft zu begleiten und um die Erlaubnis nachzusuchen.

32. Kapitel

»Und dieser Jemand bist du, o freundlicher und sanftmütiger Choreograph«, sagte Wetzon.

»Warum ich?« beklagte sich Carlos. »Warum nicht Mort? Er hat mehr Einfluß als ich.«

»Armer, lieber Schatz, weil Mort sich vorstellt, daß ein zerschlagenes Ei besser auf deinem als seinem Gesicht aussieht.«

Wetzon fand Carlos mit Mark Smith am Büfett, das sich nun unter Desserts bog; er erzählte Klatschgeschichten. Genaugenommen zog Carlos jeden mit lustvoller Begeisterung durch den Kakao, und Mark lachte. Mit einem halben Ohr Carlos' schnellem Monolog lauschend, suchte sie das breite Angebot an süßen Sachen ab, das weit über die traditionellen Kürbis- und Apfeltorten hinausging. Da, war das nicht … Doch. Wetzon kreiste es ein und schnappte die letzten einsamen, von Butter triefenden Schokoplätzchen, die ihre Herkunft aus der Bäckerei Greenberg verrieten.

»Es ist eine schwere Sünde«, bemerkte Carlos gerade.

»Diesch ischt eine gröschere Schünde«, sagte Wetzon, den Mund voll Schokoplätzchen.

»Laß mich mal beißen, bevor du sie ganz vertilgst, Häschen.«

»Nicht im Traum«, sagte sie und aß den Rest. »Ich habe es mir zur Grundregel gemacht, Süßigkeiten nie zu teilen.«

»Egoistisches Weibsstück.« Carlos grinste. »Da hast du es, Mark. Du mußt bei diesen Frauen aufpassen. Sie regieren die Welt.«

Mark lachte. »Hast du meine Mutter kennengelernt?«

»Es ist wahr«, sagte Wetzon. »Was ist die schwere Sünde, über die du dich auslassen wolltest?«

»Bonnies Art sich zu kleiden. Sie sieht aus wie eine Hure aus Hollywood.«

Diesmal war Marks Lachen eine Spur zu laut. Wetzon sah ihn verstohlen an. Sie hoffte, daß er nicht irgendein weißes Pulver naschte. Zu Carlos sagte sie: »Warum Hollywood?«

»Nur wegen des Stabreims, Süße.« Er zog einen Kußmund und spießte ein von einer glasierten Feige gekröntes Eiercremetörtchen auf.

Mark ließ den Blick schweifen, als suchte er jemanden. Er wirkte nervös.

»Wie gefällt dir dein erstes Thanksgiving bei Mort Hornberg, Mark?«

Carlos warf ihr einen boshaften Blick zu und machte jemand Platz, der die Törtchen genauer betrachten wollte.

»Wetzon, hast du Mom gesehen?«

»Meinst du die Dame mit der dunklen Brille?«

»Er hat sie geschlagen.« Marks Augen wurden feucht.

Wetzon seufzte. »Wer? Hartmann?«

»Ich glaube schon. Sie will es mir nicht sagen. Du kennst Mom ja. Wenn er sie noch einmal anfaßt, bringe ich ihn um.«

Wetzon zog ihn auf die Seite. »Nein, das wirst du nicht tun. Ich rede mit ihr. Du fährst zurück nach Boston, und Hartmann kommt ins Gefängnis. Ich sage vor einer Anklagejury gegen ihn aus, was ihn für lange Zeit aus dem Verkehr ziehen wird. Mark, du mußt mir versprechen, daß du keine Dummheiten machst.«

Er blickte auf sie hinab, überdachte ihre Worte, dann nickte er. »Ich will's versuchen«, sagte er. »Oh, da ist April.«

»April Battle?«

»Ja. Wir fahren am Sonntag zusammen zurück. Du kennst sie doch?«

Wetzon stellte sich auf die Zehenspitzen, um zu sehen, wohin Mark deutete, aber sie sah nichts als ein Durcheinander von Köpfen. Sie gab es auf.

»Ich würde sie sehr gern kennenlernen.«

»Ich bringe sie her«, sagte Mark.

»Das ist nun ewiger Beweis, was für eine wunderbar edelmütige Person ich bin.« Carlos bot ihr die Hälfte einer übergroßen dunklen Schokoladentrüffel an. »Wenn du freilich meinst, daß du das Angebot ablehnen solltest …«

»Niemals.« Im Bruchteil einer Sekunde befand sich die halbe Trüffel in ihrem Mund.

»Da ist noch so eine Schokoladenmoussegeschichte, sehr dunkel und gehaltvoll aussehend …«

»Schokoladenmoussegeschichte? Dunkel und gehaltvoll? Führ mich hin.«

»Auf der anderen Seite der Kaffeemaschine. Sie ruft nach uns … hör zu …« Mit verstellter hoher Stimme rief er: »›Häschen … Carlos …‹«

Beide beluden ihre Teller großzügig mit Mousse und blickten, während sie aßen, auf die Central Park West hinunter. Die Straße war mit Abfällen von der Parade übersät, die vom scharfen Novemberwind durcheinandergewirbelt wurden. Inzwischen floß der Verkehr wieder.

»Was ist los, Häschen? Wo ist Silvestri?«

»Bei seiner Mutter.«

Er schaute sie mit gespieltem Entsetzen an. »Und du hast wegen Morts Party darauf verzichtet?«

»Nein.«

»Oje, oje. Sag nichts. Du warst nicht eingeladen!«

»Du hast's begriffen.«

»Oh, Häschen.« Er legte seinen Arm um sie.

»Ich glaube, er hält mich ein bißchen auf Abstand, weil er mich immer noch wegen Alton Pinkus strafen will.«

»Warum sprichst du dich nicht mit ihm aus? Reinige die Luft.«

»Anscheinend kann ich meine eigene Passivität nicht überwinden.«

»Vielleicht möchtest du es bloß nicht.«

»Carlos, mein Lieber, ich glaube, ich habe irgendeine Krise.«

»Du doch nicht, Häschen.«

»Mach keine Witze. Mir ist es ernst. Anscheinend lebe ich in einer verrückten rosaroten Trance. Ich sehe das Schlechte in den Menschen nicht.«

»In wem zum Beispiel nicht? In mir?«

Sie stieß ihn an. »Nein, du nicht. Du bist ein prächtiges Geschöpf, durch und durch. Ich meine zum Beispiel Terri. Vor ein paar Minuten hat mir Poppy erzählt, daß Terri ihr einen Freund und eine Wohnung gestohlen hat.«

»Sowas. Und die Wohnung ist das, was Terri wirklich böse macht.«

Wetzon seufzte.

»Diesmal ist es mir ernst«, erklärte Carlos.

»Es sieht so aus, als hätte sie die Finger nicht von anderer Leute Männer lassen können.«

»Was war mit deinem?«

»Wenn du dich erinnerst, Schatz, so hatte ich damals keinen. Ich lebte glücklich, oder unglücklich, im Zölibat.«

»Gut, betrachten wir die Quelle. Schau dir an, wer dir von ihr erzählt. Foxy, um Himmels willen. Und Poppy …«

»Poppy hat nicht gelogen.«

»Hör mal, Häschen, du willst mir doch nicht erzählen, daß du Poppy nicht auch für ein bißchen krankhaft hältst. Ich meine, sich bei der eigenen Party nicht blicken zu lassen …«

»Nicht in diesem Fall. Hast du einen so schlechten Charakterzug an Terri bemerkt? Sag die Wahrheit. War sie nicht das nette Mädchen aus dem mittleren Westen?«

»Nein, Herzallerliebste. Es gibt keine netten Mädchen im mittleren Westen – oder sonstwoher, was das betrifft – in unserer Branche. Terri war einfach eine sehr eifrige Revuetänzerin mehr auf dem Weg nach oben. Daran ist nichts Schlechtes.«

»War ich das auch?« Ihre Stimme klang dünn und heiser.

Carlos stellte ihre leeren Teller auf den Boden, legte einen Arm um sie und drückte sie an sich. »Häschen, du doch nicht. Du hattest immer noch Grassamen im Haar. Wenn *ich* nicht gewesen wäre, hätte man dich totgetrampelt.«

»He, he, was geht hier vor?« rief Mort. »Was soll das ganze Geturtel?«

Sie blickten auf. Mort stand mit Nina Wayne und Mark beim Flügel und winkte ihnen. Neben Mark sahen sie eine große junge Frau, deren blondes Haar unmöglich knapp am Schädel abgeschnitten war. Ihre hohen Backenknochen und eckigen Züge wirkten phantastisch, besonders wenn man bedachte, daß sie kein Make-up trug.

Als Wetzon und Carlos näherkamen, wurde Wetzon klar, daß dies April Battle sein mußte. Sie trug schwarze Leggings, einen schwarzen Blazer, einen schwarzen Rollkragenpullover und Springerstiefel. Abgesehen von der Größe zeigte April wenig Ähnlichkeit mit ihren Eltern.

»Fahren Sie fort, Nina«, sagte Mort gerade. »Was genau ist diese geheimnisvolle Sache, mit der Sie sich beschäftigen?«

Erschrocken hielt Wetzon den Atem an. Nina lächelte ihr beruhigend zu.

»Ich bin Ärztin und habe mit dem Nationalen Gesundheitsamt zu tun.«

Wetzon atmete wieder.

»Ist denn das die Möglichkeit?« rief Mort, als wollte er ausdrücken, wie seltsam es für eine attraktive Frau sei, Ärztin zu sein.

Das Mädchen April warf Mark einen vielsagenden Blick zu.

»Ich besuche Leslie zu Thanksgiving, aber ich bin auch hier, weil ich beratend an einem Projekt mitwirke, das seit Jahren in Arbeit ist. Die Ergebnisse werden in eine Datenbank eingespeist.«

»Worum handelt es sich?« fragte Mark.

»Blut«, sagte Nina. Ihre Äußerung erzeugte tiefes Schweigen. »Das ist mein Gebiet. Ich stecke bis über die Ellenbogen drin«, fügte sie mit vergnügter Miene hinzu.

Endlich sagte Mort: »Blut. Was tut ein nettes Mädchen wie Sie bis über die Ellenbogen in Blut?«

»Tatsächlich arbeiten wir an der Blutgruppenbestimmung. Wir möchten im ganzen Land jeden ermitteln, der eine seltene Blutgruppe hat. In Notfällen steht dann die Datenbank mit allen Informationen zur Verfügung. Wir arbeiten für eine Gruppe mit dem Namen Blutklub.«

»Sie meinen, so was wie Rh-negativ?« fragte Carlos.

»Ja, und A_2, was nur sieben Prozent der Bevölkerung haben. Es ist sehr wichtig, die Leute zu registrieren. Also, meine Freunde, wenn Sie jemand mit einer seltenen Blutgruppe kennen, sagen Sie es mir oder ...«

»Wirklich? Nur sieben Prozent?« fragte April.

»So ist es.«

»Und diese Datenbank erleichtert es, das richtige Blut für Leute, die es in einem Notfall brauchen, zu bekommen?«

»Ja. Kennen Sie jemand, April?«

»Allerdings.« April rückte ein wenig von ihnen ab, ganz unbewußt. »Ich«, sagte sie.

MEMORANDUM

An: Carlos Prince und Leslie Wetzon
Von: Ed Venderose, Generalintendant
Datum: 23. November 1994
Betr.: Combinations in concert

Möglicherweise entstehen zusätzliche Kosten für eine dritte Person an der Kasse (laut Vertrag erforderlich). Ich spreche mit dem Kassenleiter über ein gewisses Entgegenkommen in dieser Sache, aber im Moment meine ich, wir sollten eine dritte Person an der Kasse haben, wenn am Montag der Kartenverkauf beginnt. Da die Zeit so knapp ist, habe ich dahingehend entschieden. Die Kosten belaufen sich auf zusätzliche 1000 Dollar pro Woche einschließlich Sozialabgaben. Wenn wir in der ersten Woche ausverkauft sind, können wir die Kosten vielleicht reduzieren. Ich melde mich wieder, wenn ich mit dem Kassenleiter einig geworden bin.

33. Kapitel

»Hallo, Sie haben unseren mechanischen Butler erreicht, der sich für uns meldet, wenn wir nicht erreichbar sind. Bitte hinterlassen Sie nach dem gräßlichen Ton Ihre Nachricht und seien Sie versichert, daß wir darauf brennen, mit Ihnen zu sprechen.« Ein langes, heiseres Piep.

»Hallo? Carlos? Bist du da? Verdammt. Du bist nicht da. Gut, hier ist meine Nachricht. Dies werden die teuersten zwei Vorstellungen aller Zeiten für einen wohltätigen Zweck. Ich hoffe, das ist dir klar. Und wenn ich mich das nächste Mal von dir überreden lasse, etwas zu produzieren, darf ich den Rest meines Lebens damit verbringen, Börsenmakler an der Wall Street anzuwerben.«

Sie standen an der Columbus Avenue und starrten bei Charivari in die Schaufenster mit den letzten Modehits. Der Wind pflügte kreuz und quer Furchen in den Pelz von Wetzons Waschbärmantel. Ihr Gesicht war taub vor Kälte.

»April dürfte also etwa zwei Jahre alt gewesen sein, als Terri starb?« Nina zog ihren Schal über das Kinn hoch.

Wetzon nickte. »Erbt man Blutgruppen so ähnlich, wie man die Augenfarbe erbt?«

»So ungefähr.«

»Und April hat A_2?«

»Es war ein wenig schwierig auf der Party mit ihr zu reden, deshalb hat sie mir ihre Nummer an der Uni gegeben.«

»Das FBI hat A_2 nachgewiesen ...«

»An Fadenfragmenten von Terris Jeans.«

»Und Terris Blutgruppe war 0.«

»Richtig.«

Sie sahen zu, wie eine Familie – drei Kinder, die Eltern und eine ältere Frau – aus einer Limousine stieg, sich gegen den Wind stemmte und ein Wohnhaus neben Charivari betrat. Der Chauffeur holte umfangreiche Zabar's-Taschen aus dem Kofferraum und betrat hinter ihnen die Halle, kam dann zurück, stieg in den Wagen und fuhr weg.

»Also«, sagte Wetzon, »entweder Rog oder Medora ...« Sie hielt inne. »Tut mir leid, ich bin überdreht. Abgesehen davon muß ich gehen. Möchtest du mit zu mir kommen?«

Nina schüttelte den Kopf. »Ich bin verabredet. Berichte es schon mal Silvestri; wir kauen es dann morgen durch.«

Sie trennten sich. Nina wollte den IRT am Broadway nehmen. Wetzon vergrub die behandschuhten Hände in den Taschen und stapfte, den Kopf gegen den Wind gesenkt, die Columbus hinauf. Die Leute, die wegen der Parade und des festlichen Treibens vor Macy's in der Stadt gewesen waren, zottelten nun nach Hause. Die Kinder waren quengelig, die Erwachsenen müde und reizbar. Das Sonnenlicht schwand. Wie ihr Selbstvertrauen.

Der Aktienmarkt reagierte nervös auf höhere Zinssätze und die große Inflationsangst. Viele Leute machten Aktien zu Geld, um es in festverzinslichen Wertpapieren anzulegen. Schatzbriefe schienen mehr Gewinn zu versprechen als Aktien. Paine Webber hatte Kidder gekauft, wodurch die Wall Street weiter schrumpfte, und Rosenkind Luwisher, Smith und Wetzons größter Kunde, hatte in etwa gesagt, daß man plante, ohne Headhunter auszukommen.

Obwohl Wetzon davon überzeugt war, daß Rosenkind Luwisher dies als Fehler erkennen und einen Rückzieher machen würde, fragte sie sich, ob es in der Zwischenzeit sinnvoll war, das Geschäft fortzuführen. War es sinnvoll, momentan eine Superheadhunterin zu beschäftigen? Wetzon jedenfalls würde bei Rosenkind Luwisher nichts mehr zu melden haben, auch, wenn sie dort schließlich entdecken würden, daß sie selbst nicht das richtige Personal fanden. Es sei denn, klar, Smith und sie kröchen zu Kreuze.

Sie mußte laut lachen, und ein Kind, das so dick in Wintersachen eingepackt war, daß es die Arme nicht bewegen konnte, blieb stehen und starrte sie an.

»Komm weiter, Jeffrey«, sagte seine Mutter und lächelte Wetzon nervös an.

»Ist die Frau verrückt, Mama?« fragte das Kind.

»Das ist durchaus möglich«, antwortete Wetzon, aber die Mama hatte Jeffrey schon weggezogen. Also blieb Wetzon stehen und redete weiter mit sich selbst.

Und wie stand es um Smith? Zum zweitenmal, seit Wetzon sie kannte, hatte Smith eine Beziehung, die außer Kontrolle geraten war, aber diesmal wenigstens versuchte sie, sich zu befreien.

Richard Hartmann, Esq., war ein sehr rühriger Bursche. Er heuerte Leute an, um aus dem Hinterhalt auf Wetzon zu schießen, und er hatte Smith ins Gesicht geschlagen.

Sirenen begannen zu schrillen, und kurz darauf kamen zwei Feuerwehrautos in Sicht, die auf der 86. Straße nach Osten rasten. Rauchwolken drangen durch die vernagelten Fenster eines Mietshauses an der Ecke der Columbus, das gerade renoviert wurde. Feuerwehrmänner stiegen aus, und zwei rannten rufend nach oben.

Eine kleine Menge Schaulustiger versammelte sich, aber Wetzon ging weiter. Keine Minute warte ich hier, dachte sie. Mein Urteil über Hartmann war in keiner Hinsicht falsch. Ich wußte vom ersten Augenblick an, als ich ihn kennenlernte, daß er ein Miststück ist.

Vielleicht hatte sie bei Frauen ein schlechteres Urteilsvermögen. Vielleicht neigte sie dazu, Frauen mehr zu vertrauen als Männern.

Mit dieser Offenbarung gelangte sie zum Eingang ihres Hauses, wo Rafael mitten auf dem Bürgersteig stand, um die Feuerwehrmänner zu beobachten. Er wünschte ihr einen schönen Feiertag und hielt ihr die Tür auf. Auf einem Tisch in der Mitte der Halle stand ein elektrischer siebenarmiger Leuchter für die jüdischen Hausbewohner, einschaltbereit, denn am kommenden Montag bei Sonnenuntergang würde Chanukka beginnen. Früh in diesem Jahr.

Ihr Gesicht prickelte durch den plötzlichen Temperaturwechsel. »Ist Mr. Silvestri schon hinaufgegangen?« fragte sie den Portier.

»Ich habe ihn nicht gesehen, und ich bin schon den ganzen Nachmittag im Dienst.«

Als sie die Tür öffnete, gab es keine überschwengliche Begrüßung von Izz. Keine Izz, die sie mit bedingungsloser Liebe überschüttete. Und Izz' Leine war fort, nicht jedoch ihr gestrickter Pullover, in dem sie, wie Silvestri behauptete, wie eine Katze aussah.

So, meinen Hund nimmt er mit zu seiner Mutter, und mich nicht, dachte sie. Dann ermahnte sie sich selbst. Jetzt spinnst du wirklich, Leslie Wetzon. Du bist eifersüchtig auf einen kleinen Hund.

Sie schaltete sämtliche Lampen an. Ihr Anrufbeantworter zeigte eine Nachricht an, und sie ließ das Band zurücklaufen.

»Leslie.« Es war Peter Koenigs klangvolle Stimme. »Ich habe heute zwei Shows. Können wir uns morgen irgendwann unterhalten? An der ganzen Geschichte beunruhigt mich etwas.« Er gab seine Nummer an.

Wetzon schlüpfte aus ihrer Partykleidung und zog Leggings und ein Sweatshirt an. Silvestri würde bei der Schauspielergewerkschaft oder sonstwo die Blutgruppen von Peter, Mort und der gesamten ursprünglichen Truppe überprüfen. Vielleicht war sogar Davey Lewin vorhanden, weil auch er früher Tänzer gewesen war. Und wenn die Gewerkschaft sie nicht hatte oder nicht herausgeben durfte, saßen sie fest. Bis auf die Geschichte mit April Battle.

Aber morgen würde ohnehin niemand im Gewerkschaftsbüro sein, es würde also alles bis Montag warten müssen.

Sie stellte den Jazzsender aus Newark ein und trainierte ungefähr zwanzig Minuten zu den Klängen des Modern Jazz Quartet, ein Oldie, aber gut. Dann schaltete sie das Radio aus und legte *Combinations* in den CD-Spieler. Sie ließ es durchlaufen und improvisierte dazu. Als ihre Nummer an die Reihe kam, tanzte sie mit Rücksicht auf die Nachbarn einen Stock tiefer in Socken. Ah, die Freuden des Wohnens im Mehrfamilienhaus.

Plötzlich erschöpft, schaltete Wetzon alles aus. Sie tappte ins Schlafzimmer, legte sich aufs Bett und zog die Steppdecke über sich.

Sie konnte L'Air du Temps riechen. Es war dunkel, aber Leslie wußte, daß Terri in ihrem Zimmer war, auf dem anderen Bett mit dem Rücken zu ihr. Terri telefonierte mit aufgeregtem Geflüster. Das war es, was Leslie geweckt hatte, die Erregung in Terris Stimme. Es ist nicht richtig zu lauschen, sagte sie sich und verschloß die Ohren.

Aber, dummes Ding, sagte ihr anderes Ich, das neben ihr stand, *wenn du lauschst, könntest du erfahren, wer der Mörder ist.*

Warum auch, sagte Leslie. *Wenn es Rog war, was nutzt es, das zu wissen? Rog ist tot.*

Das Telefon läutete weit weg. Wetzon rollte herum und barg das Gesicht im Kissen. Gerade als das Läuten endlich aufhörte, krabbelte Izz über Wetzons Rücken, kratzte am Kissen und stieß ihre kalte, nasse Nase an Wetzons warmen Hals.

»Geh weg, böser Hund«, murmelte sie.

»Les?« Silvestri warf sich auf die Steppdecke und legte einen Arm über sie.

»Du hast Kälte mitgebracht«, klagte sie, ohne sich zu rühren.

»Wen kümmert das?« flüsterte er.

»Genau das ist es in Kurzfassung«, sagte sie zu ihrem Kissen.

»Stimmt nicht.«

»Du hältst mich auf Abstand, während ich trete und schreie, um dir nahe zu kommen.«

Er zog die Decke zurück und schlang den Arm um sie. »Ich liebe dich, Les.«

»Aber du hast mir Alton Pinkus nicht verziehen, Silvestri. Und das solltest du. Es ist seit langem vorbei.«

Er schwieg. »Ich weiß«, sagte er endlich. Sein Herz klopfte an ihrem Ohr.

»Grübelst du?« Sie küßte ihn unter das Kinn.

»Ich grüble nicht.«

»Oh! Wollen wir wetten? Wer war das am Telefon?«

»Deine Partnerin.«

»Ach. Was wollte sie?«

»Sie ist im Lenox Hill Hospital in der Notaufnahme.«

Wetzon setzte sich auf. »Geht es ihr gut?«

»Oh, ihr geht's prima. Es handelt sich um Joel Kidde. Ich habe versprochen, daß wir hinkommen und uns zu ihr setzen.«

»Was ist passiert? Sein Herz?«

Silvestri schüttelte den Kopf. »Zwei Schläger haben ihn heute abend vor ihrem Haus halb totgeschlagen.«

MEMORANDUM

An: Mort Hornberg, Carlos Prince, Leslie Wetzon u. a.
Von: Ed Venderose, Generalintendant
Datum: 23. November 1994
Betr.: Combinations in concert

Der Aufbau wird zwei Acht-Stunden-Tage dauern, Montag und Dienstag, 19. und 20. Dezember. Es könnten weitere 4 Stunden Mittwoch abend notwendig werden.

Bitte laßt mir alle Rechnungen über Unkosten zukommen, die ihr nicht persönlich übernehmt. Ich werde sie an Show Biz Shares weiterleiten, die die Rechnung vom Nettogewinn bezahlen. Ich hoffe, daß Ihr alle Barauslagen als Teil Eurer Spende übernehmt.

34. Kapitel

»Häschen, Schatz, der fette Eddi hofft, daß wir unsere sämtlichen Kosten selbst tragen. Ich entdecke eindeutig Morts gepflegte Hand in der Sache.«

»Sind wir naiv? Sollte man nicht meinen, daß alle entstandenen Kosten durch die Fernsehproduktion bezahlt würden? Ich würde das zu gern an die Presse durchsickern lassen.«

»Hallo, hallo, ist dort die New York Times? *Gut. Ich möchte gern mit Alex Witchel sprechen.«*

Sie hörten Smith erst, dann sahen sie sie, noch bevor Smith die beiden entdeckte. Diesmal gönnte sie sich einen kleinen Zusammenbruch, ohne die riesige dunkle Brille oder den Nerzmantel abzulegen. Oder, was das betraf, den Hermès-Schal, der ihr Haar à la Jackie O. schützte.

Ein kampfbereiter Krankenpfleger versuchte ohne Erfolg, Smith zu beruhigen. Er konnte nicht einmal ihre Aufmerksamkeit auf sich ziehen. Die ganze Notaufnahme war in Aufruhr, Patienten und Familien und erschöpftes Krankenhauspersonal schrien sich gegenseitig und vereint Smith an. Der Lärm in dem überfüllten Raum war unwirklich, und mittendrin stand Smith und heulte.

»Silvestri, NYPD«, sagte Silvestri energisch und zeigte seine Marke vor. Der Aufruhr begann sich zu legen. Das Geschrei hörte auf. Die Leute beruhigten sich und nahmen Platz.

Wetzon sah, daß sich Smith' Brille auf sie richtete.

»Smith«, sagte sie, »jetzt ist alles gut. Wir sind hier.« Sie streckte die Arme aus, und Smith lief wild fuchtelnd direkt an Wetzon vorbei und warf sich an Silvestris Brust.

»Xenia.« Silvestri machte ein verblüfftes Gesicht.

»Hmmf, hmmf, hmmf«, schluchzte Smith in Silvestris linkes Revers.

Er tätschelte ihr verlegen den Rücken und sah Wetzon an, die mit den Schultern zuckte. *Sie gehört ganz dir, Liebster*, formte Wetzon mit den Lippen.

»Xenia«, sagte Silvestri, »bist du verletzt? Brauchst du ärztliche Behandlung?«

Smith schüttelte den Kopf, ohne ihn von Silvestris Brust zu nehmen.

»Dann bleib doch hier, Les, während ich mich erkundige, wie es Joel geht.« Behutsam löste Silvestri sich aus Smith' Umklammerung.

»Komm mit, Smith.« Wetzon nahm ihre Partnerin an der Hand, ging rückwärts durch eine Pendeltür und zog Smith auf einen breiten, hell beleuchteten und ziemlich langen Flur. Keine Plätze zum Hinsetzen, aber das Linoleum war gewachst und fleckenlos. Und einladend.

Silvestri folgte ihnen. »Wie war noch der Name der stellvertretenden Staatsanwältin, Les? Soundso Peiser?«

»Marissa.«

»Okay. Bin gleich zurück.«

»Was machen wir hier?« fragte Smith in klagendem Ton.

»Wir lagern uns auf dem Fußboden und warten auf Silvestri. So ist's richtig, beuge die Knie und pflanze deinen Allerwertesten auf das Linoleum.« Wetzon wurde mit einem zittrigen Lächeln belohnt. »Möchtest du darüber reden?« Sie legte einen Arm um Smith. So sitzend, die Rücken an die Wand gelehnt, waren sie gleich groß.

Smith ließ den Kopf auf Wetzons Schulter sinken. »Es war gräßlich«, begann sie. »Der eine hielt mir mit der Hand den Mund zu – er sagte, ich müßte zuschauen –, während der andere Joel mit einer riesigen Taschenlampe schlug und ihn dann, als er blutüberströmt auf dem Bürgersteig lag, immer wieder trat.« Sie unterdrückte einen Schluchzlaut. »Er hat sich in die Hose gemacht.«

»Joel?«

Sie nickte. »Mein Portier hat die Polizei angerufen. Der eine, der Joel trat, hat so etwas gesagt wie: ›Das bekommst du, wenn du dich am Eigentum eines andern vergehst.‹«

»Du lieber Gott, du bist das Eigentum eines andern? Wie konnte dir das passieren, Smith?«

»Ich habe versucht, Schluß zu machen ...«

»Und ich sehe, was du bekommen hast.« Wetzon reichte ihr ein Taschentuch, und Smith tupfte sich die Backen trocken. »Vermutlich ist Hartmann auf seine eigene verbogene Art und Weise wahnsinnig in dich verliebt.«

Smith wandte ihr den Kopf zu, so daß ihr verdunkelter Blick direkt dem Wetzons begegnete. »Das sind sie alle, wie du weißt, Zuckerstück. Aber keiner hat sich deshalb jemals so brutal verhalten.«

Wetzon versuchte, nicht zu lachen. Das war wirklich typisch für Smith. »Smith«, sagte sie, »du mußt zugeben, daß du dich auch deshalb zu Hartmann hingezogen fühltest, weil er gefährlich ist. Und unberechenbar.«

»Anders als Twoey«, murmelte Smith. »Twoey war alles in allem zu berechenbar. Bis er von der Wall Street zum Theater wechselte.«

Wetzon warf einen Seitenblick auf Smith. Was hatte sie im Sinn? »Ich habe immer gesagt, daß Twoey etwas Besonderes ist.«

Smith stand auf und schüttelte ihren Nerz aus. »Ich sollte Mark anrufen. Er ist mit April irgendwohin gegangen, um warmes Essen an Obdachlose auszugeben, aber inzwischen müßte er zu Hause sein.«

»Du hast einen wunderbaren Jungen großgezogen.«

»Leider habe ich einen sozial eingestellten Träumer großgezogen.« Sie reichte Wetzon die Hand und zog sie auf die Beine. »Du bist wirklich eine gute Freundin, und ich habe Dick Tracy wohl ein wenig ungerecht behandelt. Als ich anrief, zögerte er keine Sekunde. Er sagte einfach, ihr zwei würdet sofort rüberkommen.« Sie kramte in ihren Manteltaschen. »Hast du Kleingeld?«

Wetzon gab ihr einen Vierteldollar. Vielleicht lernte Smith Demut, auf die harte Art, dachte sie. Aber schließlich machte Smith immer alles auf die harte Art.

Sie vertauschten die Stille des Flurs mit der Notaufnahme, wo es, wenn das möglich war, inzwischen noch turbulenter zuging. Ein Kind schrie: »Maa-mi, Maa-mi!«, immer wieder. Im Wartebereich gab es keine freien Plätze.

Eine vulgäre junge Schwarze mit zehn Zentimeter hohen Plateaustiefeln und Ringen unterschiedlicher Größe durch einen Nasenflügel schrie und fluchte in das einzige funktionierende Telefon. Aus einer häßlichen Schnittwunde an ihrer nackten Schulter lief Blut über ihren Arm. Ihre krausen Locken waren gelb gebleicht.

»Puh«, sagte Smith laut, indem sie mit verschränkten Armen auf die Frau starrte. »Die lassen wohl alles rein. Ich dachte, das wäre eine Privatkli …«

Die Frau zerrte einmal kräftig und riß den Telefonhörer aus dem Gehäuse. Mit erschreckender Schnelligkeit ging sie auf Smith los, wobei sie den Hörer wie eine Keule schwang. Smith schrie auf, während Wetzon sie beiseite zerrte. In dem folgenden Tohuwabohu schrien alle durcheinander, bis ein Wachmann mit Gummihandschuhen den Arm der Frau umklammerte, sie zwang, den Hörer fallen zu lassen, und eine Krankenschwester ihr eine Spritze gab. Noch als sie außer Sicht geschleppt wurde, schleuderte sie Flüche nach Smith.

Du meine Güte, dachte Wetzon, wie viele Male schon hatte Smith sie nahe daran gebracht, das gleiche zu tun?

»Ich muß hier raus«, sagte Smith mit entnervter Stimme, während sie den Telefonhörer aus dem Weg kickte.

Wetzon berührte Smith am Ellbogen. »Gehen wir an die frische Luft. Silvestri muß jeden Augenblick wieder hier sein.«

Smith widersprach nicht. Sie sagte: »Ich könnte eine Zigarette gebrauchen.«

»Du rauchst doch gar nicht.«

»Na und, hat das was zu sagen?«

Die kalte Luft wirkte wie ein lindernder Umschlag auf sie; ihre Atemwölkchen stiegen immer langsamer in die Nachtluft. Eine Ambulanz fuhr mit Blaulicht und heulender Sirene vor den Eingang der Notaufnahme. Nun unbeteiligt sahen sie zu, wie erneut hektische Betriebsamkeit begann, als der Patient aus der Ambulanz in die Notaufnahme gebracht wurde.

»Les?« Silvestri stand an der Tür. »Xenia, Joel mußte operiert werden. Sie mußten einen Facharzt für plastische Chirurgie für sein Gesicht hinzuziehen ...«

»Der arme Joel«, murmelte Wetzon.

Smith zeigte keine Reaktion, als hätte sie nichts gehört.

»Er hatte eine innere Blutung, aber insgesamt hat er großes Glück gehabt. Du kannst hinaufgehen und ihn ...«

»Ich möchte nach Hause«, sagte Smith. »Er hat sich ganz vollgepinkelt. Ich will ihn nicht sehen.«

»Gut, okay.« Silvestri sah Wetzon an und schüttelte den Kopf. »Hol's der Teufel«, sagte er. »Ich bin müde und Les auch.« Er trat an den Straßenrand und winkte einem Taxi, das gerade von der Lexington einbog.

Dösend wartete Wetzon im Taxi, während Silvestri Smith zu ihrer Wohnung begleitete.

»Was für eine Frau«, sagte er, als er wieder einstieg. Er gab dem Fahrer Wetzons Adresse, und sie kuschelte sich an ihn. »Habe mit Marissa Peiser gesprochen und für Sonntag ein Treffen mit ihr vereinbart.«

Sie sah ihn lang an. »Silvestri, ich bin mir nicht sicher, ob ich den Mumm habe, dieses Theater mit der Anklagejury durchzustehen.« Das Taxi raste über die Querverbindung an der 86. Straße durch den Park; es gab so gut wie keinen Verkehr.

»Du brauchst es auch nicht.«

Sie setzte sich auf. »Wovon redest du? Ich brauche es nicht?«

»Hartmann hat ein Abkommen getroffen. Sie gewähren ihm Straffreiheit.«

MEMORANDUM

An: Carlos Prince und Leslie Wetzon
Von: Edward Venderose, Generalintendant
Datum: 24. November 1994
Betr.: Combinations in concert

Über der Show wird der Schriftzug Combinations *in Neonschrift auf einem Spiegel aufleuchten, ständig vorbeihuschend und wieder verschwindend. Am Anfang der Show werden vier Fotografien (von Davey Lewin, Rog Battle, Larry Lawrence und Terri Matthews) vorbeihuschen. Die Maße sind 180 x 110 cm.*

Wie Ihr wißt, verwenden wir als Kulisse die New Yorker Skyline, die Eliot Larson für It's a Bird … It's a Plane … It's Superman *entworfen hat. Ich habe es mit Eliot geklärt, der von den Fernsehproduzenten ein kleines Honorar bekommt.*

35. Kapitel

»Carlos, mein Lieber, ich überlege, ob ich vorbeihuschen möchte. Und noch dazu in herrlichem Neon. Wie würde dir das gefallen?«

»Häschen, Schatz, Neon ist genau das richtige für dich. Ich denke, daß ich gern Mort Hornbergs Foto zu den vier anderen hinzufügen würde.«

»Dazu müßte er tot sein, Lieber.«

»Ich denke, das ließe sich einrichten.«

Verschlafen, frierend und ein wenig weggetreten nach der Völlerei am Vortag trudelten die Leute bei Sarabeth's ein. Zuviel zu essen, zuviel zu trinken, zuviel Nähe zu den Mitmenschen.

Da sie keine nahen Verwandten hatte, nur einige Cousins und Cousinen im mittleren Westen, von denen sie seit Jahr und Tag nichts gehört hatte, sah Wetzon Feiertagen immer mit gemischten Gefühlen entgegen. Bedauern? Ein wenig. Neid? Etwas. Und eindeutig eine kleine Portion Erleichterung. Sie wußte, daß familiäre Beziehungen schwierig und voller tückischer Fallgruben sein konnten und häufig auch waren, gerade an Feiertagen.

Laura Lee behauptete unerschütterlich, daß auf gespannte Vorfreude und sorgfältige Planung stets unabsichtliche Kränkungen, verletzte Gefühle und am Ende eine Explosion folgte, die keinen verschonte. Aber jedes Jahr, als läge ein Fluch der Götter darauf, das Ereignis ewig zu wiederholen, erlebte die ganze Geschichte mit all ihren Emotionen und dem ganzen Streß eine Neuauflage.

Doch ein Thanksgiving bei Mort Hornberg mit den Show-Biz-Leuten war auch nicht besser. Genaugenommen war es sogar schlimmer. Gestern abend war Wetzon nach Hause gekommen und hatte sich leer und einsam gefühlt.

»Noch etwas Kaffee?« Ein dürrer Kellner mit leicht affektierter Aussprache war im Begriff, Koffein in Wetzons halbleere Tasse zu gießen.

»Koffeinfreien«, sagte sie.

Er tänzelte weg, kam mit einer Kanne mit orangefarbenem Rand zurück und schenkte ihr schwungvoll ein.

An den Tischen ging es nicht sehr munter zu. Die Intellektuellen der Upper West Side, die ihr Frühstück regelmäßig bei Sarabeth's zu sich nahmen, saßen mit glasigen Augen vor ihren »Bärenkindern«, unter welchem Namen Hafergrütze hier auf der Speisekarte erschien.

Wetzon saß auf einer gepolsterten Bank hinten im Restaurant und dachte, mit einigem Verdruß, mehr über Richard Hartmann als über Terri Matthews nach.

Hartmann hatte also ein Abkommen getroffen. Was für ein Abkommen? Und wie paßte Wetzon hinein, wenn überhaupt? Was würde Hartmann bieten als Gegenleistung für ...? Sie wärmte ihre kalten Hände an der Kaffeetasse. Er würde ihnen von den Geheimnissen seiner Klienten berichten. Dann dürften die Behörden ihn nicht ins Gefängnis stecken, wo er sicher ermordet würde, und auch nicht frei herumlaufen lassen, wo ihm das gleiche passieren konnte. Sie würden ihm eine neue Identität verschaffen. Aber Hartmann war so in seine eigene Identität verliebt, daß das nicht funktionsfähig war.

Sie sah Peter Koenig hereinkommen. Er trug eine sehr englisch aussehende Tweedmütze und einen weichen braunen Trenchcoat, dessen Gürtel fest um die Taille geknotet war. Das betonte seine breiten Schultern. Ein gutaussehender Mann, keine Frage. An den Tischen nahe der Tür drehten sich einige Köpfe, als er stehenblieb, um mit der Frau an der Kuchentheke zu sprechen. Nach einem Laut der Überraschung kam die Frau um die Theke herum und umarmte ihn.

»Alte Freundin?« fragte Wetzon, als Peter endlich zu ihrem Tisch durchkam. Er war an zwei anderen Tischen und von einem Kellner aufgehalten worden, die ihm alle zu seinem Auftritt in *Tacoma Triptych* gratulieren wollten.

Er zog einen Stuhl heran und setzte sich strahlend, ganz beglückt von dem Lob. »Dee und ich haben bei Uta studiert … vor zwanzig Jahren. Meine Güte«, sagte er. »Zwanzig Jahre.«

Uta Hagen und ihr Mann, Herbert Berghof, hatten mehreren Generationen amerikanischer Schauspieler im H.B. Studio im Village Schauspielunterricht gegeben. Vor zwanzig Jahren hatten Uta, Sandy (Meisner), Stella (Adler) und das Actor's Studio viel gegolten. Legenden sie alle. Persönlichkeiten wie sie würde man nie mehr im Theater sehen.

»Ich nehme Kaffee«, sagte Peter zu dem wartenden Kellner. »Orangensaft und« – er studierte die Karte – »die Hafergrütze und einen getoasteten Englischen.«

»Für mich bloß den getoasteten Englischen«, sagte Wetzon. Sarabeth stellte seine englischen Muffins selbst her, die viel größer und besser waren als alle gekauften. »Ich nehme an, die Show läuft gut?« Ob Peter in diesem Moment eine Waffe bei sich hatte? Wetzon hätte das gern gewußt. Vielleicht sollte sie ihn unverblümt fragen.

»Prima. Oliver Stone möchte mich für sein nächstes …«

»Hat die Streisand dein Stück gekauft?«

»Nein. Aber Michael Douglas.«

»Bedeutet das, er spielt deine Rolle?«

Peter hob die Schultern. »Danke«, sagte er, als der Kellner den Orangensaft brachte und seine Kaffeetasse füllte.

»Muffins und Hafergrütze kommen sofort«, versprach der Kellner.

Peter lächelte sie an. »Hast du bei der Suche nach Terris geheimnisvollem Liebhaber Fortschritte gemacht?«

»Ein wenig. Leider nicht viel. Wenn wir bei den Leuten bleiben, die mit *Combinations* zu tun hatten ... Mindestens vier, darunter Davey, waren schwul. Ich weiß nicht, wie viele bi waren. Es könnte JoJo gewesen sein.«

»JoJo? JoJo Diamond? Das bezweifle ich.« Wetzon hörte die Verachtung aus Peters Stimme heraus. Bestimmt würde er nicht gelten lassen, daß Terri ihn wegen eines Brechmittels wie JoJo fallengelassen hätte. Er warf sich eine Pille in den Mund und spülte sie mit Saft hinunter. »Vitamin«, sagte er.

»Warum nicht JoJo?«

»Er war nicht wichtig genug. Mort auch nicht, aber ich glaube, der war sowieso nicht interessiert. Ich hatte das Gefühl, daß es jemand mit mehr ...«

»Dann bleibt nur eine Person. Rog Battle.«

»Rog Battle. Ich nehme an ...«, aber er blickte zweifelnd.

»Andererseits starb Rog Battle gleich nach der letzten Vorstellung, vielleicht sogar vor Terri.«

»Dann ergibt diese Theorie keinen Sinn.«

»Die Polizei glaubt, sie wurde in der Zeit zwischen dem Absetzen der Show und dem Auslaufen der Wohnungsmiete getötet – das waren ungefähr drei Wochen.«

»Ich habe sie um den zehnten Juni herum zum letztenmal gesehen.«

»Hast du eine Waffe bei dir, Peter? Mir ist der Waffenschein in deiner Brieftasche aufgefallen, als wir im Joe Allen saßen.«

»Und du hast es dem Detective gesagt. Daher wußte er es.« Er rückte von ihr ab, ein »Du hast mich verraten« ins Gesicht geschrieben.

»Möglich, daß ich es nebenbei erwähnt habe«, sagte sie leicht verlegen.

»Seit Jahren habe ich keine Waffe mehr getragen. Der Waffenschein hängt mit meinem Abschluß in Pharmazie zusammen. Früher habe ich stundenweise Vertretungen in verschiedenen Apotheken gemacht. Die Waffe sollte mich davor schützen, bei einem Raubüberfall getötet zu werden. Ich habe sie vor Jahren weggegeben, bevor ich New York verließ. Die Lizenz ist vor einer Ewigkeit abgelaufen.«

»Warum trägst du sie dann immer noch bei dir?«

»Für die Bullen.« Er lachte. »Sie hat verhindert, daß ich noch mehr Strafzettel wegen schnellen Fahrens bekommen habe.«

»Besaß Terri eine Waffe?«

»Nicht daß ich wüßte – aber sie hat oft mit mir geübt und wußte also, wie man damit umgeht.«

Wetzon nahm einen Schluck Kaffee. »Du hast am Telefon gesagt, es gäbe etwas, das du nicht verstehst?«

»Ja.«

»Im Zusammenhang mit Terris Tod?«

»Eher mit ihrem Leben. Leslie, du hast doch auf Tourneen das Zimmer mit ihr geteilt. Ihr wart drei Wochen unterwegs – richtig?«

»Richtig.« Worauf wollte er hinaus?

»Dann mußt du etwas über diesen Kerl wissen, mit dem sie sich eingelassen hatte. Du hältst etwas zurück.«

Sie war empört. »Ich halte nichts zurück. Warum sollte ich? Ich kann mich an niemand Besonderen erinnern. Wie ungeheuerlich, so etwas zu behaupten.«

»Ich sage nicht, daß du es absichtlich tust.« Eine große Schale Hafergrütze, garniert mit Bananenscheiben und Erdbeeren, wurde vor ihn gestellt, dazu ein englischer Muffin. Der andere Muffin war für Wetzon.

Das Gespräch stockte, während sie Butter und die Orangenmarmelade, für die Sarabeth berühmt war, auf die Muffins strichen. Peter goß Milch in die Schale. »Vielleicht hast du es begraben«, sagte er.

»Begraben? Was begraben?«

»Ich spreche heute nachmittag wieder mit diesem Detective, und ich möchte ihm mit deiner Erlaubnis etwas vorschlagen.«

Sie musterte ihn mißtrauisch. Wovon zum Kuckuck redete er? Wollte er einen Test mit dem Lügendetektor vorschlagen? Lächerlich. »Was zum Teufel soll das, Peter?« Sie biß herzhaft in ihren Muffin.

»Hör zu, ich kann die letzte Person – außer dem Mörder –

gewesen sein, die Terri lebend sah. Ich war in ihrer Wohnung. Sie war dabei, ihren Schrankkoffer zu packen. Du willst mir doch nicht erzählen, daß sie nicht irgendwas herumliegen ließ, das mit dem Kerl in Zusammenhang stand?«

»Aber du hast gesagt, du hättest nichts gesehen.«

»Leslie, ich habe eine Idee. In einer Show habe ich das mal gespielt. Ich will diesem Detective – wie heißt er noch, Silvestri – etwas vorschlagen. Aber ich möchte deine Zustimmung, damit ich ihm sagen kann, wir machen es beide.«

»Was denn?« fragte sie wütend.

»Uns hypnotisieren zu lassen.«

MEMORANDUM

An: Carlos Prince, Medora Battle, Foxy Reynard, JoJo Diamond und Leslie Wetzon
Von: Nancy Stein, Assistentin von Mort Hornberg
Datum: 23. November 1994
Betr.: Combinations in concert

Bitte vergeßt nicht die Sitzung in Morts Büro am Montag, 28. November, um 17 Uhr. Mort bittet um pünktliches Erscheinen, da er einen Flug um 19 Uhr an die Küste gebucht hat.

36. Kapitel

»Hol ihn der Beelzebub«, sagte Carlos. »Die ganze Welt muß sich um Morts Fahrplan drehen.«

»Beelzebub?« sagte Wetzon. »In welchem Jahrhundert leben wir eigentlich?«

»Ach, egal, ich glaube, wir können uns glücklich schätzen, daß die Sitzung nicht in der VIP Lounge am Kennedy abgehalten wird.«

Nach zwei Stunden Training im Tanzstudio in der West 61. Street schlenderten Wetzon und Carlos die Columbus Avenue zu Cooper's Coffee-shop hinauf. Es war ein kalter Sonntagmorgen. Das Lokal war leer bis auf die Frau an der Theke, eine junge Asiatin, die mit sichtlichem Vergnügen Platons *Staat* las, und eine korpulente Frau in Radlerhose und kurzer Skijacke, die sich mit einem Kugelschreiber dem Kreuzworträtsel des *Times*-Magazin hingab.

Carlos bezahlte den Kaffee, und sie trugen die Tassen zu einem Abstellbrett und setzten sich auf die hohen Hocker davor.

»Ich brauche wahrscheinlich noch ein weiteres Training, aber ich glaube, ich habe es wieder drauf.« Sie beobachtete zwei Touristen auf dem Bürgersteig, die unschlüssig waren, ob sie das Lokal betreten sollten.

»Du wirst es wunderbar machen, Häschen.« Er legte die Hand unter ihr Kinn und drehte ihren Kopf zu sich. »Laß dich mal anschauen.« Sie schnitt ihm ein Gesicht. »Hiiilfe! Sie hat mich in Stein verwandelt!«

»Ach, Carlos. Du weißt, daß du und ich besser zusammenpassen würden als Silvestri und ich. Warum ist alles so gekommen?«

Die Touristen kamen herein, sprachen rasend schnell Deutsch, holten sich Kaffee und setzten sich mit ihren Kameras und Reiseführern hin, um die vorbeiziehende Parade auf der Columbus zu beobachten.

»Herzallerliebste, die Freuden des Lebens werden immer ungleichen Paaren zuteil. Es wäre wahnsinnig langweilig, wenn zwei Verliebte in allem übereinstimmten.«

»Wirklich?«

»Denk darüber nach.«

»Ich werde nachgrübeln.«

»Dann überlasse ich dich dem Grübeln. Wir haben einen Brunch in SoHo.«

»Bevor du flüchtest, nur noch eine Frage. War Davey Lewin bisexuell?«

»Davey? Unser Davey? Du lieber Gott!« Carlos begann zu lachen. Die Frau mit der Radlerhose blickte auf. »Komm, Häschen, gehen wir raus, bevor ich uns in Verlegenheit bringe.« Er zog sie aus dem Lokal. »Du denkst, Davey hätte etwas mit Terri gehabt und sie getötet?« Wieder konnte er vor Lachen nicht weiterreden.

»Du beantwortest meine Frage nicht«, knurrte sie.

»Okay, okay. Hier ist meine Antwort. Davey bisexuell? Niemals. Auf keinen Fall. Nicht Davey. Er war ein prima Kerl, aber glaub mir, er war einer von der sanften Sorte.«

»Vielleicht wollte er kleine Daveys. Das soll es schon gegeben haben.«

»Kleine Daveys? Versteh doch, Häschen. Davey hatte mit Fortpflanzung nichts am Hut. Wenn Davey etwas bestimmt nicht war, dann war das ein potentieller Vater. Hast du außerdem nicht gesagt, Terri sei erschossen worden?«

»Doch.« Plötzlich verschloß sie sich, spürte, wie sie langsam mißmutig wurde.

»Hör zu, Daveys Vater war ein Waffennarr – der versuchte, auch Davey dafür zu begeistern. Deshalb haßte Davey Schußwaffen; er hätte nie …«

»Okay, hör auf.« Sie hielt die Hände hoch. »Ich verstehe.«

»Ich muß gehen.« Er drückte ihr einen Kuß auf die Lippen, dann flüsterte er ihr ins Ohr: »Eine kleine Anmerkung noch, Schatz, da wir von potentiellen Vätern sprechen. Vergiß nicht, daß es nie zu spät ist, kleine Häschen zu machen.«

Sie schlug nach ihm, doch er duckte sich und lief, über die Schulter winkend, die Straße hinunter.

Kleine Häschen, dachte Wetzon. Ich bringe ihn um. Sie ging die Columbus hoch zur 76. Straße. Auf der Schulwiese, wo der ganzjährige sonntägliche Gemüse- und Blumenmarkt sowie der Flohmarkt stattfanden, herrschte Hochbetrieb.

Hellgelbe und rote Weihnachtssterne saßen fett in ihren Töpfen entlang dem Metallzaun, der das Gelände begrenzte. Die Leute standen an, um welche zu kaufen. Der Duft von heißem, gewürztem Apfelwein stieg in die kalte, feuchte Luft und ließ Wetzons Augen jucken und die Nase laufen. Der Himmel war bedeckt. Ein wenig kälter noch, und es würde schneien. Sie zog die Baskenmütze über die Ohren und schneuzte sich die Nase.

Dann kaufte sie sechs makellose Northern Spy-Äpfel an einem Stand, ein paar Mandarinen und zwei Süßkartoffeln an einem anderen. Auf dem Boden hatte ein Verkäufer auf einer Decke ein Sortiment handgemachter Kräuterkränze angeordnet. Gebackene Obsttörtchen, Muffins und deutsche Brezeln aus Pennsylvanien, halb ausgetriebene Narzissenknollen, die Wetzon einmal ohne Erfolg zu ziehen versucht hatte. Mit Pflanzen hatte sie nie viel Glück. Sie habe einen schwarzen Daumen, wie Carlos immer sagte. Dennoch kaufte sie zwei Weihnachtssterne, einen für sich und einen für Marissa Peiser. Ein Weihnachtsstern hatte eine begrenzte Lebensdauer, also wäre sie nicht für seinen Tod verantwortlich.

Kleine Häschen, hm, dachte sie, als sie ihre Tür aufschloß. Aber auch Leslie Wetzon stand der Sinn nicht nach Kindern. Vielleicht war das Silvestris Problem.

Silvestri und Izz lagen auf dem Sofa und schauten zu, wie die McLaughlin Group sich um Clintons Politik stritt.

»Hi«, sagte sie, während sie Mantel und Hut auf einen Stuhl legte. Als weder Izz noch Silvestri sich rührten, fügte sie hinzu: »Ging's beim Training gut, Les? Ja, Schatz, danke für dein Interesse.« Sie packte den Weihnachtsstern mit den blassen Blütenblättern aus und plazierte ihn auf den Couchtisch.

Silvestri stellte den Fernseher leise. Warum nicht, es war sowieso Werbung, dachte sie. »Sehr schön«, sagte er.

»Es riecht nach Weihnachten, nach Schnee.« Sie zerzauste Izz' Fell, strich mit den Fingern über Silvestris Stirn.

»He!« rief er, indem er ihre Hand packte und sie zu sich herunterzog. Er schnupperte. »Du riechst wunderbar.«

»Das ist Schweiß, Silvestri.«

»Dein Schweiß, vermischt mit deinem Parfüm.«

»Ich gehe gleich duschen.«

»Oh, verdammt«, sagte er mit ernstem Gesicht, während seine Augen aufleuchteten.

»Oh, verdammt? Na ja, ich könnte es wohl ein wenig aufschieben.«

Silvestri setzte den Hund auf den Boden. »Verzieh dich, Izz«, sagte er.

Marissa Peiser wohnte an der Ecke West 104. Street und West End Avenue in einem Gebäude, das mittlerweile eines der letzten Mietshäuser an der Upper West Side war. In den siebziger und achtziger Straßen waren nahezu alle Wohnhäuser an der East und West Side in genossenschaftlich verwaltete Eigentumswohnungen umgewandelt worden. Silvestri setzte Wetzon und den Weihnachtsstern vor dem Gebäude ab und machte sich auf die Suche nach einem Parkplatz. Die Kälte ging bis auf die Knochen.

Sie teilte sich den Aufzug mit zwei abgekämpften kleinen Jungen in blauen Strickmützen, die ausgestreckt in einem Zwillingssportwagen schliefen, und ihren ebenso erschöpften Eltern. Ein hellbrauner Cockerspaniel war an den Wagen angeleint. Als Wetzon im fünften Stock ausstieg, versuchte der Cockerspaniel, dessen Name Sadie war, ihr zu folgen, zerrte am Wagen und weckte die Jungen, die sofort losbrüllten.

»Kleine Häschen, das kann man wohl sagen«, brummte Wetzon, während sich die Türen vor dem Tumult schlossen.

Das Geschöpf, das Marissas Tür öffnete, war für Wetzon fast nicht wiederzuerkennen. Ihr Haar hatte sich aus einem Pferdeschwanz gelöst, und sie trug Jeans und ein Cornell-Sweatshirt, beide Kleidungsstücke an verschiedenen Stellen fleckig, naß und fettig. Das gleiche galt, bei Licht betrachtet, auch für ihr Gesicht.

»Tut mir leid«, sagte Marissa verwirrt. »Ich dachte, ich würde rechtzeitig fertig, aber ich kann so was eigentlich nicht so gut. Kommen Sie herein.« Sie hielt Wetzon die Tür auf. »Lassen Sie den Mantel einfach auf den Stuhl da fallen.«

»Was machen Sie gerade?« Wetzon stand in einer großen Diele, von der links ein tiefer gelegenes Wohnzimmer und rechts ein Eßzimmer abgingen. Jede Oberfläche – Fußboden, Sofa, Tisch – war mit Papier- und Bücherstapeln bedeckt.

»Heute ist Chanukka, und meine Eltern kommen zum Essen. Ich bin gerade dabei, Kartoffel-Latkes zu backen.«

»Paßt das hier?« Wetzon hielt ihr die Tüte mit dem Weihnachtsstern hin.

»Wie schön. Klar. Danke.« Marissa Peiser stellte die Pflanze mit der Plastiktüte auf den vollen Eßtisch – ein Eichenmöbel mit schweren geschnitzten Füßen und Krallen. »Kommen Sie mit nach hinten in die Küche.«

Während Wetzon ihr folgte, sagte sie: »Silvestri sucht noch einen Parkplatz.«

»Sie können ihm dann aufmachen. Ich muß das zu Ende bringen.« Auf der Theke stand eine Schüssel mit geriebenen Kartoffeln in Wasser. Marissa tauchte die Hände ins Wasser, schöpfte zwei Handvoll Kartoffeln und preßte die Nässe heraus, dann gab sie die Masse in eine andere Schüssel. Als sie diese Prozedur beendet hatte, fügte sie Eier, Mehl und Backpulver hinzu, schöpfte die Mischung löffelweise heraus und ließ die Klumpen in einen Topf mit heißem Öl fallen, wo sie sich sofort bräunten und die Küche mit einem Duft erfüllten, der Wetzon das Wasser im Mund zusammenlaufen ließ. »Leslie, wenn Sie eine doppelte Lage Papiertücher auf diesen Teller legen, können wir sie abtropfen lassen.« Marissa drehte die Latkes mit einem geschlitzten Wender um. Das Öl umhüllte brutzelnd die Küchlein. »Sobald Silvestri kommt, höre ich auf. Wir können sie probieren und dabei reden.«

»Aber dann reichen sie nicht fürs Abendessen.«

Marissa lachte. »Machen Sie mal die Backofentür auf.«

Die Tür des Backofens war warm; als Wetzon sie öffnete, sah sie, daß auf jede Schiene ein Kuchenblech voller Latkes geschoben war.

Silvestri traf ein, als Marissa Peiser gerade eine Platte mit einem Berg Latkes und eine Schüssel Sauerrahm auf den Eßzimmertisch stellte; Aktentasche, Papiere und Stenoblöcke schob sie einfach beiseite. Wetzon brachte Teller, Gabeln und Servietten herein.

»Mann, riecht das gut«, sagte Silvestri. Er griff nach einem Latke und ließ ihn im Mund verschwinden.

Marissa schenkte Kaffee ein. »Er ist koffeinfrei, Leslie. Es tut mir leid, daß ich Sie hierherbitten mußte, aber Sie wünschten ein paar Antworten, und ich dachte, hier könnte man sich leichter unterhalten. Inoffiziell.« Sie verteilte Latkes auf die Teller und reichte den Sauerrahm herum.

»Sie haben ein Abkommen mit Hartmann getroffen«, begann Wetzon. Eigentlich glaubte sie nicht, daß sie etwas essen könnte, Silvestri dagegen fiel es gar nicht schwer, Sauerrahm aufzuhäufeln und ein Küchlein nach dem andern wegzuputzen.

»*Wir* nicht. Das FBI ist an uns herangetreten. Er hat eingewilligt, Namen preiszugeben.«

»Und mit der Geldwäsche kommt er ungeschoren davon?«

»Unter anderem. Man hat uns unmißverständlich gesagt, wir sollten uns heraushalten.«

»Wie sieht der Handel aus?« fragte Silvestri. »Wenn die FBI-Leute ihn auf der Straße herumlaufen lassen, ist er so gut wie tot.«

»Sie haben ihn unter falschem Namen in einem Hotel aus dem Verkehr gezogen.«

»Phantastisch«, sagte Wetzon. »Also kann er noch immer zwei Schläger anheuern, damit sie Leute zusammenschlagen.« Sie schnitt ein Latke in vier Teile und aß davon; er war außen knusprig und innen weich.

»Ich habe gehört, was Joel Kidde passiert ist, Leslie. Daraus muß man schließen, daß Hartmann gewarnt wurde.«

»Aber was schert sich das FBI schon um einen Privatmann, wenn Hartmann ihnen soviel wichtiger ist!«

»Es tut mir leid, Leslie.«

»Ach, verdammt.« Wetzon legte die Gabel hin. »Mir ist, als ginge ich über einen Steg, und ihr würdet ihn hinter mir durchsägen.«

»Gehen wir nach Hause«, sagte Silvestri. Er holte ihren Mantel aus der Diele und legte ihn um ihre Schultern.

»Ihnen wird nichts passieren, Leslie. Jetzt versucht er es bestimmt nicht mehr. Er müßte verrückt sein.«

»Sicher.« Wetzon öffnete die Tür und ging hinaus.

»Es tut mir leid«, sagte Marissa Peiser, indem sie die Hand ausstreckte.

»Vergiß es. Ich weiß, wie das ist.« Silvestri schüttelte ihr die Hand und ging hinter Wetzon her.

Sie saßen im Auto und schwiegen sich an. Er legte den Arm um sie. »Soweit man das sagen kann, glaube ich nicht, daß er jetzt noch irgendwas probiert. Dafür gibt es keinen Grund.«

»Er ist verrückt, Silvestri, und gemein. Er würde mir aus Bosheit weh tun. Aus Rache. Ich habe ihn in diese Lage gebracht. Und jetzt habe ich Angst, weil ich nicht weiß, aus welcher Richtung er angreifen wird.«

»Ich habe ein paar Kumpel im Ruhestand, die privat arbeiten. Ich lasse jemand auf dich aufpassen, wenn ich nicht in der Nähe bin.«

»Mir wird schon nichts passieren«, sagte sie steif.

»Menschenskind, Leslie.«

Sie legte den Kopf an seine Schulter. »Wieso passieren mir solche Dinge?«

»Du bist ein Magnet«, sagte er und küßte sie auf die Nase, dann ließ er den Motor an und bog auf die West End Avenue ein.

»Dann wird Hartmann also entwischen, und wer Terri umgebracht hat, bekommen wir auch nicht heraus.«

Silvestri bog nach links in die 86. Straße ein. »Ich habe über Koenigs Vorschlag nachgedacht. Und ich bin einverstanden, wenn du auch willst.«

»Du bist einverstanden?«

Er machte eine U-Kehre und hielt vor ihrem Haus. »Ja. Ich meine, es besteht die Chance, daß du und Koenig euch an etwas erinnert, wenn ihr in Trance seid. Ich habe schon erlebt, daß es funktioniert. Wenn du es also versuchen willst, arrangiere ich es. Zumindest weißt du dann, daß du alles probiert hast. Was sagst du dazu?«

Sie ließ es eine Weile in der Schwebe. Schließlich sagte sie: »Warum nicht?«

MEMORANDUM

An: Carlos Prince und Leslie Wetzon
Von: Ed Venderose, Generalintendant
Datum: 26. November 1994
Betr.: Combinations in concert

Wir haben zwei mögliche Varianten, was den Boden betrifft.

1.) Der Boden wird mit Marley-Fliesen ausgelegt, um zu verhindern, daß hohe Absätze in Fugen hängen bleiben. Die Kosten für Material und Verlegen müssen ermittelt werden. Ich kümmere mich darum, wenn ich grünes Licht bekomme. 2.) Das Ensemble erhält Tanzschuhe, und wir setzen eine vierstündige Requisitenprobe auf Donnerstag abend an (das bedeutet Überstunden), um den Boden anschließend nachpolieren zu können. Ich bitte um möglichst rasche Nachricht. Mort zieht Marley vor. Das macht sich im Fernsehen besser.

37. Kapitel

»Was ziehst du vor, Herzallerliebste?«

»Morts Kopf auf einer Silberplatte?«

»Außerdem?«

»Natürlich Marley. Es wird sich im Fernsehen soviel besser machen.«

»Ich habe ein wenig mit Tom Keegen geplaudert. Er schwört, daß er keine Waffe besitzt. Hat alles abgestritten«, sagte Metzger. »Er ist aalglatt, aber ich neige dazu, ihm zu glauben.«

»Wirklich?«

»Ja. Er hat auch gesagt, wie leid es ihm getan hat, Darlene zu verlieren, weil sie so schwer auszubilden war; aber sie sei so unglücklich bei ihm gewesen, deshalb sei es ihm recht, wenn sie eine andere Stelle gefunden habe.«

»Mann, wie edelmütig von ihm.«

»Und ich soll dir und deiner Partnerin ausrichten, daß sie den Ärger nicht wert wäre.«

»Was zum Kuckuck soll das nun heißen?«

Metzger lachte glucksend in sich hinein. »Ich bin nur der Botenjunge, Leslie. Schieß nicht auf mich.«

»Tut mir leid. Du hast recht. Danke, Artie.« Sie legte auf.

»Wer war das eben?« fragte Smith, die immer noch die dunkle Brille trug. *Vanity Fair* lag aufgeschlagen vor ihr auf dem Schreibtisch, und sie blätterte es durch.

»Artie Metzger hat mit Tom Keegen gesprochen. Keegen leugnet, daß er auf Darlene geschossen hat und wünscht uns viel Glück mit ihr. Artie meint, Hartmann könnte jemand beauftragt haben, mir Angst einzujagen, damit ich nicht aussage.«

»Hm«, sagte Smith. Sie war wieder die alte Smith, schick im maßgeschneiderten schwarzen Nadelstreifenkostüm, hauchdünnen schwarzen Strümpfen und ihren Ballypumps. Na ja, beinahe ihr altes Ich. Wetzon bemerkte, daß ihre Hände zitterten, wenn sie die Kaffeetasse hochhob.

»Außerdem solltest du wissen, daß ich nun doch nicht aussagen werde, weil ...«

»Gott sei Dank«, fiel ihr Smith ins Wort. Sie stellte die Tasse hin.

»Weil Hartmann ein Geschäft mit dem FBI gemacht hat. Er wird Namen nennen.«

»O nein!«

»Genau. Ich glaube nicht, daß seine Freunde mit ihrer Unterstützung so großzügig sein werden wie in der Vergangenheit. Ich bin froh, daß du mit ihm fertig bist.«

»Er wird sie verpfeifen«, sagte Smith mit ehrfürchtiger Stimme.

Das Telefon läutete. Wetzon legte die Hand auf den Hörer, doch das Läuten hörte auf, und das Lämpchen begann zu blinken. »Das paßt zu dem Schwein.«

»Immerhin verdammt tapfer.« Smith sprach mit größerer Munterkeit, als Wetzon es in den letzten Tagen erlebt hatte.

»Tapfer? Kaum. Er versucht, seine Haut zu retten. Und er wird sich glücklich schätzen, noch eine Haut zu haben, wenn seine Freunde das erst einmal spitzkriegen. Während wir hier reden, könnte es schon einen Mordauftrag geben.«

Es klopfte, und Max, noch in seinem Tweedmantel, erschien in der Tür. »Jay Kipper für dich, Wetzon. Er antwortet auf deinen Anruf.«

»Ich dachte, wir wollten uns jetzt zusammensetzen«, sagte Smith.

»Nur dieses eine Gespräch noch, Smith. Es geht um Howie Minton.«

»Howie Minton! Versuchen wir immer noch, ihn zu vermitteln? Ich kann's nicht glauben. Wann haben wir ihn Loeb Dawkins vorgestellt?«

»Ungefähr vor einem Jahr, vielleicht etwas mehr.«

»Und er kann sich nicht entscheiden? Du meine Güte. Dann entscheidet er sich nie. Warum vergeuden wir unsere Zeit?«

»Hör zu, Smith, es ist ja nicht so, daß die Börsenmakler uns die Türen einrennen und uns bitten, sie unterzubringen. Diesmal dachte ich, es würde was draus. Howies Geschäftsführer wurde gefeuert, und der neue Direktor ließ ihm die Aufträge nicht so zukommen, wie es der alte getan hat. Jay ist phantastisch zu ihm gewesen, hat ihm eine Assistentin besorgt, hat ein Treffen mit einem Regionalvertreter arrangiert und sich ihm in keiner Weise in den Weg gestellt.«

»Dann nimm endlich ab.«

Wetzon drückte auf den blinkenden Knopf und hob den Hörer ab. »Tag, Jay.«

»Hallo, Wetzon.«

»Ich kümmere mich gerade darum, was aus Howie wird.«

»Um Ihnen die Wahrheit zu sagen, Wetzon, ich geb's auf mit ihm. Ich rufe ihn an – er sagt, er ruft zurück; er tut es nicht – ich rufe wieder an. Jetzt mache ich die Beine nicht mehr breit.«

»Das tut mir leid, Jay. Ich telefoniere mit ihm und lasse mir erklären, was los ist.« Sie legte auf.

»So. Wieder mal das Übliche bei Howie Minton.«

Wetzon nickte. »Jay sagt, er macht die Beine nicht mehr breit.«

»Beine – nicht – mehr – breit«, wiederholte Smith langsam.

»Ja. Findest du nicht auch etwas entfernt Erniedrigendes an dieser Redewendung?«

»Alles an der Wall Street ist entfernt und mitunter überdeutlich erniedrigend für Frauen. Wir dürfen uns davon nicht unterkriegen lassen. Wir müssen darüber hinwegsehen, sonst sind wir aus dem Geschäft.«

Smith hatte recht. Wenn Wetzon Jay alles erklärt hätte, mit dem es sich ansonsten gut arbeiten ließ und der sich ausgezeichnet auf die Makler einstellte, die Wetzon zu ihm schickte, dann hätte es die Geschäftsbeziehung bestimmt zerstört.

Über die Jahre war Howie Mintons Karteiblatt von einer Seite mit Eselsohren auf zwölf, in der linken Ecke zusammengeheftete Blätter angewachsen. Wetzon legte sie beiseite. »Ich bin einfach nicht aufgelegt, Howie jetzt anzurufen. Möchtest du mit unserer Besprechung anfangen?«

»Ja. Heute nachmittag haben wir auch noch unsere Produktionssitzung.«

»Wir? Kommst du etwa auch zu der Sitzung?«

»Ich verstehe nicht, warum du so unfreundlich sein mußt, Zuckerstück. Mort hat mich eingeladen. Joel ist noch nicht auf der Höhe, und es sind so viele Dinge hinsichtlich der Verfilmung fürs Fernsehen zu besprechen, besonders im technischen Bereich. Natürlich bin ich der Neuling, weil Mort das früher schon gemacht hat, aber dieser reizende Edward Venderose ist sehr hilfsbereit gewesen.« Smith stand auf und öffnete die Tür. »Personalbesprechung für alle«, verkündete sie, als hätten sie zehn Mitarbeiter.

»Mit anderen Worten, Ed ist für die Fernsehproduktion zuständig.« Kein Wunder, daß Mort ihn dazugenommen hatte, aber warum sollte die Bühnenproduktion sein Gehalt übernehmen? Falls die TV-Produktion ihn bezahlte, würde unterm Strich mehr Geld für Show Biz Shares herauskommen. Verdammt, sie wollte das bei Mort zur Sprache bringen.

Wetzon überließ Darlene ihren Stuhl und setzte sich auf den Schreibtisch, während Max seinen Stuhl aus dem Empfangsbereich hereinrollte. Die Telefone blieben unnatürlich stumm. Wetzon hoffte, daß dies kein weiteres Omen für das Klima an der Wall Street war. Die Märkte warteten nervös auf die neuesten Arbeitslosenzahlen und sorgten sich um den nächsten Schritt der Bundesbank.

»Die Versammlung wird um Ruhe gebeten«, sagte Smith, obwohl niemand sprach. »Ich bitte euch alle, beim Entwurf eines Arbeitsplans für das neue Jahr, das vor der Tür steht, mit persönlichen Zielsetzungen mitzuwirken. Zwischen jetzt und Jahresbeginn wird sehr wenig abgeschlossen. Das wissen wir aus Erfahrung, nicht wahr, Wetzon?«

»Stimmt. Von heute bis zum zweiten Januar ist die geselligste Zeit des Jahres in New York. Fast jeden Abend finden Partys statt. Weihnachtspartys, Abendeinladungen, Cocktailpartys, Bürofeiern – übrigens, haltet den zwanzigsten für unsere frei –, Brunchs, Mittagessen und Tage der offenen Tür.«

Max fragte: »Heißt das, daß keiner geschäftliche Verabredungen trifft?«

Darlene kratzte an ihrem Nagellack und sagte gelangweilt: »Natürlich nicht.« Wetzon fragte sich, wohin die so unsicheren Verhaltensweisen, die sie anfangs gezeigt hatte, gekommen waren. Alles nur gespielt?

»Die meisten Firmen fahren die Geschäfte zurück«, erklärte Smith, an Max gewandt. »An der Wall Street sind die großen Verkäufe zur Abgleichung von Verlusten weitgehend abgeschlossen. Die Kunden beginnen, sich um die Steuern zu sorgen. Das Geschäft läuft träge.«

»Aber wenn du den richtigen Zeitpunkt erwischst«, sagte Wetzon, »lassen sie sich auf Gespräche ein.«

Darlene schlug die Beine übereinander. Sie trug Strümpfe mit Fischgrätenmuster und Zehn-Zentimeter-Absätze. Ihr kurzer Rock rutschte den halben Oberschenkel hoch. »Ich habe vier Vorstellungsgespräche vereinbart«, sagte sie.

»Gute Arbeit«, lobte Wetzon. »Sie sollten wissen, daß Keegen einen Rückzieher gemacht hat. Keine Unterlassungsurteile mehr. Das Gericht hat die Sache fallengelassen. Und Keegen leugnet den Anschlag auf Sie.«

»Und Sie glauben ihm?« fragte Darlene verletzt.

»Nicht unbedingt. Ich sage nur, daß er, falls er für diesen hinterhältigen Schuß verantwortlich war, gewarnt ist. Detective Metzger glaubt nicht, daß Sie etwas zu befürchten haben.«

Darlene sah Wetzon mit einem triumphierenden Lächeln an, dann wandte sie sich an Smith. »Dann kann ich also jeden anrufen, den ich von früher kenne?«

Smith nickte. »Ja, aber ich meine, Sie sollten im weiteren Umkreis tätig werden. Was meinst du, Wetzon? Wetzon kann New York, New Jersey, Connecticut und Pennsylvania behalten, und Sie können den Rest des Landes haben, Darlene.«

»Hört sich gut an«, bemerkte Wetzon. So wie sich das Geschäft entwickelte, könnte Darlene bald das ganze verdammte Land haben.

»Was ist mit mir?« fragte Max, während er leger sein Jackett öffnete, damit sie auch bestimmt seine Hosenträger mit dem Bullen und dem Bär zur Kenntnis nehmen konnten.

»Bester Max«, sagte Smith überschwenglich. »Du bist der beste Kundenwerber, den wir jemals hatten. Wir geben dir einen neuen Titel. Was meinst du, Wetzon?«

Wetzon schloß ein Auge und lächelte Max an. Sie und Smith wußten, daß ein Phantasietitel Türen öffnete. George Abbott, der verstorbene legendäre Broadwayregisseur und -produzent, hatte es am besten ausgedrückt; »Druck ihre Namen groß auf die Plakate«, sagte er. »Das ist ihnen immer wichtiger als Geld.«

Wetzon sagte: »Was hältst du von Stellvertretender Vizepräsident für Telemarketing?«

»Oh«, sagte Max aufgeregt blinzelnd. »Der gefällt mir wirklich.«

Smith' Lippen zuckten. »Dann gehört der Titel dir, lieber Max. Wir lassen neue Karten drucken, Wetzon, ja?« Sie grinste breit, und Wetzon kam sich plötzlich billig vor.

Das Telefon unterbrach die Personalversammlung, und dann klingelte unmittelbar darauf ein zweites. Darlene stand auf und schwankte aus dem Zimmer.

»Für dich, Wetzon«, sagte Max. »Auf zwei. Detective Silvestri.«

Während sie sich an ihren Schreibtisch setzte, spürte Wetzon die Adrenalinwelle, die Silvestris Name wie immer auslöste. Sie drückte auf den zweiten Knopf. »Hallo.«

»Les«, begann er, »bist du dir sicher, daß du diese Hypnosegeschichte auf dich nehmen willst?«

»Ich dachte, du hättest es für einen guten Einfall gehalten?«

»Stimmt, und ich stehe noch immer dazu, solange du es als Erforschung der Vergangenheit betrachtest und nicht als Möglichkeit, dir mehr Schuld aufzuladen. Nichts, was geschehen ist, war dein Fehler.«

Du kannst das leicht sagen, dachte sie. Und antwortete: »Ich möchte ... Ach, verdammt, ich war anfangs nicht scharf darauf, aber Peter könnte recht haben. Es ist kaum zu glauben, daß keiner von uns beiden etwas gesehen oder gehört haben sollte.«

»Es ist sehr lange her.«

»Ich könnte es verdrängt haben.«

»Oder vielleicht erschien es dir nicht wichtig genug, um es zu speichern.«

»Irgendwie ist das schon interessant.«

»Ich kenne da einen Tom McLean. Es ist Detective Sergeant, nicht mehr im aktiven Dienst, und unterrichtet jetzt am John Jay. Ich habe schon häufig mit ihm zusammengearbeitet; er ist gut.«

O Gott, dachte sie. Es ist soweit. »Ich hatte nicht so bald damit gerechnet.«

»Für Koenig habe ich einen Termin am Montag, dem fünften, ausgemacht. Er wollte es vor seiner Premiere hinter sich bringen.«

»Das kann ich verstehen.«

Silvestri mußte das Zögern in ihrer Stimme bemerkt haben. »Du brauchst es nicht zu machen, Les. Denk daran, das ist keine offizielle polizeiliche Sache. Es hat nichts mit dem Gericht zu tun, so daß es keine Probleme mit übersteigerter Erinnerung geben wird. Es dient im Grunde dir, Les – und vielleicht, einfach vielleicht, kommt etwas Nützliches über den Mord an Terri Matthews heraus. Dann wirst du in der Lage sein, es zu überwinden.«

»Ich weiß. Ich habe eingewilligt, und ich nehme mein Wort nicht zurück. Aber überstürzen wir es nicht, okay?«

»Okay«, sagte er. »Schreib es in deinen Terminkalender. Ich habe eine Sitzung bei Tom McLean für den neunten Dezember um halb drei verabredet. Das ist Freitag in einer Woche.«

»So bald?« Sie seufzte. »Vermutlich hat es viel mit Vertrauen zu tun. Ich kann mir nur schwer vorstellen, mich gehenzulassen.«

»Berichte mir davon«, sagte er. Sie konnte an seinem Ton hören, daß er schmunzelte.

MEMORANDUM

An: Medora, Foxy, Carlos, Leslie u. a.
Von: Ed Venderose, Generalintendant
Datum: 26. November 1994
Betr.: Combinations in concert

Obwohl der Verband der Bühnenkünstler nicht darauf besteht, daß ein Gewerkschaftsmitglied die Kostüme absegnet, habe ich Peg Button gefragt, ob sie ihr Honorar spenden würde, natürlich unter der Bedingung, daß sie entschädigt wird, falls die Fernsehversion tatsächlich zustande kommt.

38. Kapitel

»Häschen, fällt dir auf, wie für jeden etwas dabei herausspringt, bloß für uns nicht? Angeblich soll das eine verdammte Wohltätigkeitsgeschichte sein, und jetzt schau dir an, wie sie sich entwickelt.«

»Ich bin so sauer, daß ich dir verspreche, The Village Voice *auf den Knien anzuflehen, eine Enthüllungsstory zu schreiben.«*

»Und, Schatz, bring mir was von meinem Stoff!« rief Mort.

Das schwarze Notizbuch an die Brust gepreßt, blieb Nancy mitten im Lauf aus der kleinen Küche mit Panik im Gesicht stehen und brach in Tränen aus. Mort hatte sie hin und her gehetzt, nach Stenoblöcken, nach Kugelschreibern, nach Stühlen, nach Kaffee oder Cola für alle und nun, zum Schluß, nach seinem »Stoff«.

Wetzon tätschelte Nancys Schulter, dann steckte sie ihren Kopf in Morts Büro. »Laß sie mal verschnaufen, Mort. Sie ist keine Wunderfrau.«

»Das ist ja der Haken«, meckerte Mort. Mit den Füßen auf dem Schreibtisch lag er halb auf seinem Sessel und redete mit Carlos, der Wetzon ausdruckslos anblickte.

Medora saß auf dem Sofa, in vertrautem Gespräch mit Smith. Sie gaben sich wie alte Freundinnen, Smith tätschelte sogar Medoras Hand. Da ihre Kinder etwa gleichaltrig waren und beide Harvard besuchten, hatten sie in der Tat wahrscheinlich mehr miteinander gemeinsam als alle anderen im Zimmer.

Nahe der Tür stand Foxy; Ed Venderose nahm ihre Kartenbestellungen und Anweisungen entgegen.

Wetzon fragte sich, wo JoJo war.

»Schnapp dir einen Stuhl, Leslie«, sagte Mort. »Mach daraus keine Probleme. Nancy und ich verstehen uns, was, Nancy?«

Nancy, in jeder Hand eine Tasse und Untertasse, kam gerade ins Zimmer und zuckte zusammen. JoJo folgte ihr mit drei Dosen Cola. Eine gab er Smith, eine Foxy, die dritte behielt er für sich.

Nancy und JoJo, dachte Wetzon. Warum nicht? Wie immer war JoJo großzügig. Bei *Hotshot* hatte er seine Freigebigkeit keiner anderen als Poppy Hornberg zuteil werden lassen.

Carlos und Wetzon nahmen den Kaffee, der wie Kerosin roch und schmeckte. Hatte Nancy es fertiggebracht, versehentlich etwas von Morts Fernet Branca hineinzuschütten?

»So, okay. Räumen wir noch die allerletzten Hindernisse aus dem Weg«, begann Mort, nachdem Nancy ihm sein Glas mit der dunklen, klebrigen Flüssigkeit gebracht hatte. »Warum stehst du da herum?« fuhr er sie an. »Mach die Tür zu, damit wir anfangen können.«

Nancys Kinn zitterte, während sie sich auf den leeren Stuhl neben Wetzon setzte. Sie schlug das schwarze Notizbuch auf und begann zu schreiben.

Carlos sagte: »Als erstes müssen wir darüber reden, daß Ed und ich die Ortsgruppe wegen eines Zugeständnisses bei der Anzahl der Musiker aufgesucht haben. Sie haben uns die kalte Schulter gezeigt. Sie behaupten, es sei wegen der Fernsehproduktion, aber ich glaube, es wäre auch sonst nicht gegangen.«

»Na ja, das ist keine Überraschung, obwohl ich sagen muß, daß sie nicht mehr so unnachgiebig wie früher sind. Sitzen wir also auf drei Statisten fest?«

»So ist es.«

»Statisten?«

»Das sind nichtspielende Musiker auf der Lohnliste, weil der Vertrag mit der Gewerkschaft in einem bestimmten Haus eine bestimmte Anzahl Musiker verlangt«, erklärte Ed. »Früher kamen sie wenigstens noch ins Theater und trugen sich ein, heute brauchen sie nicht einmal mehr aufzukreuzen.«

»Und sie werden trotzdem bezahlt?« Smith sah Wetzon mit dem besonderen Blick an, der besagt, *Siehst du, das Theater braucht mich.*

»Allerdings«, entgegnete Mort.

»Und unser anderes Problem«, fuhr Ed fort, »ist Bonnie McHughs Friseur. Er will nicht verhandeln, und er will außer ihr keinen frisieren.«

»Dann nehmen wir ihn überhaupt nicht«, meinte Foxy.

Ed antwortete: »Ohne ihn tritt sie nicht in der Show auf. Offensichtlich macht er es ihr besonders gut.«

»Ich enttäusche dich äußerst ungern, Ed«, verkündete Carlos mit kaum verhohlener Schadenfreude, »aber zu deiner Information – Bonnie ist lesbisch.«

»Auch das noch«, sagte Smith.

Tja, dachte Wetzon. Und wieso wußte ich nichts davon? Andererseits neigte Carlos dazu, jeden auf der Welt für homosexuell zu halten.

Ed sagte: »Du meinst, alle sind schwul oder lesbisch.«

»Im Gegenteil«, erwiderte Carlos, indem er Wetzons Blick auswich. »Xenia ist es nicht, Medora auch nicht, und dich hätten wir sonst ja auch nicht dabei.«

»Das reicht«, sagte Mort. »Ihr alle kennt inzwischen Xenia, nicht wahr?« Er strahlte Smith an. »Wie ihr wahrscheinlich wißt, produzieren Xenia und ich zusammen mit Joel Kidde die Fernsehversion. Wir machen es als Dokumentation. Jemand wird während der Proben und anschließend während und nach der Vorstellung hinter den Kulissen mit einem Mikrophon und einer tragbaren Kamera herumgehen. Es war mein Einfall. Ist das nicht toll?«

Toll, dachte Wetzon. Sogar sie mußte zugeben, daß es eine gute Idee war, aber schließlich stammte sie auch nicht von Mort. Vor einigen Jahren war mit der konzertanten Fassung von *Follies* genau das gleiche gemacht worden, um die Übertragung von der großen Bühne auf den kleinen Bildschirm zu erleichtern.

»Mir fällt gerade ein«, sagte JoJo, »wenn wir diese Musiker bezahlen müssen, kann ich sie auch verwenden. Wir vergrößern das Orchester. Dann wird's im Fernseher auch besser klingen.«

»Guter Kerl«, sagte Mort.

»Und du kannst es Show Biz Shares in Rechnung stellen«, sagte Wetzon, »damit mehr Geld für uns alle bleibt.«

Mort musterte sie argwöhnisch. Sie merkte, daß er nicht wußte, ob sie es sarkastisch meinte oder nicht.

»Irgendwie«, warf Medora zaghaft ein, »hört sich das nicht richtig an.«

»Danke«, sagte Carlos. »Ich glaube, wir haben alle vergessen, daß dies ein Benefizkonzert ist. Wir wollen Geld sammeln für diejenigen in unserer Gemeinschaft, die HIV positiv sind oder Aids haben, und wir ehren unsere Toten.«

Foxy begann, verhalten zu applaudieren.

»Also«, sagte Smith, die sich immer noch hinter ihrer dunklen Brille versteckte, »ich würde gern noch etwas hinzufügen, und ich bin sicher, daß ich auch für Mort und Joel spreche. Die Fernsehproduktionsfirma übernimmt alle *Extrakosten*, solange sie nicht außer Kontrolle geraten.«

»Die Fernsehproduktionsfirma sollte *alle* Kosten übernehmen«, sagte Wetzon.

»Ich halte das für keine so gute Idee«, warf Mort ein, als Smith antworten wollte. »Es ist schön und gut, wohltätig zu sein, aber wir müssen auch an uns denken. Hier haben wir eine Gelegenheit, eine Menge Geld zu verdienen.«

»Ja, natürlich«, sagte Wetzon. »Das dürfen wir nicht vergessen.«

»Ich wußte, du würdest es einsehen, Schatz«, sagte Mort. »Machen wir weiter. Ed hat euch den Probenplan gegeben. Carlos und ich werden in dieser Woche sehr beschäftigt sein, wenn also irgendwelche Probleme auftauchen, sprecht mit Ed. Habe ich irgendwas vergessen, Ed?«

Ed schüttelte den Kopf, aber Nancy sagte: »Die Zeitschrift *People*. Sie beteiligen sich wahrscheinlich an den Kostümen.«

»Da wir gerade bei Kleidern sind – falls ich nicht abgeschaltet habe, hat niemand über die Garderobe gesprochen«, sagte Wetzon.

»Ach, ich dachte, du wüßtest Bescheid«, erklärte Mort. »Wir haben schwarze Stretchtrikots für jeden von Donna Karan bekommen, der Guten, und wir verwenden Accessoires wie Schals, Jacketts und so weiter, um die sich Peg Button kümmert. Unsere Nancy koordiniert alles.«

»Du meine Güte, es ist spät. Ich muß gehen.« Medora stand auf, und alle anderen taten es ihr nach.

»Räum hier noch auf, sei so gut«, sagte Mort zu Nancy.

»Wetten, daß das nicht in der Stellenbeschreibung gestanden hat?« flüsterte Carlos Wetzon ins Ohr.

»Verlaß dich darauf«, antwortete Wetzon. »Mort, ich wollte dich übrigens die ganze Zeit nach den Firmen für die Ton- und Beleuchtungstechnik fragen, Boomer Inc., zum Beispiel.«

Er starrte sie an. »Was willst du wissen?«

»Wem gehören sie?«

»Was soll die Frage?« Er war sehr rot geworden.

»Eine gute Frage, dachte ich.«

»Na ja, mir gehören sie. Und absolut legal.«

»Wie schön. Dann wirst du ja die Benutzung des Materials kostenlos spendieren und nichts berechnen außer der Arbeit, nicht wahr, du lieber Mensch?«

»Aber natürlich«, sagte er. »Das hatte ich sowieso vor.«

Wetzon winkte ihm zu und verließ das Zimmer. In Nancys Büro blieb sie stehen, um noch einmal mit nostalgischen Gefühlen und feuchten Augen die Fotografien an den Wänden zu betrachten, bis Smith an ihr vorbeischlenderte und im Gehen in ihren Nerz schlüpfte. »Wo gehst du hin?« fragte Wetzon ihre Partnerin.

»Ich gehe mit Medora.«

»Und wo geht Medora hin?«

»Zur Dramatikergilde«, sagte Medora. »Im Penthouse hier auf diesem Gebäude. Du bist herzlich eingeladen mitzukommen, Leslie. Sie veranstalten eine kleine Feier zu Ehren von Rog. Er wäre heute sechzig geworden. Wir rufen an der New Yorker Universität unter seinem Namen ein Arbeits- und Studienprogramm für junge Bühnenautoren ins Leben.«

»Das ist wunderbar für sein Andenken, Medora. Wir sollten alle an der Feier teilnehmen«, schlug Wetzon vor. »Warum hast du uns nichts gesagt?«

»Im Moment passiert soviel, es war mir einfach entfallen.« Sie wischte eine Träne mit einem Papiertuch weg. »Weißt du, ich dachte immer, daß *Combinations* ein böses Karma hat. Rog ging als erster, dann anscheinend die kleine Terri – wenn wir auch von ihr nichts wußten –, dann mit den Jahren die andern.«

Wetzon meinte: »Nun, es ist höchste Zeit, daß Rog geehrt wird. Besonders jetzt, wo die konzertante Aufführung und dein neues Stück vor der Premiere stehen.« Wie konnte ihr so etwas einfach entfallen? War es möglich, daß Medora sich nicht an Rog erinnern wollte? Was für ein gemeiner Gedanke, schalt sie sich selbst.

»Ich stimme voll und ganz zu«, sagte Carlos. Er hatte offenbar den größten Teil des Gesprächs mitgehört.

»Wie traurig«, murmelte Smith und machte *»ts, ts«*. »Daß jemand mit solchem Talent in der Blüte seines Lebens dahingerafft wird.« Sie legte einen Arm um Medora, und sie gingen auf die Tür zu.

»Wartest du auf den Bus, Häschen?« Carlos' Stimme riß Wetzon aus ihren Gedanken.

»Nein. Ich denke nach. Warum hat Medora so hervorgehoben, daß Rog als erster starb? Wenn Rog nicht der erste gewesen wäre? Wenn es Terri war? Es ist nicht möglich, Terris Todestag genau festzulegen. Falls Terri als erste starb ...«

»Ich meine, du treibst das zu weit«, sagte Carlos. »Sei vorsichtig.«

»Pah.« Wetzon warf ihm eine Kußhand zu. »Bis dann.«

Sie hörte Carlos zu Mort sagen: »Hast du dir in letzter Zeit einmal *Hotshot* angesehen?«

»Nein. Ich blicke nie zurück.«

»Ich kann nicht so unbekümmert sein, und du solltest es auch nicht«, sagte Carlos. »Wir haben eine Verpflichtung gegenüber unserem Publikum und sollten darauf achten, daß die Show noch genauso gut ist wie seinerzeit bei der Premiere. Ich war gestern abend drin und habe mir eine Menge Notizen gemacht.« Er bezog sich auf all das, was die Darsteller ihren

Rollen an Gesten und ähnlichem während der Laufzeit einer Show hinzufügen – ein echtes Problem, wenn sie lange lief.

Morts Stimme wurde ein wenig lauter. »Ich scheiß' auf das Publikum«, sagte er.

Medora war stehengeblieben, um mit Foxy zu plaudern, was Wetzon Gelegenheit gab, einigermaßen ungestört mit Smith zu sprechen, die auf sie wartete. »Bring sie soweit, dir zu verraten, woran Rog gestorben ist«, sagte sie zu ihr.

»Ich werde nichts dergleichen tun.«

»Dann willst du wohl keinen Anteil an Peter Koenigs Pauschalhonorar haben?«

»Ach, meinetwegen«, sagte Smith, als Medora sich zu ihr gesellte. Wetzon ließ sie zum Aufzug vorausgehen.

Als sie die beiden einholte, sagte Medora gerade zu Smith: »Er war bei einer Besprechung gewesen und kam aufgeregt über irgend etwas nach Hause. Den Grund wollte er mir nicht verraten, sondern ging früh zu Bett. Im Schlaf bekam er einen schweren Herzinfarkt. Ich habe ihn gefunden. Die Kinder waren noch so klein. Für mich war das wirklich eine schlimme Zeit. Wäre Edward nicht gewesen – er war immer für mich da –, hätte ich es wahrscheinlich nicht durchgestanden.« Sie lächelte Smith gequält an, dann schaute sie sich um. »Wo bleibt Edward? Er kommt doch mit?«

»Ich glaube, er ist auf dem Weg. Jemand hat mir erzählt, daß du Terri als Babysitter hattest«, sagte Wetzon.

»Ab und zu hat sie ausgeholfen.« Der Aufzug zeigte AB an, und die Türen gingen auf. »Ich denke, wir sollten auf Ed warten.«

»Der hier fährt sowieso nach unten. Ich dachte, du wolltest zum Penthouse hoch.«

»Stimmt.« Medora lächelte. Smith drückte auf den AUF-Knopf.

»In letzter Zeit habe ich so widersprüchliche Dinge über Terri gehört. Hat sie dir nach Rogs Tod tatsächlich geholfen?«

»O ja, natürlich«, sagte Medora allzu schnell. »Ich bin sicher, daß sie das getan hat. Ob ich nicht lieber Edward holen sollte?«

»Geht ihr zwei nur vor«, warf Wetzon ein. »Ich sage Ed,

wo ihr seid. Ich habe vergessen, Carlos an etwas zu erinnern.« Der Pfeil leuchtete grün auf AUF, und Wetzon ging zurück zu Morts Büro.

Im Vorzimmer nahm Ed Venderose von Nancy eine Liste mit Kartenbestellungen entgegen. »Medora läßt dir sagen, daß sie dich oben bei der Gilde treffen will«, richtete Wetzon ihm aus.

»Okay, das war's«, sagte Ed zu Nancy. »Ich gehe nach der Party oben zur Kasse rüber, wir sprechen uns also später.«

»Sag mir eines, Ed«, fuhr Wetzon fort. »Weißt du noch, ob Terri nach Rogs Tod Medora mit den Kindern geholfen hat?«

»Terri Matthews? Mann, du bist ja auf einem richtigen Trip mit dieser Geschichte, Leslie.«

Wetzon seufzte. »Gib mir einfach eine direkte Antwort, Ed.« Er schien entschlossen, sie um alles, was sie wissen wollte, kämpfen zu lassen. Als ob er jemanden beschützte …

»Na gut. Ganz direkt. Kein Gedanke daran. Irgendwie war es komisch, wie sich damals alle aus dem Staub machten, aber bei Terri hat es mich nicht überrascht. Sie war ein egoistisches Miststück. Die einzige Person, für die sie sich interessiert hat, war sie selbst. Und Rog.«

MEMORANDUM

An: Medora, Foxy, Carlos, Wetzon u. a.
Von: Ed Venderose, Generalintendant
Datum: 24. November 1994
Betr.: Combinations in concert

Ich denke, es wird Euch alle sehr freuen, zu hören, daß der Kartenverkauf am ersten Vorverkaufstag sehr lebhaft war. Bei diesem Tempo ist es sehr gut möglich, daß wir rasch ausverkauft sind.

39. Kapitel

»Ah«, sagte Wetzon, »das ist mal ein erfreuliches Vorzeichen im Hinblick auf die Dinge, die da kommen, meinst du nicht auch, Carlos?«

»Ja, vielleicht können wir sogar ein Honorar für die Kasse einsparen. Diese Typen bekommen mehr als meine Tänzer. Das Mindestgehalt der Schauspielergewerkschaft nimmt im Schneckentempo zu, und die anderen Gewerkschaften überholen uns. Ein gewöhnlicher Souffleur, der sich in den Kasten setzt und ein paar Stunden mitliest, ohne mit dem Herzen bei der Show zu sein, bekommt mehr als unsere Leute, die sich die Seele aus dem Leib tanzen.«

»Sie wissen, Wetzon«, sagte Broker Hale Hamilton in seinem gedehnten Südstaatentonfall, »daß ich richtig Glück gehabt habe im Geschäft. Ich liebe Mutter Merrill, ich liebe meine Kunden, und ich danke für Ihren Anruf, aber im Moment bin ich so glücklich wie ein Hund mit zwei Schwänzen.«

Wetzon legte auf. »So geht's.« Sie wandte sich nach ihrer Partnerin um, die gerade eine Deckschicht auf ihrem malvenfarbenen Nagellack auftrug. »Hale Hamilton ist so glücklich wie ein Hund mit zwei Schwänzen.«

Smith hielt mitten in der Bewegung inne und wandte ihren Kopf, so daß die dunklen Gläser Wetzon anstarrten.

Wetzon fuhr fort: »Ich frage mich – bin ich auch so glücklich wie ein Hund mit zwei Schwänzen?«

Der Nagelpinsel fiel in die Flasche. Smith nahm langsam die Brille ab. Die Haut um ihre Augen war nur noch ein wenig gelblich. Etwas mehr Puder, und keinem, der es nicht wußte, würde es auffallen.

Grinsend sagte Wetzon zu ihrer Partnerin: »Willkommen unter uns Lebenden.« Dann: »Du auch?«

»Was meinst du damit?« Smith wedelte die Finger in der Luft, damit der Lack schneller trocknete.

Wetzon ließ die Worte von der Zunge rollen; sie berauschte sich förmlich daran. »Bist du auch so glücklich wie ein Hund mit zwei Schwänzen?«

»Ich glaube wirklich, du gibst dich mit dem Abschaum der Erde ab.«

»Ich? Du auch! Nach deinen eigenen unsterblichen Worten verdienen wir unseren Lebensunterhalt, indem wir uns mit Abschaum abgeben.«

»Ich weiß nicht … vielleicht wäre es an der Zeit für ein Ferienjahr.«

»Im Ernst, Smith, Stunde der Wahrheit. Bist du glücklich – wie ein Hund mit zwei Schwänzen oder sonstwie?«

»Eigentlich nicht. Und du?«

Wetzon schwieg nachdenklich. »Eigentlich nicht. Ist das nicht seltsam? Wir beide haben genügend Geld, wir leiten eine erfolgreiche Firma, die Leute bewundern uns, wir sind einigermaßen attraktiv, du hast einen wunderbaren Sohn. Und wir sind nicht glücklich. Warum nur?«

Smith seufzte. »Ich liebe Dick Hartmann«, sagte sie sehr leise.

»Aber …«

Smith hob die Hand und zeigte Wetzon die Handfläche. »Bitte keinen Kommentar.«

Wetzon nickte. »Okay. Bin ich an der Reihe? Ich komme mir vor wie Silvestris heimliche Geliebte, eine, die er nie seiner Familie vorstellen wird.«

Jetzt nickte Smith. »Wir brauchen etwas zum Aufrichten.« Sie stand auf. »Es ist nach vier, gehen wir.«

»Wohin?«

»Hol deinen Mantel.« Smith schien es plötzlich eilig zu haben; sie warf ihren legendären Nerz über und half Wetzon in den Mantel.

Die Dämmerung brach schnell herein, als sie auf die Straße traten. Die Gebäude zeichneten sich scharf vor dem sich verdunkelnden Himmel ab.

»Wir müssen zu Fuß gehen«, sagte Smith, offenbar von sich selbst begeistert. Übermütig, schon ein ganzes Stück vor Wetzon herlaufend, hätte sie beinahe eine Frau, die zwei riesige Taschen mit dem Aufdruck Saks schleppte, über den Haufen gerannt.

Wetzon holte Smith an der Second Avenue ein. »Warum haben wir es so eilig?«

»Wir wollen nicht zu spät kommen.«

»Ich komme mir vor, als wäre ich mit dem Weißen Kaninchen unterwegs«, murmelte Wetzon und fiel wieder zurück, weil sie auch diesmal vor Steve Sondheims Haus stehenbleiben, schwungvoll die Baskenmütze ziehen und eine tiefe Verbeugung machen mußte.

»Du meine Güte!« Der Schrei des Weißen Kaninchens erreichte sie und zog sie vorwärts.

»Saks? Wir gehen zu Saks?«

Die Bürgersteige waren plötzlich voller Menschen. Touristen aus aller Herren Länder, die Pendler aus den anderen Stadtteilen und sogar einige Bewohner Manhattans schienen sich ein Stelldichein zu geben.

»Mach schnell«, sagte Smith.

»Wo kommen die vielen Menschen her? Was wollen sie?« Wetzon spürte, wie die erregte Stimmung allmählich auch sie erfaßte.

In der Fifth Avenue standen die Massen vor den Fenstern von Saks Schlange und hörten Schauspielern zu, die Kindergeschichten vorlasen, während Zeichentrickfiguren in den Fenstern die Lesung illustrierten.

Buchhändler stritten sich mit dem Nikolaus der Heilsarmee um Platz. Glocken bimmelten leise und schrillten scharf. Channel Gardens, die Promenade, die zur Eisbahn des Rockefeller Center führte, war mit Rauschgoldengeln geschmückt, Vorboten von Weihnachten.

Jetzt war auch der Baum zu sehen. Eine norwegische Fichte, so gewaltig, daß sie selbst ohne Lichter majestätisch wirkte.

»Können wir dem Gedränge nicht aus dem Weg gehen?« fragte Wetzon, die sich ständig vom Menschengewimmel am Weitergehen gehindert fand.

»Trödle nicht!« rief Smith. Sie überquerte die 50. Straße und verschwand.

Wetzon drängte sich durch die Menschenmenge zum International Building, Fifth Avenue Nummer 630. Mitten im Gewühl der Touristen schwebte Smith' Kopf, als hätte sie keinen Körper. Wetzon blickte zu der riesigen Skulptur des die Welt auf den Schultern tragenden Atlas empor, die die Vorderfront des Gebäudes dominierte. Sie stöhnte: »Wohin führt sie mich nur, etwa zu Arnold?« Laura Lee nannte das International Building immer »das mit Arnold davor«. Arnold für Schwarzenegger. »Und warum sollte ich Lust haben hinzugehen?«

Endlich hatte sie begriffen, daß Smith sie in Richard Hartmanns Anwaltskanzlei führte, von der aus man die Rockefeller Plaza überblicken konnte.

»Habe ich recht?« Sie wiederholte ihre Vermutung, als sie Smith eingeholt hatte.

»Mach dich nicht lächerlich«, fuhr Smith auf. »Er ist nicht da. Bill Veeder hat mich persönlich zur Weihnachtsbaumparty eingeladen, und ich sehe nicht ein, warum wir das nicht ausnutzen sollten.« Sie zog Wetzon in die Halle. »Wann hast du zum letztenmal zugeschaut, wie der Baum angezündet wurde?«

»Persönlich? Noch nie. Immer nur am Fernseher. Aber …«

»Die Büros der Sozietät gehen alle zur Plaza hin, und Bill Veeder ist ein sehr attraktiver Mann.«

Wetzon stöhnte erneut. Sie spürte, wie sie unter Smith' Drängen weich wurde. Hol's der Teufel, es war Weihnachten. Freude der Welt, Friede auf Erden und Glück allen … Und außerdem war sie schon hier, und Hartmann versteckte sich irgendwo. Sie kannte seine Partner in der Kanzlei nicht einmal. Sie konnten doch nette, ehrliche Leute sein, oder etwa nicht? »Okay«, sagte sie, »machen wir mit.«

Sie zwängten sich in den Expreßaufzug mit einer ganzen Horde von Menschen, darunter mehrere Kinder, arme Wichte, die sofort unter den Mantelsäumen der Erwachsenen verschwanden. Smith langte an einer in Zobel gehüllten blauhaarigen Frau vorbei, um auf 41 zu drücken. »Pardon«, sagte sie mit französischem Akzent, während sie die ganze Zeit den Mantel taxierte. Wetzon unterdrückte ihren Lachdrang, worauf Smith verächtlich die Lippen schürzte. Vom dreizehnten Stock an stiegen auf jeder Etage Leute aus, und im vierzigsten leerte sich der Aufzug vollständig.

»Weißt du, Liebes«, sagte Smith, »du wirst allmählich so richtig mäkelig. Das steht dir nicht. Es macht dich altjüngferlich, und so etwas kannst du dir bei deinem Alter mit Sicherheit nicht leisten.« Smith'Augen zeigten wie immer, wenn sie Wetzon Ratschläge in Form von Kritik zukommen ließ, jenes eigenartige entzückte Glitzern.

»Du bist wirklich ein guter Kumpel«, sagte Wetzon, während sie aus dem Aufzug stiegen.

»Ich sage es nur zu deinem Besten ...«

Ein Weihnachtsgebinde hing an der Tür, die zum Teil geöffnet war, so daß man kaum die Namen Hartmann, Veeder und Kalin, P. C., lesen konnte. Von drinnen drang Musik heraus, begleitet von Gelächter und den hellen Stimmen von Kindern.

Wetzon folgte Smith ins Festgetümmel.

Eine Empfangsdame in rotem Kleid mit einem Mieder aus weißen und silbernen Glöckchen über ihrem kolossalen Busen sprach in ein Telefon und schlürfte Champagner. Sie strahlte Smith an und sagte: »Fröhliche Weihnachten.«

Wo nach Wetzons Erinnerung eine menschenfressende Pflanze gestanden hatte, ragte jetzt eine Balsampappel auf, die von unten bis oben geschmückt war. Die Empfangsdame legte das Telefon auf. »Gehen Sie nur hinein, Mrs. Smith.« Sie zeigte auf die aus Glasbausteinen gefertigte Tür, umrahmt von gebleichtem Nußbaum, die in die inneren Büros der Anwaltsfirma führte.

Sie betraten einen breiten, gekrümmten Flur. Im Konferenzraum war eine Bar eingerichtet worden, und Sekretärinnen und Mitarbeiter mischten sich unter Geschäftspartner.

»Xenia!« Der Ruf kam von einem großen Mann mit zerfurchtem Gesicht, scharfen blauen Augen und fast weißem

Haar. Ein Doppelgänger von Paul Newman. »Wie schön, Sie zu sehen. Fröhliche Weihnachten.« Er küßte Smith erst auf die eine Wange, dann auf die andere.

»Bill, Sie liebenswerter Mensch«, sprudelte Smith hervor. »Das ist meine Partnerin, Leslie Wetzon.«

»Willkommen, Leslie Wetzon. Willkommen. Herein mit Ihnen, hängen Sie Ihre Mäntel auf und trinken Sie Champagner mit mir.« Bill Veeders Worte waren herzlich, doch seine eisblauen Augen taxierten sie genau. Er streckte seine Hand aus. »Herein mit Ihnen«, wiederholte er. »Heute ist Feiertag. Friede und Wohlgefallen.«

Sie gab ihm die Hand. Sein Händedruck war fest und trocken. Ein diskreter After-shave-Duft nach Wald und Wiese umgab ihn.

Veeder sagte: »Alle Fenster auf dieser Seite gehen auf die Plaza. Kaviar gibt es dort drüben. Na, Sie kennen sich ja aus, Xenia. Machen Sie es sich bequem.«

Sie hängten ihre Mäntel in den Dschungel aus Pelzen und steuerten die Bar an, wo zwei Mitarbeiter freigebig Champagner in schlanke Plastikgläser schenkten. Smith stellte sie Wetzon mit ihren Namen vor.

Wetzon ließ Smith mit den jungen Anwälten flirten, nahm ein Glas Mineralwasser und begab sich gemächlich auf die Suche nach dem Kaviar. Der Konferenztisch war mit einer Papierdecke gedeckt, auf der die Reste von drei Riesenbrioches lagen. Eine erfinderische Person hatte jeden in handliche Sandwiches aufgeschnitten, die gefüllt und wieder zur genauen Form der Brioches zusammengesetzt worden waren. Sehr elegant. Die Sandwiches waren mit Kaviar und Rahmkäse, mit Schinken und Mozzarella, mit Gorgonzola und Chutney gefüllt. Eine Menge gutgekleideter Personen schlug zu, als kehrten sie vom Langen Marsch zurück. Auf den Anrichten lagen Stapel von Nummern des *Journal* und juristischer Zeitschriften, dazwischen standen schmutzige Gläser und Teller voller Krümel.

»Seien Sie nicht schüchtern«, sagte eine Stimme. Bill Veeder berührte sie leicht am Ellbogen, nahm einen Pappteller von einem Stapel und reichte ihn ihr.

»Oh, ich bin nicht schüchtern«, entgegnete Wetzon. »*Vor-*

sichtig ist das richtige Wort, glaube ich. Ich studiere immer erst die Lage, bevor ich abspringe.« Sie stellte ihr Mineralwasser zur Seite und füllte den Teller mit kleinen Sandwiches, größtenteils mit Kaviar. Sie liebte Kaviar.

»Sie trinken nichts?« fragte er.

»Ich trinke keinen Champagner.«

Er sah sie nachdenklich an, dann sagte er: »Kommen Sie mit.« Immer mit der Hand an ihrem Ellbogen geleitete er sie aus dem Konferenzraum und über den Flur, wo alle Türen offenstanden und die Büros voller Menschen waren, die sich an den Fenstern drängten. Eine einzige Tür war geschlossen. Er öffnete sie, schob sie hinein und schloß die Tür wieder.

Der Raum wirkte extrem männlich. Ein maulwurfsgrauer Teppich mit flachem Flor und einem Muster aus winzigen braunen Rauten bedeckte den Fußboden. Mahagonibücherschränke mit Glastüren, ein sehr schöner breiter Stickley-Schreibtisch mit Messingbeschlägen, braune Ledersessel und ein maulwurfsgraubraunes Sofa hinter einem Couchtisch mit Glasplatte füllten den Raum. Die vertikalen Jalousien waren geöffnet.

»Sie haben mich entführt«, sagte sie, setzte den Teller auf dem Couchtisch ab, auf Tom Clancys neustes Buch lag, nahm zwei Kaviarsandwiches und trat essend vor das Fenster. Die Krümel fielen auf seinen Teppich, aber das machte ihr nichts aus. Er las Tom Clancy, hm. Unten auf der Plaza produzierten sich Schlittschuhläufer auf dem Eis.

Bill Veeder langte um sie herum und öffnete das Fenster. Sein Duft benebelte sie. Sofort schwebten Choralstimmen zu ihnen herauf. Fetzen von Weihnachtsliedern. »… Es ist ein Ros' …« und »Stille Nacht, heilige …«

Hinter sich hörte sie Eis gegen Glas klirren. Als sie sich umdrehte, sah sie, daß er zwei Gläser hielt. Eines gab er ihr. »Ich dachte, vielleicht hätten Sie Lust auf einen ganz besonderen, einmaligen Malt«, sagte er.

»Gern.«

Er stieß mit ihr an. »Auf Ihr Wohl, Leslie Wetzon.«

Sie fröstelte plötzlich. »Und das Ihre, Bill Veeder.« Sie nahm einen Schluck, nachdem er getrunken hatte – man durfte nicht unvorsichtig sein im feindlichen Lager –, behielt ihn einen Augenblick im Mund und schluckte dann. Es war der beste Whiskey, den sie jemals gekostet hatte.

Das Singen hatte aufgehört, irgend jemand redete.

Ein diskreter Ton, fast unhörbar, kam vom Telefon. Veeder nahm ab. »Ja.« Er schob die Umschlagmanschette ein wenig hoch und warf einen Blick auf seine Piaget. »Ja«, sagte er noch einmal und musterte Wetzon dabei, als wäre sie ein Puzzle, das er zerlegen und dann wieder Stück für Stück zusammensetzen wollte. Wetzon wandte ihm den Rücken zu. Es war so eine Sache zwischen Mann und Frau. Oder vielleicht zwischen Raubtier und Beute – aber was immer es war, es verursachte ihr Unbehagen. Er sagte: »Xenia? Ja. Gut, dann verabschiede ich mich.« Er legte das Telefon auf.

Wetzon entfernte sich vom Fenster. »Ich glaube, es ist Zeit für mich zu gehen.«

»Noch nicht.« Freundlich stellte er sich ihr in den Weg. »Sie haben den Baum nicht gesehen.« Er führte sie wieder zum Fenster.

Von unten stieg der Jubel wie ein Atompilz hoch. An dem mächtigen Baum gingen schlagartig alle Lichter an, und der Jubel umbrandete sie und verband sie beinahe liebevoll kurz miteinander.

»Fröhliche Weihnachten, Mrs. Wetzon.«

»Fröhliche Weihnachten, Mr. Veeder.«

Sie tranken und beobachteten sich dabei. Dann stellte sie ihr Glas auf seinen wunderschönen Schreibtisch und ging aus dem Zimmer.

Sie war kein Idiot. Das Ganze war eine abgekartete Sache, um Smith und Hartmann zusammenzubringen. Smith war mit Hartmann noch nicht fertig. Nicht im entferntesten.

Und das konnte nur bedeuten, daß Hartmann auch mit Wetzon noch nicht fertig war.

MEMORANDUM

An: Carlos, Leslie, Medora, Foxy, JoJo u. a.
Von: Edward Venderose, Generalintendant
Datum: 3. Dezember 1994
Betr.: Combinations in concert

Ihr wißt, daß Peg Button zugestimmt hat, die Kostüme abzusegnen. Der Verband der Bühnenkünstler hat nichts dagegen, wenn Nancy als Kostümkoordinator auftritt, weil es nur für zwei Aufführungen ist, aber wir meinen, ein Gewerkschaftsmitglied sollte die Arbeit machen. Ich bin glücklich, Euch mitteilen zu können, daß Peg von sich aus angeboten hat, sich auch der Accessoires anzunehmen. Bestimmt seid Ihr mit mir der Meinung, daß sie eine klasse Dame ist.

40. Kapitel

»Und ich bin glücklich, dir mitteilen zu können, daß Peg eindeutig eine wirklich klasse Dame ist«, sagte Carlos. »Ich wette, sie gibt ihr Honorar an Show Biz Shares zurück.«

»Ich bin sicher, daß du recht hast, aber ob Mort das akzeptiert? Er wollte Nancy die Aufsicht über die Kostüme übertragen. Und ganz sicher für nichts, da er ihr ohnehin ein Gehalt zahlt.«

»Meinst du, das hat ebenfalls zur Stellenbeschreibung gehört, Häschen?« fragte Carlos, indem er eine Braue hochzog und das andere Augenlid sinken ließ.

Wetzon berührte mit dem Finger seine hochmütige Nase. »Du bist auch eine klasse Dame, Schatz«, sagte sie.

Sie saßen an dem runden Tisch vor dem Fenster des Café con Leche: Silvestri und Peter Koenig. Sie sah sie, bevor sie selbst entdeckt wurde. Peters Gesicht war gerötet. Er redete und redete. Silvestri hörte zu, nickend, sphinxhaft.

Sofort machte sie kehrt und schlug die Richtung zum Broadway ein. Silvestri hatte darauf bestanden, daß Peter und Wetzon nicht über die Prozedur der Hypnosesitzungen miteinander sprechen würden, bevor beide sie hinter sich gebracht hätten, also marschierte sie zum Broadway, falls man den Weg von einer Ecke zur nächsten als Marsch bezeichnen konnte.

Die Bäume und Sträucher auf dem Mittelstreifen des oberen Broadway trugen Trauben von winzigen Glühbirnen, die zum festlichen Anblick der Straße in der Weihnachtszeit beitrugen. Wetzon ging auf die andere Seite. Vor Zabar's ließ jemand ein Glöckchen erklingen und bat um Spenden für die Obdachlosen; aus einem Kleinbus schallten Weihnachtslieder; auf Tischen stapelten sich Bestseller (wahrscheinlich bei Verlagen geklaut), die zum halben Preis verkauft wurden.

Sie betrat Zabar's. Um sechs Uhr war es selbst in der Vorweihnachtszeit nicht so furchtbar voll. Wenigstens konnte man herumgehen, ohne ständig mit jemandem zusammenzustoßen. Sie erstand zwei Pfund ungemahlenen Kaffee, ein Päckchen aufgeschnittenen schottischen Lachs, sechs Bagels, einen Preßkopf, Rahmkäse mit Schalotten, ein Stück Gruyère, ein Dutzend Eier und ein Töpfchen Reispudding. Wenn sie sich kaputt fühlte und ihre Seele wund war, wirkte Reispudding lindernd.

Man konnte am Inhalt des Einkaufswagens oder -korbs immer feststellen, was für eine Party die Person vor einem in der Schlange geben würde. Die Frau direkt vor ihr trug ausgelatschte Laufschuhe, eine schmuddelige Hose sowie eine ausgebleichte blaue Daunenjacke voller Risse, durch die Federn drangen. Ihr Wagen war randvoll beladen mit Bageltüten, polnischen Würsten und Paketen mit Räucherfisch. Ein bescheidener Brunch am Feiertag? Die Kassiererin tippte eine Gesamtsumme von fast zweihundert Dollar ein, und die Frau ließ eine goldene American Express-Karte auf die Theke fallen.

Mit das Beste an der West Side war, daß man in alten Sachen und ohne Make-up aus der Wohnung laufen konnte, und kein Mensch würde es einem vorhalten. Die West Side gab sich leger.

Wetzon bezahlte ihren Einkauf und kehrte zu dem Restaurant in der Amsterdam zurück. Silvestri saß nun allein da und trug Notizen in sein kleines Buch ein. Die harte Kinnlinie war weicher geworden. Sein Haar berührte im Nacken gerade den Kragen. Je mehr er vorne verlor, desto länger ließ er es hinten wachsen. Aber viel länger durfte es nicht werden, denn Police Plaza Nummer Eins hatte zwar nicht so strenge Haarvorschriften, aber es gab dennoch Grenzen. Wenn man nicht gerade im Untergrund arbeitete, war ein Zöpfchen ein eindeutiger Minuspunkt.

Er war alles, was sie wünschte, dachte sie, als sie im Dunkeln stand und ihn durch das Fenster beobachtete. Dann schaute er auf und entdeckte sie, wobei sein Gesicht einen eigenartigen Ausdruck annahm, der aber im Nu verging.

»Hallo«, sagte sie, als sie ins Restaurant kam. Er steckte sein Notizbuch in die Innentasche und stand auf. Der Mann hinter der Theke, der Gläser abtrocknete, riß die Augen auf.

Silvestri gab ihr einen flüchtigen Kuß oder versuchte es wenigstens, aber keiner von beiden empfand ihn als solchen. Er zog den Stuhl für sie vor, während der Mann von der Theke die leeren Kaffeetassen abräumte, über den Tisch wischte und die Speisekarten vor sie legte.

»Nina stößt gleich zu uns«, sagte Silvestri.

»Wie ist es mit Peter gelaufen?«

»Warten wir, bis Nina hier ist, dann brauche ich es nicht zweimal zu erzählen.«

»Gut. Bestell mir bitte ein Glas Merlot.« Auf dem Weg zur Toilette atmete sie den schweren Knoblauchdunst ein, der aus der Küche drang.

Als sie zurückkam, saß Nina da, und auf dem Tisch standen drei Gläser Rotwein. Nina lächelte Wetzon zu.

»Bestellen wir erst«, sagte Silvestri, »dann können wir reden.« Sein Notizbuch lag wieder auf dem Tisch.

Wetzon und Nina bestellten Shrimps und Reis, und Silvestri nahm Schweinebraten und eine Platte Bananen. Der Kellner stellte ihnen einen Teller mit knusprigen Dreiecken Knoblauchtoast hin.

»Möchtest du anfangen, Nina?« fragte Silvestri.

»Nach dir.« Nina trug dasselbe sehr gut sitzende Straßenkostüm, das Wetzon schon an ihr gesehen hatte, das Haar war aufgesteckt in einem strengen, aber irgendwie sexy wirkenden Nackenknoten. Sie nahm sich eine Scheibe Toast und kostete den Wein. »Wie ist die Hypnose gelaufen?«

Silvestris Augen umwölkten sich. »Ganz gut. Ich möchte im Moment nicht zu sehr ins Detail gehen, weil Les ihre noch ...«

»Freitag nachmittag«, unterbrach ihn Wetzon. »Dam-da-dam-da.«

»Gut, sag mir nur, ob Peter sich an etwas erinnert hat, das uns weiterbringen könnte.«

»Vielleicht.« Silvestri blätterte die Seiten um, bis er die Stelle fand, nahm einen Schluck Wein und aß dann eine Scheibe Knoblauchtoast. »Unter Hypnose kam ihm Terri nervöser vor, als er sie in Erinnerung hatte. Ihr Koffer stand offen in ihrem Wohnzimmer, und sie war beim Packen.«

»Hat sie ihm gesagt, wohin sie gehen wollte?« fragte Wetzon.

»Sie wollte die Stadt nicht verlassen, sondern in eine andere Wohnung umziehen.«

»Weiter«, sagte Nina.

»Sie sah immerzu auf die Uhr, als erwartete sie jemand.«

»Wie wir vorausgesetzt haben: der prominente Liebhaber«, bemerkte Nina.

»Auf ihrem Couchtisch lag Post verstreut. Rechnungen – New Yorker Telefongesellschaft, Stadtwerke – und ein Stapel Briefe mit einem roten Gummiring darum. Der oberste Umschlag war an Terri adressiert und hatte keinen Absender.«

»Vielleicht auf der Rückseite«, sagte Wetzon.

»Kann sein. Jedenfalls wimmelte sie ihn ab, und er war empört. Sie sagte ihm – und das scheinen genau ihre Worte gewesen zu sein –, daß für ihn kein Platz in ihrem Leben sei. Er glaubte, die Handschrift zu kennen, aber er konnte die Verbindung nicht herstellen und vergaß es deshalb.«

Wetzon stöhnte. »Ach, hör auf, die Handschrift? Klingt das nicht an den Haaren herbeigezogen, Silvestri? Bist du sicher, daß er die ganze Geschichte nicht erfunden hat, um den Verdacht von sich abzulenken?«

»Wir haben Koenig noch nicht ausgeschlossen, Les, aber es gibt keinen konkreten Beweis, der auf ihn ...«

»Sein Blut, was für eine Blutgruppe hat er?«

»Jetzt bin ich an der Reihe«, sagte Nina, dann wartete sie, bis der Kellner ihr Essen serviert hatte.

Auf der Straße strahlten die Lichter der Weihnachtsdekorationen in den Restaurants und Geschäften entlang der Amsterdam Avenue und spiegelten sich gegenseitig wie eine Kettenreaktion. Die Bürgersteige waren voller Menschen, die kauften, von der Arbeit kamen, kauften, einen Platz zum Abendessen suchten, kauften.

Sie begutachteten, was jeder bestellt hatte, und begannen zu essen.

»Peter Koenigs Blutgruppe ist AB«, sagte Silvestri.

»Ich habe mit April Battle gesprochen«, erklärte Nina. »Genetisch ist April A_2A_2. Sie mußte ein A_2 von wenigstens einem Elternteil erben, der A_2A_2, A_2A_1, A_20 oder A_2B haben könnte.«

»Ich komme nicht mit«, murmelte Wetzon.

»Mach weiter«, sagte Silvestri. Sah sie ein spöttisches Grinsen in seinem Gesicht?

Nina lächelte. »Es ist ganz einfach. April Battles Mutter, Medora, hat die Blutgruppe 0. April hat ihre seltene Blutgruppe von ihrem Vater geerbt. Es war Rog Battle, der A_2A_2 hatte.«

MEMORANDUM

An: Carlos, Medora, Foxy, Leslie, JoJo, Ensemble und Personal
Von: Edward Venderose, Generalintendant
Datum: Donnerstag, 7. Dezember 1994
Betr.: Combinations in concert

Euer Gedächtnis bedarf vielleicht einer Auffrischung hinsichtlich der Proben, hier also der endgültige Plan:

Die Proben beginnen Freitag, 16. Dezember, um 10 Uhr, finden statt am 17., pausieren am Sonntag, beginnen wieder am Montag, dem 19., um 10 Uhr, jeweils im Minskoff.

Es wird erwartet, daß Mort und Carlos durchgehend anwesend sind.

Wir ziehen am Dienstag, 20. Dezember, um 10 Uhr ins Richard Rodgers um. Die Presse ist zur Probe eingeladen. Dort proben wir die Show von 11 Uhr bis 13 Uhr durch.

Am Mittwoch, dem 21., haben wir Kostümprobe von 10–13 Uhr. Die für Garderobe und Frisuren zuständigen Personen werden dasein.

Das Orchester wird während der Kostümprobe zur Verfügung stehen und weiter bis zur abschließenden Probe von 14–17 Uhr.

Macht's gut. Konzentriert Euch darauf: Wenigstens ist die Laufzeit begrenzt.

41. Kapitel

»Wäre es nicht schlauer, die Presse für Mittwoch einzuladen, damit wir alle kostümiert sind? Ich rufe Mort an und schlage es vor.«

»Spar dir die Mühe, Häschen. Schon geschehen. Gotham Magazin *kommt zur Kostümprobe. Sie haben Publikum eingeladen. Es weihnachtet, Noel, Noel. Der Verleger revanchiert sich für alle Gefälligkeiten.«*

»Moment. Gratis? Sie zahlen nicht? Spenden sie etwas für Show Biz Shares?«

Carlos zuckte die Schultern. »Es ist Reklame, Schatz.«

»Dadurch wird keine einzige Karte verkauft. Das wissen wir beide. Es ist Reklame für die gottverdammte Fernsehshow.«

Als sie aus dem Probenstudio kam, war sie so müde, daß sie am Broadway ein Taxi nahm. Carlos, dieses überaus gesellige Geschöpf, war schon wieder zu einer Party gegangen, diesmal bei seiner Zunft. Er hatte sie eingeladen mitzukommen, aber sie hatte abgelehnt. Wetzon hielt die Mitglieder für eine wunderliche und untereinander konkurrierende Gruppe angepaßter Esoteriker und zartbesaiteter Feiglinge. Nicht den Bruchteil einer Sekunde wollte sie in ihrer selbstbeweihräuchernden Gesellschaft verbringen.

Der Besuch einer solchen Party würde sie krank machen und sie veranlassen, zu zischen und zu buhen. Weihnachten aber war das Fest der Liebe und nicht geeignet zum Zischen und Buhen.

Gegenüber von ihrem Haus stieg sie aus dem Taxi und fühlte sich beinahe köstlich übersättigt von der Probe. Sie war träge und gleichzeitig belebt, schwebte einige Zentimeter über dem Boden; ihre Endorphine schienen voll aktiv. An der Haustür hing ein großer Kranz, der wackelte, als Mario, der Portier, ihr die Tür aufhielt. Ein reichgeschmückter Weihnachtsbaum füllte eine ganze Ecke der Halle aus. Bei den Briefkästen begann ein Mann von UPS gerade, Dutzende von Paketen abzuladen.

Mit ihrer Post in der Hand schwebte sie in den Aufzug. Im zwölften Stock hatte einer der Nachbarn einen großen Weihnachtsstern auf die weiße Schleiflackanrichte gestellt, die den gemeinsamen Flur der vier Wohnungen schmückte. Es roch aufdringlich nach Knoblauch. Silvestri war zeitig zu Hause.

Sie öffnete die Tür und hielt gleich darauf das kleine Paket namens Izz in ihren Armen. Das neue Beatles-Album lief auf voller Lautstärke, und Silvestri war damit beschäftigt, Champignons in der Sautierpfanne zu wenden.

»Himmlisch«, sagte sie.

»Linguine al funghi.« Er grinste sie durch den Dampf an. »Oder so was Ähnliches. Fünfzehn Minuten. Gieß den Wein ein, Brot steht auf dem Tisch.«

Sie setzte den kleinen Hund auf den Boden, hängte den Mantel auf und ließ ihre Aktentasche und Handtasche auf den Boden fallen, damit Izz sie inspizieren konnte. Dann kam sie in die Küche und atmete tief ein. »Wer sind Sie und was machen Sie in meiner Küche?« Sie schlang die Arme um seine Taille und schmiegte den Kopf an seinen Rücken. Er war voller Überraschungen.

»Dein Liebhaber, der gekommen ist, um dich zu verführen. Aber zuerst das Aphrodisiakum.« Er schüttelte die Pilze mit fast professionellem Selbstbewußtsein.

»Ah, klar«, sagte sie.

Er zog sie herum und küßte sie auf die Nase. »Ich möchte mit dir durchgehen, was dich morgen erwartet.«

»Also bestichst du mich mit Funghi, weil du weißt, daß ich verrückt auf Champignons bin, habe ich recht?«

»So in etwa. Danach verführe ich dich dann.«

»Okay. Dann ziehe ich mich am besten dem Anlaß entsprechend an.«

Sie nahm die Flasche Burgunder und überließ ihn seiner Kocherei. Wie sehr sie ihn liebte, wenn er so war.

Der Tisch war mit Leinenservietten und Kerzen gedeckt. Sie machte »hm« nach Smith-Manier, schenkte Wein ein und zündete die Kerzen an, dann ging sie über den Flur ins Schlafzimmer und legte ihr Kostüm ab. Darunter trug sie noch die Tanzkleidung. Er hatte die Leggings und Wadenwärmer unter ihrem Kostümrock gar nicht bemerkt.

Silvestri erwartete sie, die Pasta gerecht verteilt, Salat daneben, als sie zurückkam. »Was für eine wunderbare Ehefrau du eines Tages für eine glückliche Person abgeben wirst, Silvestri. Wenn du nun noch die Wäsche …«

»Ich kümmere mich nicht um Wäsche oder Fenster«, sagte er, »aber ich …«

»Macht nichts. Zuerst das Wichtigste, oder ich bin morgen ein Wrack.«

Die Mahlzeit in Verbindung mit Burgunder und der Tanzprobe genügte, um sie beschwipst zu machen. Nachdem sie den Tisch abgeräumt und die spärlichen Reste weggestellt hatten, denn Silvestri aß gern um Mitternacht noch mal, trug Wetzon Tassen und ihre Glaskanne mit Starbucks' haarsträubendem Koffeinfreien ins Wohnzimmer.

»Wo fangen wir an?« Sie füllte die Tassen und setzte sich auf den Sessel gegenüber, während er es sich mit Izz auf dem Sofa bequem machte.

»Hast du Angst davor, Les?«

Sie schüttelte den Kopf. »Angst nicht direkt. Sorge eher. Wirst du dabeisein?«

»Wenn du möchtest.«

»Ich möchte. Warum erzählst du mir nicht etwas von diesem McLean? Ist er in Ordnung?«

»Er ist ein guter Kerl. Ein Fachmann, klinischer Psychologe, Kriminologe und ehemaliger Polizist.«

»Was bedeutet, daß er noch immer Polizist ist.«

»Einer der besten.«

»Vermutlich habe ich Angst, daß er in meiner Psyche gräbt und …«

»Das wird er nicht tun. Er führt dich nur in eine ganz bestimmte Zeit zurück. Nichts weiter. Tom ist ein echter Profi. Du wirst ihn mögen. Ich habe ihm die Unterlagen zu dem Fall gegeben und von dir erzählt.«

»Was hast du ihm erzählt, Silvestri?« Sie konnte es nicht ausstehen, wenn man über sie redete. Irgendwie kam sie sich dadurch herabgewürdigt vor.

»Daß du neunmalklug und dickköpfig bist«, entgegnete er. »Was denkst du wohl, was ich ihm gesagt habe?«

»Das würdest du nie sagen, weil du, mein Lieber, auch ein echter Profi bist. Machen wir es in seinem Büro?«

»Ja. Am selben Ort wie Koenig. Du brauchst dich nur mit

mir um Viertel nach zwei in der Halle des Verwaltungsgebäudes des John Jay zu treffen, und ich bringe dich hinauf.«

»Silvestri, ich habe viel über das alles nachgedacht … Ich würde wetten, daß Terri bereits tot war, als Rog starb.«

»Wie kommst du darauf? Weißt du etwas, was du mir nicht gesagt hast?«

»Ein Gefühl im Bauch. Vielleicht hat Rog Terri umgebracht. Vielleicht sollten wir eine richterliche Verfügung erwirken und ihn exhumieren lassen. Was wäre, wenn auch sein Tod nicht natürlich war?«

»Aber welches Motiv hatte er, sie zu ermorden, Les? Und eine Exhumierungsverfügung bekommt man nicht so leicht. Machen wir eins nach dem andern. Bring erst mal morgen hinter dich.«

»Vielleicht wollte er Medora verlassen und …«

»Dann hätte Medora ein besseres Motiv, beide umzubringen.«

Sie stand auf. »Du hast recht. Ich gehe duschen.«

»Noch nicht«, sagte er, indem er ebenfalls aufstand.

Das Telefon läutete.

»Geh nicht ran.«

Ihr Anrufbeantworter ersparte ihr die Entscheidung. Einen Augenblick später sagte eine aufgeregte Stimme. »Leslie? Ich muß dich sprechen. Deine Freundin, diese Blutärztin, hat April belästigt. Du glaubst, ich wüßte nicht, was ihr tut?« Medora schrie jetzt. »Haltet euch von meiner Tochter fern, und haltet euch aus meinem Leben heraus!« Der Anruf endete mit einem Knall so scharf wie ein Pistolenschuß.

Silvestri sah sie an. »Tja, wir haben mit Sicherheit einen Nerv getroffen.«

MEMORANDUM

An: Carlos, Medora, Foxy, Leslie, JoJo, Ensemble und Personal
Von: Edward Venderose, Generalintendant
Datum: 8. Dezember 1994
Betr.: Combinations in concert

Hier kommt eine gute Nachricht, die uns alle erleichtert aufatmen läßt. Die Benefizveranstaltung Combinations in concert *ist restlos ausverkauft. Die Kasse ist geschlossen, was bedeutet, daß wir viel Geld sparen.*

Wenn Ihr noch Karten braucht oder jemanden kennt, der welche kaufen möchte, wendet Euch bitte sofort an Nancy.

42. Kapitel

»Was bedeutet das?« fragte Silvestri, der Wetzon über die Schulter schaute. »Ausverkauft ist ausverkauft – in normaler Sprache wenigstens.«

»Das Theater verwendet keine normale Sprache. Im Theater, Silvestri, ist ausverkauft nie völlig ausverkauft. Die Kasse kann immer noch etwas aus der Tasche ziehen, und der Generalintendant genauso. Sie legen immer Karten für Berühmtheiten beiseite. Ich meine, wenn der Präsident und sein Gefolge kommen möchten …«

»Und wenn sie nicht verkauft werden, diese Phantomkarten?«

»Bei einem Hit, Silvestri, werden sie immer verkauft.«

Kurz nach zwei Uhr trafen sie sich im Verwaltungsgebäude des John Jay.

Silvestri redete ununterbrochen, aber sie hörte ihn kaum. Es war, als befände sie sich bereits in hypnotischer Trance.

»Tom McLean«, sagte er gerade. »Aus D.C. … aus dem aktiven Dienst ausgeschiedener Detective … klinischer Psychologe und Kriminologe … ständig gefragt …«

Wetzon sah ihn von der Seite an. Warum schwatzte er so drauflos? Während sie in den Aufzug traten, sagte sie schließlich: »Bist du wegen irgendwas nervös, Silvestri?«

Er drückte auf 6, wechselte ein paar belanglose Worte mit anderen Detectives und antwortete ihr erst, als sich der Aufzug im vierten Stock leerte. Dann drückte er fest ihre Hand. »Was denkst du denn, Kleines?«

»Ich weiß, daß du dich verhältst, als würde ich vielleicht etwas sagen oder tun, das dir peinlich wäre, Silvestri.«

Er sah sie erschrocken an. Dann hielt der Aufzug, und sie stiegen aus. Er hielt noch immer ihre Hand.

»Löse ich solche Gefühle in dir aus?«

Sie nickte.

»Um Himmels willen, Les. Das tut mir leid. Das ist nicht meine Absicht.« Seine Stirn runzelte sich besorgt.

»Du bist sehr damit beschäftigt, dich gegen mich abzuschirmen, Silvestri ...«

»Okay, Les, ich habe zugehört. Wir sprechen später darüber. Im Augenblick geht es nicht um mich. Du mußt den Kopf frei bekommen und dich für die bevorstehende Sitzung entspannen.« Er schaute auf sie hinab; seine Lippen bewegten sich, als wollte er noch etwas anderes sagen.

Sag es doch einfach, Silvestri, dachte sie. *Sag es.*

Und genau da tat er es. Er sagte: »Ich liebe dich, Les. Und ich möchte dich in Sicherheit wissen.«

Das erste, was Wetzon an Tom McLean auffiel, waren seine Augen. Sie waren mittelbraun und samten. Freundliche Augen. Er sah wie ein Arzt aus, untersetzt, in dunkelgrau kariertem Anzug mit weißem Hemd und rotgemusterter Krawatte. Ein idealer Doktor, wie von Norman Rockwell gezeichnet, nur jünger. Tom McLean war wahrscheinlich Ende Vierzig oder Anfang Fünfzig. Sein Gesicht wies genau den richtigen Grad von Abnutzungserscheinungen auf.

»Nur herein, und machen Sie sich's bequem, Leslie«, sagte er. Sein Händedruck war fest und die Hände warm. Die hohe Stirn zeigte einen schon ein wenig zurückweichenden Haaransatz, das Haar war schwarz mit grauen Fäden. Ihre Hände waren eiskalt, aber er machte keine Bemerkung, sondern zeigte nur auf einen großen Ledersessel, der nachgab, als sie in seine tröstliche Tiefe sank.

»Wäre es Ihnen recht, wenn Silvestri bliebe?« fragte sie.

»Möchten Sie das?«

Sie nickte und fühlte sich plötzlich wie Alice im Wunderland, die langsam schrumpfte. »Ja, es wäre mir lieb.«

»Okay, Silvestri, häng die Mäntel in den Schrank dort. Ich möchte, daß du dort drüben sitzt.« Er zeigte auf einen Stuhl, der ganz außerhalb von Wetzons Gesichtsfeld stand. »Piepser abgeschaltet?«

Silvestri sagte: »Ich kenne die Prozedur.«

»Müssen Sie vorher auf die Toilette, Leslie?« fragte McLean. »Wir werden hier eine Weile brauchen.«

»Nein, ich fühle mich wohl.« Silvestri hatte sie gewarnt. Bei der Sitzung mußte man eine leere Blase haben.

Das Zimmer wirkte wie ein Arbeitszimmer. Ringsum standen Bücher, und irgendein Stück von Bach war gerade noch zu hören. Ihre Füße ruhten auf einem verblaßten Perser in gedämpften Brauntönen. Tom McLean saß an seinem aufgeräumten Kirschbaumschreibtisch und lächelte sie beruhigend an.

Die Nachmittagssonne lag auf den geschlossenen Jalousien, die den Raum zu einem Kokon machten. Es hätte jede Jahreszeit sein können, sogar Sommer.

McLean sagte: »Entspannen Sie sich, Leslie. Sie befinden sich in guten Händen. Ich habe mehr als tausend solcher Gespräche geführt.«

»Silvestri hat es mir gesagt.« Sie wünschte, er würde zur Sache kommen.

»Ich möchte Ihnen das Gefühl geben, daß Sie mir alles sagen können. Sie sollen sich bei mir so wohl fühlen, daß Sie Ihre Wachsamkeit fallenlassen. Ich schalte die Lampen etwas herunter, und ich möchte, daß Sie Kleidungsstücke lockern, die Sie beengen.«

Sie trug ein Straßenkostüm. Verdammt, alles beengte sie. Als Kompromiß zog sie die Jacke aus und legte sie auf einen Beistelltisch, dann sank sie wieder in den Sessel. Er drehte das Licht herunter, ohne vom Stuhl aufzustehen.

»Sie haben keine Probleme mit Aufzügen, Leslie?«

»Nur wenn ich lange auf sie warten muß.«

»Gut. Ich geleite Sie jetzt in einen natürlichen Zustand des Entspanntseins. Dies ist kein Schlaf, und Sie werden nicht in Trance geraten.« Seine Stimme war tief und fast melodiös, doch fesselnd. Sie konnte sich ihr nicht entziehen. »Sie werden sich behaglich fühlen. Sie werden nie außer Kontrolle geraten. Sie können dies hier jederzeit abbrechen. Ich werde Sie nur nach dem einen Vorfall fragen, auf den wir uns schon früher geeinigt haben. Sind Sie damit einverstanden?«

»Ja.«

»Und ich verwende dieses Tonbandgerät, weil es wichtig ist, genau festzuhalten, was ich frage und was Sie antworten.«

»Okay.« Ihr wurde mit einer gewissen Ehrfurcht klar, daß sie okay zu allem sagen würde, was immer er vorhätte.

»Sie stammen nicht aus New York, Leslie?«

»Nein. Ich bin auf einem Bauernhof in New Jersey nicht weit von der Küste aufgewachsen, aber seit fast zwanzig Jahren wohne ich hier.«

»Vermissen Sie es jemals?«

»Was? Den Bauernhof?« Als er nickte, fuhr sie fort: »Nie. Ich fühlte mich dort begraben. Eingesperrt.«

»Erzählen Sie mir, was Sie tun, um sich zu entspannen.«

»Übungen an der Barre. Hat Silvestri es Ihnen nicht gesagt? Ich war Tänzerin.« Sie lächelte. »Ich war eine wirklich gute Tänzerin.«

»Am Broadway?«

»Ja.«

»Tun Sie noch etwas anderes zum Entspannen? Etwas körperlich nicht so Anstrengendes vielleicht, etwas, was Sie glücklich macht?«

»Yoga, aber das ist auch körperlich. Vermutlich entspricht die körperliche Betätigung meiner Natur. Aber ich beschäftige mich auch mit TM, transzendentaler Meditation. Und manchmal bereite ich eine große Tasse Kaffee, ziehe die Füße aufs Sofa hoch, lege Mozart auf und lese einen Roman.«

»Was lesen Sie?«

»Doctorow oder Jane Smiley oder Anne Tyler. Wenn ich weiß, daß ich nicht ans Telefon gehen oder mich mit irgendeiner Krise in der Firma befassen muß, macht mich das unglaublich glücklich.« Seine Augen forderten sie auf, mehr zu sagen, aber sie schwieg.

»Wir werden Ihren Körper ausschalten, Leslie, um zu Ihrem Geist vorzudringen. Ihr Körper wird eine träge, schwere Masse. Sie hören Ihren Herzschlag, fühlen Ihr Blut durch die Adern strömen.« Er sprach langsam und gleichmäßig, und sie spürte, daß sie tiefer in den Sessel sank.

»Wir arbeiten jetzt zusammen, damit Sie zu dem Punkt gelangen, an dem Sie sich wirklich erinnern wollen. Wir führen eine Reihe geistiger Übungen durch, wandern zu verschiedenen Orten, die Sie von Ihrem Ich wegführen und Sie veranlassen, Ihre Energie auf etwas anderes als die tägliche Routine zu konzentrieren.« Seine Stimme war tief und sanft; sie umfloß sie wie warmer Sonnenschein. »Dann, wenn Sie sich sehr wohl fühlen, fördern wir Ihre Erinnerungen an dieses bestimmte Ereignis zutage und projizieren sie auf einen Fernsehschirm. Wir können dann Ihre Erinnerung ablaufen sehen, so daß auch Sie Beobachterin sind.«

»Oh«, sagte sie leicht enttäuscht. »Sie versetzen mich nicht in diese Erinnerung, um sie erneut zu durchleben?«

»Nach meiner Erfahrung erinnern Sie sich an weit mehr, wenn Sie sich außerhalb Ihrer selbst stellen. Dann ist es so, als sähen Sie sich einen alten Film an. Was wir hier tun, ist sehr wichtig. Sie sind es Ihrer Freundin schuldig. Fühlen Sie sich dabei wohl, Leslie?«

»Ja.« Sie hatte doch etwas gesagt, oder nicht? Aber sie konnte sich kaum hören. Der Sessel unter ihr war ein warmer, sanfter Schoß, und sie sank zurück in einen weichen Leib, während sich ihr Körper entspannte.

»Ich werde Sie bitten, sich zu erinnern, Leslie. Möchten Sie das?«

»Ja«, sagte sie, den Blick auf ihn gerichtet. Er war so freundlich. Sie spürte die letzten Reste des Widerstands aus ihren Fingerspitzen entweichen.

»Jetzt werden Sie sich bewußt befehlen, dies zu befolgen – sich zu entspannen und zu tun, worum ich Sie bitte. Vielleicht werden Sie ängstlich. Dann sagen Sie es mir. Sagen Sie, ob Sie tun können, worum ich Sie bitte.«

Ihre Atmung verlangsamte sich, wurde tiefer. Sie staunte,

während sie sich noch immer beobachtete. »Ja«, hauchte sie, aber sie war sich nicht sicher, ob sie es laut gesagt hatte.

»Ich möchte, daß Sie die Hände mit gespreizten Fingern flach auf die Schenkel legen«, sagte McLean. Sie hatte seinen weichen Bariton im Ohr, der wiederholte: »Sie spüren, wie Sie langsam tiefer in den Sessel sinken. Konzentrieren Sie sich auf meine Stimme, Leslie. Ich möchte, daß Sie sich auf die Spitze des Ringfingers Ihrer rechten Hand konzentrieren. Beobachten Sie Ihre Fingerspitze.«

Sie starrte auf die Fingerspitze und den ovalen Nagel mit Perlmuttlack. Es war eine schöne Fingerspitze.

»Jetzt, Leslie, werden Sie Ihre gesamte innere Kraft und Energie sammeln. Dabei werden Sie eine sehr erfreuliche Erfahrung machen, weil Sie lernen, sich durch die Konzentration auf meine Stimme zu entspannen. Und dann tun Sie, was ich Ihnen sage. Beobachten Sie Ihre Fingerspitze … hören Sie auf meine Stimme … tun Sie, was ich sage.«

Die Zeit dehnte sich langsam wie ein Akkordeon, das keinen Ton erzeugt.

»Beobachten Sie Ihre Fingerspitze … hören Sie auf meine Stimme … tun Sie, was ich sage.«

Sie fühlte sich treiben, konnte die Augen nicht offenhalten, dennoch raste eine spektakuläre Light-Show durch ihr Hirn, und Stimmen wurden hörbar, alle zugleich, als überschnitten sich sämtliche Telefonleitungen der Stadt.

Seine Stimme klang monoton. »Sie haben den Kopf voller Lichter und Stimmen. Lassen Sie es geschehen. Versuchen Sie nicht, sie auszuschalten. Ihre Augenlider werden jetzt schwer, und Ihre Atmung hat sich verlangsamt. Sie fühlen sich erschlaffen. Holen Sie tief Luft und lassen Sie die Spannung heraus. Ihr Körper wird schwer. Gleich werden Sie spüren, daß sich Ihre Augen zu schließen beginnen. Lassen Sie es geschehen, Leslie. Hören Sie auf meine Stimme. Tun Sie, was ich sage.«

Ihre Augen schlossen sich, während er sprach, doch sie schlief nicht. Sie konnte das Leder des Sessels riechen, konnte sich atmen hören.

»Ihr Geist ist jetzt sehr klar, Leslie. Leer von Gedanken. Hören Sie auf meine Stimme. Tun Sie, worum ich Sie bitte.«

Sie hing in der Luft, schwebte, hatte nur seine Stimme als Anker, konnte aber ihren regelmäßigen Atem hören. Alle Spannungen ihres Lebens fielen langsam von ihr ab. Sie war vollkommen ruhig.

»Stellen Sie sich vor, daß Sie langsam über einen Sandstrand gehen. Es ist später Nachmittag. Schauen Sie sich zu.«

Sie ist plötzlich wieder ein Teenager, wandert bei Seaside am Strand, spürt die Zehen den warmen Sand greifen ...

»Sie sind allein, Leslie, gehen ... langsam ... gemächlich. Der Sand ist warm. Sie hören den brausenden Rhythmus der Wellen. Während Sie gehen, werden Sie mit jedem Schritt entspannter. Ihre Augenlider sind schwer ... Ihre Muskeln sind schwer. Ihr Körper entspannt sich mehr und mehr mit jedem Schritt. Ihr Atem geht immer langsamer. Sie haben keine Angst, weil Sie nichts befürchten müssen.«

Ihre Schritte werden langsam, bis sie kaum noch vorankommt. Sie kann die Salzluft riechen, den Seetang, die Sonnenbrandlotion mischt sich mit Sonne und Schweiß. Sie kann die Wellen nicht mehr hören, nur Tom McLeans Stimme allein erreicht sie, beruhigt sie. Sie weiß, daß sie ihm überallhin folgen würde.

»In der Ferne«, sagte er, »sehen Sie einen Turm aus gelbem Stein. Er ist von Efeu überwuchert. Sie kommen näher und näher, und Sie betreten das Gebäude. Ein Aufzug wartet auf Sie. Sie steigen ein und drücken auf ›zehn‹. Im zehnten Stock ist ein Zimmer eigens für Ihre ungestörte Ruhe vorbereitet. Während Sie von Stockwerk zu Stockwerk höhersteigen, spüren Sie, wie Sie sich mehr und mehr entspannen. Bis zum dritten Stock empfinden Sie Frieden; bis zum vierten schließen sich Ihre Augen.«

Sie lauscht seiner Stimme, die langsam die Zahlen sagt, eine nach der andern, Stockwerk auf Stockwerk, Woge auf Woge.

»Sie befinden sich jetzt im zehnten Stock, verlassen den Aufzug und gehen mitten ins Zimmer. Dort sind Sie von warmem Licht umgeben. Ein Stuhl wartet auf Sie. Setzen Sie sich, Leslie, machen Sie sich's bequem, lauschen Sie dem Ozean. Der letzte winzige Rest von Anspannung fällt von Ihnen ab.«

Schrumpfen. Sie beginnt zu schrumpfen. Als ob sie keine Knochen hätte. Keine Knochen, keine Knochen. Knochen ...

»Stellen Sie sich vor, daß ich einen gasgefüllten Luftballon an Ihr rechtes Handgelenk binde. Jetzt lasse ich den Ballon los, und Sie spüren einen Ruck, und sachte ... eins ... zwei ... drei ... hebt sich Ihre Hand. Lassen Sie es geschehen, und während sie sich hebt, spüren Sie, wie der letzte winzige Rest von Anspannung Ihren Körper verläßt.«

Sie spürt den Ruck, fühlt die Hand sich heben, heben ... heben. Ihre Augenlider sind zu schwer, um sie zu öffnen.

»Sie machen das sehr gut, Leslie. Sie werden ein wunderbares Erlebnis haben. Jetzt binde ich den Luftballon ab, und Ihre Hand schwebt hinunter und legt sich auf Ihren Schenkel.«

Seine Stimme schweigt. Sie lauscht nach ihr, möchte sie wieder hören, dann ist sie wieder da, und sie folgt ihr.

»Jetzt, Leslie, stellen Sie sich vor, daß Sie in dem warmen, gemütlichen Zimmer sitzen und auf einen Fernsehschirm schauen. Drehen Sie den Wahlschalter, bis er am 18. März 1976 stehenbleibt. Sie arbeiten in Ihrer ersten Broadwayshow, und Sie sind in Boston zur Voraufführung und befinden sich in dem kleinen Hotelzimmer, das Sie mit Ihrer Freundin Terri Matthews teilen. Es ist die Nacht vor der Premiere in Boston. Können Sie sich sehen?«

Das Zimmer ist ärmlich. Terri hat die Möbel verrückt, damit die Betten nicht nebeneinanderstehen. Der schwache Geruch nach Puder mischt sich mit Haarspray. L'air du Temps, Terris Parfüm, breitet sich in der Luft aus. Regen schlägt gegen die Fenster, tropft wie schwarze Tränen ab, sickert durch den morschen Rahmen.

Sie starrt auf das Bild. »Es ist so dunkel.« Sie kann sich nicht finden und hat Angst. »Wo?« fragt sie. »Wo? Wo bin ich?«

MORTON HORNBERG PRODUCTIONS
234 West Forty-fourth Street
New York, New York 10036
9. Dezember 1994

Mr. Conrad Berry
Leitender Direktor
Show Biz Shares
163 West 46th Street
New York, New York 10036

Lieber Connie,

Betr.: Combinations in concert

In der Anlage erhalten Sie unseren rechtsgültig ausgefertigten Vertrag für das obenerwähnte Ereignis.

Vielen Dank für die gute Zusammenarbeit.

Mit besten Wünschen
Edward Venderose
Generalintendant

EV/ns
Anlage
Durch Boten
Kopien: Carlos Prince und Leslie Wetzon

43. Kapitel

»Carlos, lach nicht. Vertrag heißt, es ist amtlich. Langsam werde ich nervös. Ich bin keine dreiundzwanzigjährige Ballettratte am Broadway. Im Januar werde ich vierzig. Ich habe seit zehn Jahren nicht mehr auf einer Bühne gestanden.«

»Schatz, keine Sorge. Schreib das auf.« Er rasselte eine Telefonnummer herunter.

»Wer ist das? Moment. Ich kenne die Nummer. Es ist Chita.«

Chita Rivera war das große Vorbild jeder Tänzerin. Sie tanzte mit sechzig noch, trotz des schrecklichen Unfalls, nach dem die Ärzte erklärt hatten, sie würde nie wieder tanzen können.

»Also«, sagte Carlos gedehnt. »Muß ich mehr sagen?«

»Nur Geduld, Leslie. Sie brauchen keine Angst zu haben. Es ist Nacht. Deshalb ist es dunkel. Lassen Sie Ihren Augen Zeit, sich an die Dunkelheit zu gewöhnen.«

Sie hörte sich langsam und tief atmen. »Da sind zwei Betten«, sagte sie. »Terri hat ihres an die andere Seite des Zimmers gerückt. Leslies steht unter dem Fenster, und es regnet herein auf sie … mich. Es regnet herein auf mich. Ich liege im Bett. Ich friere. Das Zimmer hat keine Heizung. Es ist kalt in Boston.«

»Ja, das stimmt. Es ist die Nacht vor der Premiere. Sind Sie mit den anderen Schauspielern fortgewesen?«

»Wir sind alle ausgegangen, um Bier zu trinken und chinesisch zu essen. Ich kann die Rippchen riechen. Sie waren sehr gut.«

»War Terri dabei?«

»Ich glaube ja … nein … Moment … sie sollte kommen, aber dann ist sie doch nicht erschienen. Ich war wirklich müde und blieb nach dem Essen nicht lange. Ich ging zurück aufs Zimmer.«

»Ist Terri im Zimmer, als Sie zurückkommen?«

»Nein. Sie ist nicht da.«

»Ist das nicht komisch?«

»Nein. Eigentlich nicht. Sie ist immer wieder mal verschwunden, seit wir hier sind. Sie hat mir gesagt, daß sie hier Freunde hat.«

»Sie haben geschlafen, Leslie. Hat Sie etwas geweckt?«

»Der Regen.« Sie seufzte. »Er dringt durchs Fenster, und ich friere … aber ich glaube nicht, daß mich das geweckt hat.«

»Was ist es dann, Leslie? Was weckt Sie?«

»Zigaretten. Ich rieche den Rauch. Vielleicht weckt mich das.«

»Sind Sie allein im Zimmer?«

»Nein.«

»Was passiert dann? Wer ist dort bei Ihnen? Terri?«

»Ich friere. Ich habe nur ein T-Shirt an.«

»Hören Sie etwas?«

»Ja. Es ist Terri. Ihr ist übel. Sie stöhnt.«

»Was machen Sie?«

»Ich will etwas sagen ... aber ...«

»Was, Leslie? Etwas hindert Sie daran, Terri anzusprechen. Langsam. Halten Sie das Bild an.«

»Sie ist nicht allein.«

»Wer ist bei ihr?«

»Ich weiß nicht. Ich will es nicht wissen. Mein Gott, es passiert aufs neue.«

»Was passiert aufs neue?«

»Wenn sie jemand aufgelesen hätte – wie den Würger von Boston. Was wäre ... Nein.«

»Hat Terri das schon häufiger getan?«

»Nein.«

»Was machen Sie?«

»Nichts.«

»Warum?«

»Ich glaube, ich weiß, wer bei ihr ist.«

»Wer ist es, Leslie?«

»Da ist so ein komisches Licht, das von der Straßenlaterne durch den Regen sickert. Es streift mich und schimmert auf dem Boden. Schwarze Slipper mit Troddeln. Ich sehe sie.«

»Sind es Terris Schuhe?«

»Nein. Es regnet stark. Herein auf mich.«

»Wer ist bei Terri, Leslie?«

»Ich will nicht hören, wie sie es tun. Warum muß ich daran teilhaben? Es ist – so intim. Ich bin nicht so. Es ist nicht fair von ihr, ihn in unser Zimmer zu bringen.«

»Sie wissen, wer es ist, Leslie, nicht wahr?«

»Er hat eine Frau und zwei kleine Kinder ...«

»Verstehen Sie etwas von dem, was sie reden?«

»Nein. Ich will nichts hören.«

»Was machen Sie, Leslie?«

»Ich lege mich zurück, ziehe die Decke über den Kopf und halte mir die Ohren zu, wie ich es immer getan habe. Irgendwann schlafe ich ein.«

»Was passiert am Morgen?«

»Die Sonne scheint. So hell, daß sie mich weckt.«

»Ist noch jemand im Zimmer?«

»Nein. Ich habe alles nur geträumt. Terri kommt, in ein Badetuch gehüllt, aus der Dusche. Sie sagt: ›Aufgewacht, Faulpelz!‹ Sie ist so fröhlich.«

»Sagen Sie etwas wegen der vergangenen Nacht?«

»Ich sage: ›Terri, hast du gestern nacht jemand mit heraufgebracht?‹«

»Sie schaut mich an, als ob ich verrückt wäre. Ich bin nicht sicher, ob alles ein Traum war. Sie sagt: ›Beeil dich lieber. Wir sind um halb zehn dran.‹«

»Was machen Sie?«

»Ich stehe auf. Ich habe Hunger. Ich rieche Toast mit Butter und Kaffee. Dann bitte ich sie zu warten und dusche schnell. Terri zieht eine schwarze Strumpfhose an, dann ein schillerndes Trikot mit einer Laufmasche. Sie hebt etwas vom Boden auf und streift es über das Handgelenk. Etwas, das ich noch nicht gesehen habe ... oder vielleicht ...«

»Beschreiben Sie es, Leslie.«

»Ich ... ich versuche es ... ich kann es nicht deutlich sehen.«

»Dann erzählen Sie weiter. Was machen Sie danach?«

»Ich gehe unter die Dusche.«

»Leslie, ist noch etwas anderes in jener Nacht in dem Zimmer passiert, worüber Sie berichten wollen?«

»Nein.«

»Schön, Leslie. Sie haben es sehr gut gemacht. Wir hören jetzt auf. In wenigen Minuten werde ich Sie auffordern, aufzuwachen. Ich werde sagen: ›Eins, zwei, drei, vier‹, und bei ›vier‹ werden Sie völlig frisch aufwachen. Sie werden sich wie nach einem sehr entspannenden Schlaf fühlen, und die Erinnerung an das, was in dem Hotelzimmer geschehen ist, wird deutlich sein. Schalten Sie jetzt den Fernseher aus, schließen Sie die Augen und lassen Sie Ihren Körper schweben. Sie sind sehr entspannt, sehr ruhig.«

Sie schaltete das Bild ab, lehnte sich zurück und schwebte.

»Jetzt werde ich in einer Minute ›Eins, zwei, drei, vier‹ zählen, und bei ›vier‹ werde ich Sie auffordern aufzuwachen. Sie werden sich vollkommen erfrischt fühlen. Eins ... zwei ... drei ... Wachen Sie auf, Leslie.«

Blinzelnd öffnete sie die Augen. Sie fühlte sich desorientiert und konnte sich nicht bewegen.

»Bleiben Sie still sitzen, Leslie«, sagte Tom McLean. »Ganz locker. Erzwingen Sie nichts. Es dauert ein paar Minuten.«

Ihre Hände begannen sich von allein zu regen. Sie streckte sich. »Du meine Güte«, sagte sie.

»Wie fühlen Sie sich?«

Sie lächelte ihn an. »Als ob ich gerade aus dem besten Schlaf, den ich jemals gehabt habe, aufgewacht wäre.«

»Möchten Sie mich irgendwas fragen?«

»Lassen Sie mir einen Moment Zeit.« Sie streckte sich noch einmal. »Das ist ein herrlicher Sessel.«

Er lächelte. »Wie lange haben Sie darauf gesessen?«

»Eine Minute, zwei ... ich weiß nicht.«

»Es waren vierzig Minuten, Leslie.«

Sie war verblüfft. »Nicht zu glauben.«

»Sagen Sie mir, wie Sie sich fühlen, woran Sie sich erinnerten, als Sie im Zimmer saßen und den Film ablaufen ließen. Du kannst dich jetzt zu uns setzen, wenn du willst, Silvestri.«

Silvestri legte seine Hand auf ihren Scheitel, dann setzte er sich auf den anderen Ledersessel.

»Berichten Sie, Leslie«, sagte McLean. »Es wird Ihnen alles wieder einfallen.«

Sie schloß die Augen, sah alles, öffnete sie. »Es war so deutlich zu erkennen«, begann sie. »Wie konnte mir das nur entgehen?«

MEMORANDUM

An: Carlos, Leslie, Medora, Foxy, JoJo, Ensemble
Von: Edward Venderose, Generalintendant
Datum: 8. Dezember 1994
Betr.: Combinations in concert

Streicht bitte den Probetermin am Donnerstag (22.) rot an. Aufgrund der Überlegung, daß wir eine Kostümprobe von 10 bis 13 Uhr haben, setze ich nur vier Stunden für die Garderobe an. Wenn wir die Garderobendienste über diese Zeit hinaus brauchen, müßtet Ihr das vielleicht auf einen vollen Acht-Stunden-Einsatz ausdehnen, ABER – das kostet zusätzlich.

44. Kapitel

»Hallo, Nancy? Hier ist Leslie. Dieser vierstündige Garderobentermin. Brauchen wir wirklich soviel Zeit? Treten wir nicht alle in Stretchtrikots von DKNY auf?«

»Peg Button wird mit einer Truhe voller Accessoires dabeisein. Sie sagt, sie braucht die Zeit. Übrigens hat sie eine schwarze Weste mit Pailletten für dich.«

»Pailletten? Um Himmels willen, die springen ab und geraten mir während meiner ganzen Nummer unter die Füße. Frag sie, ob sie keinen anderen Vorschlag hat. Zum Beispiel Glasperlen.«

»Was hältst du davon, Silvestri?« fragte Tom McLean. »Ich bin davon überzeugt, daß wir es haben.«

»Ja«, stimmte Silvestri zu. Er stand auf der anderen Seite des Raums und sprach leise mit McLean. Wetzon konnte ihn kaum hören.

»Wie fühlst du dich, Les?« Er reichte ihr die Hand und zog sie vom Sessel hoch.

Beinahe widerstrebend stand sie auf.

»Ausgezeichnet.« Sie strahlte Tom McLean an und hielt Silvestris Hand fest. »So entspannt hast du mich garantiert noch nie erlebt. Dieser Mann ist ein Hexenmeister. Er hat mich verzaubert.«

»Haben Sie zu der ganzen Sache eine Frage?« wollte McLean wissen.

»Eine große. Könnte die Erinnerung täuschen?« fragte Wetzon. »Warum habe ich mich nicht früher daran erinnert? War es wegen Medora und weil ich dachte, es wäre nicht richtig, was da passierte, so daß ich es verdrängte?«

»Das ist möglich«, sagte McLean. »Was haben Sie gemeint, als Sie sagten, es passiert aufs neue?«

»Das habe ich gesagt?«

»Ja.«

»Ich weiß nicht.«

»Leslie, manchmal kommt nach einer Hypnose die Erinnerung erst später zurück – nach Stunden, Tagen, sogar Wochen.«

»Sie meinen zum Beispiel, was Terri vom Boden aufhob?«

»Das und andere Dinge.«

Silvestri sagte: »Ich werde mich noch einmal mit Medora Battle unterhalten und es dann am Montag mit einem Mitarbeiter der Staatsanwaltschaft besprechen.«

Sie gingen zu Fuß zurück, weil sie Lust dazu hatte. Es war kalt. Winterluft. Aber sie fühlte sich federleicht und frei. Nur seine Hand um die ihre hielt sie auf der Erde.

»Wäre es nicht herrlich«, sagte sie, »wenn ich dieses Gefühl für die Show bewahren könnte?«

Er fand es lustig. »Ich könnte Tom bitten, vorbeizukommen und dir einen Schuß zu setzen, bevor du auftrittst.«

Sie blieb stehen. »Silvestri, mir ist gerade etwas eingefallen. Ich lade ihn ein. Was meinst du? Wäre das unpassend?«

»Nein.«

»Ich frage ihn, an welchem Abend, Donnerstag oder Freitag, er Zeit hat. Ich habe für jeden Abend vier Karten bestellt. Wobei mir einfällt – an welchem Abend möchtest du kommen?«

»An beiden.«

»Beide? Wirklich?«

»Möchtest du mich nicht dabeihaben? Oder hast du den Platz einem anderen Mann versprochen?«

»Ich möchte dich dabeihaben, und es gibt keinen anderen Mann, wie du genau weißt. Du hast mich nie auf der Bühne gesehen. Falls ich mich lächerlich mache, kannst du es ruhig mitbekommen.«

Er lachte. »Du wirst toll sein. Wie immer.«

Sie gingen weiter, schneller jetzt.

»Ich war gerade zweiundzwanzig«, sagte sie. »Auf mich stürmten so viele neue Erfahrungen ein, so viele Gefühle, mit denen ich nicht umgehen konnte. Deshalb kapselte ich mich einfach ab. Ich weiß nicht, was mich mehr empörte, daß Terri ein Verhältnis mit Rog hatte oder daß ich nichts davon wußte. Ich hatte Terri gern. Aber hier waren zwei Kinder im Spiel.«

»Und wenn Terri mit beiden etwas gehabt hätte, mit Battle und Koenig?«

»Das hätte Leslie Wetzon, Nachwuchstänzerin in ihrer ersten Broadwayshow, schockiert, aber achtzehn Jahre später – warum nicht?«

»Natürlich könnte es so gewesen sein, und Koenig wird es uns selbst erklären müssen. Aber mein Gefühl sagt mir, daß er nicht lügt.«

»Du lieber Gott, Silvestri, habe ich gesagt, daß ich naiv *war?* Wenn nun Terri vorgehabt hätte, mit Rog durchzubrennen, und Medora es herausbekommen und sie erschossen hätte?«

»Und was ist mit Rog? Hat sie auch ihn getötet?«

»Möglich wäre es. Möchtest du nicht versuchen, die Leiche exhumieren zu lassen?«

»Zuerst will ich noch ein ungezwungenes Gespräch mit Medora Battle führen und sehen, was ich aus ihr herausholen kann. Möglichst bevor sie einen Anwalt zuzieht. Ich kann leicht feststellen lassen, auf welchem Friedhof er begraben ist.«

»Ihr *Tacoma Triptych* hat in vier Wochen Premiere. Und *Combinations* demnächst. Wenn sie etwas von deinem Vorhaben ahnt, wird sie versuchen, dich daran zu hindern.«

»Mich hindert man nicht so leicht.«

Der Broadway glich einem Wald aus Nadelbäumen in unterschiedlichen Größen und Formen. Auf dem Platz im Lincoln Center, das im Lichterglanz erstrahlte, funkelte ein besonders großer Baum, den Beverly Sills am Montag eigenhändig angezündet hatte.

»Ich habe gesagt, daß es erneut passiert ist?« Wetzons Augen tränten.

»Stimmt.«

»Weil es schon einmal passiert ist.«

Sie seufzte.

»Ich war zum erstenmal von zu Hause fort, gerade erst siebzehn. Meine Zimmerkameradin im College brachte heimlich Jungs mit ins Zimmer. Dann zog ich die Decken über den Kopf und tat so, als könnte ich nichts hören «

»Weshalb du die Erinnerung an Terri und Rog Battle verdrängt hast.« Silvestri zog schnuppernd die Luft ein. »Riecht nach Schnee.«

»Mhm.«

»Möchtest du einen Baum haben?«, fragte er beiläufig.

Sie schloß die Augen, hob herausfordernd den Kopf und sah ihn an.

»Wir? Du und ich? Einen Baum ... zusammen?«

Diesmal war er an der Reihe: »Mhm.«

»Das ist sehr tapfer von dir, Silvestri. Zusammen einen Baum aussuchen? Hmmmm. Bist du dir sicher, daß du diese Verantwortung auf dich nehmen willst? Das ist ja fast wie eine Verlobung.«

Er faßte ihr zärtlich unters Kinn. »Manchmal ist ein Baum einfach ein Baum.«

Mit Hilfe einer jungen Frau mit näselndem australischem Akzent, die ihr Angebot vor einem Supermarkt aufgestellt hatte und wahrscheinlich dem Filialleiter einen Anteil an jedem verkauften Baum bezahlte, entschieden sie sich für eine üppige Tanne, etwa so hoch wie Wetzon. Silvestri handelte die Tanne auf vierzig Dollar herunter, schwang sie auf die Schulter und trug sie nach Hause.

»Den Ständer findest du in einem Plastikbeutel unterm Bett. Puste einfach die Staubschicht fort«, riet ihm Wetzon.

Das Telefon läutete, als sie Kaffee in den Papierfilter löffelte. »Hallo?« Sie klemmte den Hörer zwischen Schulter und Ohr.

Sofort erkannte sie die Geräusche, die sie begrüßten. Der Lärm hinter der Bühne. Herrlich für das Ohr eines Theatermenschen. Anders als sämtliche anderen Hintergrundgeräusche. »Hallo, Leslie, Peter hier. Kannst du mich verstehen? Hier ist es so laut.«

»Du rufst aus dem Theater an. Was erwartest du?« Sie warf einen Blick auf die Uhr. Noch dreißig Minuten, bis der Vorhang aufging.

»Ich habe nur eine Minute. Eben habe ich versucht, diesen Silvestri zu erreichen, aber falls er jetzt anruft, kann ich mich nicht mehr mit ihm unterhalten. Hast du die Sitzung bei McLean hinter dir?«

»Ja.« Sie war auf der Hut. Hinter sich hörte sie Silvestri mit dem Baumständer vorbeipoltern.

»Ist dir etwas eingefallen?«

»Kleinigkeiten. Nichts Bestimmtes, fürchte ich.« Das Wasser begann zu kochen, und sie goß es in einen Meßbecher und von da in den Filter.

»Also hör zu. Ich werde schnell sprechen. Während meiner Sitzung sah ich einen Umschlag, der an Terri adressiert war. Er lag auf einem Stapel von Papieren, die nach Briefen aussahen. Die Handschrift sagte mir etwas, aber ich wußte nicht, warum. Dann fiel es mir ein – es ist unheimlich.«

»Wie unheimlich?« Während er erklärte, hörte sie wortlos zu, und als er fertig war, gab sie ihm recht, daß es unheimlich wäre und versprach ihm, zu versuchen, Silvestri zu erreichen. Dann legte sie auf.

Im Wohnzimmer ging Silvestris Piepser los, während er mit dem Baum beschäftigt war. »Scheiße«, hörte sie ihn sagen.

Als sie ins Zimmer kam, lag er auf den Knien, um den Baum einzupassen, während Izz als kluger Hund ein Stück weiter weg saß und zuschaute.

»Ich muß mich im Revier melden«, sagte er.

»Ich weiß, worum es geht. Willst du's hören?«

»Bitte sehr. Was meinst du? Steht er gerade?«

»Er neigt sich ein wenig nach links. Peter Koenig hat gerade angerufen, weil er dich nicht erreichen konnte. Er hat die

Handschrift auf dem Umschlag in Terris Wohnung wiedererkannt. In derselben Schrift hat er eine Einladung zu einem Weihnachtsempfang bekommen.«

»Wer hat ihm die Einladung geschickt?« Er stand auf und wischte sich die Hände ab. Der Baum stand gerade.

»Medora Battle.«

MEMORANDUM

An: Carlos Prince und Leslie Wetzon
Von: Edward Venderose, Generalintendant
Datum: 10. Dezember 1994
Betr.: Combinations in concert

Nicht im Budget enthalten sind die direkten Kosten des Empfangs, den Show Biz Shares im Anschluß an die Freitagsvorstellung geben. Offenbar werden Verpflegung, Garderobe usw. von Show Biz Shares geregelt. Da die Nederlanders auf die Foyermiete verzichten, sind unsere Kosten minimal. Es könnte zusätzliche Zeit für den Sicherheitsdienst dazukommen, auch für den Portier und die Toilettenfrau, je nach Dauer des Empfangs. Zur Zeit haben wir die Kosten bis 23 Uhr im Budget.

45. Kapitel

»Carlos, wäre es nicht klug, Ensemble und Gäste zu warnen, daß wir bis elf draußen sein müssen? Sonst haben wir vielleicht Nachzügler. Du und Mort könnten es am Freitag ansagen, bevor wir mit den Proben beginnen.«

»Guter Gedanke, Häschen, aber lassen wir es doch den alten Wichtigtuer Ed machen. Ich bin sicher, daß er noch andere Ankündigungen hat. Dann kann er diese dranhängen.«

Wetzon stellte die kleine Fichte auf Max' Schreibtisch. Sie war fertig im Ständer gekauft und nicht einmal einen Meter hoch. Ein größerer Baum paßte nicht in das kleine Vorzimmer.

Im Schrank hing nur Darlenes Mantel; Smith' Nerz fehlte. »Smith ist noch nicht da?« rief sie Darlene zu, die aus ihrem Kämmerchen kam.

»Sie hat irgendwas Persönliches zu erledigen und ruft an, hat sie gesagt.« Darlene trug eine Brille mit rotem Gestell, die ständig auf ihrer kleinen Nase herunterrutschte. Wenn sie sie hochschob, blickten ihre Augen hinter den Gläsern erschrocken, als wäre es jedesmal, wenn die Brille über die Nase tiefer glitt, eine Überraschung für sie.

»Okay.« Wetzon füllte ihre Tasse. »Gehen wir durch, was Sie haben.«

Sie trugen den Kaffee in das Zimmer, das Wetzon mit Smith teilte. Darlene hatte einen braunen Aktenordner unterm Arm. Sie zog Smith' Stuhl näher, setzte sich und klappte den Ordner auf.

Wetzon mußte schmunzeln. Smith bekäme einen Anfall, wenn sie sähe, wie Darlene sich allmählich zu Hause fühlte. Und dazu noch auf Smith' Stuhl.

Mit dem aufgeklappten Ordner auf dem Schoß legte Darlene eine theatralische Pause ein. »Ich – wir haben einen festen Starttermin in Boston. 13. Dezember. Adam Gans. Er kommt von A. G. Edwards und macht beinahe sechshunderttausend.«

Wetzon war entzückt. Bei einem Honorar von sechs Prozent, 36 000 Dollar, würden selbst halbiert noch 18 000 Dollar für Smith und Wetzon herausspringen. »Sehr, sehr gut. Und sehr schön für Sie, Darlene.«

»Wir haben ein weiteres Startdatum auf Probe am 6. Januar für zwei Broker von Prudential. Sie sind Partner.« Wieder eine bedeutungsschwere Pause. »Zusammen machen sie eine Mio zwei.«

»Also, Darlene, ich bin überwältigt. Smith hat mir gesagt, daß Sie phänomenal sind, und sie hat recht behalten. Warten Sie mal, bis sie es erfährt.«

»Ich wollte es Smith sagen, als sie vorher anrief, aber sie hatte einen Termin und wollte später zurückrufen.«

»Woran arbeiten Sie im Moment?«

»Ich habe sechs weitere Gespräche in Boston ausstehen.«

»Prima. Loeb Dawkins braucht ungefähr zweieinhalb bis drei Millionen, um das Büro auf eigene Beine zu stellen, wir haben also mehr als den halben Weg geschafft.«

»Wir haben den ganzen Weg geschafft, weil zwei ihrer eigenen Broker, die beide auf über sechs kommen, von ihrem Büro in Wellesley überwechseln. Einer der beiden wird Filialleiter. Es gibt Platz für sieben weitere, wenn die anderen drei angefangen haben, also suche ich welche. Das Büro öffnet offiziell am 3. Januar.«

»Wunderbar! Das heißt, daß wir das Jahr mit einem Paukenschlag beginnen.«

Das Telefon läutete, und Darlene meldete sich an Smith' Schreibtisch. »Smith und Wetzon, guten Morgen. Darlene Ford am Apparat.« Ihre Stimme klang forsch und sachlich, mit genau der richtigen Prise Herzlichkeit. »Mrs. Smith ist nicht im Büro, aber wir erwarten ihren Anruf. Darf ich eine Nachricht aufnehmen?« Darlene kritzelte einen Namen und eine Nummer auf einen rosa Notizblock, den Wetzon ihr reichte.

Sie würde früh genug entdecken, daß Smith grundsätzlich nicht zurückrief, aber Wetzon wollte es ihr nicht sagen. Und Smith würde entdecken, daß Darlene kein geschmeidiges Stück Ton war, das Smith formen konnte. Allem Anschein nach besaß Darlene ein ziemlich starkes Ego. Mit welchem Vergnügen würde sie beobachten, wie die zwei einander umtanzten!

Max streckte den Kopf durch die Tür. Er trug einen Tweedmantel und – Gott bewahre, dachte Wetzon – eine dazu passende Schirmmütze.

»Guten Morgen, Wetzon. Guten Morgen, meine Liebe«, sagte er zu Darlene, dann verschwand er; man konnte aber hören, wie er herumhantierte, vermutlich mit dem Baum, den Wetzon auf seinen Schreibtisch gestellt hatte. Darlene verdrehte die Augen.

»Sie gewöhnen sich schon noch an ihn. Er meint es gut. Und er kann sehr hilfreich sein.«

»Ich möchte Ihnen danken«, sagte Darlene.

»Wofür?«

»Dafür, daß Sie mich nicht überwachen. Das weiß ich wirklich zu würdigen. Tom Keegen und Harold haben ständig meine Telefonate mitgehört. Sie haben mir nie Freiraum gewährt.«

Max unterbrach sie. »Ein Anruf für Sie, Wetzon. Doug Culver.«

Dougie Culver. Was konnte der wollen? Wetzon winkte Max und Darlene zum Abschied und bedeutete ihnen, die Tür hinter sich zu schließen, dann nahm sie das Telefon ab. »Dougie, was für eine angenehme Überraschung. Ich dachte, Sie hätten uns Headhunter in die Wüste geschickt – oder rufen Sie bloß an, um Fröhliche Weihnachten zu wünschen?« Hatte Rosenkind Luwisher so schnell begriffen, daß die eigenen Leute nicht wußten, wie man eine Fliege mit Honig lockt?

»Fröhliche Weihnachten, Wetzon. Wir haben sozusagen Sie alle in die Wüste geschickt. Tatsächlich sind wir dabei, jemand einzustellen, der im Haus arbeitet, und Sie ...«

»Und Sie rufen an, um mich zu fragen, ob ich Ihnen helfen kann, jemanden zu finden, damit ich vollends arbeitslos werde, Dougie? Ich bin schockiert.«

»Nein, Wetzon, durchaus nicht. Ich bitte Sie, bei Rosenkind Luwisher als unsere interne Headhunterin einzutreten.«

Wetzon ließ beinahe den Hörer fallen. »Wie bitte?«

»Selbstverständlich ist uns bewußt, daß wir Sie bitten, aus einer erfolgreichen Firma auszusteigen. Deshalb haben wir ein finanziell sehr attraktives Paket für Sie geschnürt«, fuhr Dougie fort. Dann merkte er, daß keine Reaktion kam. »Hallo? Wetzon?«

Sie versuchte zu sprechen, aber ihre Stimme war weg. Endlich brachte sie heraus: »Dougie, ich fühle mich äußerst geschmeichelt, aber ...«

»Antworten Sie noch nicht. Denken Sie darüber nach, und rufen Sie uns an. Aber bald, ja? Ich stelle alle Zahlen für Sie zusammen.«

Der Hörer lag auf, aber sie erinnerte sich nicht, ihn hingelegt zu haben. Smith und Wetzon auseinanderreißen? War es nicht genau das, was sie selbst halb im Ernst erwogen hatte? Die Firma konnte weiterlaufen, müßte aber umbenannt werden. Gut, Smith hatte jetzt Darlene. Aber Smith wollte ins Showbusineß einsteigen. Und dann war da noch die Vorstellung von Leslie Wetzon als kollektivem Wesen innerhalb einer Firma. Hm-hm. Wenn Wetzon zu Rosenkind Luwisher ginge, würde sie ihre Unabhängigkeit verlieren. Sie wäre von den Launen anderer abhängig ... man könnte sie sogar feuern.

Sie griff zum Telefon, tippte Smith' Nummer ein und ließ das Telefon dann zwanzigmal läuten, ehe sie auflegte. Wo war Smith bloß? Vielleicht einkaufen gegangen. Das sollte Wetzon eigentlich auch tun. Sie mußte noch etwas für Carlos, Arthur und Laura Lee kaufen. Ganz zu schweigen von Smith und Mark. Und Silvestri. Zum Kuckuck, wenn Smith sich einen privaten Tag nehmen konnte, dann konnte Wetzon das auch. Sie würde es am Nachmittag tun.

Die Tür ging auf. »Wetzon?«

»Ja, Max?«

»Anruf für dich. Norman Mizrachi.«

Was für ein sonderbarer Tag! Norman Mizrachi war ein ultraorthodoxer jüdischer Börsenmakler. Er trug eine Jarmulke, und die Fransen seines Gebetsschals sahen unter seinem Jackett vor. Seit mindestens zwei Jahrzehnten war er bei Bruns Securities. Dies war eine Premiere; er hatte sie noch nie angerufen, und sie war überrascht, daß er überhaupt ihre Nummer kannte. »Tag, Norman«, sagte sie in den Hörer.

»Wetzon.« Sein mühsames Atmen hörte sich sehr nach Asthma an. »Sie wissen, daß ich nie begriffen habe, warum ein Makler einen Headhunter brauchen könnte.«

»Das haben Sie mir oft genug gesagt.«

»Ich verstehe es auch jetzt nicht, aber im Moment habe ich keine Zeit, mich selbst darum zu kümmern. Nächste Woche verheirate ich meine Tochter ...«

»Herzlichen Glückwunsch.« Genau aus diesem Grund, du Dickschädel, brauchen Makler Headhunter. Zeit war die wertvollste Ware an der Wall Street.

»Ich könnte einen dicken Scheck gebrauchen. Sie wissen, was dort draußen los ist.«

»Sie bekämen einen dicken Scheck, Norman, aber warum wollen Sie so plötzlich gehen? Es muß mehr als ein dicker Scheck sein. Sie sind seit über zwanzig Jahren bei Bruns.«

»Zweiundzwanzig Jahre, Wetzon, aber die Firma hat sich verändert.«

»Das wissen wir. Die Wall Street hat sich verändert.«

»Ich will Ihnen was sagen, Wetzon, als Marty Donnelly diese Firma leitete, schickte er allen seinen Millionen-Dollar-Produzenten zu den Feiertagen eine Flasche besten Scotch. Wissen Sie, was Logan Wickersham uns geschickt hat? Sogar direkt ins Haus?«

»Neiiin.«

»Einen riesigen Schinken.«

»Unglaublich.«

»Doch. Einen Schinken. Und ich brauche Ihnen nicht zu sagen, daß ich nicht der einzige jüdische Makler bin, der über eine Million macht.«

»Okay, Norman. Lassen Sie mich rasch ein paar Fragen stellen nach Ihrem Geschäft und nach der Umgebung, die Ihnen am angenehmsten wäre, dann gehe ich weg, um häusliche Dinge zu erledigen, und rufe Sie später wieder an.«

Sie machte sich noch Notizen über das Gespräch, nachdem sie aufgelegt hatte. Es war erstaunlich. In den Chefetagen der Wall Street ärgerte man sich immer noch darüber, Headhunter bezahlen zu müssen, trotzdem hatten sie keine Ahnung, wie sie ihre Broker bei Laune halten konnten. Es sah so aus, als würde sie noch eine Weile im Geschäft bleiben. Falls sie wollte.

Sie probierte es noch einmal bei Smith. Keine Antwort. Sich reckend schaute sie durch die hinteren Fenster hinaus auf den winterlichen Garten. Mr. Diamontidou, der Hausverwalter, hatte jeden Baum und Strauch mit winzigen Lämpchen behängt. Zuviel des Guten? Vielleicht. Aber es sah hübsch aus.

Die ganze Geschichte um Terris schrecklichen Tod hatte sie verunsichert. War sie schlafwandelnd durch ihr Leben gegangen? Schlafwandelte sie noch immer? Carlos. Er wußte, wie er sie aus ihren Stimmungstiefs herausholen konnte. Sie wählte seine Nummer, erreichte aber nur seinen Beantworter, auf dem sie keine Nachricht hinterließ.

Gleich darauf schlenderte sie hinüber zu Saks und verwandelte sich in einen wahren Kaufteufel. Ein maulwurfsgrauer Chenilleschal für Laura Lee, ein schwarzer Chenillepullover mit Silberfäden für Smith. Cashmerepullover für Mark und Silvestri. Carlos wollte wuschelige Ohrschützer; er bekam welche aus weißem Nerz, für den Mann, der alles hat. Handschuhe für Arthur. Das dauerte nur eine halbe Stunde. Es dauerte eine weitere halbe Stunde, eine Verkäuferin zu finden, bei der sie bezahlen konnte.

Rüber zu Barnes & Noble. Sie erkundigte sich bei einem jungen Verkäufer nach der Biographie von Joseph Papp.

»Wer ist Joseph Papp?« fragte er.

Das war nun wirklich deprimierend. *»Sic transit gloria mundi«*, murmelte sie. Der Verkäufer starrte sie an, als wäre sie ein Fall für die Klapsmühle. »Ein kleiner lateinischer Sinnspruch«, erklärte sie. Das schien nur zu beweisen, daß sein Urteil über sie richtig war, also ließ sie ihn stehen, und es gelang ihr, das Buch unter einer Menge anderer Theaterbücher selbst zu finden. Die Biographie von Winchell war ideal für Arthur, und sie dachte, Stephen Hunters *Dirty White Boys* könnten Silvestri gefallen, obwohl es ein Roman war. Sein letzter, *Point of Impact,* hatte beiden gefallen.

Mit Paketen beladen ging sie zu Saks zurück und zu der Reihe Telefone beim Eingang an der 50. Straße. Es war vier Uhr. Sie rief im Büro an.

»Max? Ich komme nicht zurück. Irgendwelche Probleme? Hat Smith sich gemeldet?«

»Aah … nein … aah …«

»Was ist los?«

»Mark hat angerufen. Er machte einen aufgeregten Eindruck. Er wollte dich sprechen.«

»Gib mir seine Nummer.«

»Er will zurückrufen.«

Sie überlegte kurz. Wie deprimiert war Smith wegen Hartmann? Würde sie etwas Dummes machen … zum Beispiel … »Max, ich fahre zu Smith nach Hause. Falls Mark anruft, sag ihm, er soll es dort probieren.«

Mit vier Einkaufstaschen kämpfte sie sich aus dem Kaufhaus, um ein Taxi zu erwischen. Direkt vor ihr fuhr eines vor, aus dem zwei Frauen stiegen.

»Das ist mein Taxi!« schrie ein Mann von der anderen Straßenseite nahe St. Patrick's. Er fuchtelte mit den Armen. »Das ist meins!« Er war übergewichtig, sein Gesicht hochrot.

Wetzon stieg ins Taxi und schlug die Tür zu. »Siebenundsiebzigste und Third«, sagte sie zum Fahrer, während der rotgesichtige Mann ans Fenster zu hämmern begann und sie anknurrte. Sie verriegelte die Tür, kurbelte aber das Fenster zwei Fingerbreit herunter. »Tut mir leid«, sagte sie. »Ein Notfall.«

»Mistweib!« schrie er, indem er seine Finger durch den kleinen Fensterspalt zwängte.

»Finger weg von meinem Taxi, oder ich rufe die Bullen!« brüllte der russische Fahrer. Er fuhr langsam an, während der

Mann sich immer noch ans Fenster klammerte. »Sie machen mein Fenster kaputt, und ich bringe Sie gleich um!« rief er. Das Taxi startete mit einem Ruck und ließ den Mann zurück, der mit zornrotem Gesicht mitten auf der Straße stehenblieb.

War Vollmond? fragte sich Wetzon. Oder lag es an irgendwelcher Energie, die von ihr selbst ausstrahlte?

Am Schlüsselbund hatte sie einen Satz von Smith' Schlüsseln, so daß sie sich die Wohnung selbst aufschließen konnte. Gleich darauf stand sie im Dunkeln und rief: »Smith?«

Die Wohnung war leer. Mehr als leer. Sie wirkte hohl. Wetzon schaltete das Licht an und ging umher. Die Zimmer machten einen verlassenen Eindruck, als ob niemand hier lebte, trotz Smith' Möbeln.

Im Wohnzimmer fand Wetzon unter dem Couchtisch eine einzelne Tarotkarte. Der Turm. Ein Blitz war in den Turm eingeschlagen, und es stürzten Menschen heraus. Die Karte in ihrer Hand zitterte, oder vielleicht war es ihre Hand. In diesem Augenblick begann das Telefon zu läuten.

Sie nahm ab. »Mark?«

»Ja. Ist sie da?« Er hörte sich ängstlich an.

»Nein. Was ist los?«

»Wetzon, er ist es. Du mußt ihn aufhalten.«

»Wer, Mark? Moment. Beruhige dich.«

»Hartmann. Sie brennt mit ihm durch.«

»Mark, ich kann mir nicht vorstellen, wie. Hartmann befindet sich in Schutzhaft. Er ist ein Zeuge des FBI.«

»Wetzon, du mußt Mom aufhalten. Sie hat mich angerufen und gesagt, ich sei jetzt ein Mann und würde schon klarkommen. Wetzon – sie hat gesagt, sie ruft dich an, um auf Wiedersehen zu sagen.«

MEMORANDUM

An: Carlos Prince und Leslie Wetzon
Von: Nancy Stein, Assistentin von Mort Hornberg
Datum: 11. Dezember 1994
Betr.: Combinations in concert

Ed bat mich, Euch mitzuteilen, daß wir den Marley-Bodenbelag verwenden und daß er am Mittwoch um 11 Uhr geliefert wird. Showtech hat uns erlaubt, ihn passend für die Bühne des Richard Rodgers zurechtzuschneiden, außerdem hat Ed den Eindruck, daß sie uns nichts in Rechnung stellen wollen.

46. Kapitel

»Häschen, ich kann nicht glauben, daß Mort weiterhin für Gratisüberlassung wirbt. Weiß denn niemand von der Sondersendung im Fernsehen? Soll ich vielleicht zum Telefon greifen und es der Post flüstern?«

»Wenn alle Spender herausbekommen, daß Mort damit einen Haufen Geld verdienen wird, werden sie ihn teeren, federn, aufs Rad flechten und aus der Stadt jagen. Oder so ähnlich.«

»Hmmmm, ein interessantes Bild. Dann lassen wir wohl besser dem Schicksal seinen Lauf. Was meinst du?«

Wetzon durchsuchte noch einmal die Wohnung, diesmal jedoch mit größerer Sorgfalt. Smith' Nerz hing nicht im Dielenschrank. Das einzige, was noch in ihrer Schmuckschatulle lag, war der goldene Aufhänger eines Ohrrings, einsam auf dem grünen Velours. Irgend etwas mußte es doch geben, das Wetzon verriete, wohin Smith verschwunden war. Hartmann würde wohl nach Brasilien oder in ein anderes Land ohne Auslieferungsabkommen mit den Vereinigten Staaten fliehen.

Smith' Bett war gemacht – allein das hätte Wetzon alarmieren müssen, daß etwas nicht stimmte. Smith war eine miserable Hausfrau.

Sie setzte sich aufs Bett und rief Silvestri an. Er war nicht im Büro. Sie hinterließ ihren Namen und Smith' Telefonnummer.

Wo zum Teufel könnte Smith den Scheißkerl treffen? Was sollte sie machen? Sie wählte eine andere Nummer.

»Peiser.« Marissas Stimme wurde von Kaugeräuschen gedämpft. Ihr Mittagessen?

»Marissa?«

»Ja.« Vorsicht in der Stimme. Das Kauen hörte auf.

»Hier ist Leslie Wetzon. Ich habe Grund zu der Annahme, daß Richard Hartmann im Begriff ist, das Land zu verlassen. Vielleicht ist er schon fort.«

Ein Schluckgeräusch, dann: »Woher wissen Sie das?«

»Ich glaube, meine Partnerin verschwindet mit ihm. Herrgott, was für eine Dummheit.«

Marissa fragte nicht, auf wen sich die Dummheit bezog, Hartmann oder Smith. Vielmehr fragte sie: »Was erwarten Sie von mir? Das FBI ist jetzt für ihn verantwortlich.«

»Bitte, bitte können Sie herauskriegen, wo er heute nachmittag eigentlich sein sollte? Ich flehe Sie an.«

»Okay. Ich lasse Sie in der Leitung, oder soll ich zurückrufen?«

»Nein, bitte, ich warte lieber, wenn es Ihnen nichts ausmacht.« Beim Warten auf den Rückruf würde sie durchdrehen. Nein, es war besser, in der Leitung zu bleiben.

Die stille Wohnung deprimierte sie, verursachte Beklemmungen. Konnte Smith wirklich so dumm ...? Verdammt noch mal, dachte sie, ich kann nicht immerzu versuchen, Smith vor sich selbst zu retten.

Sie schlüpfte aus den Schuhen und legte sich aufs Bett, den Hörer neben ihrem Ohr auf dem Kopfkissen. Verdammte Smith. Ein rundum gutes Leben einfach so wegzuwerfen.

Dann kam ihr ein Gedanke, der sie frösteln machte. Was würde ohne Smith aus Smith und Wetzon werden? Wetzon wäre dann frei, die Stelle bei Rosenkind Luwisher anzunehmen, oder etwa nicht?

Wo blieb Marissa Peiser bloß? An der toten Leitung merkte sie, daß sie noch verbunden waren. Die Maklerfirmen unterhielten einen mit Musik und Nachrichten, während man wartete. Sie setzte sich auf, tastete nach ihren Schuhen, fand einen und steckte den Fuß hinein. Wo war der andere? Unterm Bett? Sie kniete nieder. Da lag er. Sie langte danach – keine Staubwolken, aber ein zerknüllter Zettel. Sie setzte sich wieder aufs Bett und strich ihn glatt.

»Hallo, Leslie?«

»Ja. Was haben Sie herausbekommen?« Sie starrte auf Smith' Handschrift.

»Hartmann hatte einen vereiterten Zahn. Sie brachten ihn zu seinem Zahnarzt.«

»Weiß das FBI, daß er abhauen will?«

»Inzwischen wissen sie es.«

»Verdammt. Sein Zahnarzt – ist die Adresse 200 Park?« Smith hatte *GC* geschrieben und drunter *Rolltr. 17 Uhr*. 200 Park war das MetLife-Gebäude, durch Rolltreppen mit der Grand Central Station verbunden. Es war bereits 16.40 Uhr.

»Woher wissen Sie das?«

»Erzähl ich später. Jetzt muß ich erst einmal versuchen, sie aufzuhalten.«

»Leslie, halten Sie sich raus. Überlassen Sie das dem FBI.«

»Ich lasse nicht zu, daß Smith ihr Leben wegwirft.« Sie legte auf, bevor Marissa mehr sagen konnte, ließ ihre Pakete liegen, schloß die Tür ab und rannte zum Aufzug.

Der schnellste Weg zur Grand Central Station war im Berufsverkehr die U-Bahn in der Lexington Avenue. Sie nahm kaum die Kälte wahr und daß ihr Mantel offenstand. Die Handschuhe hatte sie in Smith' Wohnung vergessen.

Marke aus dem Geldbeutel, die Treppe hinunter wie der Blitz, aus dem Weg, *aus dem Weg*, Marke in den Schlitz und durch das Drehkreuz, als gerade eine Nummer 6 in den Bahnhof polterte. Wetzon stieg ein. Keine Plätze, aber sie war ohnehin zu nervös, um zu sitzen. Am Bahnhof beim Hunter College, an der 68. Straße, strömte eine Menge junger Leute herein, die den Zug restlos überfüllten.

Weiter, weiter, dachte sie.

An der Ecke 59. und Bloomingdale's stieg die Hälfte der Fahrgäste aus, aber noch mehr stiegen zu. Es dauerte zu lange, verdammt, schließt die Türen. Die Türen schließen sich. Die Türen öffnen sich. Zu. Auf. *Schließt die verdammten Türen.* Nachdem sie endlich in den Grand Central gerollt waren, lief und tanzte Wetzon im Zickzack durch die Menge, eine steile Treppe hinauf, noch eine Treppe; sie rannte zur Haupthalle des Bahnhofs, wo die Rolltreppen zum Gebäude 200 Park Avenue, einst das PanAm-, jetzt das MetLife-Gebäude führten.

In der Haupthalle des Bahnhofs herrschte hektisches Hin und Her, Leute, die von den Weihnachtseinkäufen kamen, Kinder auf dem Heimweg von der Schule, die auf Züge nach Westchester, N.Y., oder Fairfield County, Conn., zwei der reichsten Gegenden des Landes, warteten. An jeder Fensterscheibe und von jedem freien Haken hing Weihnachtsschmuck. Eine Gruppe Schulkinder sang zu Orgelbegleitung Weihnachtslieder.

Hoch über ihr drangen die letzten Spuren des nachmittäglichen Lichts durch die Vielzahl der kleinen Fenster um die Kuppeldecke dieses Wahrzeichens. Wo war Smith? Warum gebe ich nicht einfach auf? dachte sie. Ich kann ihr auch nicht sagen, wer schlecht und wer gut ist. Sie würde ein gutes Wesen nicht einmal erkennen, wenn es Flügel trüge.

Wetzons Blick flog zur Rolltreppe. Sie drängelte sich zum Fluß der Treppe durch.

Weihnachtliche Musik übertönte beinahe das *Pop, pop, pop* und dann die Schreie. Die Leute stürmten von der Rolltreppe in alle Richtungen auseinander, sprangen, schrien, stießen zusammen, hüpften, rannten, fielen.

Aber ein Mann rührte sich nicht. Er lag mit ausgebreiteten Armen rücklings auf der Rolltreppe, als ruhte er sich aus, die Augen aufgerissen, so kam er immer näher. Sein Gesicht war zu einem grotesken Lächeln verzerrt. Warum lächelte er? Er hatte ein gemeines Spiel gespielt und verloren. Einige seiner Klienten aus der Halbwelt konnten sich anscheinend nicht mit der Tatsache anfreunden, daß er sich zum verantwortungsbewußten Bürger gewandelt hatte und Namen preisgab.

Hartmanns Mund öffnete sich, als wollte er sie grüßen, spie jedoch statt dessen einen Blutschwall aus. »Auf Wiedersehen, Richard Hartmann«, murmelte Wetzon.

Jemand stieß einen schrillen Schrei aus.

»Aus dem Weg. Zurücktreten!« brüllte eine andere Stimme.

Noch mehr Schreie. »Seht doch! Seht doch!« Die Rolltreppe erbebte und kam zum Stehen.

»Treten Sie zurück, Miss.« Der Typ vom FBI. Der unauffällige Anzug, das kurze, ordentliche Haar.

Der Lärm war ohrenbetäubend. Alle schrien jetzt durcheinander, am lautesten brüllte eine Stimme: »Mein Gott, hast du das gesehen? Hast du ...«

Ein Mann bat die Menschen über ein Megaphon, ruhig zu bleiben und zurückzutreten. Er sagte, daß Männer vom Rettungsdienst in blauen Jacken versuchten, sich einen Weg durch die Menge zu bahnen.

Wo war Smith? Wetzon erhob die Stimme und trug zu der Kakophonie bei. »Smith!« Aber sie konnte nicht einmal sich selbst hören. Vergeblich versuchte sie, aus dem Gewühl herauszukommen. Hartmann war allein auf der Rolltreppe gewesen. Wo war Smith?

Ihre Knie begannen zu schlottern, und sie stützte sich mit einer Hand gegen die Wand bei Zaro's. Es war unglaublich. Die Leute standen drinnen und kauften Kuchen und Brot für zu Hause ein, als ob nichts geschehen wäre.

Langsam setzte sie sich in Bewegung, suchte nach Smith in den Buden des Weihnachtsbasars, den Buchläden, ohne zu wissen oder zu überlegen, wohin sie ging. Sie fühlte sich ein wenig verrückt, in Panik. Ihr war, als wäre sie in einem Labyrinth gefangen und fände nicht mehr heraus. *Wo war Smith? War sie ebenfalls getötet worden?*

OYSTER BAR stand auf dem Schild, und der Pfeil zeigte nach unten. Sie ging die Schräge in den Tunnel hinunter, und da war sie, sauber und hell, die Oyster Bar, eine Oase für wunderbare Muschelsuppe im Winter und zarte Krabbensandwiches im Sommer.

Sie zog die Tür auf. Nur wenige Personen standen an den Theken, die meisten saßen im Speiseraum.

An der Bar sah sie mehrere Männer, aber ihr Blick schweifte zu der einsamen Frau im schwarzen Nerzmantel. Zu Füßen der Frau standen zwei Vuitton-Koffer und eine Einkaufstasche von Bergdorf. Ein Teller leerer Austernschalen stand auf der Theke vor ihr, daneben ein halbvolles Martiniglas.

»Smith?« flüsterte Wetzon.

Smith wandte sich um. Ein klägliches Lächeln huschte über ihr Gesicht. »Ich konnte es nicht«, sagte sie.

MEMORANDUM

An: Ensemble von Combinations in concert
Von: Mort Hornberg
Datum: 15. Dezember 1994

So, Ihr Bande, es ist so weit. In wenigen Tagen haben wir ein Publikum, und es wird wunderbar. Gebt alles, was Ihr habt. Natürlich weiß ich, daß Ihr das sowieso tut. Denkt nur daran, daß es eine Party ist, amüsiert Euch also gut.

Ach, wir haben übrigens eingewilligt, bei einer Dokumentation der Show mitzuwirken. Die Donnerstagvorstellung wird für Lifetime gefilmt. Ihr bekommt alle das Minimum der Fernsehgewerkschaft für zwei Wochen und eine ausgezeichnete Gelegenheit, Euer Talent vorzustellen.

47. Kapitel

»Lifetime, Carlos! Ted Turner hat verloren. Und merkst du, wie er sich hinsichtlich der Dokumentation ausdrückt? Als ob es irgendeine Dokumentation wäre, wo sie doch die ganze Show filmen!«

»Noch was anderes bemerkt, Häschen?«

»Du meinst, sein herablassendes ›ausgezeichnete Gelegenheit, euer Talent vorzustellen‹, wofür ihr dem außergewöhnlichen Mort Hornberg so dankbar sein solltet?«

»Neiiin. Scheint er nicht vergessen zu haben, daß er bei dieser Produktion zwei Partner hat? Er spricht nicht für mich, dich und sich. Er spricht bloß für sich.«

»Frag die Besetzung nach ihrer Ansicht«, hörte Wetzon jemanden sagen.

Der Mann, der die Kamera trug, war jung, bärtig und mit Pferdeschwanz. Ein anderer Mann sprach mit undefinierbar vertraulichem, sentimentalem Tonfall in ein Mikrophon: »*Combinations* erlebte seine erste Inszenierung 1976.« Er richtete das Mikrophon auf Wetzon. »Hatten Sie überhaupt eine

Ahnung, als Sie damals in dem Musical auftraten, daß dem Musicaltheater am Broadway damit ein neuer Impuls gegeben wurde?«

Wetzon, in grauen Leggings, einem graukarierten Flanellhemd über dem schwarzen Trikot, stemmte ein Bein gegen die Wand neben der Tür zum Probenraum.

»Es war meine erste Broadwayshow.« Sie war froh, daß sie der tragbaren Kamera ihre Schokoladenseite zeigen konnte. »Mir erschien sie wunderbar. Das Buch stammte von Rog und Medora Battle. Sie hatten schon drei Hits produziert.« Sie streckte das andere Bein. »Aber dann ...«

Die Interviewer waren nicht mehr da. Sie waren weitergegangen, um die Kamera auf Bonnie McHugh zu richten. Na ja, warum nicht?

Die Proben hatten am Morgen mit Ansprachen von Mort und Carlos an das Ensemble begonnen. Dann kam Ed Venderose mit seinen sämtlichen unnötigen wichtigtuerischen Ankündigungen. Und schließlich war das Fernsehteam eingetroffen und hatte begonnen, durch das Studio zu spazieren und Fragen zu stellen.

Es war ein emotionales Erlebnis gewesen, alle wiederzusehen. Ein paar hatte sie seit siebzehn Jahren nicht mehr getroffen. Margie Nicholson, eine der Sängerinnen/Tänzerinnen, hatte ganz schön zugelegt, doch unter den Speckschichten versteckte sich eine geschmeidige junge Frau mit einer trompetenhellen Stimme; die Stimme hatte sich kaum verändert.

Im Studio standen auf gegenüberliegenden Seiten zwei Klaviere, auf denen gleichzeitig gespielt wurde. JoJo begleitete Bob Rosen, dessen krauses Haar jetzt völlig weiß war, durch eine Ballade.

»Es war ein Musical ohne herkömmliche Handlung«, sagte Mort in die Kamera. Er hatte seine Brille auf dem spärlich behaarten Schädel geparkt. »Nur jemand mit dem Genie eines Davey Lewin konnte den Mut haben, es damals auf die Bühne zu bringen. Ich sah gebannt zu« – er lächelte betont einfältig – »und lernte.« Die Kamera verließ Mort und schwenkte auf der Suche nach dem nächsten Opfer durch den Raum.

Carlos winkte Wetzon ans andere Klavier, wo Vicki Howard, die Terris alte Rolle übernommen hatte, und Bonnie McHugh standen. Ein junger Korrepetitor versenkte sich in »Monogamie ist nichts für mich«. Foxy saß auf der Bank neben ihm und schlug den Takt. Wie ein besserwisserischer Mitfahrer, dachte Wetzon. In der Nähe unterhielt sich Medora mit Mort, der nickte und dann den Arm um sie legte.

Überall auf dem Boden lagen Kaffeebecher aus Pappe. Die Plastikstühle, die ordentlich an der Wand aufgereiht waren, als die Truppe eintraf, standen jetzt kreuz und quer herum. Hände hielten Tassen, aber nie lange: Alle waren in Bewegung.

Kamera und Mikrophone wanderten jetzt hinüber, wo Medora und Mort standen. »Wollten Sie und Ihr Mann von Anfang an etwas Unkonventionelles schreiben?«

Medora schien erschrocken durch die Unterbrechung, sammelte sich aber schnell. »Durchaus nicht. Wir wollten über eine kaputte Ehe schreiben. *Combinations* handelt eigentlich davon, herauszufinden, wer man selbst ist. Davey sah das Stück als eine Metapher für Beziehungen. Ehe wir uns versahen, schrieben wir kleine Szenen. Dann brachte Davey Foxy ins Spiel, die begann, die kleinen Szenen in Musik umzusetzen – und, naja, das war's.« Medora machte eine schwungvolle Handbewegung, und das breite goldene Armband blitzte auf.

»Musicaltheater«, sagte Mort, »das bedeutet Zusammenarbeit. Wir alle arbeiten zusammen, um etwas zu produzieren, das keiner von uns allein tun könnte.«

»Es ist Talent, gemischt mit Alchimie«, sagte Carlos in die Kamera. »Fangen wir an, meine Damen.«

Der Pianist begann zu spielen. Die Frauen nahmen ihre Plätze ein – alte, nie vergessene Muster –, Leslie in der Mitte.

Bonnie, Leslie und Vicki. Drei weiße Mädchen, die die Supremes imitierten.

»Mann, das war toll«, sagte Bonnie, als sie zu einem ein wenig holprigen Schluß kamen. Ihre Augen waren stark geschminkt, und ihr Trainings-Outfit zu neu und farblich zu grell. Sie zog ihr Hemd aus und band es um die Taille. Das rosa Trikot war bis zum Nabel ausgeschnitten.

Auf der anderen Seite des Raums, parallel zu den Fenstern, standen acht Mikrophone, die niemand benutzte. Ansonsten war der Proberaum ein einziges Durcheinander aus Einkaufstaschen, Notenständern, Pullovern, Thermosflaschen, Schuhen und Leinenbeuteln. Gelächter. Ein Freudenschrei.

Überall um sie herum Klänge: Klaviergeklimpere, Geplauder, Gesangsübungen. Und alles durchdringend die Aufregung und Energie, die freigesetzt wird, wenn man eine Show auf die Beine stellt, eine Show, die sich zum Kulturereignis entwickelt hatte, eine Show, die von den Kritikern bewundert worden war. Niemand erinnerte sich noch an die eher zurückhaltenden Kritiken, die das Original zunächst bekommen hatte, oder wie sparsam die Kasse in den letzten Wochen geklingelt hatte, und wie dann alles in einer ausverkauften Schlußvorstellung glanzvoll zu Ende gegangen war.

»Die reine Hysterie, was sich hier abspielt«, teilte Bonnie der Kamera mit. »Zu versuchen, ein ganzes Musical in vier Tagen hinzubekommen!«

Gesang – in den verschiedensten Tonlagen – erfüllte den Raum.

»So ähnlich wie bei einer Fernsehserie?« fragte die glatte Stimme Bonnie.

»Viel schwerer.« Sie warf sich in die Brust. »Ich glaube, es wäre einfacher, ein neues Musical ganz von vorn zu beginnen.«

»Denken Sie daran, zum Theater zurückzukommen?«

»Oh, wie gern ich das täte, aber inzwischen gibt es ja ... wissen Sie ... soviel Schund. Es müßte etwas ganz, ganz Besonderes sein, wie *Combinations*.«

Wetzon, die zuhörte, fragte sich, warum Bonnie nicht erwähnte, daß sie tatsächlich zum Broadway zurückkehren würde. Sparte sie sich das für eine große Ankündigung auf, bei der sie dann ganz allein im Mittelpunkt stehen konnte?

JoJo kam herüber, legte seine Hand auf Foxys Schultern und rieb ihren Nacken. »Wie läuft es?«

Foxy runzelte die Stirn. »Die Stimmen sind ...«

Wetzon sah Bonnie und Vicki an. Foxy hatte recht. Sie mußten üben. Singen war nie ihre starke Seite gewesen.

»Es wird prima werden«, sagte Carlos. »Kein Grund zur Sorge.«

»Wir werden daran arbeiten«, sagte JoJo, während er versuchte, einem Kameramann aus dem Weg zu gehen, bis er merkte, daß sie gerade ihn haben wollten.

»Was dachten Sie, als Sie den Vertrag für die Show unterschrieben?«

»Als wir diese Show begannen«, sagte Jojo in die Kamera, »war ich Korrepetitor. Ray Honnicker war der musikalische Leiter. Ich hatte keinerlei Erfahrung als Dirigent. Da wurde Ray krank und konnte nicht weitermachen, und plötzlich kamen Foxy« – er lächelte Foxy an – »und Davey, holten mich, drückten mir einen Taktstock in die Hand und stellten mich ans Pult. Seitdem stehe ich dort.«

Auch als sie Mittagspause machten, folgte ihnen die Kamera. Beim Eingang zum Studio war ein Tisch aufgestellt worden, und der Polish Tea Room, sonst als Edison Café bekannt, hatte für Sandwiches, Obst und Kaffee gesorgt.

Bunte Plakate, die viele Stücke und Musicals anpriesen, hingen an den Wänden.

Wetzon nahm einen Sandwich von der mit Thunfisch bezeichneten Platte und füllte ihren Pappbecher mit Kaffee nach.

Foxy erzählte der Kamera: »Das nennt man Probe.«

Mort sagte: »Foxy hat keine Angst, etwas Neues auszuprobieren. Die innige Verbindung von Text und Musik in dieser Show waren ein Durchbruch für sie und für das Musicaltheater.«

Wetzon fand ein freies Fleckchen auf dem Boden, setzte sich und streckte die Beine aus. Kamera und Mikrophon erschienen vor ihr, als sie gerade in ihr Sandwich beißen wollte. »Eßt ihr denn nicht?« fragte sie.

»Wie fühlen Sie sich nach diesem ersten Morgen?«

»In nicht einmal einer Woche werden wir vor einem großen Publikum auftreten. Es ist ein unglaublicher Gedanke.«

Vicki Howard saß an einem der Klaviere und begleitete sich selbst zu Stimmübungen. Bonnie ging ihre kleine Schrittfolge durch, nachdem sie sich vergewissert hatte, daß die Kamera sie einfing.

Wetzon aß fast den ganzen Sandwich auf und warf den Rest weg. Sie füllte den Becher noch einmal nach und sah sich um. Von Carlos war nichts zu sehen. Auch nicht von Mort.

Die Sonne schien durch die hohen Südfenster und malte

Flecken auf den Boden. Wetzon legte sich flach in die Sonne und schloß die Augen. Der Lärm ebbte ab. Die Sonne schien hell auf die Augenlider. Sie legte den Unterarm über die Augen, roch Schweiß, guten Schweiß, Thunfisch und Kaffee. Und noch etwas … L'Air du Temps. Sie spürte einen kleinen inneren Ruck.

Ein Schatten fiel auf sie. Sie öffnete die Augen, sah zunächst nichts als Sonnenschein und erkannte dann Medora Battle, die auf sie hinabblickte.

»Ich weiß, dies wird dich enttäuschen, Leslie«, sagte Medora. »Aber wie ich deinem Freund erklärt habe, war Rog sehr eigen in seinen Wünschen. Also ließ ich ihn verbrennen, als er starb. Ich verstreute seine Asche im Hudson.«

TELEGRAMM
COMBINATIONS IN CONCERT BESETZUNG UND PERSONAL
RICHARD RODGERS THEATRE
226 WEST 46. STREET
NEW YORK, NY 10036
ICH BIN STOLZ UND BEGEISTERT, EINE KLEINE ROLLE BEI EURER NEUSCHÖPFUNG GESPIELT ZU HABEN. MEINE BEWUNDERUNG UND GUTE WÜNSCHE,
EDWARD VENDEROSE

48. Kapitel

»Huldvolle gute Wünsche von Edward Venderose«, sagte Wetzon, während sie das Telegramm las, das an das Schwarze Brett hinter der Bühne geheftet war. »Irgendwie kommt er mir wie ein Abstauber vor. Meinst du nicht, daß Nancy ihrer Arbeit gewachsen war?«

»Ich versuche, mich aus der internen Politik herauszuhalten, Leslie«, sagte Foxy. »Du mußt wissen, daß Medora darauf bestanden hat, Ed in die Produktion hereinzunehmen.«

»Stellt euch vor die Mikrophone«, sagte Mort. »Und bewegt euch nicht zuviel hin und her, weil man euch sonst nicht hören kann.« Er führte es vor. Es war am späten Dienstagnachmittag, und sie waren alle erschöpft. »Leslie, wir haben zwei niedrig angebrachte Mikrophone ...«

»Drei«, sagte Carlos und zwinkerte ihr zu. Er war mit der technischen Ausrüstung so beschäftigt gewesen, daß sie höchstens zwei Sätze, ein paar resignierte Gesten und ein Zwinkern in ebenso vielen Tagen ausgetauscht hatten.

»... die nach unten gerichtet sind«, fuhr Mort fort, »um deine Stepschritte aufzunehmen.«

»Und jeden Fehler«, bemerkte Wetzon.

Sie sah Foxy am nächsten Klavier sitzen, während JoJo sich neben ihr herumtrieb. Nur Medora war nicht zu sehen.

Das Ensemble war nervös. Die Hälfte von ihnen arbeitete, wie Wetzon selbst, nicht mehr im Showbusineß. Und

Bonnie und Kenny Klein hatten seit Jahren in L.A. Serien gedreht.

»Morgen sind wir im Theater, und das Orchester wird einige Zeit dabei sein, damit ihr ein richtiges Gefühl dafür bekommt, wie es Donnerstag abend sein wird«, sagte JoJo.

»Sonst noch irgendwelche Anmerkungen?« Als Mort keine Antwort bekam, fuhr er fort: »Schaut bei meiner Assistentin vorbei, bevor ihr heute geht. Sie hat die Kostüme und Schuhe.« Dann leise: »Hoffen wir, daß sie es richtig gemacht hat. Es wäre das erstemal.« Morts Ton war einigermaßen freundlich, aber was er sagte, war nicht gerade nett. »Capezio's hat Jazzschuhe gestiftet. Vergewissert euch nur, daß sie passen, bevor ihr heute geht. Leslie, für deine Größe ...«

»Ich trage meine eigenen, Mort, vielen Dank.« Sie suchte ihre Handtasche und den Beutel mit Krimskrams zusammen, dann wartete sie, bis sie mit dem Trikot an die Reihe kam.

Nancys Haut war gelblich. Sie hatte abgenommen und schien ständig den Tränen nahe. Und wer hätte es ihr verdenken können? »Ist es das wert?« fragte Wetzon, als sie ihre Bündel in Empfang nahm.

»Ist was das wert?« Nancys Blick richtete sich auf etwas oder jemanden hinter Wetzon.

Wetzon drehte sich um. JoJo. »Paß auf dich auf«, sagte sie, nur für Nancys Ohren bestimmt.

Aber, zum Teufel, Nancy war jung, vielleicht vertrauensvoll und naiv, dazu ehrgeizig. Eine gefährliche Kombination. Wetzon war es auch gewesen, vor einer Ewigkeit.

»Wie läuft es Ihrer Ansicht nach?« fragte die ölige Stimme, die sich seitlich an Wetzon angeschlichen hatte.

»In Anbetracht der kurzen Zeit, über die wir zum Proben verfügen, und der Tatsache, daß einige unter uns lange vom Theater fort gewesen sind« – sie blickte direkt in die Kamera und lächelte – »amüsieren wir uns prächtig.«

Und auf sie traf es wirklich zu.

Smith erholte sich bemerkenswert schnell. Irgendwann würde Wetzon sie über das Angebot von Rosenkind Luwisher informieren müssen. Oder nicht? Sie hatte gründlich darüber nachgedacht und war zu einem befriedigenden Schluß gekommen. Gestern hatte sie Dougie Culver angerufen und das Angebot abgelehnt. Er war überrascht gewesen, doch freundlich.

Es hatte keinen Zweck, unter diesen Umständen ihre Freiheit aufzugeben. Nicht jetzt. Außerdem mußte sie sich den Tatsachen stellen: daß sie sich nie an die Regeln hielt und den Mund nicht halten konnte. Sie würde keine gute Angestellte abgeben.

Auf der 45. Straße ging sie zur Eighth Avenue, um den Broadway-Bus zu erwischen. Die Sonne war untergegangen, und der Wind hatte aufgefrischt. Sie zog die Baskenmütze tiefer über die Ohren. Eigentlich wäre die U-Bahn schneller.

Sie kehrte um und nahm die Abkürzung durch die Shubert Alley, die ganz mit weihnachtlichem Grün geschmückt war. Himmel, das sah nach Silvestri aus, der mit Mort und einem Mann in Trenchcoat vor dem Shubert stand. Er war es. Sie fiel in einen langsameren Schritt.

»Da kommt Ihre Freundin«, sagte Mort. »Sie können genausogut auch sie mitnehmen.« Er wandte sich um und überquerte die Straße, wo er stehenblieb, um mit der Produzentin Liz McCann zu sprechen, die im selben Gebäude wie Mort Büros besaß. Silvestri ließ er bei dem anderen stehen, den Wetzon noch nie gesehen hatte.

Wetzon näherte sich Silvestri. »Was ist denn hier los? Geht es um die Einäscherung von George Battle?«

»Das ist Gordon Bogdon, Les. Er ist von der Staatsanwaltschaft.«

Wetzon gab Bogdon die Hand, einem ordentlichen Mann Anfang Dreißig. Sein feines helles Haar flog in dem scharfen Wind in alle Richtungen.

Sie überquerten die Straße und standen vor Sardi's. Silvestri sagte: »Medora Battles Rechtsanwältin hat für sechs Uhr eine Pressekonferenz in Morts Büro angesetzt.«

»Ihre Rechtsanwältin? Ach, dann wird sie bekanntgeben, daß sie die Autorin von *Tacoma Triptych* ist, aber warum tut sie das in Morts Büro?«

»Es steckt mehr dahinter; sonst hätten sie nicht mich gebeten zu kommen«, sagte Silvestri. »Und ich hätte Gordon nicht mitgebracht.«

»Vielleicht legt sie ein Geständnis ab. Ich darf gar nicht daran denken: Wenn ich den Broadway-Bus genommen hätte, wäre ich nach Hause gefahren und hätte alles verpaßt.«

»Irgendwie«, sagte Silvestri, indem er die Spitze überhörte, »irgendwie fällt es mir schwer, das zu glauben. Wir haben absolut nichts gegen sie in der Hand. Das Blut stammte nicht von ihr. Wir haben keine Briefe gefunden, die eine Verbindung zu Terri herstellen. Wir haben keinen Beweis, daß sie jemals diese Wohnung – oder dieses Gebäude – betreten hat.«

»Und Peter Koenigs Erinnerung reicht nicht aus?«

»Reicht nicht aus.« Gordon Bogdon betonte jedes Wort. »Kann nicht vor Gericht verwendet werden.«

Sie hakte sich bei Silvestri unter. »Dann gehen wir doch rauf und hören, was sie zu sagen hat.«

Morts ganzes Vorzimmer war mit Klappstühlen gefüllt. Die verrückte Empfangsdame, in Mantel und Hut, stellte mit mürrischer Miene die Stühle in Reihen auf. Mehrere Leute, die Wetzon nicht kannte, waren schon da, aber auch einige, die sie kannte. Pia Lindstrom von NBS; Alex Witchel von der *Times;* die *Times* war auch noch durch andere vertreten; *Variety;* die *News* und die *Post* waren da. Und es strömte noch. Kein Wunder. In letzter Zeit hatte es nicht viele sensationelle Neuigkeiten im kulturellen Bereich gegeben.

Die Tür zu Nancys Büro ging auf, und Nancy erschien. Sie kontrollierte die Aufstellung der Stühle, fegte alles auf dem Empfangstisch in eine Schublade und stellte einen zweiten Stuhl hinter den Schreibtisch. »Sie brauchen nicht hierzubleiben, Susan«, sagte sie zu der Empfangsdame. Und Susan ging.

Wetzon entschied sich für einen Platz in der letzten Reihe, und Silvestri und Bogdon setzten sich vor sie.

Um zehn nach sechs erschien Medora, flankiert von ihrer Tochter April und einem nett aussehenden jungen Mann. Der Sohn, dachte Wetzon. Ihnen folgte eine untersetzte Frau in einem roten Kostüm, deren rundliche Wangen von einer krausen braunen Mähne umrahmt waren. Ihr Gesicht war von mehr Jahren gezeichnet, als ihre Haarfarbe verriet. Eine große braune Samtbaskenmütze – ihr Markenzeichen – saß auf dem Hinterkopf. Bella Weissberg. Weissbergs Anwaltskanzlei betreute einen Großteil der Theatergemeinde, so überraschte es nicht, daß sie auch Medora Battle vertrat.

Bella Weissberg stellte sich neben Medora hinter den Schreibtisch der Empfangsdame.

»Ich möchte Ihnen danken, daß Sie den so kurzfristig angesetzten Termin wahrnehmen konnten«, begann sie. »Ich bin Bella Weissberg, vertrete Medora Battle und verwalte den Nachlaß von Roger Battle. Meine Klientin Medora Battle möchte etwas bekanntgeben, und danach wird sie eine Erklärung verlesen. Eventuelle Fragen dazu richten Sie bitte schriftlich an mich.« Sie setzte sich.

Mort tauchte in Begleitung eines anderen Mannes in der Tür auf.

»Aha«, sagte Wetzon.

Silvestri wandte ihr den Kopf zu. »Wer ist das?«

»Richard Winkler. Der Produzent von *Tacoma Triptych*.«

April – die zunehmend besorgt aussah – und ihr Bruder setzten sich in die erste Reihe. Nancy blieb hinten bei Mort.

»Ich möchte allen für ihr Kommen danken. Ich weiß, wir haben Sie sehr kurzfristig hergebeten, aber es geht nicht immer wie geplant.« Medoras Lächeln verflog sofort. »Die Zeit ist reif, daß ich mich zu *Tacoma Triptych* bekenne.«

Dennis Cunningham rutschte auf seinem Sitz herum und tauschte einen Blick mit Pia Lindstrom.

»Ja«, fuhr Medora fort. »Ich bin die geheimnisvolle Autorin.«

Jemand, der wie Price Berkley vom Theatrical Index aussah, fragte: »Warum glaubten Sie, ein Pseudonym verwenden zu müssen?«

»Price Berkley«, flüsterte Wetzon ins Ohr Silvestris. »Theatermensch, Journalist, Unternehmer.«

»Damals schien es mir richtig.«

Medora blinzelte mehrmals, als hätte sie etwas im Auge.

»Jahrelang behaupteten alle, ich könnte ohne Rog nicht schreiben, und ich hatte Angst, sie würden recht behalten. Nach seinem Tod hatte ich tatsächlich eine Schreibhemmung.

Jetzt bin ich davon frei, und ich möchte mich zu meiner Arbeit bekennen. Ich bin sehr stolz auf *Tacoma Triptych.*«

»Gut für Sie, Medora«, sagte eine Frau weiter hinten. Liz Smith.

»Was hat …«

Bella Weissberg stand auf.

»Wir möchten nicht zuviel Zeit darauf verwenden. Alle haben viel zu tun. Wenn Sie also Fragen haben, wird Medora sehr gern mit Ihnen persönlich sprechen und Ihre Fragen beantworten. Sie können morgen über meine Sekretärin einen Termin vereinbaren.«

Sie rasselte ihre Telefonnummer herunter. »Jetzt möchte meine Klientin gern eine Erklärung verlesen. Zu der sie weder jetzt noch später Fragen persönlich beantworten wird. Sind Sie bereit, Medora?«

Medora nickte. Bella Weissberg setzte sich. Medora nahm ein weißes Blatt aus ihrer Handtasche, faltete es auseinander uns setzte eine Brille auf. Sie räusperte sich.

»Im Frühjahr 1977 wurde ich durch einige Briefe, die ich fand, darauf hingewiesen, daß Rog, mein Mann, ein Verhältnis mit einer Darstellerin in *Combinations* hatte, mit Terri Matthews. Als ich ihn mit dem, was ich gefunden hatte, konfrontierte, war Rog sehr durcheinander. Er sagte mir, er habe einen schrecklichen Fehler gemacht und erklärte, daß er unsere Familie nicht zerstören wollte. Anschließend ging er ins Village, um mit Terri Schluß zu machen.«

Ihre Stimme war immer rauher geworden. Nun machte sie eine Pause, zog ein Taschentuch aus der Tasche und schneuzte sich.

»Entschuldigen Sie. Das alles ist sehr schmerzlich für mich. Rog sollte mich danach anrufen, aber zwei Stunden vergingen, dann drei, und ich hörte nichts von ihm. Irgend etwas war schiefgegangen. Ich stieg in ein Taxi und fuhr hin.«

Obwohl Medora jetzt gleichförmig sprach, hielt sie die Augen auf das Papier geheftet, von dem sie ablas.

»Mit dem, was als nächstes passierte, lebe ich seit siebzehn Jahren. Jetzt muß ich es loswerden. Was ich in der Wohnung fand, war entsetzlich. Rog lag blutüberströmt am Boden. Terri war tot. Zwischen ihnen lag eine Pistole. Ich stieß sie mit dem

Fuß weg. Zunächst dachte ich, Rog wäre tot, aber er lebte noch, befand sich jedoch in einem furchtbaren Zustand. Ein Teil des Blutes stammte von ihr, ein Teil von ihm. Er sagte, sie sei auf ihn losgegangen, als er ihr erklärt habe, daß es aus sei. Sie hatte ihn auf die Nase geschlagen, worauf er stark zu bluten begann. Terri hatte dann eine Pistole geholt und gedroht, sich zu erschießen. Sie drohte, auch ihn zu erschießen. Er rang mit ihr, und die Pistole ging los. Die Kugel traf sie in den Kopf. Er wußte, daß sie tot war. Und ich wußte, daß sie tot war.«

Ein Murmeln wie Bienensummen lief durch den Raum und verklang. Medora räusperte sich. »Was anschließend geschah, war allein meine Schuld. Ich wollte meine Familie schützen. Meine Kinder waren noch so klein. Das öffentliche Aufsehen wäre ungeheuer gewesen. Und Terri war tot. Ich sah nicht ein, was es nutzen würde, die Polizei zu rufen. Schließlich wußte ich, daß sie keine Familie hatte. Niemand würde sie vermissen. Ich versorgte Rog, und dann legten wir Terri in den Schrankkoffer und trugen ihn zusammen in den Keller. Zum Schluß räumten wir die Wohnung auf, damit es so aussähe, als wäre sie ausgezogen.«

Sie faltete das Papier zusammen, um es wieder in die Handtasche zu stecken, dann langte sie über den Schreibtisch und drückte ihren Kindern die Hände.

»Ich gab Rog ein Valium und nahm selbst eine Schlaftablette. Was ich nicht wußte, war, daß Rog den Rest des Valiumröhrchens schlucken und dann fast eine ganze Flasche Wodka trinken würde.«

Wetzon tippte Silvestri an die Schulter. »Gehen wir«, flüsterte sie.

Medora sagte: »Die Verbindung von Alkohol und Tabletten war zuviel für Rog. Bis ich am Morgen aufwachte, war er tot.« Ein Schauder lief durch ihren Körper.

April und ihr Bruder faßten Medora unter den Armen und stützten sie.

Silvestri stand auf und folgte mit Bogdon Wetzon aus dem Raum. Auf dem Flur sah er ihr prüfend ins Gesicht. »Du glaubst ihr nicht, Les?«

»Nein. Du etwa?«

»Nein. Gordon?«

»Wir können ihr wahrscheinlich zur Last legen, ein Verbrechen verschleiert zu haben, aber inzwischen sind siebzehn Jahre vergangen. Und falls ihr glaubt, es bestehe die Möglichkeit, daß sie Terri Matthews selbst getötet hat, können wir dafür nicht den geringsten Beweis vorlegen.«

TELEGRAMM
ENSEMBLE COMBINATIONS IN CONCERT
RICHARD RODGERS THEATRE
226 WEST 46. STREET
NEW YORK, NY 10036
DANKE, DASS IHR DIESEN WUNDERBAREN ABEND ERMÖGLICHT HABT. GOTT SEGNE UNS ALLE. MERDE, IHR LIEBEN.

HERZLICHST
LESLIE UND CARLOS

49. Kapitel

»Wir zwei leben zusammen, Häschen. Wir sind phantastisch. Ich möchte, daß du ernsthaft darüber nachdenkst. Könntest du den Barrakuda verlassen? Ich meine es jetzt ernst.«

»Ach, Carlos. Smith verlassen? Würde ich? Könnte ich? Werde ich? Rate mal.«

»Häschen, fang an zu leben. Das hier ist kein Roman.«

Die Minikamera und das Mikrophon fingen alles ein. Auf den Gängen wurde gesungen, wurden Tonleitern geübt, mischten sich die *mi-mi-mis* mit den *la-la-las*. Vor der Bühne stimmte sich das Orchester ein.

Jeder glitzerte.

Peg Buttons Accessoires waren bedeckt mit Glitzerstaub. Schals flossen wie geschmolzenes Gold. Rote Seidenfliegen waren mit Funken bestreut. Alle trugen glänzende schwarze Zylinder und rosa Neonstöcke. Für die »Monogamie«-Nummer hatten Wetzon, Bonnie und Vicki schimmernde goldene Minifaltenröckchen angezogen, die über den Trikots zu tragen waren. Und zu ihrem Stepsolo trug Wetzon eine tiefschwarze Weste mit kurzen Schößen.

»Also sagte die Nonne zur Mutter Oberin, ›Gott weiß, daß nur zwei Dinge hier bei uns geschehen ...‹« schnatterte Bonnie aus der Damengarderobe. Wetzon konnte die Pointe nicht verstehen, aber gleich darauf hörte sie schallendes Gelächter.

Sie rückte Carlos' Fliege zurecht, die überhaupt nicht schief saß.

»Wie fühlen Sie sich jetzt, wo der große Tag endlich gekommen ist?« fragte Carlos, indem er den vertraulichen – und, ja, überlegenen – Ton des Interviewers imitierte. Carlos ballte seine Faust zum Mikrophon und hielt sie Wetzon vors Gesicht.

»Hauen Sie ab! Wollen Sie etwa behaupten, das sei die Premiere?« fauchte Wetzon in breitestem New Yorker Tonfall.

»Schnitt«, knurrte Carlos. Dann sagte er zu dem nicht vorhandenen Techniker: »Schade. Man kann das Mädchen aus dem Chorus herausnehmen – aber nicht den Chorus aus dem Mädchen.«

»Ta-da!« Wetzon machte eine schnelle Stepschrittfolge und verneigte sich.

»Wenn das Orchester also lauter wird«, sagte JoJo, »rückt einfach näher ans Mikrophon.«

Vicki hielt Wetzon in der Seitenkulisse auf, um sie vorsichtig zu umarmen; ihr Make-up durfte nicht verschmiert werden. »Danke, daß du mir die Chance gegeben hast. Ich lebe wieder.« Die allgegenwärtige Minikamera fing alles ein.

»Ist schon gut, Vicki«, sagte Wetzon, indem sie der Kamera den Rücken zuwandte.

»Ich habe für Terris Seele gebetet«, sagte Vicki. »Heute habe ich eine Kerze für sie angezündet.«

»Ich glaube, das haben wir alle auf die eine oder andere Weise getan.«

»Halbe Stunde!« rief der Hilfsinspizient, dann machte er die Runde. »Halbe Stunde!«

»Alles wird betriebsbereit sein – Außenmikrophone, alles«, erklärte Mort dem Mann hinter der Minikamera, der sich für den Anlaß in ein schwarzes T-Shirt und eine schwarze Cordhose geworfen hatte.

»Zuckerstück, siehst du niedlich aus in deinem kleinen Stretchtrikot.«

Wetzon drehte sich um. Eine strahlende Smith in einem schwarzen paillettenbesetzten , trägerlosen Schlauch. Über ihren prachtvollen Schultern ein schwarzes Operncape aus Samt.

So groß und elegant war sie, daß Wetzon sich sofort wie das reizlose kleine Mädchen im falschen Partykleid vorkam.

Geh weg, Smith, dachte sie. Gerade jetzt kann ich dich nicht brauchen. Sie sagte: »Was machst du hinter der Bühne? Nur noch eine halbe Stunde, dann geht's los.«

»Meine Investition schützen, Schatz.« Smith winkte dem Kameramann, und als er angeschlendert kam, schnurrte sie: »Sorgen Sie dafür, daß Sie die Darsteller unmittelbar vor ihrem Auftritt reinkriegen. Wir wollen sehen, wie eine Premiere auf die Nerven geht!«

Carlos, der auf sie zukam, entdeckte Smith und drehte sich um hundertachtzig Grad. Wetzon mußte lachen. »Bis dann, Smith«, damit wollte sie hinter Carlos her.

»Moment, Kleines. Ich habe vergessen, dir etwas zu berichten.« Smith machte einen Schmollmund. »Du erkundigst dich gar nicht mehr nach dem Büro.«

»Verdammt.« Wetzon schob die Zunge in eine Backe und klatschte mit der Hand auf den Oberschenkel. »Das ist mir vollkommen entfallen.«

»Jedenfalls habe ich eine interessante Neuigkeit für dich, Miss Hält-sich-für-so-komisch.«

»Und was gibt's?«

»Rosenkind Luwisher. Rate mal, wen sie als ihren eigenen Headhunter eingestellt haben.«

Wetzon sah ihre Partnerin an. Wußte sie Bescheid?

Ungeduldig sagte Smith: »Ich wußte, du rätst es nie, nicht in einer Million Jahren. Harold. Sie haben Harold angeheuert.«

Wetzon war schockiert. »Unseren Harold?« Das war kaum ein Kompliment für Wetzon.

»Na ja, unseren ehemaligen Harold.«

»Sie haben Harold Alpert von Tom Keegen weggeholt?« Wetzon begann zu lachen.

Smith kicherte. »Ich wußte, es würde dir gefallen.« Jetzt hatte ihre Aufmerksamkeit lange genug Wetzon gehört, so schien es, denn sie sagte: »Oh, dort ist Joel. Bis nachher, Schatz. Hals- und Beinbruch.«

»Wir sagen jetzt *merde*, Smith.«

»Oh«, meinte Smith heiter. »Okay, *merde* und Beinbruch, Goldstück.« Sie warf Wetzon einen Kuß zu und war weg.

»Würde ich sie verlassen? Könnte ich sie je verlassen?« sang Wetzon leise vor sich hin. »Ja. Will ich wirklich? Ha!«

»Fünfzehn Minuten!« rief der Hilfsinspizient.

Wetzon ging auf die Garderobe zu, um einen letzten Blick auf ihr Make-up zu werfen, aber Mort war darin und hatte einen seiner längst überfälligen Wutausbrüche.

»Du bist überbezahlt«, knurrte Mort wütend und fuchtelte mit dem Finger vor Nancys Gesicht herum. »Manny zahlt seiner Assistentin *halb* soviel wie ich dir, und sie ist *vierundzwanzig* Stunden auf Abruf bereit.«

Nancy stöhnte leise.

»Komm mir nicht mit dem Scheiß, daß du auch ein Leben hast! Solange du für mich arbeitest, hast du kein eigenes Leben. Wenn ich mein Büro zumache, kannst du dich mitsamt der dummen Kuh am Telefon in die Schlange vorm Arbeitsamt stellen. Du weißt gar nicht, wie gut du es hast!«

Wetzon hörte Nancys ersticktes Schluchzen. Sie klopfte an die Tür, obwohl sie schon einen Spalt offenstand. »Muß das sein, Mort?« Das Zimmer sah aus, als wäre es demoliert worden, alle Kleider, Pakete und Make-up-Etuis lagen in wildem Durcheinander herum. Eine feuchte fleischfarbene Strumpfhose hing über einer Stuhllehne. »Ich habe nie gehört, daß Nancy sich über irgendwas beklagt hat – nie. Und laß dir von mir sagen, daß sie sich meiner Meinung nach über eine Menge beklagen könnte.«

Mort trug einen Smoking mit grüner Samtfliege. Nancy sah wie seine Zwillingsschwester aus. Warum nur waren sie genau gleich gekleidet, sogar bis zur Farbe der Fliegen? Jemand mußte sich einen Spaß erlaubt haben.

»Leiden wir noch immer an unserem Jeanne d'Arc-Komplex, Leslie?« Mort lächelte affektiert.

»Auf die Plätze!« schrie der Hilfsinspizient. »Mort, wo steckst du?«

Mort wirbelte herum und lief nach links Richtung Bühne, wo er auftreten und das Publikum begrüßen würde. Er sollte die verstorbenen Mitglieder des Ensembles ehren, deren vergrößerte Fotografien bereits aufleuchteten. Danach konnte die Ouvertüre beginnen.

Wetzon schlenderte zur Seitenkulisse, Bühne links, und

nahm ihren Platz bei den anderen ein. Mort beendete gerade seine Rede. Es gab Applaus, und das Orchester intonierte die Ouvertüre. Die Darsteller stellten sich gemäß der Einteilung auf, Bühne links und Bühne rechts, bereit, zur Einleitungsnummer ihre Plätze an den Mikrophonen einzunehmen.

Die Scheinwerfer waren verwirrend, als Wetzon hinter Bonnie hinaustrat; dann brandete der Applaus auf und umfaßte sie. Ihre Hände waren kalt, und ihr Herz hämmerte. Das Mikrophon ragte drohend vor ihr auf; doch während sie dem Klatschen lauschte, fühlte sie sich lebendiger, als sie seit Jahren gewesen war. Und ängstlicher. Die schrecklich-schöne Angst, die sie beinahe vergessen hatte.

Ihre Augen konnten kaum etwas erkennen, denn die Spotlights blendeten und isolierten sie auf der Bühne, aber sie hörte und spürte das vollbesetzte Haus. Sie wußte, wo Silvestri saß. Er war da. Sie brauchte ihn nicht zu sehen.

Die Darsteller tippten an die Zylinder als Gruß fürs Publikum und begannen zu singen.

Nach jeder Nummer mußten sie wieder auf die Bühne und sich für den Beifall bedanken, der zum Tosen anschwoll.

Alles rückte unerbittlich auf ihr Solo »Zeitmaschine« zu ... und dann war es plötzlich soweit – ab nach vorn und in die Mitte.

Sie klatschten Beifall, als sie ihren Platz vor den tiefer gestellten Mikrophonen einnahm, aber inzwischen klatschten sie wohl zu allem. Die Blechbläser spielten die Melodie, und sie berührte kaum noch den Boden. Die Musik hob sie, trug sie, ließ sie fallen, wirbelte sie herum und ließ sie schließlich allein, um die Nummer zu beenden, in absoluter Stille bis auf das Klacken der Tanzschritte. Pirouette, langsam, langsamer, langsamer, halt.

Dann, irgendwie, war sie draußen. Wie war sie in die Seitenkulisse gelangt? Sie hatte Silvestri vergessen, Smith, sogar Terri. Alles vergessen bis auf die Schritte, die Bühne und die Musik.

»Du warst sagenhaft, Häschen!« Carlos zog sie an sich und drückte sie kräftig. »Geh hinaus und laß dich bejubeln.« Er schob sie auf die Bühne, und das gesamte Publikum stand auf und applaudierte. Sie verneigte sich und zog sich zurück. Plötzlich fiel ihr das Atmen schwer, so sehr klopfte ihr Herz gegen die Rippen.

»Hat man jemals einen solchen Abend erlebt?« fragte Bob Rosen mit geröteten Wangen. Er hörte nicht auf, Wetzon auf die Schulter zu klopfen.

Wetzon strahlte. »Verdammt, es macht Spaß, nicht wahr?«

Dann rauschte sie durch das Finale, und es war vorbei. Wahrhaftig, sie würde nie wieder dieselbe sein. Wie viele Menschen bekommen schon die Chance, einen Triumph nach achtzehn Jahren zu wiederholen?

»Es ist wundervoll gelaufen, Leute!« rief Mort. »Super!«

Als sie sich verneigten, brachten die Leute Blumensträuße zur Vorbühne. Die Truppe drehte sich um, zeigte mit den Armen auf JoJo, verneigte sich vor ihm und applaudierte ihm. Dann verneigte sich JoJo und applaudierte dem Ensemble.

Medora und Foxy kamen auf die Bühne. Auch sie erhielten Rosensträuße.

Hinter der Bühne öffneten sie Champagner, ließen die Flasche herumgehen; er schäumte über Plastikgläser, ihre Hände, auf den Fußboden. Alle lachten laut. Applaus, die Klänge des Klatschens, die Liebe, die vom Publikum auf die Spieler zuflutet, waren eine Droge, ein Aufputschmittel.

Wetzon stahl sich davon. Sie wollte dies auskosten, hegen und pflegen und nicht mit anderen teilen.

»Selbstverständlich gibt es ein Leben nach *Combinations*, und deshalb stehe ich hier«, sagte Bonnie zum Kameramann.

»Phantastische Arbeit, Leslie«, sagte Foxy. »Ich bin froh, daß wir es auf Band haben.«

»Ohne deine großartige Partitur hätte ich es nicht machen können. Es war eine Freude, danach zu tanzen.« Erschrocken bemerkte Wetzon, daß Foxy Tränen in den Augen hatte.

Foxy beugte sich vor und küßte sie auf die Wange. »Danke, Leslie. Das bedeutet mir sehr viel.« Sie ging weiter zu Carlos.

»Du warst wunderbar, Leslie«, sagte Medora leise. »Besser denn je.« Sie streckte die Hand aus, und Wetzon nahm sie. Medoras Diamantohrringe fingen das Licht auf; ihr goldenes Armband schimmerte.

Wetzon schauderte unwillkürlich. »Danke«, sagte sie und fühlte sich eigenartig. Schweiß lief ihr den Nacken hinab und an der Innenseite des Trikots hinunter. Sie eilte zur Garderobe. Geh weg, Medora, dachte sie. Laß mich in Ruhe.

Er hat eine Frau und zwei kleine Kinder ...«

«Verstehen Sie etwas von dem, was sie reden?«

»Nein. Ich will nichts hören.«

»Was machen Sie, Leslie?«

»Ich lege mich zurück, ziehe die Decke über den Kopf und halte mir die Ohren zu ... Irgendwann schlafe ich ein.«

»Was passiert am Morgen?«

»Die Sonne scheint. So hell, daß sie mich weckt.«

»Ist noch jemand im Zimmer?«

»Nein. Ich habe alles geträumt. Terri kommt in ein Badetuch gehüllt aus der Dusche. Sie sagt: ›Aufgewacht, Faulpelz‹. Sie ist so fröhlich.«

»Sagen Sie etwas wegen der vergangenen Nacht?«

»Ich sage: ›Terri, hast du gestern nacht jemand mit heraufgebracht?‹«

»Sie schaut mich an, als ob ich verrückt wäre. Ich bin nicht sicher, ob alles ein Traum war. Sie sagt: ›Beeil dich lieber. Wir sind um halb zehn dran.‹«

»Was machen Sie?«

»Ich stehe auf. Ich habe Hunger. Ich rieche Toast mit Butter und Kaffee. Dann bitte ich sie zu warten und dusche schnell. Terri zieht eine schwarze Strumpfhose an, dann ein schillerndes Trikot mit einer Laufmasche. Sie hebt etwas vom Boden auf und streift es über das Handgelenk. Etwas, das ich noch nicht gesehen habe ... oder vielleicht doch.«

»Beschreiben Sie es, Leslie.«

Damals war sie dazu nicht in der Lage gewesen, aber jetzt sah sie es deutlich, als hätte es auf einem Bildschirm in ihrem Kopf aufgeleuchtet. Es war ein Armband, ein breiter Goldreif. Wie konnte mir das entgehen? dachte sie. War ich wirklich so naiv? Sie hatte die ganze Zeit geglaubt, Rog wäre in jener Nacht bei Terri gewesen, aber sie hatte sich geirrt. Es war gar nicht Rog gewesen.

Medora folgte ihr in die Garderobe. Niemand war da. Alle standen in den Seitenkulissen herum und tranken Champagner.

»Ich hoffe, du bist jetzt zufrieden, wo du weißt, was Terri wirklich passiert ist«, begann Medora.

Wetzon lehnte sich an den Schminktisch. Alles war voller Puder und Glitzerstaub. »In deiner Erklärung hast du es uns gewiß nicht verraten.«

Medora verschränkte die Arme. Sie trug einen langen schwarzen Seidenrock und eine auf Figur geschnittene rote Samtjacke mit schwarzen Borten. »Du glaubst mir nicht, Leslie? Das tut weh.«

»Wirklich, Medora? Ich halte dich für eine gute Schriftstellerin. Schließlich hast du auch damals das Drehbuch geschrieben.«

»Medora?« Ed Venderoses Stimme kam von irgendwoher auf dem Flur. Medora antwortete nicht.

Sollte ich mich bedroht fühlen? dachte Wetzon. Bei den vielen Menschen draußen?

»Es gab kein Drehbuch dafür«, sagte Medora.

»Ach, nein? Versuch es mit diesem. Ihr wart beide in Terri verliebt, du und Rog, und sie entschied sich für … Rog. Hast du auch Rog getötet, Medora?«

»Les?« Diesmal war es Silvestris Stimme, die zu ihnen drang.

»Ich war im Begriff, mich von Rog zu trennen«, sagte Medora. »Wir wollten ein gemeinsames Leben mit den Kindern aufbauen, Terri und ich.«

»Medora«, rief Ed in besorgtem Ton. »Wo bist du?«

»Okay, dann änderte Terri ihre Meinung. Sie entschied sich für Rog«, sagte Wetzon.

Medora schüttelte den Kopf. »Nein. Es war Rog, der die Pistole benutzte. Er konnte den Gedanken, sie zu verlieren, nicht ertragen.«

»Les?« Jetzt hörte sich Silvestri besorgt an.

»Oder dich zu verlieren?«

»Oder mich.« Medora seufzte. »Er erschoß sie, dann geriet er in Panik und rief mich an. Ich fuhr hin. Rog war fort. Terri war tot. Ich wußte nicht, was ich tun sollte.«

»Du hast deine Briefe genommen, deine Liebesbriefe.«

»Woher weißt du ...? Ja. Ich hatte ihr in jenem Jahr so viele Briefe geschrieben. Sie hatte jeden aufgehoben.« Tränen sickerten Medora jetzt über die Wangen, verwischten ihr Make-up.

»Medora?« Ed war ganz nahe.

»Wie hast du Terri in den Schrankkoffer gebracht?«

»Ich half ihr.« In der Tür stand Ed. Sein Gesicht war käsig weiß. »Dann brachte ich sie nach Hause.« Medora streckte den Arm nach ihm aus, und er nahm ihre Hand.

»Wo war Rog?«

»Ich weiß nicht«, sagte Medora. »Ich weiß nur, daß er irgendwann in dieser Nacht nach Hause kam und sich in seinem eigenen Bett umbrachte, so daß ich ihn am Morgen finden mußte. Bist du jetzt zufrieden?«

Wetzon senkte den Kopf. Ed führte Medora hinaus.

Als Wetzon sich zum Spiegel umdrehte, sah sie, daß ihr Augen-Make-up begann, langsam über die Wangen zu laufen. Silvestris Spiegelbild tauchte hinter ihrem auf. Sein Gesicht verriet ihr, daß er viel von dem, was gesagt worden war, mitbekommen hatte.

»Das war's also«, sagte sie.

»Mhm«, sagte er.

Sie lächelte ihn im Spiegel an. Das Mascara floß davon. »Jetzt zu meiner Nummer ...«, flüsterte sie.

»Les ...«, begann er, dann brach er ab.

»Ich habe dich wohl sprachlos gemacht, Silvestri? Dich vielleicht sogar umgeschmissen?«

Er kam näher, faßte sie an den Schultern an und drehte sie zu sich.

Sie sagte: »Mach schon, Mann, heraus mit der Sprache. Weißt du – wir brauchen alle ab und zu ein kleines Lob.«

Als er sie an sein weißes Hemd drückte, dachte sie an die Bescherung, die das Mascara anrichten würde. »Silvestri ...«

»Sei still, Les«, flüsterte er in ihr Haar.

Es war ein grandioser Abend – hinsichtlich des Gesangs; ein grandioser Abend – hinsichtlich des Tanzes; und ein grandioser Abend für das amerikanische Musiktheater. »Combinations« ist wieder da, wenn auch nur kurz, um uns sogar in der konzertanten Form spüren zu lassen, wie seicht das Musiktheater heute geworden ist, wo T-Shirts und Reklame wichtiger sind als das, was auf der Bühne geschieht.

Bravo, »Combinations«!

Aus *The New York Times*
23. Dezember 1994
Von Andrew Elofison

50. Kapitel

Der Wind malträtierte die Upper West Side, und der Regen prasselte gegen Wetzons Fenster.

»Heiligabend soll es nicht regnen, Izz«, sagte sie. Der Hund blickte zu ihr auf und gähnte. »Es soll schneien. Nicht viel. Gerade genug für die weiße Weihnacht.«

Sie hatte ein Abendessen mit Carlos und Arthur abgelehnt, desgleichen den Heiligen Abend bei Xenia Smith zu Hause; weil Silvestri versprochen hatte, er würde heute zu ihr kommen. Aber es war schon sechs Uhr, und er war noch immer nicht da. Hatte er wieder einmal Rita ihr vorgezogen?

Die Benefizvorstellungen von *Combinations in concert* waren ein umwerfender Erfolg gewesen, und eigentlich hätte sie nach zwei Aufführungen erschöpft sein sollen. Sie hatte den Tag damit verbracht, sich auszuruhen, herumzuwerkeln, Sachen wegzuwerfen. Gedankenverloren knabberte sie an Carlos' Weihnachtsstollen, gebacken nach seinem Geheimrezept, den er Jahr für Jahr allen Freunden mit viel Trara lieferte. Irgendwie schwebte sie noch immer, aufgekratzt vom Bühnenadrenalin.

Das Buch über Terri war geschlossen. Doch war dies jetzt die Wahrheit? Ganz sicher würde sie es nie wissen. Und vielleicht, nur vielleicht, wollte sie es nicht wissen. Zu viele Jahre waren vergangen. Medora hatte Terri geliebt – dessen war sich Wetzon sicher.

Während sie in Meditationshaltung auf ihrer Matte lag, verlangsamte sie die Atmung. Alles erfunden und zu nichts führend, dachte sie.

Immerhin konnte sie den Broadway noch begeistern. Wenigstens für zwei Abende. Sie lauschte in sich hinein. Keine Beschwerden, bloß ein Zwicken hier und dort. Carlos wollte unbedingt weiter mit ihr zusammenarbeiten – aber wäre es richtig, zum Theater zurückzukehren und jedesmal einen kleinen Tod zu sterben, wenn eine Show durchfiel? Hmhm. Nein. Es war leichter für Herz und Seele, an der Wall Street zu bleiben.

Dieses Jahr brach der Rentenmarkt ein, verschwand Kidder Peabody für immer unter einem Skandal, wackelte Prudential, zerfiel jedoch nicht, hatte Rosenkind Luwisher die Headhunter aus seinem Budget eliminiert. Trotzdem ging alles weiter.

Ihr wurde bewußt, daß sie den Wind nicht mehr hören konnte. Sie setzte sich auf und sah gerade noch Izz vom Sofa fliegen und kläffend zur Tür rennen. »Der Meister ist eingetroffen«, sagte Wetzon und überlegte, was er von ihr halten würde, wenn sie ebenfalls schreiend vom Sofa aufspränge, um ihn zu begrüßen.

Silvestri setzte zwei Einkaufstaschen neben dem Baum ab und legte noch ein paar Päckchen zu den anderen, die dort schon lagen.

»Möchtest du ausgehen?« fragte er.

»Wäre vielleicht schön. Wohin?«

»Ach, wir finden schon etwas.« Er ging ins Schlafzimmer, und sie folgte ihm. »Ich gehe unter die Dusche.«

»Regnet es noch?«

»Nein, aber es ist kalt.«

Sie zog einen langen Jerseyrock, Stiefel und einen roten Rollkragenpullover an, dann kämmte sie ihr Haar über dem Scheitel zusammen und band es mit einem breiten, glänzenden roten Band. Der Ganzfigurspiegel im Schlafzimmer zeigte ihr, daß sie auch von hinten elegant aussah. Okay.

Ihr Magen knurrte. Sie war unruhig. Im Kühlschrank gab es einen Behälter mit Ziegenkäse und Öl, den sie auf dem Bauernmarkt auf dem Union Square gekauft hatte. Ein übriggebliebenes Ende Sauerteigbrot lag in einer Tüte auf der Theke. Sie schnitt das Stück in Scheiben und steckte sie in den Toaster, bis sie gebräunt waren, dann belegte sie die Scheiben mit dem Ziegenkäse.

»Ißt du schon wieder?«

»Mann«, sagte sie und betrachtete ihn von Kopf bis Fuß. Silvestri hatte sich richtig feingemacht. Ein todschicker dunkelblauer Anzug, ein blau und weiß gestreiftes Hemd und eine rote Krawatte mit einer handgemalten Bogart-Bergman-Szene aus *Casablanca* darauf. »Was ist das für eine Krawatte?«

»*Casablanca*.« Er wedelte damit herum. »Gefällt sie dir nicht? Rita hat sie mir geschenkt.«

»Oh.« Sie verdrehte die Augen und reichte ihm ein Stück Brot mit Ziegenkäse. »Sie ist toll.«

Er lachte. »Lügnerin. Sie ist nicht von Rita. Die Kollegen haben sie mir geschenkt. Komm jetzt, nimm deinen Mantel und laß uns gehen.«

»Wohin?«

»Warum stellst du immer so viele Fragen?«

»Ich bin neugierig.«

Sie spazierten die Columbus Avenue hinunter.

»Lauf nicht so schnell«, sagte Silvestri.

»Mir ist kalt.«

Hinter dem Museum für Naturgeschichte sang eine Gruppe von Weihnachtssängern »Macht hoch die Tür« und »Guter König Wenzeslaus«, und wer auf der Straße vorbeiging, blieb stehen, um mitzusingen. Silvestri und Wetzon blieben bis »Kommet ihr Hirten«. Dann winkte Silvestri einem Taxi.

»Wohin gehen wir?« fragte sie noch einmal, als sie im Taxi saßen.

»Lord and Taylor«, sagte er zum Fahrer, der eine rote Nikolausmütze mit einem schlaffen Zipfel, der in einer weißen Bommel endete, auf dem Kopf trug. »Das ist Achtunddreißigste und Fifth, und lassen Sie sich Zeit.«

»Lord and Taylor? Es ist sieben Uhr, Silvestri. Lord and Taylor ist seit mindestens einer Stunde geschlossen.«

»Ich weiß.« Das war alles, was er sagte.

Die Fifth Avenue lag taghell im Lichterglanz. Sie kamen an einer Pferdekutsche voller Kinder vorbei, Touristen wahrscheinlich. Vor Tiffany's kletterte ein Nikolaus in einen Rolls-Royce, der mit Geschenken vollgepackt war, und preschte los.

Ein roter Doppeldeckerbus fuhr an ihrer rechten Seite vorbei, dann erschienen die Löwen vor der New York Public Library. Die Löwen trugen Kränze um ihre steinernen Hälse.

»Komm«, sagte Silvestri, nachdem er den Fahrer bezahlt hatte. »Fröhliche Weihnachten.«

Sie standen vor dem Geschäft, und sie monierte: »Ich habe dir ja gesagt, daß es geschlossen hat.« Selbst am Heiligen Abend, ganz besonders am Heiligen Abend, standen die Leute dichtgedrängt, um die dekorierten Fenster zu betrachten.

»Ich möchte die Schaufenster sehen«, sagte er, ohne von ihrer Gereiztheit Notiz zu nehmen.

»Ich bin hungrig.«

»Alles zu seiner Zeit.«

Die Schaufenster feierten Norman Rockwell und eine amerikanische Weihnacht. Als sie alle betrachtet hatten, seufzte sie leicht entnervt: »Okay, das war sehr hübsch. Können wir jetzt essen?«

Er spazierte mit ihr die Fifth Avenue hinauf. »Fröhliche Weihnachten« sagten die Leute im Vorbeigehen. Ein roter Cadillac mit Lamettagirlanden fuhr vorbei. Auf dem Dach wackelten ein Schlitten und ein Rentier. Über den Scheinwerfer war ein Kerzenleuchter angebracht. Weihnachtliche Musik ergoß sich auf die Straße, und alle Welt lächelte und strahlte.

»Fröhliche Weihnachten!« rief jemand von einem Heuwagen, und plötzlich war die Luft voll fliegender Zuckerstangen in Cellophan. Silvestri ergatterte eine und gab sie ihr.

»Wie fühlst du dich jetzt?«

»Super«, sagte sie. »Aber halb tot vor Hunger.«

Die Saks-Schaufenster kannte sie schon, und Silvestri war von ihnen nicht beeindruckt, aber gegenüber pulsierte das Rockefeller Center im Rhythmus von Musik und Licht: der hoch aufragende Baum auf der Plaza, die riesigen roten Ornamente in den Seitenstraßen und die kreisenden Schlittschuhläufer wirkten prachtvoll. Die Nacht schien zu klingen.

St. Patrick's war erleuchtet, und die Türen standen offen. Später würde sich diese Kathedrale und all die andern überall in der Stadt zur Mitternachtsmesse füllen.

Sie schaute den Schlittschuhläufern zu, während die Musik sie umfloß. »Oh, kommet, ihr Gläubigen.« Den Kopf hebend, blickte sie zu Silvestri auf. Sie hatte so vieles, wofür sie dankbar sein mußte. Gesundheit, Erfolg, Freunde. Ein schönes Zuhause in der wunderbarsten Stadt der Welt. Liebe. Sie drückte Silvestris Hand und begann zu weinen.

»Aber, aber«, sagte er. »So hungrig? Deswegen brauchst du nicht zu weinen. Ich füttere dich.«

Sie schüttelte den Kopf. »Du würdest es nicht verstehen.«

»Versuch es doch«, sagte er, aber schon gingen sie wieder weiter.

»Wohin gehen wir?«

»Du wirst schon sehen.«

An der 54. Straße wandten sie sich nach Osten, überquerten die Madison und näherten sich dem Elysée Hotel.

»Die Monkey Bar«, sagte sie. »Die Monkey Bar!« Plötzlich war sie begeistert. Dies war das neue In-Lokal, das vor ein paar Monaten erst wiedereröffnet hatte. Sie blieb stehen und schaute ihn scharf an. Es sah Silvestri überhaupt nicht ähnlich, auch nur davon gehört zu haben. Vielleicht hatte Carlos ihm davon erzählt?

Er schaute auf die Uhr. »Komm, gehen wir rein.«

»Mein Gott, Silvestri, du steckst voller Überraschungen.«

Sie gaben ihre Mäntel ab, und sie ließ ihn in der dunklen, überfüllten Bar mit den Affenbildern an der Wand und dem Flügel allein, während sie ging, um ihre Frisur zu richten und die Lippen nachzuziehen.

Ein wenig fummelte sie an ihrem Haar herum und glättete mit einem feuchten Papierhandtuch die Make-up-Grundierung.

Um die Bar drängten sich noch mehr Leute, als sie herauskam; es war sehr laut. Wo war Silvestri? Dort drüben. Er hatte den Arm um eine Rothaarige in einem engen schwarzen Kleid gelegt … als ob die Rothaarige sein Mädchen wäre.

Verdammt, dachte sie. Was für eine Frechheit. Ein Flittchen mit einem hübschen Po und tollen Beinen. Der Teufel soll ihn holen. Und er lachte sogar, nicht zu fassen. Das Flittchen erzählte ihm eine Geschichte, und er lachte. Wetzon war wütend. Eigentlich sollte sie einfach ihren Mantel holen, in ein Taxi steigen und nach Hause fahren. Nein, auf keinen Fall. Sie würde nicht weglaufen, aber das war wirklich das Allerletzte an Chuzpe. Was nur machte sie ständig falsch im Leben?

Dreh dich um, du Biest, dachte sie, du Biest, ich will, daß du dich umdrehst. Doch es war Silvestri, der sich umdrehte. Seine Augen leuchteten auf. »Les!« Er streckte die Hand nach ihr aus. »Komm her.«

Sie ging langsam hinüber. »Silvestri, verdammt«, sagte sie, »wen hast …«

Er starrte sie an. Dann begann er zu lachen, bog sich vor Lachen. »Les«, keuchte er und hielt den Atem an, dann fing er wieder an zu lachen.

Das Flittchen drehte sich um und lächelte Wetzon an. Aber es war gar kein Flittchen. »Ich verstehe nicht«, sagte Wetzon. »Hörst du endlich auf zu lachen, Silvestri?«

Er versuchte es. »Les«, sagte er. »Das ist Rita.«